1.ª Edicion: Febrero 2022

mail: losojosdemiranda@gmail.com
ISBN: 13 978-84-09-314706
Diseño : Imanol Pérez
Maquetación : Carmen Moreno
Corrección : Silvia Barbeito
Correcció català : Marc Hortal

ESCRIBO TU NOMBRE

Belén Duarte

AGRADECIMIENTOS

Dar las gracias creo que es algo que está infravalorado, incluso olvidado a veces, y desde hace ya un tiempo opino que es seguramente una de las oportunidades más sanas que tenemos y con las que nos tendríamos que sentir más felices.

Por eso, sin corte alguno, quiero agradecer a todas esas personas que de una manera directa o indirecta han colaborado a que yo, después de años guardando esta historia en un archivo, decidiera terminarla y sacarla al "complicadito" mercado literario.

Empiezo dándote las gracias, Engin Akyürek, porque después de una operación algo molesta, una convalecencia de seis semanas, seguidas de un confinamiento mundial y de creer haberlo visto todo en Netflix, tuve el acierto de dar con un trabajo tuyo. Gracias a descubrirte como actor, como a conocer más de tu perfil, conseguí, retomar esta historia, al personaje que me faltaba por concretar, reescribirla y terminarla.

Gracias Silvia, Carmen e Imanol, por la corrección, maquetación y diseño.

Gràcies, Marc, -per la teva correcció del català, per ser tan bon germà gran I tan estimat-.

Gracias a mi hermana Patricia y a Inés Paris, por haber sido lectoras cero, sabiendo tanto de literatura y escribiendo ambas tan bien, ha sido un placer escuchar vuestras críticas.

Gracias Philips (man), mi compañero y rapero predilecto, por ser tan buen padre y haberme permitido el tiempo que necesitaba y, ya puesta, por esa admiración y respeto que sentimos y mostramos por el trabajo del otro.

Gracias a Argelia García (Yuyú), a mi querida hermana de nuevo y a Marta Culla, porque lo dejasteis todo y me vinisteis a cuidar.

Gracias a Alexandra Soto y a David Saavedra, porque sois unos genios de la creatividad y el diseño y conocer vuestra opinión siempre ayuda a hacerlo mejor.

Gracias a quienes aparecéis en la historia con vuestro nombre real o a quienes os he «ficcionado vuestros verdaderos YO». Estéis o no en mi día a día, sois parte de mi vida y habéis sido un momento de inspiración. Gracias a mi eterno Ignacio Spadavechia, porque fuiste el primero en escuchar las primeras líneas escritas del libro hace más de dos décadas en NY y una vez escuchadas, dijiste: «Solo ese inicio ya me hace querer saber más». Gracias a Helga Corina, por tu brujería tan sabia en los días más duros.

Gracias a mi madre, porque tu amor, tu dedicación, y constancia hicieron que yo escogiera escribir.

Gracias a mi padre, por mostrarme tu alegría, tu interés y tu cariño en mis proyectos.

Gracias a Nilo y a Max, mis hijos, porque sois las dos historias más bonitas que siempre habré escrito.

¡Gracias a ti!, que eres quién me leerá ahora.

27 de enero, 1999

Ya han pasado más de cinco meses desde mi último regreso a este país y mi ilegalidad ha llegado con ellos.

En Nueva York, el tiempo pasa demasiado deprisa. En realidad, pasa tan deprisa como en cualquier otro lugar, pero aquí se siente mucho más.

Hacía tiempo que no tenía noticias de nada salvo las de la escuela de Quico, y no necesitaba saber más. Encontrarme con Rafa, hace ya una semana, ha sido lo que ha hecho que me decidiera a empezar a escribir. Fue él, en un aeropuerto de aquí, quien me comunicó que habías muerto.

Esa mañana me disponía a recoger a un cliente y acompañarlo, como siempre, hasta el hotel. Llegaba de Londres, y resultó que Rafa venía en el mismo vuelo.

Yo, como era ya costumbre, me mantenía en Llegadas con un pequeño cartel, donde, en este caso, ponía

«Mr. Colidan».

Mi estado en este trabajo ha dejado de ser nervioso, ya llevo demasiado tiempo haciéndolo y no me angustia pensar si me verán o no.

Hoy, cuando ha llamado, hablaba sin respirar, como suele hacer. Yo escuchaba tranquila a todo su nervio. De repente, recuerdo haberle dicho:

—Ahora no puedo, te dejo, te llamo luego.

Y al ver que ella no se detenía y que eso duraba más de lo que yo podía sostener en ese momento, no he podido más y he empezado a llorar de una manera que me ha hecho caer al suelo, deshacerme del auricular. De mí salía un desgarro que me oprimía entera y me hacía gritar de dolor, dolor de quererte todavía tanto, quererte de esa manera que había decidido, el día que te fuiste, no volver a sentir jamás.

Ha sido un momento en el que me he encontrado en un lugar al que no quiero volver.

Hacía daño, daño donde no me había dolido en tiempo.

Donde la rabia, la angustia, el ahogo, se unen para hacer fuerza contra una. Sentía cómo se hacía imparable y cada vez más poderoso, cómo si mis ojos, como toda yo, se estuvieran separando de mi conciencia, aquella que había hecho, en todo este tiempo, que no perdiera el control.

Y, entonces, lo he podido dominar, decirme a mí misma que no quería investigar más, que no quería encontrar dónde me podía llevar esa sensación y poco a poco, ha llegado el cansancio, la propia rendición, la respiración…

Me siento vencida, incluso mi escrito se pierde. Voy a descansar.

No vengas esta noche, por favor. Solo quiero dormir, solo dormir, dormir veinte noches, cien noches, todas las noches seguidas, mis ojos están cansados y yo también.

29 de enero, 1999

No no no no no y no. No Enver, no quiero caer. No pienso hacerlo, estoy trabajando, ¿sabes?

Sí, estoy nerviosísima por la exposición, ha de estar todo a punto para mañana y entre el trabajo de recogidas y tú, no he tenido tiempo para revisarlo todo como me gusta.

Por eso no puedo detenerme y darle prioridad a esta tristeza, pero no me concentro, me he envuelto en ella y no, no me concentro.

Tú estás, estás aquí, te siento en este espacio, te imagino diciéndome:

—No te detengas, continúa, pero ¡sin irte!

Me he despertado muy temprano y he venido directa al estudio, luego he bajado a desayunar y he comido

como no suelo hacerlo. Desde que he vuelto, llevo trabajando no sé cuántas horas.

De repente, tu energía ha hecho que necesitara aire y me he sentado fuera de la ventana de salida de incendios. ¡Qué frío hace en Nueva York hoy, que frío tan terrible!

Me encanta sentarme aquí para pensar y hoy ha sido imposible; llevaba el diario encima y te prometo que no que-

He de continuar ahora, mañana es un día importante. Buenas noches, Enver.

30 de enero, 1999

Por fin hoy ha sido la inauguración. Diferentes artistas extranjeros presentando nuestras obras.

Yo he presentado tres piezas. He visto en la expresión y comentarios cómo han gustado y confío que se vendan. Son enormes, pero confío.

Mirta, como siempre, ha hecho muy bien su trabajo de marchante y relaciones públicas. La verdad, como dice ella también, y de esto sí que entiende más que nadie, no necesitan mucha venta. ¡Qué bien que diga eso!

Reconozco que es de lo mejor que he hecho hasta ahora, o al menos, lo que más me ha gustado y en lo que más me reconozco.

Entre toda esa multitud he tenido una sensación muy extraña, estabas ahí, tu energía estaba ahí envolviéndome, diciéndome: «¿Ves, amor? Todo está bien».

Rafa también ha venido. Me llamó ayer de nuevo diciéndome que todavía estaba aquí. Por lo visto, trabaja como directivo comercial de una firma de cosméticos y, a veces, dos días se convierten en cuatro, en seis.

La verdad es que el día que hablamos por teléfono fue un simple «apenas»: me contó, pregunté y no supo más que darme las respuestas que tenía, y ya.

Sabía lo de la exposición y prometió que vendría si estaba por aquí.

Ha llegado un poco tarde, y mejor, porque así he podido, después de darle una vuelta por la galería, pedirle que nos fuéramos de ahí.

Hemos entrado en el Yaffa Cafe, uno de mis sitios favoritos del East Village. ¡Para él creo que ha sido demasiado kitsch! Sigue como siempre, quizás incluso más pijo. Será por su trabajo, pero le sale la pijería por los poros. De todas maneras, sigue siendo tremendamente divertido cuando explica sus historias.

Los dos teníamos ganas de hablar, pero enseguida ha visto que a mí solo me interesaba saber de ti.

—Yo lo quería mucho —ha dicho—. Mucho.

Y se ha emocionado. Una vez recuperado me ha explicado la última vez que os visteis.

Después de París, le contaste que habías estado meses viajando por Bosnia, Rumania, Palestina, hasta llegar a Turquía. Querías contactar con tu posible familia y conectarte con la tierra donde habías nacido y de donde eran parte tus ancestros.

Una vez te sentiste mejor, le hiciste una visita a tu padre y, luego, decidiste irte a Berlín. Ahí tenías algún conocido y pudiste empezar a trabajar enseguida.

Me ha contado que fue entonces cuando lo llamaste y lo invitaste a visitarte. No se lo pensó dos veces y al día siguiente ya estaba contigo.

Fue sin preguntarte. Solo tu voz, afónica, lo hizo coger un avión al día siguiente, sin pensarlo.

No tenía ni idea de que hacía meses lo habíamos dejado. Me dijo que incluso pensó que yo estaría contigo, o de viaje, pero no que hubiésemos terminado. Según él, siempre fuimos el ejemplo perfecto de lo que tenía que ser una pareja. No nos habíamos visto ni llamado en mucho tiempo y él, con el trajín de su trabajo y total desconexión, siempre creyó que todo estaba bien.

Estuvisteis diez días juntos y, durante ese tiempo, sé que preguntaste por mi diez veces. Querías saber si yo estaba bien, si tenía intención de quedarme en París, si estaba trabajando en algún proyecto o si me veía con alguien. Le preguntaste también por Quico.

Rafa no pudo responder a nada. Yo me había desconectado de todos y no me veía con nadie de nuestra gente en común. Quería estar lejos de todo aquello o aquel que me recordase o me pudiera preguntar por ti.

Por las fechas que decía Rafa, yo acababa de pasar tres semanas en St. Pol, después de seis meses interminables en París. A mediados de octubre fue cuando Mirta y yo nos vinimos a Nueva York.

De Quico tampoco te pudo decir nada. Rafa sabía que tenía hermanos, pero nunca supo ni de mi debilidad por Quico, a la que te sumaste una vez lo conociste, ni detalles acerca de Tea. Sí me había comentado en una ocasión que había coincidido con mi hermano Toni en alguna fiesta por algún conocido en común, pero hasta que no se lo dije yo, ni de su nombre se acordaba.

Habló de cómo te encontró, de lo flaco que estabas, de que te habías afeitado la barba. Y, por lo visto, tú también te afeitaste la cabeza. Yo cerraba los ojos e intentaba visualizarte, imaginarte teniendo la misma sensación que había tenido yo cuando decidí hacerlo. Para mí, afeitarme la cabeza supuso desprenderme de algo que, aunque te gusta, a veces se hace por necesidad, como la que tuve yo; esa necesidad de no caer más en la tentación de acariciarme como me acariciabas tú cuando me recostaba en ti.

También dijo que estabas tranquilo, que sonreías por momentos y que hablabas constantemente de Centroamérica. Que habías conocido un equipo de periodistas checos que necesitaban un fotógrafo.

Os emborrachasteis todas las noches y, la última, en un pub, te vio hablar con alguien. Quiso evitar decir que era una chica, que le hiciste un gesto de que volvías, pero que cuando se giró, no te vio por ningún lado.

Al día siguiente tenía que levantarse muy temprano y en vez de dormir unas horas, por miedo a perder el avión, llegó a casa, cogió la maleta y se fue antes de que tu regresaras. Te dejó una nota y se fue enfadado.

Se puso a llorar. Me dijo que estuvo enfadado contigo muchos días y que al no tener noticias tuyas te envió a la mierda más de una vez. Se siente todavía culpable por haber estado enfadado.

Ahora te puedo decir que yo no siempre estuve mal.

Sí, París sin ti se me subía encima, por eso necesité irme a casa unas semanas antes de que Mirta y yo, nos viniéramos a NY.

En casa solo me interesaba ir a ver a Quico y a Roser, explicarles de alguna manera lo que estaba pasando y mis planes.

El último día fuimos a comer un arroz negro a Can Pep, que a los tres nos encanta, como sabes. Quico todo lo que me dijo, después de escucharme atentamente y parecer que lo había entendido, fue que te diera un gran mordisco de su parte, después se puso a reír y me dijo que también te dijera que te quería mucho y que quería volver a pasar unos días con nosotros. Y me abrazó, como si no me quisiera soltar.

Le prometí que así lo haría, que te habías ido a hacer un viaje muy largo y que no sabías cuándo ibas a volver; también le dije que estuviera tranquilo, porque tú ya sabías lo mucho que te quería y tú también lo querías mucho.

¡Joder, Enver! ¡Joder! ¿Cómo le explico que has muerto?

¡Este no era el maldito viaje! ¿Cómo lo entenderá?

Cuando se fue nuestro padre le costó, pero a nuestro padre lo vio enfermo.

Enver, un día acepté tu marcha, no calculé el dolor que eso iba a provocar, pero, aun así, a pesar del dolor vivido, lo hice.

Aceptar que te has muerto no logro hacerlo. No puedo.

No poder imaginarte en un sitio físico lo cambia todo; los sueños se desvanecen, el aire quema al no estar, el recuerdo me mata.

2 de febrero, 1999

Vivirte con esta intensidad me está haciendo volver allá donde lo dejamos. Pensar que, quizás, sí hubiésemos hablado, quizá no te habrías ido, quizá no estarías muerto.

Soy así yo: cuando hay dolor, callo. Y pensar en los quizás solo hará que me obsesione y me haga más daño.

Días antes de tu marcha hablabas de volverte a encontrar, decías sentirte aburrido de París. Hablabas de planes y diste por hecho que los míos eran diferentes a los tuyos.

Jamás se te ocurrió preguntarme, invitarme a ir contigo. Supongo que, si no lo hiciste, no era lo que querías. O simplemente decidiste por mí, decidiste que yo prefería mantener esa estabilidad que tanto me había costado encontrar y que me harías una putada si ahora me proponías que me fuera contigo. ¿Fue eso? ¿O fue que querías realmente volver a ser uno?

Hablabas de países que querías visitar. Durante un tiempo, lo hicimos juntos. Yo fui la que te propuso más de una vez irnos a dar la vuelta al mundo. Y, entonces, aparecían todos los peros.

—¿Cómo nos ganaríamos la vida? ¿Qué pasará con tu arte? —me preguntabas.

No entendiste jamás que estar contigo, viajar, tener todo tipo de experiencias, podía llegar a ser mucho más enriquecedor para mí que mis propias esculturas.

Hablabas de encontrar sentido a tu trabajo en esos futuros viajes, que París ya no te miraba igual y que tú ya no tenías mucho que decirle.

Nunca dijimos que estaríamos juntos de por vida, pero tampoco nunca hablamos de separarnos, y menos así. Así no.

Ninguno antes había tenido la experiencia de la convivencia en pareja, del día a día. De tener claro que convivir es más que estar enamorados. No tuve jamás dudas de que no me quisieras como decías y me demostrabas. Menos dudas tuve yo de lo que te quería.

Mirta se reía de nosotros, de mí, cuando en alguna ocasión le había intentado explicar mis sentimientos.

Ella siempre mantuvo, y así sigue, la teoría de que el amor es efímero, universal, polígamo y que se debe amar por momentos, que hay que entregarse solo sexualmente y que el resto ha de permanecer tuyo. Si no, siempre acaba siendo tóxico.

Tú y yo nos colgamos nada más vernos.

—Despertaste mi alma —solías decirme—. Estaba dormido y el día que te vi, mi cuerpo se alteró. —Lo describías añadiendo—: Cuando te veo aparecer, hablar, sonreír, incluso sufrir, mi alma se enciende, sabe, desde muy adentro, que tú eres quien mejor me encaja.

No necesitabas decirme nada de todo eso para que te entendiera.

Era mutuo, nunca te lo llegué a describir igual, pero eso que tú sentías se igualaba perfectamente a lo que sentía yo.

Nos daba igual todo si estábamos juntos.

Cada separación, cada beso de despedida iban acompañados de las ansias de volver a vernos. Era tanta la alegría, tan amplias las sonrisas en el reencuentro...

Cuando nos enfadábamos, no duraba nada. A veces, un abrazo por la espalda inesperado, un perdón en la oreja, bastaba para dejar de tener ese malestar.

Una noche discutimos muy en serio, te fuiste al sofá enfadado, pusiste la tele y seguiste sin hablar. Cuando fui a buscarte para terminar con eso, estabas dormido, roncabas con pequeños soplos de aire que te hacían temblar los labios como si hicieras la porreta.

En uno de ellos, hasta te asustaste. Yo me había sentado a tu lado, mirándote ensimismada, sin querer tocarte ni rozarte, no fuese que te despertaras.

Cuando eso estaba durando más de lo aconsejado, lo de quedarme embobada mirándote, te llevé a la cama. Murmurabas refunfuñando, pero me rodeaste y te dejaste acompañar.

Te desvestí lo que pude y te cubrí con el edredón.

Me recosté a tu lado, te giraste, te pusiste haciendo cucharita, me recogiste entre tus brazos, enganchaste tu respiración a mi oreja y me quedé también dormida.

Al despertar no hablamos de lo que había pasado la noche anterior, creo que ninguno se acordaba ni cómo había empezado esa discusión. Nos besamos, mucho, e hicimos el amor como nunca antes. Hicimos el amor desde un lugar tan profundo que el silencio se mantuvo presente, hablando por sí solo.

Fue la primera vez que en vez de decirnos te quiero, como tantas veces, nos dijimos al mismo tiempo, mientras acariciaba tu cabeza y tus manos cubrían mi cara:

—Te amo. Te amo mucho.

Todo lo que vivimos fue intenso, divertido, alocado, profundo, importante. De todo sacábamos partido, nuestra creatividad furiosa nos hacía competir sin maldad.

Juegos de citas a ciegas, como si no nos conociéramos, sorprendiéndonos en la calle, jugar a personajes, haciéndolos actuar durante horas, antes de que acabasen siempre enrollándose. Cenas sorpresa, los masajes tántricos, desayunos en la cama, viajes repentinos con el pack de un par de noches fuera de casa. Bailes románticos sin venir a cuento de nada, sesiones de fotos mutuas, con striptease incluido, pícnics en Quai des Tournelles, a pie del Sena, o en nuestro parque favorito, Square Marcel Bleustein-Blanchet, en Montmartre. La noche de los quesos, que quedó como tradición de los jueves… Todas las risas, ¡cuántas!, todas las carcajadas, ¡cuántas!

¡Y las velas! Velas siempre por todos lados. Cómo se quemó aquel día la cortina, qué miedo pasamos. Enseguida la arrancaste, y yo, reaccionando por impulso, llegué en segundos con el cubo de agua, lista para lanzarlo.

—¡Casi ardemos! —dijiste con tu habitual sentido del humor y con el nerviosismo todavía presente.

Una vez más nos abrazamos después de ese capítulo, sudados y manchados por el humo y, sin rituales esa vez, nos tiramos al suelo, encima de la parte de cortina que no se había quemado y me penetraste hasta encontrar mi orgasmo y tú llegar al tuyo.

Cuando te fuiste, pase días metida en casa, lo vacié todo y me enganche al patinaje artístico. Era la mejor manera de no pensar, era mucho mejor que escuchar cualquier música de relajación de las que solíamos poner a veces en casa. Además, era lo único que no me recordaba a ti.

Comí durante días de lo que había en la despensa, en el congelador, desconecté el teléfono. Suerte de Jérôme, que recogía la basura siempre puntual a las ocho. Claro que yo me dediqué todos esos días a sacarla al rellano a las 7:50.

Mirta entró un día de repente, sin avisar. Por primera vez, no usó ni su sarcasmo ni su enfado por no haberla llamado. Por primera vez, fue dulce, recogió y me ayudó a meterme en la bañera. No me hablaba, ni gritó al ver mi melena en el suelo, solo me susurraba con amor.

—Todo irá bien, todo volverá a su sitio y todo irá bien —decía.

Al salir, tenía ropa preparada, la casa bastante recogida y la maleta hecha.

No me contó hasta mucho después, hablo de meses, que tú la llamaste varias veces para saber de mí. Que al principio te colgaba, pero que después hablabais un poco. No te decía mucho. Pero sí te prometió que yo iba a estar bien.

La propuesta de Mirta de irnos a Nueva York llegó a los pocos días de estar en su casa. La mejor que me ha hecho y en el mejor momento.

Mejor que la que me hizo cuando nos conocimos en una de mis primeras exposiciones en Barcelona y me rogó que me fuera con ella a París. Que quería representarme.

—Ela, te he comprado el billete a Barcelona, te vas mañana a ver a tu familia. Quico está loco esperando a que llegues. Iré a buscarte dentro de tres semanas y desde ahí nos iremos a Nueva York. Te llamaré cuando lo tenga todo preparado. No te preocupes por tus cosas de aquí. Yo me encargo.

Cuando me vino a recoger, me encontró todavía más triste. Dejar a Quico siempre me duele y, aunque sé que él vive feliz en su mundo, no dejo de sentirme culpable por ese encierro y por esa distancia. Por no dejarlo todo y vivir con él.

Desde que estoy aquí, he ido una sola vez y, aunque no somos de celebrar Navidades juntos, ya que él lo hace en el centro, Roser se va con su hermana y con mis hermanos mayores, ya dije en su día que nunca más, debería haber ido a verlo al menos, hace un par de meses.

Te estoy cogiendo costumbre, Enver. Da igual dónde esté, de repente, siento la necesidad de estirarme en la cama a escribirte. He llorado tanto estos días que ya no quiero llorar más. Te he recordado con mucho dolor. Sigo sintiendo la necesidad de expresar sentimientos guardados durante muchísimo tiempo y, si los expongo en estas páginas, nadie los leerá y, al menos, saldrán de aquí dentro.

No quiero estar más enfadada contigo. Estos días me he dado cuenta de lo mucho que lo estaba, desde hace demasiado tiempo, pero no tiene ningún sentido.

Espero que quedar en paz contigo me ayude a que dejes de vivir en mí.

5 de febrero, 1999

Hola, Enver:

¡He estado tan ocupada, que ni una línea!, estoy trabajando mucho estos días.

La semana anterior a la exposición y la noticia sobre ti hizo que llamase a la empresa y me tomara unos días.

Suerte tengo que Namir, mi jefe, es también amigo y enseguida lo entendió. Además, nunca antes había pedido días personales, así que ni se lo pensó.

Namir y yo nos conocimos a través de Mirta, ¡cómo no! Ella se encargó de presentármelo nada más llegar y enseguida me dio trabajo.

Es marroquí, de Ouarzazate, lleva en Nueva York por lo menos treinta años, casi los mismos que tiene su empresa de limusinas.

Nos encargamos de recoger a personalidades tanto del país como extranjeros. Personas que, a veces, incluso llegan con sus propios jets privados. ¡Me ha pasado cada aventura!

Namir fue también quien me presentó a la persona que me hizo mi documentación falsa para poder trabajar.

mos que pedirle a Jérôme que enviará un mensajero urgente al aeropuerto y casi nos cierran las puertas de embarque en la cara, corrimos hasta caer agotados en los asientos del avión.

Me acuesto ya. Mañana recojo a las 6:40 a.m. a un empresario sirio y he de ser puntual.

Buenas noches, Enver.

7 de febrero, 1999

Esta noche he ido a escuchar un poco de jazz al Downtown. Suelo ir cerca de la calle 14.

Antes suelo pasar por Macondo, que está en esa calle; es mi librería favorita. Su dueño es Jorge, un colombiano residente desde hace más de cuarenta años del que nos hicimos amigos gracias a Neruda.

Es para mí la mejor librería donde puedes encontrar desde los clásicos a lo más actual en literatura hispanoamericana o escrito en español. Es tremendamente acogedora, a pesar de ser un espacio abierto y sin apenas decoración.

Al entrar hay un nivel de dos escalones y un carrillón con campanas de viento que avisa si alguien entra.

Todos los libros están en los estantes empotrados en las paredes; el suelo es de parqué y, en el centro, una mesa enorme de madera rústica, con dos sillones estilo victoriano, donde sentarse y no levantarse en un buen rato es cosa fácil. Escondida detrás de la puerta hay una mesa más pequeña con la caja registradora.

Cuando voy, tomamos él café y té yo, algún dulce que he comprado dos calles más arriba y trozos de chocolate amargo. A Jorge le gusta que lea en voz alta, que le recite poesía, que le lea obras de teatro. Dice que me tendría que haber dedicado a la actuación y, si entra algún cliente, no quiere que pare, aunque yo siempre lo haga. Me gusta estar con él, me recuerda a mi padre antes de que envejeciera tanto por culpa del ictus y ya no tuviera ganas de nada. Nueva York tiene lugares como Macondo, que necesito visitar a menudo.

Esta increíble ciudad nos recibió en otoño. Union Square fue lo primero que pisé al bajarme del taxi desde el aeropuerto. Había mercado en la plaza, discos de vinilo, libros antiguos, guiones de películas de todas las épocas. Homeless tocando y un montón de gente de todas las procedencias. Todos los estilos mezclados, todas las razas, todos los idiomas, todos los colores, los olores…

El cielo de Nueva York me detuvo por un momento y me permitió llenarme de esa sensación de la que me había hablado Mirta.

Vivíamos ahí mismo, en un apartamento de dos habitaciones, en el que sigue Mirta. La primera cosa que me compre al llegar fue mi bici, con la que todavía me muevo.

A los cuatro meses encontré mi apartamento y pude mudarme. Vivo en la calle 21, entre la Segunda y Tercera Avenida.

Vivo con Blau, mi gato; es de raza chartreux y lo encontré una noche en mi ventana. Los días que he estado tan triste se los ha pasado todo el tiempo cerca de mi sin tocarme, sin buscarme para jugar como suele hacerlo.

Wok y Nina habrían hecho lo mismo. De ellos se entiende porque son perros, pero Blau nunca había mostrado tanto apego.

Buenas noches, Enver, allá donde estés.

8 de febrero, 1999

Mira lo que he encontrado. Sí, Enver, sigo buscando.

«San Salvador. Marzo 13, 1998 - El Salvador lanzó una alerta internacional para la captura de nueve peligrosos prófugos tras organizar un motín en el interior del penal de Quezaltepeque, ubicado al norte de la capital salvadoreña, en el departamento de La Libertad. Hasta el momento solo se sabe que el motín estaba organizado con gente desde fuera y gente de dentro. Haciéndose pasar por traductores de unos periodistas y un fotógrafo extranjeros, entraron al recinto.

Se habló de la posibilidad de que uno o varios de los nueve fugitivos hubiesen pertenecido al Ejército Revolucionario, una de las guerrillas salvadoreñas más importantes de las que surgieron en El Salvador en los años 70.

Se descartó esa posibilidad, ya que gran parte de sus integrantes ya no volvieron a ejecutar después de las negociaciones del M19, en los años 80, aunque sí se ha mantenido una influencia determinante en algunos no integrantes, que utilizan esa categoría para cometer crímenes.

El jefe de la sección de Interpol de la policía salvadoreña anunció que la alerta internacional por los nueve prófugos ya se ha notificado principalmente a Guatemala, Honduras y Nicaragua para que activen sus sistemas de alerta migratoria en las fronteras y puedan colaborar en la detención de los fugados.

En recientes declaraciones del teniente coronel Moreno del Ejército salvadoreño, se especifica la gravedad de esta fuga.

«Estos no son exguerrilleros habituales que pudiesen estar clasificados por el Ejército salvadoreño como el enemigo durante la etapa de guerra civil de este país. Estamos hablando de delincuentes temerarios, mercenarios e individuos mentalmente perturbados.

Es a ellos a quienes se les atribuye, además, el atentado de coche bomba en la frontera con Honduras, que acabó con la desaparición de los periodistas checos y el fotógrafo mencionados».

Por su parte, la Asociación Nacional de la Empresa Privada (ANEP) pidió el lunes a la Corte Suprema "depurar" el sistema encargado de custodiar y trasladar reclusos tras la fuga de los presos».

No sé cómo documentarme, cómo investigar, he pensado en llamar al consulado y preguntar cómo es que se cerró el caso y ya. Mierda de sistema.

He llamado a Mirta, para que me ayudara a descifrar o darme algún consejo y lo único que se le ha ocurrido decirme ha sido:

—Has de dejar ese tema y concentrarte en ti. ¿A quién le va a importar? Tienen muchos casos que llegan a diario. Ya está, ¡ellos se metieron en la boca del lobo y el lobo se los comió! Enver ha muerto y lo siento de verdad, pero aceptarlo es lo único que te ayudará a seguir.

Cuando más quiero encontrar una normalidad y dejar de escribirte, ocurre algo para no hacerlo.

Por mucho que diga la bruta de Mirta, por muy muerto que estés, te siento aquí, muy cerca, Enver, y no te quiero enterrar.

Escribirte no me hace mal y me conecta contigo.

Mirta no cree en nada de todo esto, pero tú sí, tú, sin convertirte en devoto, compartías fundamentos de la fe aleví transmitidos por tus padres y me explicabas cómo predican los derechos humanos, la igualdad entre hombre y mujeres, la tolerancia a otras religiones, te encantaba esa particular manera poética que tiene de entender la muerte y sentirla, esa creencia de que la muerte es una continuidad espiritual.

Desde muy pequeño te gustó que en la fe aleví no se hablara del juicio que sí se transmite en el catolicismo, escuchabas y leías su música y su poesía, tan cercanas a esa espiritualidad. Del islam solo te gustaba la teoría sobre la vida y la muerte que expone el Corán, porque lo encontrabas poético también.

«La muerte no se considera enemiga, sino una parte más de la vida, somos viajeros en el tiempo y, al partir, volvemos de dónde venimos».

No compartías y menos aceptabas temas como la poligamia, por mucho que a veces habías oído excusarla en los versos revelados tras la batalla de Uhud para proteger en parte a la mujer. No la entendías y punto decías.

En mi caso no existía ninguna figura, ningún referente, ni por parte de mi padre, menos de mi madre, que siempre, y más en este tema, fue una auténtica hipócrita.

Sí apareció de mayor, sí llegó ese deseo por creer en lo espiritual, en esas energías, tras la muerte de mi padre; imaginar ese universo donde te sitúo ahora a ti, porque necesito un lugar donde poder colocarte.

Tú querías celebrar libremente el día del amor todos los días que lo sintieras y no por imposición. ¿Qué pasaba con la gente que recién había terminado una relación, o se les había muerto el ser amado? Que se jodan, ¿no? ¡Que los otros están de celebración!

Como el día de la madre. Lo habías dejado de celebrar a los seis años y odiabas que, en la escuela, cuando se acercaba la fecha y la profesora insistía en que hicieras la postal o lo que fuera que hacían los demás niños a sus madres,

tú se la hicieras igualmente a tu abuela, a tu tía o a «Esa vecina tan simpática que seguro tienes», te decía. Aguantaste un par de años simplemente con la negación hasta que a los ocho años te levantaste de la silla en mitad de la clase y le gritaste a la profesora:

—Mi madre murió de cáncer hace dos años, mi abuela vive en Ankara, a mi tía la he visto dos veces en mi vida y mi vecina, es una señora que tiene sus propios hijos. ¿¡Por qué he de hacer esta maldita postal si con ella no haré que vuelva mi madre!?

Y saliste con los ojos llorosos hacia tu casa, corriendo, sin que nadie pudiera detenerte.

Desde entonces, ese día tu padre y tú lo cogisteis como festivo de escuela. Tu padre cerraba la carpintería y os ibais a hacer alguna excursión por Sant Miquel de les Formigues o a pescar carpas al pantano, o truchas en la Riera d'Osor.

Estoy por no ir. Es que no quiero ir, pero Mirta me ha amenazado con que, si no la acompaño, aparecerá en casa con cuatro amigos, los cuatro que más rabia me puedan dar o más me puedan aburrir, y llamará al interfono hasta que les abra.

Le he dicho que lo haga, que me iré al cine y que no me encontrará, que ya se puede dejar el dedo en el interfono o gritar hasta la saciedad a mi balcón. Entonces, ha hecho eso que tanto detesto, poner esa voz de víctima y a la vez algo llorosa que consigue que empatice sabiendo que es pura estrategia.

Así que no me queda más remedio que ir. ¡Mirta ha hecho tanto por mí!

Besos al aire para ti, mi querido Enver.

15 de febrero, 1999

Resaca. Suerte que tenía fiesta. No me di ni cuenta y, por lo que me ha contado Mirta, acabé bailando charlestón rodeada de un montón de personas que me animaban. ¡Qué vergüenza!

Recuerdo haber conocido a mucha gente. Mirta me cogía por el brazo y me llevaba de lado a lado para presentarme.

Acabo de escuchar el contestador y tengo un mensaje de un tal Antoine, francés por su acento, aunque hablando castellano muy bien, uno de un tal Marcos con acento latino y de un Ranjit, este, en inglés.

Todos dicen lo mismo, lo mucho que se divirtieron, que soy genial (gracias) y que les gustaría volver a verme. ¡Joder! pero ¿qué hice?

No tengo cuerpo para nada, nada que tenga que ver con este tema.

En meses anteriores solo he tenido rollos puntuales de «una noche y no te vuelvo a ver más». Ni una sola relación, ni intención de tenerla.

Y ahora, con estos tres mensajes, me planteo que quizás es hora, al menos, de conocer a alguien. Tener amistades nuevas, gente que hable de otros temas que no sean escultura, entregas, recogidas, horarios…

Alguna vez, las noches que salgo sola, he acabado bailando a mi rollo y si alguien se ha acercado, con un simple «No, gracias», o un «No, no tomo nada», ha sido más que suficiente, siempre muy respetuoso, y no ha ido a más la cosa.

Lo peor es que no puedo evitar ir casi siempre al mismo lugar, donde tocan blues y jazz en directo. Habituales somos pocos y siempre hay caras nuevas. Esas caras son el problema, cuando se acercan y quieren conocerme y no me apetece más que estar con y para la música.

Siempre es igual.

—Hola, ¿molesto? ¿Cómo te llamas?

Hasta ahí, vale.

—Ela. No, no molestas.

—¿Ella? ¿Cómo Ella Fitzgerald?

Siempre, siempre la misma referencia y no, no me molesta que sea esa, me chifla la Fitzgerald. Solo que parece que Ella solo nos llamemos ella y yo.

—Sí, como Ella, pero escrito con una ele, porque si no, en mi país, quien no conoce el nombre, me llama «ella».

—Ah, ¿y de dónde eres?

Ahí ya considero que estoy entrando en conversación y que me he perdido la última parte de lo que estaban tocando y, entonces, me invade ese «ser borde» que me caracteriza en esta etapa de mi vida (quiero creer que es una etapa) y digo:

—Mira, si no te importa quiero seguir sola a mi rollo. Gracias.

Eso ya no les da pie ni a los que puedan ser más insistentes, ni a los que se hayan propuesto dosis extra de simpatía. Nadie puede con eso.

Los camareros ya me conocen, y los músicos y hasta esas almas habituales, y si alguno de ellos ha vuelto a quedarse con la escena, me mira sonriendo y levantando cejas. Uno de los camareros, a veces, hasta ha sacado la pizarra y escribe un marcador, como si fuera un combate.

Nunca ninguno me ha preguntado acerca de mi vida privada y se lo agradezco, quizás por eso sigo yendo, porque ahí me siento cómoda. Nunca he vuelto a tener una cita desde nuestra última vez.

De esas noches de no querer saber ni el nombre, por la mañana me sentía tan mal, tan sucia, tan vacía, que era peor que el dolor que sentía.

Así que hace un tiempo decidí que no necesitaba ni el sexo, ni el amor, para vivir.

En veintiún días se consigue cualquier hábito que te propongas, así que el dejar de ligar fue mi hábito.

Acabo de recibir otro mensaje de los de esta mañana y he cogido el teléfono a tiempo para responder con un:

—Hola, sí, podemos tomar algo hoy a las 7.

Así que, según parece, tengo una cita.

Es Marcos, pero no recuerdo nada más ahora mismo.

Ha tenido que colgar porque estaba trabajando. Me resulta un pelín extraño esto que acabo de hacer. Explicarte que tengo una cita. Contarte mis rollos…

No sé si me estoy metiendo en un jardín y luego me arrepentiré.

Eres un confidente al que le cuento mi mayor intimidad, mi yo más oculto y profundo.

16 de febrero, 1999

Acabo de llegar, ha estado muy bien. Marcos, Marc, como prefiere que lo llamen, es un tipo muy interesante. Por lo visto, fue atleta profesional de joven en su país, Panamá.

Mide por lo menos 1,95 y sigue teniendo una constitución atlética muy interesante, es lo que tiene la raza negra, y camina sin prisa, camina, dando un paseo.

Es elegante, discreto. ¡Guapo! ¡Muy guapo!

Me ha contado que vive en Queens, que trabaja en una fundación que da apoyo a los soldados que estuvieron en Vietnam y salieron heridos. Que lleva en Nueva York veinte años y que ya no se imagina vivir en otro sitio.

También recoge ropa de conocidos y la lava y arregla para dársela a gente que no tiene. Me ha parecido algo hermoso.

Desea casarse y tener hijos. Creo que ha sido entonces cuando algún gesto debo de haber hecho o de alguna manera se me debe de haber desencajado la cara porque me ha dicho:

—Podemos conocernos y llegar a ser amigos. No tenemos por qué casarnos ya, tranquila.

Y el ambiente se ha relajado.

Dice que le parezco una mujer muy pasional y divertida, que en la fiesta le estuve contando por qué soy escultora y que, cuando ya me puse a bailar, parece ser que también a cantar, le robé el corazón.

He sido muy sincera y le he dicho que me encantaría volver a verlo, y que irme a la cama con él era una opción, pero que, entonces, sabía que no lo volvería a llamar.

Así que hemos preferido dejarlo como está y volver a quedar otro día. Conoce un lugar donde quizás me expondrían piezas y quiere presentarme al dueño.

Me voy a descansar, mañana trabajo y por la tarde quiero pasarme por el estudio.

Besos al aire :)

20 de febrero, 1999

Mi querido Enver:

Le he contado a Mirta lo de mi situación, dice que ya imaginaba alguna cosa porque era extraño que me hubiese ido de viaje y no le hubiese avisado.

Al contárselo, me ha dicho: «Dame un rato, ahora te llamo».

En cuánto lo ha hecho, ya tenía la respuesta. Había hablado con un amigo abogado y esto es lo que haré: según le ha contado Eduard, es tanta la gente ilegal en este país que los archivos los tienen que ir limpiando. Dice que con solo hacer los documentos nuevos me bastará, ya que, para salir, nunca mirarían si al irme estaba legal o ilegal.

Así que se ha ideado un plan. Antes de irme, y ya con el billete comprado, denunciaré pérdida de pasaporte en la policía, declararé estar de vacaciones y que me ha desaparecido el bolso con mi pasaporte en el metro.

Luego pediré en el consulado un salvoconducto para salir el día que tenga billete.

Antes de irme, solicitaré en una universidad de aquí el I-20, un formulario para obtener, al menos, visa de estudiante. De estudiante mientras no consiga la de trabajo.

Con el I-20 al menos podré declarar y trabajar unas horas a la semana legalmente.

Compraré el billete en cuanto tenga la visa por parte de la embajada en España y, con suerte, en un par de semanas estoy de regreso.

Esta noche he quedado con mi segunda cita, esta vez es Ranjit. Hemos estado hablando por teléfono un buen rato. Es muy simpático, traumatólogo. Nació en Nueva Delhi y vino aquí con una beca.

Iremos a cenar. Le he dicho que me encanta la comida de su país, así que escogerá él.

Recuerdo cuando empezamos a salir tú y yo, cómo recorrimos el mundo cenando por los restaurantes de cocina internacional que hay en París.

Luego, viviendo ya juntos, a veces, preparábamos las veladas a conciencia. Ese día cenábamos y veíamos una peli del país elegido, leíamos noticias acerca de ese lugar y jugábamos a adivinar palabras con la mímica y la ayuda de un diccionario.

Me lo empecé a tomar tan en serio que flipaste cuándo en una de las noches dedicadas a Japón te recibí vestida y maquillada como una auténtica geisha y con los koppori de once centímetros y su característico ruido al caminar, haciendo sonar el cascabel.

Nada más abrir la puerta y partirte de la risa, porque te había hecho mucha gracia, me abrazaste, solidarizándote y me dijiste:

—Amor, ¡el próximo día nos vamos a una colonia nudista!

Dependiendo del país y de cuál fuera su bebida típica, podíamos acabar más o menos alcoholizados. A veces, veíamos amanecer y, solo con eso, nos sentíamos felices. Eso decías, eso creí yo.

Entiendo de verdad que quisieras irte de París, pero ¿dejarme?

¿Por qué tuviste que dejarme?

24 de febrero, 1999

Me ha llamado Rafa. Dice que desde que nos vimos nos ha tenido muy presente.

Quería saber cómo estaba, cómo lo llevaba. Hoy ha reconocido que, cuando se enteró, se quedó en shock.

Me ha contado otra vez que nada más enterarse intento localizarme, pero ya en París nadie sabía nada de mí. Supuso que tarde o temprano me enteraría y que, cuando nos vimos en JFK y vio mi cara, le vino a la memoria como había preguntado por mí y se ha lamentado por no haber insistido más en buscarme.

Dice que hasta le preguntó a su hermana si sabía de mí, pero yo con Ana, más allá de la universidad y de cuando la llamé para pedirle el teléfono de Rafa, no he tenido más contacto.

Hay personas en la vida que aparecen solo para hacerte cadena con otras.

Creas la amistad creyendo que has encajado muchísimo, que ahí hay relación X para rato y de repente la vida cambia. La distancia aparece, no necesariamente porque uno o una se vaya a otro país, la distancia puede ser viviendo tres calles más arriba. A Ana y a mí nos pasó eso.

En la Universidad fuimos culo y mierda, uña y carne, mejor dicho (me acaba de aparecer la imagen de mi padre corrigiéndome), en lo que a ir de fiesta se refería, ya que las dos éramos de aguantar hasta el final.

Ana era solo dos años mayor, pero eso, en ella se notaba, porque incluso parecía tener más edad, tanto al vestir como al hablar.

Solíamos salir de marcha los fines de semana con el Renault 12 que había sido de mi padre, conocido como bala de plata, y recorríamos pueblos, provincias de Barcelona, de concierto en concierto y de fiesta en fiesta.

Es una pena que luego nos distanciáramos así. En aquel momento de nuestras vidas fuimos más una «amistad» de conveniencia que una amistad que, con el tiempo y pasada esa etapa, se hubiera podido convertir en algo real. Nunca nos contábamos si teníamos algún problema, no hablábamos de familias, de futuro, no soñábamos juntas. Nos limitábamos a quedar, a hablar de música y, cómo mucho, de aquello que nos podía haber pasado en clase, en la cafetería, en el autobús o en el metro.

Una vez discutimos y eso nos distanció definitivamente. Fue por una tontería, ambas dijimos cosas equivocadas y a mí, cuando me pilló ese momento de «Hare hare krishna» y fui a pedirle perdón, ella muy amable y altiva me lo aceptó, pero cero de un «Yo también te pido perdón» o una disculpa más sutil. Algo. Algo que hiciera que aquel momento nos llevara a otro mejor.

En vez de eso, tuve que decirme, convencerme, aprovechando que todavía estaba en ese estado de «todo el mundo es bueno» que eso había sido como un «Yo también lo siento», visto ahora.

¡Y una mierda!

Ahora, y después de estos años, ya no le habría dado más importancia ni al porqué, ni a ella, y, aun así, aquí estoy, enrollándome sobre ello; ahora, a su orgullo, quizá le habría respondido alguna de las mías o, quizá, habría pensado que es tonta del culo por seguir ofendida por algo que fue simplemente un mal entendido. De todas maneras, tengo muy buenos recuerdos y muy divertidos.

Es más, el primer porro me lo fumé con ella.

—Mi hermano tiene un par de plantas en casa—dijo antes de entrar una noche en la sala Apolo—, me ha dado esto para que nos lo fumemos.

Cuando conocí a Rafa en París di por hecho que eran tres hermanos y que ni Ana ni Rafa eran asiduos a hablar de su otro hermano más allá del capítulo de la marihuana. No lo mencionaban, como yo no hablaba de mi hermana Tea, o de Toni, a no ser que fuera totalmente imprescindible.

Y en París, a Rafa tampoco le pregunté nunca sobre tema familiar y menos le expliqué nada de las salidas con Ana, ni que su otro hermano tenía un par de plantas escondidas con las que nos suministraba, no fuera que él no supiera nada acerca de las actividades de sus hermanos.

Cuando nos vimos el otro día, salió el tema de cómo estaba Ana y se me ocurrió preguntarle por su otro hermano.

—¿Tengo otro hermano? —dijo sorprendidísimo.

—Perdona, pensé que erais tres.

Y ahí se quedó el mal entendido, pero, a los pocos segundos, Rafa sonrió y quiso saber más.

—¿Qué te hizo pensar eso?

—Tus plantas —sonreí entonces.

—¡Ah, mis plantas! Mis queridas Titi y Rita.

—¿Titi y Rita?

—Sí, ya sé, pero es que siempre iba tan fumado que busqué nombres fáciles. De Rita no me iba a olvidar nunca por Rita Hayworth y si hubiese sido así, tenía un poster en la pared de mi habitación tan grande, que me lo habría recordado, y Titi, era como habitualmente llamaba a todo el mundo. ¿Qué pasa, titi? —Y, movía la cabeza al decirlo.

Puso cara de circunstancias y nos reímos a carcajadas un buen rato, cosa que nos llevó a seguir recordando más momentos de entonces.

Dice que vuelve el mes que viene y que le gustaría que nos viéramos. Ya no me da tanta pereza como antes y tener a alguien con quien poder hablar de ti me emociona, me gusta, lo necesito.

Qué altibajos tan terribles estos que provocan este duelo.

Primero destrozada, luego buscando dónde agarrarme, en mi caso es el diario, luego momentos de más calma, en los que te escribo acerca de otras cosas, en los que hasta me distraigo y olvido tu pérdida, para sentir de repente cómo está creciendo el nudo en el estómago, cómo sube disparado hasta la garganta y cómo pretende ahogarme si no me desahogo llorando y, llega la lágrima, la emoción mientras escribo y te imagino.

Te amo, mi querido Enver, te amo mucho.

28 de febrero, 1999

Ya me he comprado el billete. Ya he denunciado mi pasaporte. Mañana tengo hora con el consulado para el salvoconducto. Ya he solicitado hora en Mataró para hacerme uno nuevo dos días después de que llegue y ya tengo cita en la embajada de Madrid. También tengo el I20 para inscribirme en el máster.

Todo listo. Namir me ha adelantado algo de dinero y Mirta dice que está negociando una de las piezas. Sería genial si se vende, porque eso nos daría a ella su 15% y a mí me salvaría unos cuantos meses.

Me voy el 3 de marzo y calculo regresar sobre el 15. No me he podido comprar la vuelta, pero espero sea por esas fechas.

Ya he llamado a Quico y a Roser. A Quico le darán tres días de permiso en la escuela para venir a casa. Estoy loca por verlo. En las últimas llamadas insistió que tenía que ir a verlo, que tenía que contarme muchas cosas; me amenazaba con quererme menos si no iba pronto, porque, como me repetía, era «¡Muuuuuy importante lo que tenía que contarme!».

He hablado con Tea y Toni, ambos quieren vender la casa, pero necesitan mi firma y también la de Quico; como yo soy la única tutora de Quico y ni él ni yo queremos vender, tengo a mis dos hermanitos subiéndose por las paredes.

He pensado en ir a visitar a tu padre. Quizás algo arriesgado.

Por eso lo he llamado. No ha hecho falta que dijera tres palabras que con la voz tomada por la emoción ha dicho mi nombre.

—Elaaa, Elita. ¿Cómo estás?

¡Uf! Me he puesto a llorar, era el llanto de una niña pequeña que solo necesita ir a abrazar a aquel hombre.

Le he preguntado si quería que fuera a verlo y me ha respondido que lleva un año esperándome.

Dios, Enver, lloro con la tristeza que esto me provoca y con la amargura de no haberlo sabido antes.

Iré a ver a tu padre y te prometo cuidar de él.

3 de marzo, 1999

Estamos volando, amor. Te he traído conmigo, no vaya ser que todo lo que me viene lo haya de compartir y no estés cerca.

Me ha tocado la ventanilla y llevo un buen rato enganchada a las vistas. Cerca de las nubes imagino que estás todavía más cerca. Tu energía está siempre presente y busco maneras de que eso que siento, eso de que estás en mí, coja más fuerza.

Me hace sonreír. Si alguien me leyera, pensaría que estoy chalada.

Mi madre, por ejemplo, o Tea.

—Siempre con tu rollo de las energías, tu misticismo barato que solo hace que pierdas el tiempo.

Cualquiera de las dos habría podido decirme eso.

¿Cómo debe de ser no sentir nada? ¿Cómo debe de ser no tener algún tipo de fe? La que sea. No creer en un universo y que este pueda conspirar a tu favor si se lo pides, ¿Cómo debe de ser no saber amar desde más allá de lo físico o terrenal?

Yo sentí a mi padre, todavía lo siento. Una noche desperté de repente y me quedé de espaldas a la puerta porqué sentí que había una presencia en el umbral, quieto, sentía sin mirar que estaba ahí con la mirada perdida, desubicado.

Me giré y, sin sobresaltarme, más segura que miedosa, le hice chasqueando los dedos el gesto de «lárgate de aquí».

Lo vi, aunque en ese momento no caí en que podía ser él. Pocas noches después dormía y me desperté de nuevo impulsada por la sensación de sentir a alguien sentado en los pies de mi cama. Apoyaba su espalda en la pared y se mantenía tranquilo, como esperando a que yo despertase.

No hizo falta que me dijera nada al yo inclinarme, de mí no salía más que «Papà Papà».

Me miró y me dijo:

—Ela, filla, estic bé. només vull que sàpigues que estic bé, que l'hi puguis dir al Quico d'alguna manera, a la Roser i que als teus germans, també trobis la manera de dir-los-hi. La Tea i el Tonet pateixen, pateixen molt per ells. No pateixis tu per mi. Jo sempre estaré amb tu .[1]

Y se fue. Y siempre ha estado conmigo y aquí sigue y, no hace falta que nadie me crea. No hace falta que nadie lo sepa.

A ti te siento desde otro lugar. No, no te he visto y no sé si me gustaría, dicen que los espíritus respetan mucho y saben cuándo sí y cuándo no aparecer y quién puede tener la sensibilidad y a la vez fortaleza de aguantarlo y no ponerse a gritar, imagino.

A ti te siento desde tu energía, que decido que me envuelva toda. Y no me pondría a gritar, pero sí sé que sería

1 Ela, hija, estoy bien solo quiero que sepas que estoy bien, que se lo digas a Quico de alguna manera, a Roser, que a tus hermanos, encuentres la manera de decírselo también. Tea y Tonet sufren, sufren mucho por ellos. No sufras tú por mí, yo siempre voy a estar contigo.

tanta la impotencia de querer tocarte y no poder, de querer irme contigo, un ratito…

Buenas noches, energía de mi vida.

4 de marzo, 1999

El plan ha funcionado. La embajada de Madrid me ha dado cinco años de permiso; es algo extraño porque me habían comentado otras personas que ya no se daba tanto tiempo; yo me he limitado a responder que era para estudiar y al tipo le debo de haber caído bien. Ahora no tendré que salir cada tres meses y en octubre me apuntare a la lotery por la green card.

Para solicitar la visa tuve que responder cosas como si había estado encarcelada, si había ejercido prostitución o si había pertenecido a algún grupo terrorista entre otras cosas.

Me ha hecho pensar en uno de los capítulos del Principito, en el que dice que una persona mayor nunca te preguntará si coleccionas mariposas, pero sí querrá saber cuánto ha costado tu casa o cuánto dinero ganas. ¿Y a quién ha de importarle si has sido o eres puta?

5 de marzo, 1999

Ahora que ya lo tengo todo organizado, acabaré de disfrutar con Quico hasta pasado mañana, que vendrán Tea y Toni para hablar tema casa.

Después, iré a ver a tu padre. Quiero poder ir con calma y, si él lo necesita, estar el tiempo que sea necesario.

Quico, por su parte, me ha dicho lo que era tan importante para él. Está profundamente enamorado de una compañera de clase y quería saber si algunos domingos, en vez de venir a casa, podía empezar a ir a comer a casa de Julia, con sus padres. Estaba muy interesado en que fuéramos juntos el próximo domingo y que yo, así, también los conozca.

Me hace pensar que pronto vendrán otras cosas y no me asusta por él, sino por la sociedad en la que vivimos. Jamás estará protegido de gente que quiera o disfrute haciéndole daño, y eso me rompe.

Le he podido hablar desde el corazón, como siempre he hecho con él, olvidándome de prejuicios, de mis miedos. Luego le he propuesto que, en vez de ir nosotros, los invitemos a que vengan ellos. Así también estará Roser, que odia viajar en coche, y que se lo podemos decir a Toni y a Tea, para que además venga con Bernat y los niños. Estoy segura que hacerles partícipes de alguna manera, puede beneficiar a Quico cuando yo no esté aquí.

Creo que, aparte de la poca gracia que le ha hecho que nuestros hermanos mayores vengan, desde que le regalamos a Wok no había expresado tanta alegría.

He llamado a tu padre para decirle que ya estaba aquí y que el martes iría a visitarlo. Le ha parecido estupendo.

Me ha dicho que cocinará papas a la turca y que hará baklava.

7 de marzo, 1999

He quedado con mi amiga Ada, nos conocemos de toda la vida, para ir a la playa esta mañana. Cuando vivía aquí, a las dos nos gustaba quedar bien temprano e ir a pasear por la arena.

Nos hemos citado, como solíamos hacer, en la heladería, que es además panadería y cafetería. Vamos con las bicis, ahí compramos algo para llevar y directas a la playa.

Hoy hemos hablado mucho porque teníamos muchas cosas que contarnos, pero, después, ha llegado nuestro ritual de silencio, cuando las dos, sentadas mirando al horizonte, nos quedamos frente a la inmensidad del mar sin nada que decir.

Hoy, además, es de esos días en los que hace sol y ya se siente lo cerca que está la primavera.

Ada me ha contado que le han encontrado un bulto en el pecho y que en pocos días se lo extirparan para luego empezar con la radio y esperando que no vaya a más. Siempre admiré, y sigo haciéndolo, su positivismo, su valentía, es una mujer con una tremenda capacidad analítica para ver rápidamente el problema y encontrar solución; en este caso, como ella dice, no está todo en sus manos, pero si está hacer todo lo que diga su médico, luchar lo que haga falta y no rendirse. Me hablaba de lo agradecidos que deberíamos estarle a la vida cada día que estamos vivos. Me he puesto a llorar recordando lo mucho que decías tú cuánto te gustaba vivir.

Estar con ella me ha hecho pensar que debería pedir hora con mi ginecóloga y hacerme una mamografía.

He vuelto a casa y Quico todavía dormía y Roser seguía en el huerto desde que me he ido. Le gusta tenerlo todo preparado con horas de antelación para cuando haya que empezar a cocinar.

¡Voy a darme una ducha y a ayudarla!

¡Buenos días!

7 de marzo, 1999 (Noche)

Estoy por fin en la cama, ¡qué día tan largo! No puedo dejar de dar vueltas. Por eso recurro a ti.

Quico se ha ido feliz. Por un lado, porque en una semana nos presentará a Julia, a Roser y a mí, y, por otro, molesto, porque hoy, con la visita de Tea y Toni, ha habido mucha tensión.

Tea, nada más llegar, me ha atacado y criticado por no ir a ver a nuestra madre a la residencia. Que está en un estado avanzadísimo de Alzheimer y que podría tener el detalle de ir a verla.

Le he pedido que no me dijera nada más, que la relación que yo tenga con mi madre y las decisiones que tome acerca de ella son mías y han de ser respetadas y no juzgadas.

Toni ha llegado más relajado y de buen humor, pero se ha ido animando. Es como si estar junto a Tea lo hiciera transformarse.

Ha sido después de comer cuando han dejado caer la bomba, no solo lo de la casa. Tras venderla, estos dos iluminados quieren darle a Roser la entrada para comprarse algo a modo de finiquito; que la escuela y gastos de Quico los paguemos entre los tres y que la herencia que hay explícitamente para ese gasto nos la dividamos.

Les he dicho de nuevo que no, aparte de que estaban locos, esta vez ya delante de Quico, para que también se entere. Si a Quico se lo explico, corro el riesgo que se olvide y, algún día, más a Tea que a Toni, se le ocurra hacerle firmar algo o intentar convencerlo con regalos y atenciones y que, a pesar de que se necesite mi autorización, a mi hermanita se le ocurra algo para salirse con la suya. Ya que es, de todas las personas que conozco, la más maquiavélica, más que mi madre.

Pero sí Quico ve y escucha que estos dos pretenden algo con lo que yo no estoy de acuerdo que le afecta a él, pero, sobre todo, a Roser o a mí, ya pueden maquinar lo que sea, que no habrá manera. Y eso Tea también lo sabe. De hecho, antes de exponer su estupendo plan, ha intentado que Quico fuera a jugar con los perros, pero, por suerte (Quico se está haciendo mayor), le ha respondido muy acertado:

—No, que després parleu i jo no m'assabento de res.[2]

Roser y yo no hemos podido evitar sonreír y a mí se me ha escapado además un «jiji» que tendría que haber evitado y así no recibir más insultos de mi hermana.

Les he dicho bien claro que ni yo autorizo a Quico para que firme, que con mi firma cuentan menos, y que la herencia de Quico no se toca. Quico es, de los cuatro, el que tiene una pequeña parte más de la casa, mi padre se la cedió a él para que no se tuviera que mudar nunca y tuviera siempre, como le dijo antes de morir, un hogar donde siempre poder volver.

2 No, que luego habláis y yo no me entero de nada.

Así que a Tea y a Toni les he propuesto comprarles su parte y, una vez se han ido, he llamado al notario para hacer a Roser usufructuaria lo antes posible.

Han dicho que se lo pensaran y, si dicen que sí, me veo pidiendo una segunda hipoteca de la casa. Pero prefiero eso a lo que proponen.

Me darán respuesta en unos días. También les he dicho, porque esta vez sí me han enfadado estos dos y no lo he podido evitar, que, si me venden, se olviden de venir con sus hijos y amigos sin ser invitados ni a pasar un día de barbacoa.

Creo que nos llevará un tiempo todo esto.

Me siento mucho mejor. ¡Gracias!

9 de marzo, 1999

Amor. Así me sale. Son las 23:30 y estoy en tu cama, en tu cuarto. Llegué temprano, tu padre me esperaba con el té y la mejor baklava del mundo.

Nos hemos dado un abrazo largo, yo lloraba y él me consolaba.

Tendría que ser al revés, pero él me ha dicho que ya lo tiene asumido, que el dolor es diario, pero que ya se ha acostumbrado a él.

Tenía claro por qué no lo había llamado antes. Me ha contado la visita que le hiciste antes de irte a Berlín. Le dijiste que te sentías perdido y que de lo único que te arrepentías era de haberme dejado atrás, pero que no podías hacerme eso a mí. Que no podías arrastrarme contigo y que tú no estabas bien. Que querías recuperarte y que entonces volverías y, si no era tarde, me preguntarías si quería volver a ser tu mujer.

Te habría dicho que sí Enver, sí, sí, sí y mil veces sí, y ahora te lo digo llorando, pero te lo habría dicho feliz.

A tu padre le he dicho lo mismo y le he pedido perdón porque sé que él quería que hubiésemos seguido la tradición y que nos hubiésemos casado antes de ir a vivir juntos, pero también me ha dicho que lo había entendido siempre, tú te criaste con otras costumbres y que el amor que sabía que nos teníamos no tenía por qué esperar. Que los tiempos cambian y que lo importante es dormir abrazado a tu amor.

Me ha dicho que, para él, siempre he sido su nuera, que las veces que fue a vernos a París, las que vinimos nosotros, nunca te había visto tan atento y enamorado.

Que nuestras miradas, nuestras muestras de cariño, le recordaban cómo él había amado a tu madre y cómo tu madre lo había amado a él. Por eso siempre aceptó nuestra unión, aunque esperaba la boda.

Os parecéis tanto que al mirarlo no podía evitar verte a ti. Tenéis las mismas manos, la misma mirada, esos ojos que sonríen al hablar. Su vejez se lee en el pelo blanco y en la barba canosa pero su rostro, aun siendo un rostro triste, está sereno.

Dice que ha pensado en traspasar la carpintería o vender el local si nadie quiere seguir el oficio, vender la casa y volver a Ankara, que aquí se siente muy solo a pesar de la buena gente que hay en el pueblo, pero que su sitio está cerca de los suyos.

Dice que quiere hacerte un entierro aun sin haber podido recuperarte, y que lo haría con cosas tuyas.

Le he pedido ver tus fotografías y los dos nos hemos vuelto a emocionar al ver tu trabajo, tus retratos, entre ellas, una foto de los tres.

Estás en el medio, nos tienes cogidos por el hombro a cada uno de nosotros y te ríes dándolo todo, con el pecho hacia delante. Tu padre y yo nos miramos, sonriendo y felices de verte tan contento.

Entre ellas ha aparecido una de tu madre; recuerdo que me la habías enseñado en otras fotografías, pero esta no la había visto nunca.

Es una fotografía en blanco y negro, está apoyada en la puerta de la casa que teníais en Ankara y embarazada de ti, según tu padre de unos siete meses, es tan, tan hermosa.

Le he propuesto a tu padre que cada vez que venga, iré a verlo. También que estaré en contacto, y que, si decide irse, me lo diga para poder visitarlo. Que cuente conmigo para lo que sea y esté en mi mano.

Enver, yo no sabré jamás si alguna vez habrías vuelto, pero daría lo que fuera si a cambio de que no volvieras conmigo jamás, estuvieses vivo.

10 de marzo, 1999

Esta mañana, al despertar, toda la casa olía a té de azahar.

Hemos ido a pasear por el pueblo, ¡cuánto lo quieren!

Me presentaba como su nuera y todos me daban el pésame.

Ha preparado unas albóndigas deliciosas con las papas y, después de comer y antes de que oscureciera, he regresado a St. Pol.

Tu padre me ha bendecido con una oración en turco, me ha entregado un fular que había en tu habitación, parece que lo olvidaste el ultimo día, y me ha puesto un anillo tuyo.

—Ela yo sé que él era tú y tú eras él. Por eso, lleva este anillo, él te protegerá de las malas energías.

Tengo el corazón roto.

Roser me ha recibido con los brazos abiertos, me ha dado leche caliente y me ha arropado.

Me gustaría dormirme contigo, muchas noches,

Abrazo mi almohada y la aprieto hacia mí.

¿Cuándo acabará este dolor?

13 de marzo, 1999

Hoy es viernes 13. Si estuviera en Nueva York... Seguro que hoy en la tele, en la calle, se pasan el día hablando de la mala suerte y al más puro estilo Halloween, ponen también alguna película relacionada.

Te producía una risa tremenda asustarme. Nunca lo entendí.

Como no he entendido jamás esa pasión por las películas de terror, por pasar todo ese mal rato esperando a que degüellen, descuarticen a alguien... ¡Ese estar constantemente en tensión, esperando el susto!

Nunca conseguiste convencerme para ver una peli de miedo y alguna vez que te habías quedado viéndola tú, recuerdo cómo venías después corriendo y te metías en la cama acojonado, abrazándome y acurrucado como buscando que te protegiera.

Entonces era yo la que me reía y, por la mañana, algunas veces, te di más de un susto.

¡Te enfadabas un montón! Y yo me partía de la risa.

De Tea y Toni no sé nada todavía, me temo que estén tramando algo, pero ni me preocupa.

He pensado ir a ver a mi madre, pero lo haría por obligación y no porque me apetezca o me salga del corazón.

Sé que está con los mejores cuidados y es que no, no puedo, no puedo, ni quiero. No porque esté enfadada todavía. Verla me producirá más dolor a mí que a ella, y ya tengo dosis suficiente de dolor ahora mismo.

15 de marzo, 1999

Júlia y Quico están enamoradísimos, es genial ver cómo los dos están tan pendientes uno del otro y cómo él se deja mimar y cómo la mima a ella también, muchísimo.

Según me han contado sus padres, durante el embarazo, la madre y la niña sufrieron una infección por citomegalovirus (ni idea de lo que era hasta que me lo explicaron sus padres) y, aunque en la mayoría de los casos no hay síntomas una vez tratado, en otros, causan retrasos graves o incluso a veces muy graves. No he necesitado preguntar más porque Júlia es una niña muy viva, que sabe lo que necesita y es, además, encantadora. Lo importante era saber si ella podía vivir en pareja y puede de sobras.

¡Quieren casarse!, me lo temía, así que parece ser que este verano tendremos boda. ¡Toma ya!

He propuesto la casa para todo, para la boda y para que tengan un hogar. Además, Roser está encantada y así también lo ha hecho saber, dice que así no estará tan sola en una casa tan grande, que Quico es su niño adorado y que Júlia será como una hija.

Marta y Oriol, los padres de Júlia, un encanto los dos, han aceptado y se han ofrecido a cubrir los gastos. Además, viven solo a cuarenta y cinco minutos en coche y vendrían a menudo para estar con ellos y para que Roser no cargue con toda la responsabilidad de la casa.

Por ahora hemos hablado con la escuela para que Quico tenga todos los domingos permiso para irse con ellos a pasar el día. Roser también estará con ellos.

Yo estaré en contacto, sobre todo, con Marta, para cualquier necesidad y para ir ayudando, aunque sea desde la distancia, con los preparativos.

¡Me parece tan maravilloso que por fin tengamos algo que celebrar! ¡Y todavía me parece más genial que sea gracias a Quico!

Toni y Tea con mi cuñado y mis sobrinos han venido por la tarde, cuando ya todo estaba decidido.

Tea no ha podido evitar exclamar un grito cuando Quico ha agarrado a Júlia y la ha presentado como su novia y, a continuación, se han dado un morreo de los guarros sin ningún tipo de vergüenza ni control.

La cara de Tea era de espanto y ha tardado segundos en cerrar la boca. Después, intentaba sonreír para disimular, pero le era imposible. Bernat se mostraba feliz por ellos y los niños aplaudían la noticia y pedían más besuqueo.

Toni, por su lado, se ha acercado sacando pecho y ha felicitado a Quico con esos gestos retrógrados y un comentario de los suyos:

—Així es fa, molt bé, Quico .[3]

---

3 Así se hace, muy bien, Quico.

Es gracioso, porque cuando hace o dice algo así, a quien mira automáticamente después es a mí, aun sabiendo que lo estaré ya mirando y que mi cara será, seguro, de total incomprensión. Ya verás cuando les llegue la invitación de boda. Por suerte, antes de que a alguien se le pudiera escapar, ya habíamos alertado a los padres de Júlia y a ella misma para que disimularan y no soltasen la noticia. No creo que eso sea ser mala, pero ¡es que no lo puedo evitar!

Te juro que Toni tendría que haber nacido en los años 30 o 40.

Creo que se quedó embobado de pequeño cuando mi madre, lo llevaba alguna vez a verla actuar y la ópera y todo su mundo lo hicieron creer que vivía dentro de una película de época.

Sus gestos, su manía de pasarse de educado, exagerando y sobreactuando, sobrepasan los límites. La madre de Júlia también me ha mirado extrañada una vez y me he limitado a sonreír haciéndole una mueca para que no lo tuviera en cuenta. Y he recordado, observándolos, la última vez que fui a un restaurante con ellos. Tea, montó un pollo porque el camarero no sabía de qué era la sopa del día; el pobre hombre acabó enrojecido y pidiendo perdón, yo, pidiendo que no se disculpara y que se fuera tranquilo a seguir su trabajo. Toni se mantuvo sentado, observando todo sin inmutarse y con la cabeza altiva. Un asco, de verdad, un asco.

Tea y Toni creo que no han sido felices jamás y eso que nuestro padre, con todas las ausencias de mi madre, siempre nos hizo la vida más fácil.

Todos los juegos, las excursiones, las fiestas en casa invitando a todos los niños y niñas que quisiéramos.

Los ratos de cine con las pelis de súper 8, la guitarra, ¡qué bien que cantaba!, «cucurrucucuuuu palomaaa», nunca un enfado, jamás un grito.

Consiguió que cuatro niños creciéramos en un ambiente lo más normal y sano posible.

Toni, el muy mezquino, le dijo una vez que era un blando y por eso nuestra madre se pasaba más tiempo trabajando fuera de casa que con nosotros. Tea también tuvo su momento de gloria y salió con lo del amante de mamá y le dijo algo parecido a que más ciego es el que no quiere ver.

¿Qué creía esa estúpida? ¿Que mi padre no lo sabía? Mi padre jamás se puso una venda en los ojos. Los odié a los dos durante un buen tiempo. Creo que hasta que pude entender, viendo a mi padre un día silbando mientras pescaba, que la vida es lo oscura, triste, amargada y deprimente que tú quieres que sea.

Mi padre nos lo dio todo, y todo es todo, nos dio su vida.

Mi madre fue una egoísta, y no por ser una artista, que obviamente tenía que viajar y hacer conciertos para ganarse la vida. Lo fue porque jamás vino a dedicarnos tiempo, siempre le dolía la cabeza, siempre estaba demasiado cansada, siempre con esa actitud de diva. Nos condicionaba el amor y si no respondíamos a sus exigencias y agradecíamos su falso «Lo hago porque quiero lo mejor para vosotros», éramos desterrados de la posibilidad de ser queridos.

Ella era la adulta, ella era la que tendría que habernos dado esa sensación de seguridad y amor incondicional que nos dio nuestro padre y no tanto rechazo o cansancio. Siempre consintiendo que Tea se comportase sin personalidad y que Toni sufriera un complejo de Edipo sobreactuado. Enfermos los tres.

La muy arpía, además, si no se salía con la suya, intentaba convertirnos en culpables de lo que fuera frente a nuestro padre. Jamás le salió bien, jamás mi padre aceptó sus quejas, la conocía mejor que ella a sí misma.

Mi padre, además, no solo trabajaba en el hospital, también tenía la consulta en casa y así podía estar siempre cerca. Su horario en el hospital terminaba siempre antes de que saliéramos del colegio para podernos recibir, merendar con nosotros y jugar, bien haciendo el tren con la manta y recorriendo todo el pasillo de arriba abajo, como montando lo que fuera solicitado en cada momento. Luego entraba en el cuarto de las consultas y ya no lo veíamos hasta la cena, pero sabíamos que estaba.

No voy a permitir que esos dos desagradecidos se salgan con la suya y vendamos la casa de mi padre y de su familia.

¡Vaya, que descanso! ¡Esto de escribir es totalmente terapéutico!

Buenas noches, mi confidente querido.

17 de marzo, 1999

Ya estoy de vuelta.

He ido a recoger a Blau a casa de Mirta. La entrada en el control de pasaportes ha ido genial. El oficial de policía solo me ha preguntado si era mi primera vez en Estados Unidos y a qué venía. Le he dicho que ya había estado varias veces y que venía a estudiar un máster. ¡Los codos no han picado!

—Welcome to the United States —ha dicho, y me ha sonreído.

Sé que cometí una ilegalidad quedándome sin la visa, pero me gusta tanto este país, su gente... Digan lo que digan, para mí son encantadores la mayoría y, sobre todo, en Nueva York.

Esta ciudad me tiene atrapada, sé que un día me iré, pero, mientras, me tiene fascinada.

Vine arrastrada por Mirta, para encontrar una salida a París, y poco a poco he ido descubriéndola. Nueva York no es solo lo que se dice de ella ni lo que se ve en las películas. Nueva York tiene alma propia y la descubres viviendo en ella.

Para unos es la ciudad del estrés, del nunca dormir, como canta Sinatra, pero, para otros, es la ciudad de los colores, de los olores, de los rincones.

En esta ciudad he aprendido mucho y muchas veces. En este tiempo que ya hace que me acompañas, más de una vez he pensado lo mucho que te habría gustado.

Eras de extremos, de tirarte al impulso.

«A veces saltas y te la pegas de morros —explicabas—, a veces, solo te fracturas, a veces te hundes, a veces te parece que te ahogas, pero cuando sales o te recuperas de esos estados o cuando saltas y caes de pie, cuando de repente ese momento te lleva o te acerca a otro mejor, tu pecho se abre y puedes sentir la libertad, la emoción en toda su grandeza».

Te gustaban las ciudades más cosmopolitas. Solías decir de ellas que en cada esquina hay una fotografía, una historia. Cómo, de repente, te encontrabas como pez en el agua en la más remota tranquilidad que te ofrecía una isla o una cima de montaña.

Hablabas d'Osor como de tu paraíso particular. Sus calles, el olor del frio en invierno, el de las chimeneas encendidas, el olor a pan metros antes y metros después de pasar por delante de La Fleca, su variedad de colores pardos, rojos, naranjas, verdes, en otoño, en primavera, en verano. Te gustaba caminar por el bosque horas y volver una vez empezaba a oscurecer. Luego, de repente y tras unos días, necesitabas irte a la ciudad, a cualquier ciudad.

El día de tu marcha no lo entendí, pero sí lo hice después.

Necesitabas dar de nuevo con eso que París había conseguido arrebatarte. Necesitabas irte para encontrarte.

Uno de esos días, recordé una mañana en la cama, cuando abrí los ojos y tú estabas apoyado en la cabecera, sentado a mi lado, con tu taza especial (cómo te gustaban esas cosas y qué poco apegado eras para otras), soltaste, después de un beso y un «Buenos días»:

—¿No te cansas de vivir siempre en el mismo sitio?

Llevabas, ahora lo sé, horas con eso en la cabeza.

20 de marzo, 1999

Hoy salgo con Antoine, el francés que habla perfecto castellano y que conocí en la fiesta de San Valentín, dedicado a la importación de vinos de su propio viñedo. No sé por qué, pero me huelo algo, no sé el qué...

Quedo con él porque al llegar el martes tenía como cuatro mensajes en el contestador y en el último ya me decía casi riñéndome:

—Como veo que no me respondes, acabo de comprar una de tus piezas para que, al menos, pueda invitarte a mi casa y me puedas decir dónde ponerla.

Aluciné, llamé a Mirta sin decirle que quizás quedaba con él, mejor evitar sus comentarios y consejos sin habérselos pedido, y me puso al día.

No solo se ha vendido, por un lado, la que ya se estaba negociada con otra persona, sino que Antoine la llamó ayer por la tarde y, sin preguntar precio ni tamaño, le compró otra. Mirta, al ver que no tenía preferencia por ninguna de las dos que quedaban, le ha vendido la más cara. ¡Es una paaaaasssstaaaa!

¡Si quisiera, podría dejar de trabajar durante unos

cuantos meses! Pero no, me voy a guardar el money porque voy a necesitarlo para todo lo que viene. Pero estoy flipando y más, por qué ha comprado la pieza creyendo que no le contestaba porque no quería y no porque pudiese estar fuera del país.

¡Qué tipo este!

22 de marzo, 1999

Increíble el pedazo de mansión que tiene Antoine.

Me va hacer caso y mi pieza la va a poner en el jardín interior que tiene la finca.

Es muy francés, muy correcto, muy atento, tanto que me agobié un poco, pero también es muy divertido. Se interesó muchísimo por mi trabajo.

Es de París, pero reside en NY desde hace doce años. Viaja continuamente a Francia por negocios. Su castellano se debe a una abuela de Toledana y, además, maestra.

Cuando me preguntó si conocía París, se me movió todo y me sorprendí diciendo que no. No quería entrar en una charla acerca de París, de mi vida allí, de sus calles, de los bares que conocía o de los que frecuentaba. Quería evitar nombrarte o que empezásemos a hablar en francés.

Así que hice lo que funciona de maravilla cuando no quieres hablar de ti, empezar a preguntarle sobre él, por su negocio, por su familia. Dejaba que se explayara y, justo antes de que terminase una respuesta, le hacía otra pregunta. Creo que notó mi nerviosismo por querer cambiar de tema y también creo que es la primera vez que he sabido tanto de una persona en la primera cita.

Es el primero que no habla ni de formar familia ni de tener hijos. ¿Será que no quiere?

Me ha llamado hace un rato para decirme que me recogía mañana al mediodía, quiere enseñarme algo, dice.

23 de marzo, 1999

Es genial, Antoine ha venido a recogerme a la hora de comer, me ha dado los dos sándwiches que me tocaban y la bebida en el mismo coche y, sin decirme a dónde íbamos, hemos llegado a Storm King Art Center.

Desde que llegué a Nueva York había querido ir, pero siempre, por una cosa o por otra, no me era posible. Está solo a una hora de Nueva York, en el valle de Hudson y ha sido cumplir un sueño.

La gente que conozco, y estoy de acuerdo, dice que el turismo que deberíamos hacer los que vivimos en ciudades que tienen tanto se lo dejamos para los que nos vienen a visitar, y nosotros nos dedicamos a vivir el día a día sin conocer las maravillas que ofrece el lugar donde estamos.

Cuando tengo ganas de perderme, cojo mi Pentax K1000 y me voy a recorrer la city, pero nunca más allá.

La próxima vez quiero poder alquilar un coche, coger un bus, un tren y visitar sitios como este increíble parque.

Storm King Art está considerado uno de los parques más importantes de esculturas del mundo. Tiene una colección de más de cien obras de artistas contemporáneos. Es un paisaje de campos, colinas y bosques entre los que caminar te hace sentir la grandeza de la naturaleza a pesar del tamaño y majestuosidad de las esculturas.

Se lo he agradecido. Él no se podía imaginar el impacto que esa visita iba a tener en mí. Me he emocionado tanto al bajar del coche que solo decía:

—No puede ser, no puede ser.

Antoine se preocupaba porque creía al principio que había hecho algo mal y, entonces, al abrazarlo y darle las gracias, se ha relajado.

Al volver a casa nos hemos quedado unos minutos en el coche, escuchando un poco más de la música clásica que había puesto para el regreso. Los dos hemos cerrado los ojos, ha sido tan bonito…

Siempre que me quedaba en ese estado de relajación te decía la cita de Gauguin que tú solías terminar conmigo: «Para ver cierro los ojos».

Ir a Storm King Art Center y la paz interior que siento hoy han hecho que se esté empezando a dibujar en mi cabeza mi próximo proyecto.

Quiero que la fragilidad y la naturaleza sean el concepto principal, fusionando esmaltes volcánicos que me lleven al centro de la tierra. Quiero que esta vez mis piezas sean, además, volátiles, que se eleven, incluso que tú, sí, tú, tengas un lugar en ellas. Más volátil que tú, nadie.

Me viene la imagen de tus manos, cómo gestualizabas cuando hablabas y cómo lo hacías para no tener que hacerlo.

Me viene hacer una serie de varias piezas donde lo orgánico, como la corteza de un tronco, la ceniza de una poda de vides, la roca en un estado descompuesto sean parte del desarrollo del trabajo…

Me gusta Antoine porque tiene la sensibilidad del detalle y a veces es hermético en sus manifestaciones emocionales. Me gusta esa prudencia.

No habla mucho, pero sí está pensando todo el rato. Se lo veo en su mirada, a veces es como si se estuviera hablando, preguntándose y respondiéndose a sí mismo.

24 de marzo, 1999

¡Marc, tan amable como siempre! Me ha traído una bolsa llena de ropa de la que le dan para charity por si me gusta y me sirve algo.

Me he quedado con unos pitillos y un par de camisetas muy ochenteras. Una de Bowie y la otra con el dibujo de un equipo de doble cassete. Son geniales. También con una chaqueta larga de lana tejida a mano, o al menos eso parece. Ya no hace tanto frío, pero sí hay días que todavía se necesita algo que abrigue.

Me encanta la primavera. Tú la odiabas por culpa de tus alergias, era la época del año en la que tenías que ser más cuidadoso y tomarte tus pastillas durante varios días seguidos para evitarlas.

Hemos ido a ver a Repertorio Español La casa de Bernarda Alba. Y luego a comer algo a un sitio buenísimo que está en Lexington con la 27.

Me encanta ir a ese teatro de vez en cuando, todas las representaciones son en español con traducción simultánea en inglés para quien no lo entienda. Todo el elenco es de habla hispana. La actriz que abre la obra con un monólogo de una de las criadas trabaja muy bien y ya te transmite toda la emoción que va a seguir durante toda la obra. Le he reconocido el acento y o es española, o tiene una dicción muy trabajada.

La actriz que representa a Bernarda es Adria Santana, cubana y también tremenda actriz. Para mí este es un elenco muy bien elegido, desde la criada a las hijas, la madre de Bernarda, la Poncia… ¡Qué mujeres!

Repertorio lo fundaron a finales de los 60 René Buch, director artístico, y Gilberto Zaldivar, productor y creo que fue después de dos años que se les unió Robert Weber Federico como diseñador y productor artístico.

A los tres los conozco por haber coincidido muchas veces en estrenos y otras celebraciones latinas. Con René, aparte, tengo muy buena relación, es un hombre muy carismático y sabe tanto de teatro y de tantas otras cosas, que es difícil no enamorarse de él. Yo lo hice, platónicamente (porque no tenía ninguna otra posibilidad), pero lo hice.

Al salir de la función nos hemos encontrado con mi amigo Ignacio. Desde que lo conocí, es una de las personas más importantes para mí, lo adoro y me encanta verlo.

Trabaja en el teatro junto a René y, además, es columnista de opinión en el Herald.

Encontrarse con él son risas aseguradas, así que se ha unido a nosotros y hemos acabado bailando los tres en mi bar preferido del Downtown.

Cuando ocurren cosas así, noches inesperadas, es cuando mejor me lo paso.

Me gusta, antes de dormir, si no me quedo frita, encontrar el momento para escribirte. Mantenerte al día de mi vida es mantenerte vivo en mi cabeza.

No sé si esto se consideraría enfermizo y si debería dejar de hacerlo, pero no le hago daño a nadie y, si se lo hiciera, sería solo a mí, y a mí no me duele, todo lo contrario, me alienta, lo necesito, no quiero dejarte ir, no todavía.

27 de marzo, 1999

Estoy pensado en ir a ver a una amiga de Mirta que tira las cartas.

Se me ha ocurrido esta mañana al despertar. He tenido un sueño alucinante contigo. Hace regresiones, reiki, sueños astrales…

Hoy, coincidencia o no, hace dos meses que empecé este diario y hoy, justamente, sueño contigo.

Ha sido tan real que, aun sabiendo que me había despertado, mantenía los ojos cerrados por si podía volverme a dormir y recuperar el sueño.

Iba en bicicleta por el West Village, conducía sin apenas coches y era primavera, seguro, porque yo iba con un vestido que tengo, floreado, y mis camperas, y es como suelo ir en esta época. Tu ibas a mi paso, pero volando encima de mí. No hablábamos, pero los dos sabíamos que estábamos juntos. De repente, te has hecho dueño del manillar mientras yo iba sentada en él, dejándome llevar.

Hemos llegado hasta Greenwich Village y ahí nos hemos detenido. Como si estuvieras descubriendo algo con muchas ganas, caminabas deprisa, me tenías la mano cogida y era casi como si tú me arrastraras a mí. Te girabas a mirarme y me sonreías, yo sonreía también, entonces me adelantaba para ir a tu paso. De repente, volvías a ir más deprisa que yo, sin soltarme, pero siempre por delante, y era imposible ponerme a tu lado.

Ni idea lo que un sueño así puede significar, por eso me he acordado de la amiga de Mirta. No quiero que me tire el tarot, pero sí hacer un sueño astral.

28 de marzo, 1999

No dejo de darle vueltas a algo. Me he puesto Extremoduro, que siempre me hace volver al lugar de donde soy, y no hablo ni de St. Pol ni nada por el estilo, me refiero al lugar donde encuentro mi espejo. Donde encuentro mis creencias al escuchar sus letras, mi manera de cantarle a la vida, de entenderla. ¡Donde puedo bailar, reír, saltar y sentir que me late! Sentir que Robe ha escrito para mí o ha escrito lo que yo también quiero decir.

Te encantó que, al preguntarme, ni me lo pensara y fuera directa.

—¿Mi música por excelencia en el rock? Extremoduro.

Ahí supiste que yo, en la música, también podía ser de extremos, porque aparte del rock, descubriste mi gran afinidad con el blues, con el jazz, mi debilidad por los poetas cantautores, en cualquier idioma, mi atracción por la música techno o house para desconectar, sobre todo, de esa poesía. Y mis ganas de bailar siempre con algunos grupos o cantantes pop. En el único con el que no hubo un pero fue con Bob Marley.

—¿A quién no le gusta, aunque sea, una canción, de Marley? —lanzabas la pregunta al aire cuando lo poníamos.

Tú y yo teníamos tantas cosas en común que rápidamente solucionamos lo de la diferencia de edad y jamás nos vimos ni más joven tú ni mayor yo, siempre nos mantuvimos en ese punto intermedio.

Hablábamos de lo mismo, a veces de temas que otros habían dejado de hablar por considerarlos sueños o imposibles.

No dejamos nunca de tomarnos la vida muy seriamente.

Hablábamos de volar, de saltar, de llegar muy lejos, de vivir donde el arte tuviera mucha presencia y luego, de irnos a vivir a una isla, ¡la que fuera que escogiéramos!

Hablábamos de ser fieles a los ritmos de la vida, al sol, al mar.

Te hablé de mis ganas de ir paso a paso, y tú de no tener prisa por dejar la intención de proponerte ser feliz cada día, incluso, con el detalle más pequeño.

Te contaba, y compartías, que, si pisábamos una mierda, significase buena suerte, y si veíamos un gato negro, también eso había de traer buena suerte.

Para mí era un privilegio ganado levantarnos para ir a hacer lo que a cada uno más le gustaba, jamás ir con una queja a trabajar. Le echábamos ganas a todo, estirábamos al máximo las cuerdas que aparecían.

Jugar mientras estás viviendo y no sentirse vieja por ello. De eso se trata todavía.

Hablábamos de anhelar para poder alcanzar, si no, ¿de qué servía anhelar?

En casa escuché durante años a mi madre y a mi hermana diciendo que había de pensar en un porvenir, en un futuro, en una seguridad, en la jubilación. Que la escultura era muy bonita, pero como entretenimiento.

Veo a Tea y, a pesar de que tiene mucho más dinero del que yo tendré nunca, siempre le importará más el qué o cómo lo dirán y siempre se irá a la cama dándole la espalda a cualquier oportunidad.

Mi padre solía decir: «Lo que queramos hacer es lo que debemos hacer. Cuando hacemos lo que debemos, estamos en sintonía con nosotros y somos felices».

No digo que sea mejor mi elección, pero, en mi caso, se ha tratado de poder respirar en este mundo. De querer estar en sintonía conmigo, con él.

29 de marzo, 1999

Ayer fue uno de esos domingos que he de obligarme a repetir.

Me levanté temprano. A veces parece que tengo un despertador en la cabeza y a las ocho ya estoy despierta y con ganas de salir de la cama, y otras veces suele ser al revés, parece que la cama tenga cientos de brazos que me agarran y me prohíben saltar con esta energía.

Me preparé un baño y me puse la mesita que tengo para poner un par de velas, mi té y mi libro.

He empezado A Clash of Kings, de George R.R Martin, fantasía épica. Ya sabes lo que me gusta a mí ese género.

Me quedé en la bañera hasta que sentí los dedos de los pies arrugados. Me arreglé y salí con el libro y una chaqueta, por si acaso, a desayunar; más bien a hacer un brunch.

El brunch es algo típico de los fines de semana, pero hay que darse prisa porque, a determinada hora, la cola es tan larga que puedes quedarte sin comer a no ser que no te importe esperar.

Me pedí los huevos Florentine, son muy parecidos a los Benedict (mis favoritos), pero el beicon lo cambian por espinacas y están muy buenos, aun sin salsa holandesa.

Luego me acerqué al Moma y, como ritual que llevo haciendo desde que llegué a Nueva York, me fui directa a la sala donde están los cuadros de Jackson Pollock para luego dedicarme a ver a los demás y alguna muestra nueva.

De Pollock leí una vez: «El cuadro tiene su propia vida. Lo que yo intento hacer es dejar que salga». Encontré esa cita justo cuando estaba rehabilitándome de un bloqueo abismal. Y es justamente eso lo que yo también siento. Antes de cada boceto pongo el lápiz en la lámina y él me guía. Mi mano se rompe en el gesto y es así cómo va apareciendo la imagen. A veces no hay imagen y es a través de algo escrito, o una palabra que me lleva a la imagen.

A veces solo el gesto.

Terminé en Central Park. Llevaba tu fular, el que tu padre me dio, y lo estiré en el suelo. Leí y perdí la noción del tiempo.

Cuando llegué, había un montón de gente y, cuando quise darme cuenta, estaba atardeciendo, quedaba muchísima menos y empezó incluso a refrescar.

Al llegar a casa, Antoine esperaba sentado en las escaleras, traía pizza y una peli del videoclub. Por un momento pensé: «Ostras, qué cortada de rollo», pero me relajé y decidí darle una oportunidad al momento. Quizás, dársela también a él…

13 de abril, 1999

Por dónde empezar.

Tanta cita y tanta conversación sobre lo mismo, al final, me han hecho pensar sobre ello.

Con Marc me vi y aclaramos, él había estado creyendo que, quizás, poco a poco, iba a ir teniendo más mi atención y que, al final, podía surgir la chispa, como lo llamó él, «la chispa». Pero los dos enseguida estuvimos de acuerdo en que sus ganas por encontrar el amor estaban confundiéndole las cosas y ser amigos era nuestra mejor opción.

¡Me explicó cada cosa que había pensado! (Luego dicen que somos las mujeres las que fantaseamos). Ahora lo tiene súper claro y se ríe al recordar cuando le dije:

—Además, Marc, tú buscas una mujer para tener, mínimo, cuatro hijos, y yo no entro en esa estadística. No creo ni siquiera que vaya a tener uno.

Es tan romántico que, cuando encuentre a esa mujer, si encajan, van a ser muy felices.

Digo lo del hijo porque ya son cuarenta y un años y, si alguna vez sentí la llamada que dicen que se siente, o estaba haciendo algo que me importaba más y se pasó, o todavía no la he sentido, o la confundí con otra cosa. Porque sí tuve algo parecido a la «llamada» cuando vivíamos juntos, pero no como algo que deseara en ese momento, sino en un futuro, pero sí contigo.

Ranjit ha desaparecido del mapa, después de un par de copas no sé nada de él.

Y Antoine, pues no sé en qué punto estamos, aunque llevamos unos días bastante intensos.

Qué raro se me hace escribirte estas cosas. Quizá debería dejar de escribirte, pero, entonces, escucho esa vocecita preguntarme por qué. ¿Por qué dejar de hacer algo que me acerca a ti?

A Antoine quiero tomármelo con calma, tiene gestos muy auténticos y casi hasta de película romántica, rollo ramos de flores en el trabajo, aparecerse de repente con la peli que además es comedia romántica, todavía no le he dicho que me dan un poco igual este tipo de pelis.

Hay un algo, muy sutil, pero es algo machista en algunos de sus comentarios. A veces se da cuenta y, supongo que, al ver mi cara, se autocorrige con el «No quería decir esto», pero entonces yo pienso: «Vale, pero lo has dicho». Es como aquello de «Yo no quería matarla, pero apreté el gatillo sin querer». Luego, de repente, lo olvido, porque ha dicho algo tremendamente sarcástico y divertido que me ha hecho doblarme de la risa.

También pienso que soy un poco exagerada y que estoy prejuzgando cuando odio que lo hagan conmigo. No sé dónde nos llevará esta historia. A él lo veo muy pendiente, atento y yo todavía no sé si quiero algo tan serio. ¿Lo quiero?

Y, entonces, vuelve la pregunta: ¿estoy o no estoy dándonos una oportunidad? Creo que he de relajarme y dejarme sentir.

Cuando tú y yo nos conocimos fue totalmente diferente. Fue ese instante en el que nos miramos por primera vez, ya que vernos ya nos habíamos visto.

Fue en el aniversario de Rafa, el de sus treinta años. Hacía un montón de meses que no lo veía, me había llegado a aburrir tanto quedar con él que opté por dejar de hacerlo.

Me llamó para invitarme, como si fuéramos amigos íntimos.

Me dejó un mensaje en el contestador que todavía recuerdo:

«Ela, tía, has de venir, vendrá un montón de gente interesante a los que me encantaría presentarte, no me puedes fallar». Aluciné bastante.

¿De verdad se creía que éramos tan amigos?

Mi hermana Tea hacía eso, empezaba un curso nuevo en la escuela y a los tres días hablaba de alguna niña que no habíamos visto jamás en casa, ni la había llamado nunca por teléfono y esa, era su nueva mejor amiga.

Yo creo que hasta que no llegamos a NY, no sentí a Mirta como amiga. Sí creo que es una de las personas más importantes en mi vida y la quiero como a una hermana, pero la amistad es una elección muy importante. A la familia no la escogemos, pero los amigos sí.

Tú y yo éramos amigos, lo fuimos desde el primer saludo.

Recuerdo cómo, al llegar y ver la cantidad de «amigos» que tenía Rafa, me quedé algo sorprendida. Durante un buen rato no hablé con nadie, me limitaba a recorrer la sala y la parte del jardín, como si siempre me estuviera acercando a buscar una copa o algo para comer.

Primero te escuché y luego te vi.

Había llegado no sé cómo a ponerme de espaldas a ti y a escuchar cómo le explicabas a un grupo de personas, mayormente mujeres, tu último reportaje de fotos. Habías estado persiguiendo a no sé qué famoso y habías terminado en el tejado de su casa.

Esas personas se reían y yo he de confesar que también lo hice.

Luego me moví, y la primera vez que te vi fue desde una de las esquinas de la piscina, a metros de ti. Había medio rodeado el jardín y, al girarme, te vi de cara. Era una distancia bastante larga y la noche, a pesar de lo bien iluminado que estaba todo, no me permitió verte con claridad, pero recuerdo cómo me quede embobada con tu perfil, tu look elegante pero desenfadado y tu barba. Llevabas barba. Para mí, no hay hombre al que le siente bien la barba que no encuentre tremendamente sexy. Tú ni te percataste.

Alguien me dio un golpe y reaccioné.

Decidí no volver a mirar y empezar a socializar.

Fue cuando Rafa, en mitad de todas aquellas personas y ya subidito de tono, gritó: «Ela. Elaaaaa —gritaba cada vez más—, ven con nosotros, no te quedes ahí solaaaaaa» (solaaaa solaaaaa, era lo único que alcanzaba a oír, como si fuera un eco).

Tierra, suelo, capa terrestre, tragadme. Álienes del planeta que sea, ¡¡venid a buscarme y hacedme desaparecer!!, pensé en aquel momento. Todo el mundo. Todos los que estaban alrededor se percataron, y, quien no lo estaba, miraba como si pasara algo. Todos los ojos puestos en mí. Y yo no tuve más remedio que dirigirme a él, sonriendo, que era lo que me estaba costando más, por lo mucho que lo estaba odiando.

Me cogió de la mano y todavía tuvo oportunidad de volver a gritar, para presentarme.

—Os presento a Ela Castell Barbieri, quedaos con este nombre, porque es una escultora que va a dar mucho de qué hablar.

¿En qué momento se me ocurrió venir a esta fiesta? ¿En qué momento me consideré amiga de Rafa para decir que sí? ¿En qué momento se me ocurrió acercarme a él con lo pedo que iba?

Busqué dónde te podía ubicar para saber si tú, al menos, no lo habías escuchado, pero ya me estabas mirando también.

A Rafa le dediqué tal mirada que él mismo, sin decir nada más, se calló. Se quedó mudo, quieto, avergonzado.

—¿Te he molestado? —le preguntó a mi oído.

Lo besé en la mejilla.

—He de irme, gracias por invitarme, te deseo lo mejor.

Al separarme de él, caminé con paso ligero y cabeza baja e intenté desaparecer lo antes posible entre esa multitud. Levanté un momento la vista y te vi de lado. Caminaba observándote mientras tú seguías ameno en tu charla, pero, como si alguien te hubiera dicho «Preparado, listo, ya», en cuanto pasé por detrás de ti y rocé tu espacio te giraste, me alcanzaste cogiéndome por el brazo y me hiciste girar para encontrarte.

—¿Ya te vas, Barbieri? —Tus ojos sonreían.

No podía, no conseguía que mi boca articulase ni una sola palabra.

Tenía tus ojos clavados, cogiéndome todavía por el brazo, esperando una respuesta, me sonreías con el gesto de un «¿Qué me dices?». Fueron quizás tres o cuatro segundos, pero yo los viví como muchos más.

—Sí —sonreí, forzada—, he de madrugar. —Me solté y, de nuevo, aceleré mi paso.

Corriste para alcanzarme.

—Te acompaño.

Diste por hecho que no te iba a decir que no, y acertaste.

Al salir de la casa cogimos un taxi, nos subimos y me preguntaste:

—¿Dónde quieres ir?

—A bailar —te respondí, haciendo que no pudieras evitar sonreír.

Le diste la dirección al taxista y viajamos en silencio, cada uno en su ventana. Era verano y París en verano le gana a cualquier otra estación.

Llegamos a Paradise. Entramos sin complicaciones, era como si te conocieran, como si tú me conocieras y hubieras sabido que necesitaba un lugar así, un lugar donde miles de personas bailan y tú eres una más, donde puedes bailar hasta en la tarima, que nadie estará pendiente de ti.

Me metí entre el bullicio, tan adentro como si buscara que me protegieran entre unos y otros, trajiste dos copas y bailamos, bebimos, reímos.

De repente, sentí el codazo más impresionante que me hayan podido dar en mi vida y tú me contaste después el resto.

Había caído al suelo, sangraba, me habías cogido en brazos y llevado al baño, de ahí ya no pude ponerme derecha y me acompañaste a casa. Al despertar, dormías en el sofá. Al verme levantar de la cama te oí de nuevo:

—¿Cómo te encuentras, Barbieri?

Te miré sorprendida de que todavía estuvieras ahí,

pero tampoco sentía que me molestase.

—Fue una noche dura —añadiste, esperando que yo dijera algo bueno.

—Antes de las presentaciones oficiales, supongo que he darte las gracias. ¿Café?

—Té, si no te importa, pero lo preparo yo y lo prepararé para dos. —Y con un paso ágil te dirigiste al baño y después a la cocina, como si ya conocieras perfectamente el lugar.

Creo que fue desde ese día que me acostumbre al té. Nunca lo había probado preparado de esa manera tan rica.

Yo me sentía relajada, dolorida pero relajada, no me preguntaba, estaba cómoda.

Me dijiste que no me preocupara del desayuno, permitiste que me dedicara a mí y, al llegar a la cocina, ahí estaba, había de todo. Tostadas, huevos, queso fresco, acompañado de pepino, aceitunas, tomates, todo cortado, todo presentado con delicadeza y gusto.

—Vaya, esto sí es un verdadero desayuno, no recordaba tener tantas cosas en la nevera —dije.

Nos sentamos, me serviste y empezamos a conocernos.

Me contaste que trabajabas en la misma agencia de noticias que Rafa, él como comercial y tú, como fotógrafo, que habías ido a la fiesta por casualidad, que no tenías intención, pero que, en el último momento, algo te hizo cambiar de idea. Que llevabas en París desde que saliste de la universidad y que te habías ido ahí más que nada por el idioma, ya que tu madre era francesa y con ella, siempre hablaste francés. Que había fallecido siendo tú un niño y que tú te habías criado solo con tu padre. También hablaste de él, hablabas con admiración y respeto.

De él me dijiste que había vivido toda la vida en Ankara hasta que un conocido, un cliente catalán que solía viajar a Turquía a comprarle muebles, le propuso emigrar a Cataluña y ayudarlo a abrir una carpintería. Tu padre, que hablaba español porque siempre le había gustado, lo vio una buena opción y os fuisteis. La propuesta a tu padre llegó cuando tú tenías apenas cuatro años, por eso te criaste en Osor, por eso hablabas, además de tus lenguas materna y paterna, el catalán perfectamente y el castellano neutro, gracias a un profesor de lengua que habías tenido en el cole y era de Valladolid.

Te había escuchado atenta, interesada y, de repente, me di cuenta que no sabía tu nombre. Con la pregunta en la boca, a punto de hacerla, añadiste:

—Por cierto, me llamo Enver, Enver Yilmaz Lacroze, para estar a iguales, señorita Ela Castell Barbieri. —Sonreíste, sonreí y brindamos.

Te pregunté entonces, en catalán, si preferías seguir hablando en catalán, y tu gesto, sorprendido al oírme, fue acompañado con una sonrisa alegre, pero sin darnos cuenta, seguimos en castellano sin darle más importancia. Tú solo querías saber de mí. Conocías St. Pol de unas vacaciones que habías hecho con el colegio y guardabas muy buen recuerdo.

No sé qué nos llevó a seguir hablando en castellano siempre, quizás que ya habíamos empezado así o que los dos, tú más que yo, llevábamos años en París y aparte de hablar en francés, con la gente con la que solíamos coincidir hablábamos mayormente castellano.

Para mí, mantener un bilingüismo habría sido lo natural, ya que, tanto con mi madre como con Tea —con Tea fue a raíz de que un día ella empezó a hacerlo— hablamos castellano, pero, en tu caso, sumabas cuatro idiomas.

A pesar de mantenernos en castellano, me encantaba oírte decir

«Me cago'n l'ou».[4]

Desde ese día, no nos separamos, paseamos París entero, entrabamos en las librerías, nos recostábamos en el suelo y nos leíamos en voz alta, íbamos a las bibliotecas y nos perdíamos en las hemerotecas.

Comíamos en los mercados. Empezamos a jugar a crear vidas sobre la gente que pasaba, sentados en los bancos de la ciudad. Cómo había sido su mañana, cómo se llamaba, en qué trabajaba, ¿era feliz? Tres días y tres noches nos las pasamos así, y luego lo convertimos en algo habitual de nuestras vidas.

La primera noche que nos besamos fue una en la que, mientras paseábamos tranquilamente, tomándonos un helado, se puso a llover, se nos deshizo el helado, nos empapamos y tuvimos que correr a resguardarnos dentro de un portal.

Nos escondimos tras las escaleras, justo detrás de la caja del ascensor y ahí, entre las risas que intentábamos retener y el nerviosismo de no ser pillados, pusiste tus manos en mis mejillas y nos besamos, nos besamos con pasión, con ganas de quitárnoslo todo y hacer ahí mismo el amor.

Pero nos detuvimos y salimos corriendo, corrimos hasta llegar a casa. Seguía lloviendo, pero nosotros solo corríamos.

Al llegar, subimos las escaleras persiguiéndonos, deteniéndonos en algún rellano, metiéndonos mano; ya en casa nos desvestimos e hicimos el amor en el sofá, apoyados en la pared, en la cama, eran tantas las ganas...

4 Expresión de rabia o enfado

Por la mañana despertamos abrazadísimos y volvimos a hacerlo.

Seguimos juntos, sin preocuparnos de los días.

Primero llamaste tú al trabajo para decir que estabas enfermo y después llamé yo para decir que había tenido una urgencia familiar.

Pasamos la semana, y a los diez días decidimos que queríamos seguir viéndonos, tener una relación y llamarnos novios.

Además, también decidimos que ya era hora de volver a nuestros respectivos trabajos. Poco después, ya estábamos viviendo juntos.

Antoine vendrá mañana a cenar. Quizá ahí aclaremos algo más.

18 de abril, 1999

El sexo contigo fue siempre cosa de dos.

Hablábamos, reíamos, a veces solo el silencio y, siempre, la intensidad, el ir más allá, el caer rendidos. Los orgasmos continuos, fueran con sexo oral o penetración. Fuera porque me lo provocabas tú, yo a ti o si lo teníamos a la vez. Cada vez superaba la anterior.

Me he acostado con Antoine y detesto hacer comparaciones y, además, creo que no es justo para él, pero no puedo evitarlo. Por otro lado, ya dicen que las primeras veces cuesta más. Habíamos tenido unos días de enrollarnos y mucha calentura, pero no habíamos llegado a la cama.

No me arrepiento, sé que los dos somos conscientes de que estábamos nerviosos.

Luego me ha llamado muy cariñoso y diciéndome que esta noche podríamos ir a cenar. Le he dicho que quería descansar y se ha quedado un poco parado.

Espero que no se moleste. No es la intención.

21 de abril, 1999

Antoine ha estado aquí un rato y me ha propuesto ir a ver una ópera en estos días.

No es que no me guste, pero todo lo que me recuerde a mi madre me pone de mal humor.

Mi madre cometió el error de tener hijos cuando no los deseaba y no entendí jamás cómo una persona podía hacer sufrir tanto a otra que la amaba como la amaba mi padre.

No es una cuestión de perdón, es simplemente que no quiero saber nada de ella ni hacer nada que me la recuerde.

Y mírame ahora, escribiendo sobre ella. Cualquier terapeuta me diría que tengo pendiente cerrar algo y seguramente es así, pero, por mí, que se quede abierto.

Al menos, antes de que cayera enferma y el alzhéimer fuera a más, pude sincerarme y decirle todo lo que pensaba.

Recuerdo la noche en que llegó de uno de sus viajes y discutía con su manager, manager/amante, mejor dicho, y mi padre tuvo que soportar todo eso desde otra habitación.

Yo sé que, en casa de mi padre, mi madre jamás se atrevió a hacer nada porque él, obviamente, no se lo habría permitido, pero esa discusión fue peor que si se hubieran pegado el lote en el cuarto de invitados.

También me consta que mi madre, a su manera, quiso a mi padre, porque era imposible no hacerlo.

Lo que no le perdonaré es el trato que tuvo con Quico, cómo se escaqueaba de estar con él, cómo lo enviaba con Roser a todo, a comprar, a cocinar, a bañarse, a comer, a cenar.

Jamás un cariño, jamás un cuento o una canción.

Una tarde llegué del colegio y la oí hablar por teléfono. No sé con quién hablaba, pero de repente soltó:

—El subnormal de mi hijo me la ha roto.

Aparecí para que me viera, para que tomara conciencia de que la había escuchado. Quiso disculparse, venir a explicarme que estaba nerviosa y no sé cuántas estupideces más.

De mí solo obtuvo silencio y eso la llevó a perder más los nervios y a tomarla conmigo. Que si yo me creía más que nadie, que ella siempre había hecho todo por nosotros, que yo era una desagradecida. La dejé hablando sola y soltando toda esa mierda y me fui.

Cuando llegué por la noche, mi padre me dijo que se había ido y me había dejado una nota. Una nota que ponía: «Espero sepas entenderme».

Creo que es muy injusto que haya padres que crean que se les tiene que perdonar todo por el mero hecho de que ellos te trajeron al mundo.

Si eres una cabrona o un cabrón, atente a las consecuencias y, si no, no tengas hijos.

Yo no quiero saber nada de ella y no quiero ir a la ópera. No quiero pensar ni en ella un segundo más. ¡Mierda!

24 de abril,1999

Hola, mi querido Enver:

Me doy cuenta que a veces solo escribo y ya ni te saludo, o no me despido. De todas maneras, siempre te escribo a ti.

Al final, Antoine cambió la ópera por un musical, mucho mejor, aunque tampoco sean de mi devoción. Lo que sí he de reconocer es que siempre que he visto uno fue tremendo el espectáculo, tremendos los actores, tremenda la música, tremendo todo.

Es algo que no estaría en mi lista de veinte actividades preferidas, pero es algo que siempre recomiendo ver, al menos, una vez en la vida.

Claro que hablo de los musicales de Broadway. Nunca he visto otros.

Hoy hemos ido a una misa góspel. Me encantan, voy a menudo. Quería llevarlo para que tuviera la experiencia, ya que él no había entrado nunca.

Es una maravilla, una descarga de adrenalina cantar junto a ellos y ellas. En mitad de la ceremonia saludan a los visitantes, toda la gente te aplaude y te canta y luego te invitan a compartir con ellos lo que han preparado para comer.

A ti te encantaría, respetabas las religiones que celebraban las misas con alegría y no te interesaban aquellos que la vivían desde el sufrimiento, el martirio, desde el pecado, el castigo, el dolor.

Mi padre, agnóstico toda la vida, solo creía en la ciencia; mi madre le rezaba a Dios solo cuando necesitaba que la ayudara en algo. Jamás desde la humildad, el respeto y el agradecimiento, que es como yo entiendo que debe hacerse si eres creyente. Mi hermana Tea iba a misa para hacerse la pura y Toni para ligar.

Roser es la única persona de mi familia que creo que tiene una fe verdadera.

9 de abril, 1999

Hello, mon amour:

Cuando pasan tantos días, créeme si te digo que te echo de menos.

Hoy he llamado a tu padre. Quería saber cómo se encontraba. Le he dicho que, si le apetece, puede ir y estar unos días en nuestra casa. Roser también está sola y el mar le hace bien a cualquiera.

Me ha dicho que se lo pensaría, que ahora tenía mucho trabajo y que cuando terminase me diría algo.

Sé que es sincero. Siempre lo fue.

Si algo pactamos tú y yo, fue justamente eso. Te conté mi necesidad de ser sincera y de decir siempre lo que se nos moviera por dentro, aunque fuera doloroso. Siento tanto que no te atrevieras a hablarme con sinceridad al final y como siempre habías hecho. No creo que intentara retenerte. No lo creo.

Sin venir a cuenta, empezaste a actuar con una ambigüedad espeluznante, y eso destroza a quien tienes al lado si no logra entenderlo. Y yo no entendía ni por qué lo hacías ni por qué no hablabas de lo que te pudiese estar pasando.

Si me hubieras explicado, si hubieras dicho: «Mira, Ela, necesito un cambio, necesito irme, necesito estar solo un tiempo».

O: «Ya no quiero estar más contigo». Yo me habría apartado deseándote lo mejor, con dolor obviamente, pero me habría ido. Pero hubo días que sí me volví loca. Me adorabas por la mañana y por la noche te quedabas en silencio y, cuando te preguntaba, huías o no me respondías. Luego me buscabas, pero si te buscaba yo, te alejabas. Fuiste frío, cruel en muchas ocasiones, incluso injusto. ¡Uno no puede ser tan egoísta, joder! Y menos si hay una historia, unos sentimientos. Te separas, pero lo haces bien y no jodiendo a la otra persona con silencios y dando por hecho que todo está claro o haciendo, incluso, que el otro se sienta mal porque no entiende nada.

¿Creías de verdad que alguien que está sufriendo porque ve que algo pasa y no se habla del tema tiene el coco claro? Pues, cariño, déjame decirte que es algo muy difícil, al menos para mí. Una cosa es cuando te enrollas con alguien y no te vuelve a llamar, ahí lo tendríamos que tener claro todos, pero cuando no es así, se ha de saber sentarse y hablar de lo que pasa.

Me descolocaste tanto. Odio la ambigüedad. Dolió tanto todo ese tiempo…

Pero da igual, de todas maneras, ahora ya es inútil. Y si sigo por este camino, me la pegaré.

6 de mayo, 1999

Llevaba días sin escribir y la verdad es que, cuando creas un hábito, luego es difícil estar sin él (ya te conté mi experiencia con lo de crear un hábito, ¡me lo tomo muy en serio!) Y, sí, Enver, te has convertido en un hábito. Seguro que me dirías: «Me gusta ser tu hábito», y me besarías. Eres un hábito ahora, uno muy positivo. La verdad es que poder escribirte con la tranquilidad y transparencia con la que lo hago no habría sido posible antes.

Guardaba tanto dolor que el solo hecho de pensar en hacerlo hubiese sido un riesgo para mí, porque, conociéndome, seguro que no hubiese sido con la objetividad con la que lo hago ahora. Y eso sí, habría sido un error.

Contigo, siempre me mantuve callada hasta que no pude más. Y cuando eso ocurrió, aprovechaste el momento. Una vez me dijiste: «O no dices ni expresas nada o, de repente, todas las emociones salen a borbotones por tu boca y ¡sálvese quien pueda!». Así fue, reconozco y me arrepiento de todo lo que dije o hice en ese momento en el que mi parte más visceral sé que también te hizo daño.

Hoy me ha pasado algo.

Al salir de trabajar he ido a dar una vuelta por el parque. He llegado sin darme cuenta a la zona de niños y he presenciado una imagen terrible.

Un padre reñía a su hijo, que no debía de tener más de tres o cuatro años, con una dureza espantosa. Lo agarraba del brazo y le preguntaba una y otra vez si lo había entendido. El niño, asustado, lloraba y decía que sí, que sí, que sí lo había entendido. He callado durante no sé cuánto rato, quería irme, pero no podía, tenía miedo de que ese hombre llegara a ponerle las manos encima de otra manera y le hiciera más daño y, a la vez, me decía: «Y si eso ocurre, ¿qué hago? No es mi hijo». He empezado a llorar, lloraba que se me oía, lloraba como una niña pequeña a la que no están consolando.

El padre y el hijo se han acercado y yo seguía sollozando sin poder parar. El niño, preocupado, me ha dado la mano y me ha preguntado: «Are you okey?». Y sentada en el banco, y llorando todavía, he podido responderle entre gemidos «Yes, love, I'm okey, I'm very sad sorry», luego he mirado al padre y le he suplicado con ese mismo llanto que, por favor, no le hiciera daño, que lo que acababa de hacer había sido horrible y que su hijo no merecía tanto odio. Por un momento, me he acojonado por meterme donde no me llamaban y que me pudiera salir ese hombre con alguna respuesta violenta, como otras veces, que se me ha ocurrido decir algo sobre algún tema y, con razón o no, he salido mal parada. Pero el tío se ha sentado a mi lado, de repente, sus ojos se han humedecido, sus hombros han caído, ha cogido a su hijo, lo ha puesto sobre sus rodillas y le ha pedido perdón. Lo abrazaba y le pedía perdón por esa y por todas las veces que lo había tratado tan mal, que sentía haber pagado con él su enfado, que lo amaba y que nunca más lo trataría mal cuando tuviera que reñirle. Yo seguía llorando, ahora de emoción, y hemos acabado abrazados los tres. Nos dábamos las gracias y el niño sonreía, abrazando a su padre y acariciándome a mí para que dejara de llorar.

«Don't cry, don't cry!», me decía.

¡Qué locura! He vuelto a casa con una sensación maravillosa en el pecho y pensando que estas cosas solo pasan en una ciudad como esta. Luego, en la cama, he necesitado ponerme a escribirte, no me podía quitar de la cabeza la cantidad de niños y niñas que hoy por la noche estarán recibiendo una bofetada, una paliza, un mal trato, un abuso de sus padres o de quien sea con quien estén. Se me rompe el alma, ¡se me rompe el alma, te lo juro!

Tú habrías sido un padre excelente. Tenías un buen referente, pero, sobre todo, te encantaban los niños. Con Quico fue amor a primera vista y tanto él como tú creasteis un lazo entre vosotros irrompible.

16 de mayo, 1999

El día que me preguntaste «¿No te cansas de vivir siempre en el mismo sitio?», tendría que haberme dado cuenta, pero cuántas cosas se nos pasan de largo cuando estamos amando.

Dije que no. que yo prefería la seguridad del espacio, de mi taller, de saber lo que iba a hacer mañana, aunque eso a veces pudiera cambiar, que no me asustaban los imprevistos o lo planeado, pero sí hacer lo repentino, lo que no se había madurado. Tú, en cambio, en eso eras un crack. Por un lado, organizar una vuelta al mundo te creaba un montón de dudas y, por otro, fuiste capaz de levantarte un día y desaparecer del mapa. Estuve tan enfadada, ¡tanto! que volqué todo mi dolor en mi trabajo, en ti. Tú tenías la mayor parte de culpa cuando no me salían las piezas.

Lo había imaginado todo contigo, nunca antes había estado tan segura de querer pasar mi vida con nadie. Cuando te fuiste, supe que nunca después encontraría a alguien para poder encajar como lo hacíamos tú y yo. Y así ha sido, ni Antoine ni yo tendremos esa oportunidad.

En un arrebato te dije una vez que había sido un error, que en realidad no me interesaba salir con hombres más jóvenes que yo. Fui tan poco convincente que no creíste lo que estaba diciendo. De todas maneras, quisiste darle importancia al momento y me miraste muy serio y dijiste:

—Esos son prejuicios y te estás engañando. Si fuera al revés, una mujer saliendo con un hombre mayor, incluso no solo seis años, que es nuestro caso, sino mucho más, se aceptaría sin reparos, quizás algún cuchicheo, pero nada más y, en cambio, tú, ahora, ¿te planteas la edad como una censura por una discusión?

»Hay quien confunde la madurez con la edad adulta. Además, tú no parece que tengas la edad que tienes, y lo sabes, tus arrugas todavía no han aparecido y apenas te veo canas y, por mi parte, yo tampoco aparento la edad que tengo, siempre me ponen más. De hecho, tú lo hiciste. Y a ti siempre te ponen menos. Yo mismo lo hice. Si te fijas, estamos en el mismo punto, diría, en la misma edad.

Sonreíste orgulloso de tu exposición y supongo que mi mirada me delató, porque supiste rápido, que me acababas de ganar otra vez en argumentos. Me ofreciste la mano para salir de esa discusión como si fuera la bandera blanca de la paz y seguimos la noche como si no hubiera pasado nada.

No era la diferencia numérica lo que alguna vez pudo detenerme, ni miedo a parecer más vieja o miedo a morirme antes. No era esa mi censura.

Hay hombres mayores que tú y que yo, que seguirán siendo eternos Peter Pan o a los que, simplemente, no les encontraré jamás un atractivo, y hombres más mayores también, que jamás sabrán mirar ni entender a una mujer cómo lo sabías hacer tú.

Mi temor de aquel día era que un día necesitaras irte, que, si en un futuro te hablaba de hijos, de responsabilidades, de compromiso, no te sintieras preparado en el mismo momento que yo pudiera estarlo y que, cuando así fuera, para mí ya fuese tarde.

Compromiso, señalaste una vez:

—Tomo el compromiso de amarte siempre. Eres la mujer de mi vida.

Veintiocho días después, te fuiste sin dejar escrita ni dicha una palabra.

Enver, creo que estoy embarazada.

17 de mayo, 1999

Lo estoy, estoy embarazada. No lo sabe nadie. Nadie, solo tú.

Todavía no quiero decírselo a Antoine. ¿Cuántas veces nos hemos acostado? ¿Cuatro? ¿Cinco?

Es la primera vez en mi vida que un día, un día que no tomé precauciones, un día. ¡La primera vez!

Todavía es pronto, me he dicho, pero al no venirme la regla y sabiendo que no habíamos usado condón en una de las ocasiones, he ido directa a la farmacia. Tenía esperanza de que el test fallase, pero cuando he visto las rayitas aparecer en el primero y segundo test que me he hecho, me he ido al hospital, me han hecho el análisis de orina y no ha habido posibilidad de error.

La enfermera no sabía si felicitarme o darme el prospecto de posibilidades cuando me ha visto la cara.

Lo que no puedo hacer es abortar sin decírselo a Antoine.

Lo he llamado para que venga esta noche.

¡Qué tema!

20 de mayo, 1999

¡La vida nos puede dar un giro de 180 grados en un minuto! Antoine no solo me rogó que no abortara, sino que dice que le he dado una alegría enorme.

Dice que es muy consciente que no nos conocemos lo suficiente para tomar una decisión tan drástica, pero si el destino ha hecho que esto ocurra, es por algo. Que a su lado no nos faltara de nada, que él y yo podemos intentarlo, que tenemos nueve meses para conocernos y luego ha dicho: «Neuf mois et une vie, si tu veux» .

Que, si yo quiero y todo va bien, podemos irnos a vivir juntos a ver qué tal; que, si quiero, lo hagamos ya; que, por él, ningún problema. Que sí lo hace la gente que comparte piso y no se conoce por qué no nosotros, ha concluido.

Le he dicho que no me quiero mudar, tengo un chollo de apartamento, de renta y, además, me siento feliz aquí.

No me veo viviendo sin Louis y Sean al otro lado. No te he hablado de ellos todavía, son mis vecinos, mis consejeros, mis amigos, mi familia.

¡Y Eleanor!, mi landlady es una mujer excepcional que jamás me pondría una pega por tener un bebé.

Es, a pesar de sus setenta años, una de las mujeres con el espíritu más joven, más vivo y positivo, que he conocido. Es alemana y nada que ver con los tópicos acerca de ellos.

Claro que yo no puedo ser muy objetiva: los alemanes que conozco me caen todos de maravilla y los encuentro a todos, mujeres y hombres, tremendamente interesantes.

Así que a Antoine le he propuesto que, aunque nos veamos mucho más a menudo, cada uno en su casa.

Le ha parecido bien, o, bueno, eso ha dicho con cara de cordero degollado.

No me ha tenido que convencer de no abortar. Quiero decir, ya ayer, antes de que viniera, estuve meditándolo mucho. Y me hace muy feliz este bebé. Sí, quiero seguir con esta aventura.

Tú me trajiste pena y dolor con tu muerte y ahora la vida me ofrece algo de esta inmensidad. ¿No es maravilloso?

22 de mayo, 1999

Todas las atenciones son pocas. Es increíble, tengo toda la despensa llena como nunca la había tenido. La nevera con todo tipo de alimentos que debo tomar ahora. Si no tengo diez botellas de ácido fólico, no tengo ninguna, hierro, vitaminas... Antoine se ha vuelto loco.

A mí me da por comer aceitunas, pero creo que es más la ansiedad que el embarazo. Todavía es muy pronto para los antojos, dicen. Otros dicen que no, que desde el minuto uno puedes tenerlos. A mí, al menos, me quitan las náuseas.

Yo voy a hacer caso a los que dicen que puedes tener antojos desde minuto uno, porque esta tarde me he comido un dónut que, por sus dimensiones y color rosa con trocitos de coco, si eso no era antojo, es que he perdido la cabeza.

24 de mayo, 1999

Hoy tenía fiesta y, con todo lo que está pasando, me he ido a ver a aquella amiga de Mirta que te comenté, Corina.

Ha sido bastante fuerte, porque nada más llegar y sin decirle nada, ni Mirta lo sabe, me ha dicho:

—Estás embarazada.

Ahí ya me he relajado y le he dicho:

—¿Cómo puede ser que lo sepas?

—¿Energías? —ha dicho ella.

Le he dicho que quería que me ayudara a hacer un sueño astral y me ha contestado que eso lo podemos hacer más adelante, que ahora, embarazada, es mejor dejarlo.

Pero entonces me ha dicho que me podía tirar el tarot.

Al principio me ha dado un poco de resistencia, pero como me había dejado tan alucinada con lo de mi embarazo, he aceptado.

Si hago caso a las cartas, lo tengo todo de cara: rueda de la fortuna y la carta de la muerte, que parece que indica cambios si sale invertida. Me ha dicho que parece que voy a dar por terminado algo antes de que acabe haciéndome daño, que voy a tener mucho éxito profesional y, según parece, voy a conocer a alguien que me va a abrir las puertas a algo muy bueno.

De amor me ha dicho algo muy poético, que mi amor está dormido.

Le he preguntado directamente sobre el bebé y me ha dicho que será una niña. Bueno, si falla, ya le he dicho que vendré a decírselo.

Nos hemos reído muchísimo. Por suerte tiene ese sentido del humor tan natural y a la vez sin pelos en la lengua que tanto me gusta de quien sabe utilizarlo; también se ha reído de mi escepticismo.

Le he hablado de mi experiencia con mi padre y me ha dicho que crea en ella, que ese tipo de fe es lo que nos hace poderosos.

Luego ya nos hemos puesto a hablar de escultura y pintura, su verdadera profesión. Lo otro lo siente más como un deber, ya que tiene la sensibilidad de sentir y de transmitir. Me ha enseñado su trabajo. Es artista autodidacta. Pinta habitualmente óleo sobre tela, tamaño grande, pero se atreve con todo tipo de técnicas.

Es una mujer coqueta y lo ves desde el primer minuto que la conoces. Por lo que me ha explicado de su vida, encuentro que es muy luchadora. Es madre soltera. En su caso, y como dice ella, al padre lo conoció un ratito hace cuarenta años para poder tener a su hijo. Habla de su hijo con devoción. Es también artista del tattoo y vive viajando y tatuando a gente en sus casas.

Cori, como le gusta que la llamen sus amigos, y a mí ya me ha pedido que la llame así, es, además, muy intuitiva y extrovertida, se ríe de ella misma por ser tan piadosa y no solo con las personas. Tiene en su casa, en acogida permanente, decenas de gatos que pasean a sus anchas por el jardín y hasta da la sensación de que la entienden perfectamente cuando les habla.

Cori es una mujer que me ha impactado y ojalá lo que me ha transmitido, si no es todo, se cumpla gran parte.

Me he quedado con las ganas de hacer el viaje astral, pero ya lo haré algún día.

1 de junio, 1999

¡Pues mi bruja buena tenía razón! Marc y yo nos vimos hace un par de días, vino a buscarme para llevarme a un espacio que tiene un amigo suyo en el Soho. Es un espacio genial y Henry me lo ofrece para que exponga todas las veces que desee.

Me ha dado toda la libertad del mundo, ya que el espacio es suyo y solo quiere usarlo como galería para artistas emergentes y artistas extranjeros.

Aparte, dice que pondrá una barra y unas mesas para que la gente pueda tomar algo, pero que, cuanto más vacía, más espacio habrá para las obras. El lugar es genial, no muy grande, pero lo mejor de todo es su ubicación: tiene metro enfrente y la calle es una calle muy bonita, con tiendas y otros negocios muy comerciales.

9 de junio, 1999

Me ha llamado Marta, la madre de Júlia, ya tienen todo preparado. Para la ceremonia, proponen hacer algo íntimo en el jardín de casa. Ya hay una empresa encargándose de todo y ella, con Júlia y Quico están enviando ya las invitaciones. Se casarán el 24 de julio, así que ya he empezado a mirar billetes.

Será un buen día para anunciarles mi embarazo. No puedo esperar a ver la cara de Tea. Aunque, pensándolo mejor, no se lo voy a decir, no, ni a ella ni a Toni. Tea tiene una energía muy mala y desde pequeñas me ha criticado o ha buscado cómo dañarme. Recuerdo cómo, de jovencitas, le molestaba que tuviera tantos amigos chicos. Yo no salía ni me enrollaba con ninguno de ellos, pero eso a ella le parecía imposible y nunca me creyó.

Entraban en casa, subían a mi habitación y nos encerrábamos a escuchar música, a charlar, a mirar cómics y al irse el que hubiese venido, entraba ella pidiéndome detalles. Yo me reía y le juraba que no había pasado nada, y no sé si era el que me riera o que se lo jurase, que no me creía y se enfadaba conmigo. Algo mayores empecé a inventarme historias, eso a ella parecía que le cuadraba más y, entonces, en vez de enfadarse o insultarme, me trataba con cariño e interés.

Me guiñaba el ojo si salía o si venía alguno de mis amigos a verme.

—¿Qué? ¿Con quién sales hoy? —Y guiño que te doy.

De repente, un día, me llamó fresca delante de Toni, de Quico y de mi padre.

Mi padre le pidió que se disculpara, pero ella, llorando, dijo:

—No, no me pienso disculpar, Ela es una fresca y le da igual salir con quien sea con tal de destrozarme la vida.

Me quedé a cuadros, todos nos quedamos a cuadros, luego Toni me lo aclaró. Resulta que Geri, un chico nuevo que había empezado ese año en nuestro colegio, y yo nos hicimos muy colegas. Venía a casa un montón de veces y quedábamos para ir juntos al colegio porque vivíamos muy cerca. Jamás pasó nada entre nosotros, ninguno estaba interesado en el otro, pero, por lo visto, Tea estaba enamoradísima de él.

Al decírmelo Toni y después de explicarle a mi padre cómo había tenido que empezar a engañar a Tea para que me dejara de insultar y me tuviera algo más de estima, ideé un plan.

Le empecé a hablar a Geri de Tea, de sus virtudes, de todo lo que creía que tenían en común. Lo hice sin que se diera cuenta de mis intenciones. Geri empezó a entrar en casa con una actitud mucho más tímida cuando veía a Tea y eso hizo que ella cogiera confianza y empezara a hablar con él. Lamentablemente, Geri no duró mucho en el corazón de Tea porque enseguida empezaron las tardes de discoteca y Tea no pudo evitar las tentaciones.

El pobre Geri se quedó enamorado perdido hasta que, por fin, conoció a Beth en la universidad, se casó con ella y tienen tres niños guapísimos.

Tea siempre se quedó con la espinita de no haber vuelto con él y, cuando conoció a Bernat, todavía tenía esperanzas de que Geri lo dejara todo y viniera por ella. Pobre mi cuñado, espero que Tea lo quiera, es un pedazo de pan, y, por suerte, mis sobrinos han salido a él.

16 de junio, 1999

Parece que espere a que sea miércoles para escribir. No, te habría escrito antes, pero están siendo días de no parar.

Visita a la ginecóloga, dormir poco, mucho trabajo. Todavía no he dicho nada para que no se alarmen. Antoine sí se lo ha dicho a su hermana, es la única familia que tiene y, como vive en Francia, no hay miedo a que se corra la voz.

Yo, a nadie. No por ningún motivo, ni porque no esté contenta, lo estoy cada día más y más convencida también. Es porque yo sí quiero esperar al menos hasta estar en casa.

Soy mayor para un embarazo, por lo que dicen los médicos, y hasta que pasen tres meses estoy más expuesta a que pueda pasar algo. Lo anunciaré pasada la boda.

No creo que vaya a pasar nada, siempre me he cuidado mucho. En la última revisión que me hicieron, hasta la doctora me decía que mi cuerpo era como el de una mujer diez años más joven, así que, si no se equivoca, me he quedado embarazada como si tuviera treinta y uno.

Y la verdad es que siempre me he sentido muy bien y, como tú decías, todavía hoy, ni arrugas ni canas. Aun así, no creo que me importe cuando empiecen a asomarse o a verse. Tengo referentes de amigas y mujeres a mi alrededor con sus arrugas y sus canas y son tremendamente bellas. Solo hay que cuidarse y quererse para que esas cosas no se conviertan en un agobio.

Ahora he caído que cumpliré casi tres meses de embarazo en la boda de Quico y que ya podré estar segura. Llevo fatal lo de contar las semanas.

Mirta se ha auto invitado, claro que iba a ser invitada y por supuesto le llegará su invitación, pero ¡es tan graciosa!

Cuando la he llamado para decirle qué días necesitaba y él porqué, ha dicho:

—Claro, cariño, ¿cómo vamos a trabajar o a organizar nada si estamos en St. Pol?

Lo mejor, la alegría que le ha dado, ¡quiere tanto a Quico y Quico la quiere tanto a ella! Verlos juntos es como ver a dos hermanos jugando a pelear, o a lo que se les ocurra, todo el tiempo.

En cambio, Tea y Toni me han llamado hoy, alteradísima ella, preocupadísimo él. Supongo que ha sido nada más haber recibido la invitación.

Los he recibido uno detrás de otro. Parece como si se hubiesen puesto de acuerdo «¿La llamas tu primero y luego yo?». Seguro que ha sido Tea quien lo ha dirigido.

Toni ha sido todo lo diplomático que sabe ser: que si eran muy jóvenes, que si estaba segura de la familia, que dónde vivirían…

Le he ido respondiendo a todo, y de todo tenía un pero. Al final, lo he resumido de nuevo diciéndole:

—Mira, Toni, t'agradi o no es casaran, tenen la mateixa edat que tenies tu quan et vas encarar a tota la família perquè volies casar-te si o si. Viuran a StPol, perquè és la casa del Quico i hi ha espai suficient. I la família, com ja t'he explicat, son gent molt maca i encara que no ho fossin, no son ells els que es casen amb el Quico. Així que si us plau, fes el favor de fer de germà gran i fer-li costat d'una maleïda vegada. Que té el mateix dret que tot el món a ser feliç.[5]

Parece que algo le debe haber provocado porque ha terminado diciendo:

—Demà el trucaré i veuré quin dia el puc acompanyar per escollir el tema traje i el que necessiti [6]

Tea ha sido muuuucho más directa y maleducada, que es su estilo.

Que todo es mi culpa, que estoy loca, que soy una inconsciente, bla bla bla. La he dejado sacar todos los sapos y culebras y cuando ha preguntado: «¿Estás ahí o me has colgado?», solo he podido responder una cosa.

—¿Habéis decidido ya si me vendéis vuestra parte de la casa?

—Métete la casa por donde te quepa, cuando quieras que me llame tu abogado, me dais mi parte y os vais todos a la mierda.

---

5 Mira, Toni, te guste o no, se van a casar. Tienen la misma edad que tuviste tú para encarar a toda la familia y casarte porque querías hacerlo sí o sí. Vivirán en St. Pol, porque es la casa de Quico y hay espacio suficiente. Y la familia, como ya te he explicado, son geniales y, aunque no lo fuesen, no son ellos los que se casan con Quico. Así que haz el favor de ejercer de hermano mayor y apoyarlo de una maldita vez en algo. Que tiene el mismo derecho que todo el mundo a ser feliz.

6 Mañana lo llamaré y veré qué día le puedo acompañar para escoger traje y lo que necesite.

Así que esa será otra de las cosas que sumarán al montón de cosas que he de hacer antes de que nazca quien sea que esté aquí dentro.

Para no perder tiempo, por si acaso, he llamado a Toni, le he preguntado su decisión y, por lo visto, Quico, Júlia y Roser, podrán vivir tranquilos.

20 de junio, 1999

Hoy me ha llamado tu padre. Me encantan las sorpresas de este tipo.

Dice que ha encontrado unos archivos en el ordenador con trabajos tuyos que le han parecido extraordinarios. Que le gustaría editarlos y hacer un libro, que si conocía a alguien. Me ha emocionado tanto la idea que le he dicho que sí, que cuente conmigo, que me deje darle un par de vueltas. Me iba a enviar los archivos por mail, pero le he contado mi viaje en las próximas semanas y lo he invitado a la boda. Así podremos verlos juntos.

Lo de la boda al principio le ha dado un poco de pudor, pero en cuanto le he dicho que sería como tenerte a ti también y lo mucho que eso significaría para Quico y para mí, ha aceptado contento.

No voy a invitar a Antoine, prefiero estar sola con mi familia y amigos íntimos y ya tendremos oportunidad más adelante.

23 de junio,1999

Feliz noche de Sant Joan, mi querido Enver.

Ya sabes lo especial que es para mí esta noche.

La primera vez que fuimos a celebrarlo juntos a St. Pol fue una de las mejores verbenas de mi vida. Primero cenamos en el pueblo, con todos los vecinos. En la plaza del ayuntamiento había orquesta y bailamos hasta agotarnos. Recuperados, corrimos a la playa para ver las hogueras, ahí nos encontramos con toda mi pandilla y a todos les encantaste. Con todos tengo anécdotas por separado y anécdotas todos juntos. A la mayoría los conozco de toda la vida, la misma guardería, el mismo colegio… (con alguno, los primeros besos).

Al día siguiente, aún resacosos, celebramos el santo de mi padre y de ahí cogimos el coche y fuimos a ver al tuyo, pasamos dos días más.

Tu padre nos cocinó y nos regaló a cada uno un collar hecho por él. Los dos eran colgantes de cuero y en cada uno colgaba un ancla de madera; la tuya era dorada y la mía, de color bronce.

La he guardado todo este tiempo. Creo que me veo

capaz de volvérmela a poner, quiero que cuando me vea, la tenga puesta.

No creo que sea provocarle ningún dolor y, conociéndolo un poco, creo que le gustará.

27 de junio, 1999

Antoine ha venido y, al explicarle que me iba unos días, se ha molestado. Dice que no, pero se le veía en la cara, se ha desencajado un poco, parece que tenía planes y al decirle a que me iba, ha sido peor.

Ha gritado de repente, sin venir a cuenta, que qué tipo de relación era esta, que cómo no lo había informado, que él tenía que venir si era algo tan importante y más con toda la familia. Hemos discutido de una manera que en la vida lo había hecho con nadie, era estar discutiendo con alguien que en ningún momento le interesaban mis argumentos y que solo se preocupaba de cómo eso lo estaba afectando a él.

Cuando he podido hablar, le he dicho:

– Si no te lo he dicho es porque no quería preguntarte si querías venir.

Tú y yo no tenemos la relación que imaginas. Vamos a tener un hijo juntos, pero estamos solo al comienzo de nuestra relación, nos estamos conociendo. No estoy enamorada de ti y tú no estás enamorado de mí, así que evita por favor estas escenas de hombre ofendido.

Guau, creo que me he pasado. Se ha quedado parado, mirándome fijamente. Su expresión me ha dado mucha pena, pero no podía, no quiero decirle que venga. Y me ha puesto muy nerviosa al gritar así. Además, quiero hacer este viaje sola, es el último que voy a hacer sola. Se ha ido diciéndome que ya hablaríamos.

¡Buf! ¿Por qué es tan difícil? Reconozco que no soy la misma desde hace años, que estoy más agresiva en mi manera de decir las cosas, que soy menos tolerante, que no tengo tanta paciencia, pero nunca me ha gustado que me digan lo que tengo que hacer o cómo lo tengo que hacer, y no me da la gana empezar ahora y, menos, por imposición.

3 de julio, 1999

De nuevo viajando, compañero.

Te gustaba llamarme así cuando teníamos algo que decidir, fuera qué peli ir a ver al cine o cualquier otro tema más o menos importante.

Me voy sin haber hablado con Antoine. Le he dejado un par de mensajes en el contestador, pero parece ser que sigue molesto.

Mirta llegará una semana antes de la boda. La llevé a ver la galería de Henry, el amigo de Marc, y en menos de una hora se había auto contratado sin posible objeción de Henry y ya está ayudándolo a dirigir las obras. Además, creo que se han gustado.

5 de julio, 1999

¡Ay, Enver está todo muy organizado! Quico está tan feliz, tanto, que la emoción nos la contagia a todos.

Mañana tenemos el día a tope y creo que van a ser así todos los demás. De todas maneras, he pedido fiesta por la mañana para irme un rato a la playa.

Nada más llegar y antes de ir a casa fui a ver el mar. Es lo primero y lo último que suelo hacer cuando vengo. Es un momento tan mágico, me llena de tanta energía...

Quiero levantarme temprano y estar ahí antes de que la playa se llene de toallas, y de hamacas.

Luego, quiero ir al mercado. Me gusta ir al mercado con Roser. Sabe tanto de todo…, sobre todo, de plantas.

Recuerdo que en uno de mis viajes para renovar visado pensé en ella muchísimo. Fue el de Costa Rica. Ese país es uno de los más biodiversos de la tierra. Tiene bosques, manglares, playas, arrecifes, corales, una vida animal con una lista de múltiples especies y de árboles, palmeras y plantas vivaces y perennes, que no la terminas.

Mi padre nos inculcó el amor por la naturaleza en general. Nos hablaba de toda su grandeza, como lo hacía del mar, o de las civilizaciones antiguas, o de las constelaciones, todos eran temas que lo apasionaban. Desde muy pequeños fue costumbre mirar a través del telescopio o pasar ratos en el huerto.

Echo de menos a mi padre. Qué feliz habría sido celebrando la boda de Quico.

¡Buenas noches, mi querido compañero!

10 de julio, 1999

Estar de vacaciones en casa me hace perder la noción del tiempo.

Al final, lo de escaparme cada mañana a la playa lo he convertido en costumbre. Tengo la suerte que solo Roser está despierta cuando me levanto y, sin hacer mucho ruido, nos preparamos el desayuno. Ya en la mesa de la cocina, hablamos susurrando para no despertar a nadie.

No pude evitarlo y, el primer día, solo a ella, ya le conté lo de mi embarazo.

Se emocionó, lloró de alegría, Roser ha sido la madre que, en mi caso, sí tuve y no sentí jamás. A Roser la he tenido siempre, todos los días de mi infancia, de mi adolescencia. Ahora.

Fue a quien le conté muchas veces, antes que a mi padre, las decisiones más importantes de mi vida o mis mayores secretos.

Creo que es la persona que mejor me conoce, mi padre también me conocía bien, pero ella, además, me conoce como mujer.

Jamás me ha juzgado, jamás ha intentado hacerme cambiar de idea y, si me ha dado su opinión, su consejo, me ha hecho reflexionar y consultarlo todo con la almohada.

Me enseñó que no hay que saber contar únicamente hasta diez, que, a veces, hay circunstancias que requieren contar hasta cincuenta incluso hasta cien. Que los matices existen, que uno no tiene por qué estar sometido a un tiempo y espacio determinado y que 2 + 2, depende del momento.

El rato con ella me hace sentir que soy capaz de todo, me reconforta, siento más que nunca mis raíces.

Después del ratito con ella, me voy directa a la playa y llego siempre antes de las 9. El mar ha estado todos estos días en calma y la arena, recién planchada, me permite sentarme en ella y sentirla todavía fresca antes de que el sol la caliente demasiado.

Aquí me hablo mucho más de lo que suelo hacerlo. El mar me hace estar conectada con esta energía creativa que me invade y me hace sentirme visionaria de nuevo y ver aquello que todavía es invisible, pero que yo seré capaz de crear.

El momento hace que mire el horizonte y se amplíe mi perspectiva, que mi yo más vulnerable se convierte en un yo poderoso, un YO sí que puedo, puedo porque quiero.

En estos ratos he empezado a hablarle a quien quiera que esté aquí dentro.

Le hablo sin ponerle un nombre, ni sexo. No he decidido si prefiero niño o niña porque creo que, de verdad, no me importa.

El nombre habré de encontrarlo con Antoine y para eso todavía falta que Antoine vuelva a hablarme.

A Quico se lo diré después de la boda, está tan nervioso que seguramente sería como hablarle de aquello que menos le puede interesar.

Tu padre ha confirmado su asistencia, vendrá el día antes. Le he pedido que no conduzca de noche y que aquí tenemos sitio suficiente para que se quede los días que quiera. Así lo hará.

19 de julio, 1999

No creas que te he olvidado. ¡No, señor! Pero no he parado y, por las noches, cuando suelo encontrarme contigo, he estado saliendo. ¡He estado con personas que no veía desde hacía tanto tiempo! Hijos, separaciones, divorcios, reconciliaciones, nuevas parejas, parejas eternas, cambios de trabajo, de casas, de profesión y hasta de tendencia sexual he vivido todos estos días.

¡Y hoy, además, ha sido el día de chicas! Decidimos que la despedida de soltera fuese durante el día y, sobre todo, había que esperar a Mirta, que al final pudo llegar ayer, «enamoradííííííísima».

A Mirta ya le he informado de los futuros cambios que va a haber en nuestras vidas.

La primera reacción ha sido quererme matar, no por estar embarazada que eso le ha hecho tremenda ilusión, sino por no haber usado preservativo.

No tenía ni idea de que me había estado viendo con Antoine ni que en la fiesta conocí también a Ranjit y a Marc. Al principio no sabía de quién le hablaba, porque ella siempre lo ha llamado Marcos.

Cuando le he explicado con detalle todo, lo único que me ha echado en cara es que las veces que nos vimos o hablamos no le comentara nada de ninguno.

Luego, aparte de la alegría, la he visto un poco preocupada durante un buen rato, hasta que, por fin (con Mirta no suelen durar mucho las intrigas), me ha explicado algo que quizás no me va a favorecer.

Me ha hablado de Antoine, dice no conocerlo bien, pero sí que ha oído, y llegó a ver en una ocasión una actitud que no le convenció, que por lo que ella sabe, no es un hombre muy estable.

Parece ser que es bipolar, bipolar diagnosticado, pero que ni lo reconoce ni se médica para evitar las crisis.

Así que, si no me equivoco, antes tendré que hablar con él para que me lo confirme y, si es así, me explique bien, ya que lo poco que sé es que es una enfermedad muy seria que, sin un tratamiento constante, hace que la persona pueda tener tanto brotes de máxima euforia como caer en la más terrible de las depresiones, incluso tener personalidad suicida. Por lo que he leído, un poco por encima, si no se tratan bien, pueden estar muy irritables y, además, sin ser habitual ni una característica de la bipolaridad hay casos puntuales, en los que, aun dependiendo de otros factores, también podría aparecer agresividad.

¡Cuánto necesitaría ahora a mi querido padre!

Quiero saber más sobre la bipolaridad y esperaré a ver a Antoine para que él, que es quien la sufre, me cuente en primera persona.

La despedida ha ido genial, hemos hecho todas lo que Júlia quería: ir a un spa, pasar por peluquería, pedicura, manicura, masajes, ir a comer a uno de los chiringuitos de moda. Éramos como quince, amigas suyas del colegio, de la infancia, su hermana Laia, su madre, Roser, Mirta y yo. Tea puso la excusa de los niños, cosa que Mirta, Roser y yo, aunque Roser no lo haya expresado, lo hemos celebrado.

¡Me vuelvo mala cuando estoy con Mirta! ¡Es broma! :) (Aunque Mirta me diría «Como se ha de ser, con gente así»).

23 de julio, 1999

¡Tu padre, tan elegante, tan bello! Ha llegado sobre las seis de la tarde.

Traía regalos para todos. A Quico y a Júlia les ha hecho un cofre precioso, ¡precioso!, lacado con oro, que es para caer de espaldas.

A Quico, cuando los he presentado, le he dicho:

—Quico, él es Kerem, el papá de Enver.

Lo ha abrazado tan fuerte..., lo tenía cogido por la cintura y no lo soltaba. He tenido que despegarlos yo.

—Su hijo, su hijo —decía Quico, emocionado—. ¡Es mi mejor amigo! Y yo, ¡yo soy su mejor amigo!

Tu padre le acariciaba la cabeza, es tan alto como tú, o tú eras tan alto como él y es tanta la presencia...

Roser, Mirta y yo llorábamos queriendo disimular.

A Roser también le ha traído un obsequio y le ha dicho:

—Sé lo importante que es usted para mi querida Ela, y quien cuida y ama a mi hija, merece todos mis respetos.

Ahí ya ninguna disimulábamos y todo eran risas y lágrimas de absoluta emoción y alegría.

A mí me ha traído un marco hecho por el de doble fotografía, algo tremendamente delicado; doblado parece una hoja de papel, es una lámina finísima y, al abrirlo, hay una fotografía en cada lado, en el lado derecho estamos tú y yo haciendo muecas y en el otro nos miramos, riendo y abrazados.

—Hay tanta complicidad —ha dicho tu padre—. Tanta complicidad en vuestras miradas que se me eriza la piel. Necesitaba darte estas fotografías.

Son de las primeras veces que vino a visitarnos a París. Luego me ha dado una caja con todos los archivos en CD Hay como veinte CD.

Le he dicho a Mirta la idea que tenemos de que se pueda editar un libro y entonces Mirta ha tenido una de sus brillantes ideas.

—¿Y por qué no una exposición? ¿Por qué no miramos de recopilar de estos y de otros archivos fotografías de Enver y hacemos en la galería de Henry una muestra, un homenaje? Además, que el libro esté también expuesto en la galería para poderse comprar, luego ya gestionaremos la distribución para que también este en tiendas de allí, de aquí y del mundo entero.

—¿Eso es posible? —ha dicho tu padre, conteniendo la emoción.

—Por supuesto que lo es —he añadido.

—Pues no se hable más —ha concluido Mirta—. Su hijo fue un excelente fotógrafo y el mundo ha de conocer su trabajo.

Tu padre, emocionado esta vez sin contención, la ha abrazado y me ha abrazado después a mí. ¡Me hace tan feliz que estén pasando estas cosas!

Buenas noches, mi querido Enver.

24 de julio, 1999

¿Cómo explicarla? ¡Qué boda tan sumamente bonita, romántica, familiar, divertida!

Quico estaba guapísimo. Júlia, preciosa. El jardín tenía flores por todas partes, no éramos más de setenta personas y estábamos todas emocionadas.

Toni ha hecho muy bien su papel de hermano y padrino y Tea se ha comportado educada y reservada.

Por suerte, se ha ido después de cortar la tarta y de que empezáramos a desmadrarnos.

Tu padre ha estado bailando, menos en una ocasión que lo ha hecho conmigo y en otra con Mirta, todas las agarradas con Roser, se les veía reír a menudo y mirarnos a todos con muchísimo amor.

Al final de la noche han puesto Tears in Heaven. Quico ha venido a buscarme, y me ha dicho:

—He demanat la nostra cançó germaneta, deixa'm que la balli amb tu que segur és el que hagues volgut el meu amic Enver.[7]

---

7 He pedido nuestra canción hermanita, deja que la baile contigo que seguro es lo que hubiera querido mi querido amigo Enver

¡No podía dejar de llorar, si él supiera! Escogimos esta canción la noche que murió mi padre y buscábamos su estrella. He bailado agarrada y rodeándolo con mis brazos, lo he visto tan adulto, mi pequeño Quico, mi luz, mi vida.

Le he prometido estar mucho más conectada y le he pedido perdón por haber estado a veces ausente.

—Absent? tu mai has estat absent, Elita, tu vius aquí .

Y me ha puesto mis manos en su pecho y luego en su cabeza.

¡Lo quiero tanto! ¡Deseo que sea tan feliz!

Mañana, antes de que se vayan de luna de miel —se van con los padres de Júlia a Canarias—, le daré la noticia de que va a ser tío.

¡No puedo esperar a ver su cara!

Buenas noches, mi estrella.

1 de Julio, 99

¿Qué tal, Barbieri?

¿Cómo empezar? He conseguido algunas hojas de papel y bolígrafo de uno de los tipos que nos tienen secuestrados. Se lo pedí para poder evitar volverme loco y porque algo me dice que este es distinto a los otros sádicos y perversos que nos tienen aquí.

Me ha dicho que me lo da para que me desahogue, pero que lo esconda bien o me lo coma nada más termine de escribir.

Me lo ha dejado claro:

—Yo no te he dado nada. Si te lo llegan a descubrir, invéntate lo que quieras así te maten. Porque si te chivas, en vez de uno, seremos dos, y tú serás el culpable de haber firmado tu muerte, pero también la mía.

Te escribo a ti porque sé que contigo podré expresarme libremente, aunque esto sea solo un escrito sin un verdadero remitente. Sé también que, si escogiese a mi padre, el solo hecho de escribirle, aunque no me lea jamás, no me permitiría hacerlo igual.

Esto debe ser lo más parecido al Jahannam. En el

tiempo que llevo aquí, he perdido la cuenta y desde nada más llegar, hice varios intentos de fugarme, pero los castigos fueron tan atroces que finalmente me rendí.

No duermo seguido desde hace ya no sé cuánto, he olvidado la sensación; echo cabezadas. Antes hasta me despertaba alterado, sudoroso, a veces por mi propio grito. Si alguien de los que vigilan me oía, entraba tras esperar que me hubiese relajado de nuevo y me pateaba, amenazándome por estar haciendo follón, decía. Las primeras veces me pillaban desprevenido, con los ojos cerrados, hasta que empecé a acurrucarme como un niño, esperando las patadas.

Para dormir, además, nos atan de pies, manos y cuello con las cadenas.

Mis mayores pesadillas son siempre con mi padre. Durante el día camino arriba y abajo como animal en jaula pensando en su dolor, en su soledad, en lo inmensa que debe de ser su pena al creer que estoy muerto.

Por la noche me sigue invadiendo ese pensamiento sumado al miedo que tengo de quedarme dormido y sobresaltarme.

Aprendí a comportarme, a aceptar la sumisión porque, aunque el maltrato nunca cesa, dejas de ser entretenimiento complaciente para estos mal nacidos que se explayan con los nuevos, con alguno que todavía se atreve a rebelarse, o con los secuestrados de grado superior. Que esos son los peor tratados por excelencia. Porque aquí hay niveles, categorías, gente que lleva años y gente que acaba de llegar.

Gente que ha sido secuestrada para servir como moneda de cambio, gente muy importante por sus cargos políticos y temas del estilo, o gente que puede ser una amenaza. A muchos de estos los han matado frente a todos para mostrarnos lo que te puede pasar si eres un traidor.

Nos separan por grupos y solo nos vemos las caras unos con otros si coincidimos en el castigo de estar en la intemperie durante días atados a los árboles o cuando se levanta el campamento y nos movemos a otro punto. Nos hacen caminar en fila, durante días. A los que están castigados los hacen caminar delante de todos, y, aparte de encadenados, descalzos.

A veces hemos de pasar por estrechos, bordeando la ruta, caminar con un equilibrio exhaustivo, porque a un lado tienes el apoyo y, al otro, el barranco. Los castigados han de ir al mismo paso, porque si uno pierde el equilibrio, arrastra a los demás.

Cada uno tenemos un número. Los de un nivel, son números pares, los de otro nivel, los impares, los que llevan un cero son los del tercer nivel. También nos ponen nombres a modo de apodo o insultos.

Al llegar me pusieron el dieciocho, pero, con el tiempo, por mi cambio de actitud y una recompensa que me llevé por haber obedecido durante más de seis semanas seguidas, me llevaron frente al comandante y este me comunico mi ascenso. Soy el número treinta y tres y con eso me salvo, por ahora, de la posibilidad de recibir un tiro en la próxima ruleta.

Cuando nos castigan, yo lo sufrí durante un día y medio nada más llegar, te atan en los árboles y te pueden dejar ahí, si les da la gana, hasta que estás a punto de perder el conocimiento. Después de retortijones, picaduras, dolor en todo el cuerpo, te echan cubos de agua fría y se ríen de ti frente a los demás secuestrados.

Por otro castigo me pasé meses durmiendo en el suelo de la celda, atento a que no apareciera una serpiente, algún escorpión, un regimiento de congas, rascándome los mordiscos de hormigas más pequeñas o de garrapatas, que se te meten por todas partes.

Me hicieron dormir en un hueco hecho en la tierra, encima de las letrinas. Cuando te castigan, el turno de ducha es al atardecer, cuando hay más mosquitos, y desnudarse es una provocación muy tentadora a ellos. Tras mi rehabilitación, como lo llaman ellos, me colocaron la hamaca; es de tela de esparto y me recuesto en ella cuando ya no puedo más.

Ahora es de día, lo sé porque entra la luz a través del rectángulo de la puerta. Y debe de ser muy temprano porque apenas se escucha nada y todavía no han venido.

Quería llegar a ti y, por fin, de alguna manera, lo he conseguido.

27 de julio, 1999

Nos hemos quedado solitas Roser y yo. Los novios, Laia y los padres de Júlia se fueron a la mañana siguiente. Mirta y tu padre, un día después.

Con ellos dos estuvimos hablando la noche anterior y hemos empezado a organizar la exposición que queremos hacerte.

Mirta ya ha escrito varios correos a conocidos suyos de París para que investiguen los trabajos que pudiste hacer en su día, por muy pequeña que fuera la exposición. Claro que el material que no se vendió lo encontraremos en tus carpetas, pero lo que pudo venderse seguro se puede encontrar a quien lo compró y, si interesa, pedirles que lo presten.

Llamamos a Rafa. Al final no pude verlo los días que fue a Nueva York, pero lo entendió perfectamente. Le hemos pedido que intente preguntar en la agencia de noticias si hay material tuyo.

Recuerdo que hiciste una serie artística de gente conocida. Recuerdo una, en concreto, era en blanco y negro. No me acuerdo del nombre de la actriz; era un escorzo, pero con la cara ligeramente girada hacia un lado y la cabeza hacia abajo. En el espejo se podía ver el rímel corrido, como si hubiera llorado. Sus arrugas pronunciadas y su cabello recogido y despeinado con un moño daban una mezcla de la sensualidad que tiene el cuello, la espalda, y los hombros de una mujer, y la fragilidad de las mismas partes como del momento.

Me quedé frente a la imagen mucho rato, viniste por detrás, me cogiste de la mano y me susurraste:

—Tu cuello me vuelve loco.

Ojalá se puedan recuperar fotografías de todas tus etapas y hacer una buena selección.

Mirta habla de cincuenta fotografías. La galería de Henry da para eso de sobra y para alguna más.

Mirta llamó a Henry y ya cerró la fecha con él. Queremos que sea en octubre y que coincida con el día de tu cumpleaños. Ya sabes lo pesada que soy yo con los detalles y, si se podía, ¿por qué no?

Así yo también podré participar de forma activa.

Tu padre ha dicho que vendrá a Nueva York, dice que va a esperar a que eso ocurra para ponerse de nuevo con el traspaso de la carpintería y la idea de volver a Ankara.

Mirta ya le ha ofrecido su piso, dice que ella se irá a casa de Henry. Parece que estos dos van en serio, aunque, por si acaso, ha dejado ir un: «Y, si no, ¡ya veremos! Algo inventaremos».

Ya le he dicho que en mi casa también puede estar perfectamente. Le dejaría mi habitación y yo dormiría en el cuartito, o incluso podría irme al estudio, que tengo un sofá cama para noches que me da palo volver a casa.

Me encantará enseñarle a tu padre la ciudad que sé que te habría fascinado.

Me emociona que sea en NY y que podamos hacerte este homenaje. Que su gente conozca tu trabajo. Mirta dice que hará las llamadas pertinentes para que la prensa escrita y audiovisual venga a cubrir la noticia.

Sí, Enver, quiero ver tu nombre escrito en el New York Times en el Herald, ¡en todos los diarios o revistas de eventos y de arte que sean posibles!

2 de Julio, 99

Ela:

Se llama Ricardo. El hombre que me trajo papeles y bolígrafo.

Desde que llegó, poco después de que lo hiciéramos nosotros, le asignaron mi grupo y, en este último tiempo, me da la impresión que vamos creando una relación. Es arriesgado, de todas maneras, decir eso, porque crear algo parecido a un lazo aquí es imposible. Aprendes rápido a desconfiar, a dudar de todos. Quién te está manipulando, quién mintiendo, quién va a traicionarte.

Como ocurrió en mi primer intento de fuga. Un día, recién llegados, mientras hacíamos los trabajos diarios —mantenimiento de letrinas, recogida de basura, lavar ropa, barrer las tiendas de estos cabrones y lo que sea que se les ocurra—, le conté a uno de mis compañeros, uno de los periodistas con los que me habían secuestrado, mi plan para largarnos, para que él hiciera cadena con el otro miembro del grupo. Creí que iba a ser mejor de uno a otro y no que me vieran hablar a mí con los dos.

La idea era hacer que se uniera a nosotros y poder

escapar los tres. No sé cuál de los dos fue el que se chivó, o si fueron los dos. Se protegieron entre ellos y ninguno me dijo nunca nada.

Cuando me cazaron, porque así me trataron, como si se tratara de una cacería, me estuvieron torturando durante días. Te torturan hasta que te quedas totalmente inconsciente o hasta que gimes y lloras, arrastrándote como un animal herido, pidiendo perdón, besándoles los pies, los zapatos, las manos u otra parte del cuerpo si te lo piden. Antes de torturarte, torturan frente a ti a otros escogidos al azar para que veas las dos únicas opciones que vas a tener, como dicen ellos riéndose, una oportunidad de ver cómo vas a terminar.

Después de nueve días, me desperté. Lo hice en la tienda enfermería. Si necesitas medicamentos más allá de lo básico, estás perdido. Este tiempo he visto casos de malaria, he visto gente que entraba con fiebre y no volvía a salir. Uno de ellos, Andrej, uno de los periodistas con los que me secuestraron.

Me tuvieron sufriendo las heridas sin darme calmantes y, si gritaba de dolor, se acercaba el supuesto enfermero y me apretaba sobre alguna de las heridas diciéndome:

—¿Quieres gritar? Grita ahora y te apretaré en otra herida, más fuerte.

Decidí dejarme en manos de Alá, de Mahoma; mi fe creció, se multiplicó. Mi comunicación era constante, solo rezaba, repetía aquellas oraciones que de pequeño había aprendido de manera sistemática y en las que, encontraba paz.

Agarrarse a la fe, aunque para mí en el pasado, como para muchos, era vivir en el engaño de algo imposible, a mí me ayudó. Me hizo más fuerte, más paciente, tremendamente agradecido. Y, quizás, quien no cree me diría que fue mi propia fuerza mental. A mí, tener dónde sostenerme me dio esa fuerza.

Estar en cautividad, secuestrada o secuestrado en la selva, es estar en un lugar donde no hay dios ni ley, donde no hay testigos, donde si mueres, mueres, y donde si resistes, estarás siempre sujeto al abusivo poder de las personas que te miran y te apuntan con un fusil.

Este hombre me habla, poco, pero me habla.

Él es el que abre la celda, quien me acompaña a las duchas, al baño, quien me entrega la ropa y quien regresa conmigo. En esos recorridos yo voy delante, en silencio, sintiendo en algún momento la punta del fusil que choca con mi espalda. Frente a los demás, parece ser más indeseable. Si ha de insultarme o darme un golpe, lo hace. Dentro de la celda, ya a solas, se disculpa.

También es el que me acompaña al comedor. Siempre lo mismo: un pan por la mañana con café o agua. Arroz con frijoles para comer y una sopa terrible, que eso no sé qué debe llevar, ¡pero deberíamos estar todos muertos! Comemos por turnos. Quien nos sirve la comida puede llegar a escupir en el plato o a poner la mitad de la ración que les ha puesto a los demás.

Pasó una vez: me sirvieron la mitad que le habían quitado al de delante de mí y, al dársela después, una vez sentados, se acercó el cabrón que nos había servido, me sacó el plato sin explicación y me dejó sin comer.

Preferí eso a que me pasara lo que le había ocurrido días antes a uno, que se quejó porque le habían servido la media ración. Lo hicieron comer arroz hasta que reventó.

Esa noche fue la primera que Ricardo, habiéndola escondido en su uniforme, me dio una pieza de fruta al llegar a la celda.

Desde entonces se ha habituado y lo ha convertido en costumbre.

De unos meses a esta parte, poniendo mi actitud representada de absoluta sumisión a un lado, intento pasar lo más desapercibido que puedo, no llamar la atención en nada.

No habló con nadie, camino, como solo y me muevo al compás de un hombre muerto en vida, con la cabeza agachada cuando toca.

Me hice cómplice de Ricardo hace unos días, no solo por la fruta. También porque, una noche que no pudo más, me contó cómo llegó aquí.

Se unió a estos tipos, dice que no son guerrilleros, sino locos jugando a serlo, porque su hija, militar de profesión, fue secuestrada por ellos. Para entrar tuvo que matar a un par de tipos importantes y pasar alguna prueba más. Una vez aceptado, una noche emborrachó a los otros tipos, haciendo ver que él también lo estaba. Fue cómo supo y pudo confirmar que a su hija no solo la habían secuestrado esos mismos cabrones que tenía delante, sino que además la habían colgado desnuda, durante horas, la habían sobado por todas partes, la habían violado todos y, finalmente, la habían matado. Tenía veintiocho años.

Tras explicármelo, lloró junto a mí, se echó en mi regazo como un niño y lloró en silencio para no ser descubierto.

Por eso está aquí, pensaba quedarse hasta encontrar la manera de vengar a su hija y matarlos a todos. Por otro lado, no sabe si vale ya la pena y es mejor salir de esta tortura cuando pueda.

Gracias a él supe más de nuestro caso.

Me contó que tras el motín se llevaron nuestro coche a una carretera cerca de la frontera con Honduras y ahí lo quemaron. Pusieron ropas nuestras por si había investigación y que así se pudieran encontrar pruebas de nuestros ADN y nos dieran por muertos. A nosotros nos dijeron que no hubo ninguna investigación y que, para el resto del mundo, ya estábamos muertos.

La verdad es que ninguna autoridad supo jamás de nuestra visita a la cárcel antes de nuestra llegada. Todo había sido clandestino. Los mismos tipos que nos habían contratado nos habían recogido en el aeropuerto, y resultaron ser los que provocaron el motín y nuestro secuestro. Fuimos porque nos engañaron diciéndonos que podíamos entrevistar a uno de los líderes de las fuerzas insurgentes que llevaba años en la cárcel. A mis compañeros les interesaba porque seguía siendo para muchos, dentro de la población más pobre, un héroe.

Se trataba de uno de sus cabecillas que se hizo pasar por dicho líder. Dentro de la cárcel estaba todo preparado. Había compinchados guardias en la entrada, dentro. En nuestras bolsas, sin que nos enterásemos, nos habían vaciado lo que llevábamos y se habían escondido armas.

Fuimos tan incrédulos, tan estúpidos. ¡Maldita sea el día que dije que sí!

Ela. Ela, qué lejos y qué cerca te siento al escribirte.

28 de julio, 1999

Hoy he hecho algo que tenía muchas ganas de probar. ¡Noooo, no me he tirado en paracaídas! He ido a una sesión de reiki. Necesitaba limpiarme de energías y para eso siempre he creído, y te hice creer a ti, que las técnicas japonesas han funcionado a lo largo de los años mejor que ninguna.

Lo que ha pasado después ya no sé si catalogarlo de imaginación o de creencia, creencia que llega a través de una experiencia en primera persona que hace que te que reafirmes en aquello que te parece tan surrealista, y que tengas fe porque, como dijo Cori, eso te hace poderoso.

He ido al centro que tiene una amiga del colegio. Jana es psicóloga y terapeuta y desde hace un tiempo están ofreciendo terapias alternativas que son muy potentes. El reiki, la gestalt, la PNL. Su socia es otra experta y, además, para entrar en relajación canta mantras. Que me digan lo que sea, pero es como si a esa mujer la estuvieran abduciendo los incas o cualquier otra tribu de indígenas.

De repente, yo mantenía los ojos cerrados y estaba en un estado de total relajación, he sentido lo que muchos llamarían pura imaginación. He escuchado una voz y la conversación ha fluido así, así de rápida y de contundente:

Mami, soc jo.

—¿Ets?

—Si, soc jo, una nena.

—Oh quina il lusio!

—Però mamà, he d'explicar-te una cosa.

—Digue'm filla.

—M'agradará cremar coses.

—Com? [8]

Ahí me he puesto muy nerviosa, notaba como Jana y Gemma, o las dos a la vez, me tranquilizaban, aun estando en ese estado de completa relajación o incluso inconsciencia. La conversación ha seguido.

—No, no puc permetre que neixis amb un problema així, no se que ens passarà ni com estarem i necessito que neixis sana, filla, si no et demano que no neixis.[9]

Así me ha salido. Luego, cuando lo recordaba, me dolía haber dicho eso. Por suerte, ha ido a mejor:

--Nooooo, no seré dolenta, només una mica entremaliada [10]

—Si es així, doncs, aquí t'espero. [11]

El despertar ha sido muy movido. Me he puesto a llorar de la emoción, entre alegría y sorpresa, incluso miedo.

---

8 Mami soy yo. ¿Eres?Si, soy yo, una niña. Oh , qué ilusión!. Pero mami, he de explicarte algo. Dime hija. Me va a gustar quemar cosas. ¿Como?

9 Pues no, no puedo permitir que nazcas con un problema así. No sé qué pasará ni cómo estaremos y necesito que nazcas sana hija. Sinó, te pido que no nazcas.

10 Nooooo, no seré mala solo algo traviesa.

11 Si es así. Aquí te espero.

Ellas me han tranquilizado diciendo que a veces, el reiki, si la persona es sensible, puede hacer eso.

Me han contado que una clienta una vez les explico cómo, en una sesión, había podido viajar a otra dimensión, había estado rodeada de un montón de personas que no conocía y que le daban la bienvenida. Que, después, en una carretera abierta y desierta, se encontraba con tres seres y uno de ellos le confesaba que era su hijo.

Por lo visto, a esa mujer le habían diagnosticado trompas de Falopio obstruidas de jovencita. Describía la conversación con su hijo como la cosa más real que había tenido en sueños. ¡A veces los sueños nos dicen tantas cosas y casi siempre les hacemos tan poco caso!

Pues resulta que la mujer estaba embarazada de dos meses y daba por hecho que no tenía el periodo debido al estrés y problemas de trabajo.

Mañana regreso a Nueva York. Es hora de ver a Antoine, de anunciarle mi estado a Namir, de visitar a mi ginecóloga ¡y de empezar a preparar muchas cosas!

Hoy en el cielo parece que no quepa estrella. Lo miro desde esta hamaca y te busco.

Buenas noches *

3 de Julio, 99

Ela:

Hoy he recordado algo. Le he preguntado a Ricardo qué día del mes era, ya que a veces pierdo la noción del tiempo, y me ha dicho que 28. Entonces, he recordado cómo te gustaba esa fecha porque era cuando llegaban las vacaciones, terminabas con los talleres y, aunque te lo habías pasado increíble con los chicos y chicas, era también el momento de dejar la ciudad e irse unos días a St. Pol o a cualquier otro destino.

Juntos fuimos a St. Pol, a Osor, recorrimos el sur de Italia, de Grecia, donde más de una vez dijimos irnos a vivir allí. Íbamos a hacer deportes de aventura. ¡A quemar la adrenalina! ¡Qué bien lo pasábamos!

Cuánto echo de menos la libertad. A veces, siento miedo, Ela.

No el miedo que asusta, miedo del que se mete en la cabeza y no te deja pensar con claridad.

Esta gente está muy loca y en cualquier momento se deshacen de nosotros.

Hace un par de días, en la ducha, oí decir que ya no

nos necesitaban realmente como moneda de cambio a algunos de nosotros y me mencionaron.

En una de las hojas y a bolígrafo he hecho un retrato tuyo. Estás esculpiendo un trozo de algo que por ahora es más alto que tú.

Te he hecho con tu melena recogida y tu peto de trabajo. Con las manos en la pieza, conociéndola, acariciándola. Es lo que solías hacer, acariciarla primero para sentirla, para que te explicara en qué se iba a convertir. Decías eso, que la pieza se construye sabiendo lo que quiere ser, que tú solo ayudas a que eso suceda.

Me gustaba tanto fotografiarte trabajando, cocinando, lo hacías todo poniendo atención, delicadeza, fuerza, pasión, improvisación.

También he dibujado a mi padre, me he emocionado mucho.

Solo pensar en él, me vuelvo loco.

4 de Julio, 99

Ela:

Ricardo es un tipo honrado. Me ha ofrecido un cigarro. Hacía tanto tiempo que no fumaba que me he puesto a toser, como me pasó la primera vez que lo probé.

Por suerte, nadie nos ha oído. Mientras le enseñaba mis dibujos, me ha dicho lo que me esperaba. Se va a ir.

Me ha pedido perdón por no llevarme con él. No quiere ni oír hablar de buscarse la ruina y, en una de esas, nos matan a los dos.

Además, yo no estoy esquelético ni muriéndome, pero estoy débil y en la jungla has de estar preparado para lo que pueda venir.

5 de Julio, 99

Ela:

Mi aliento eres tú. Escribirte me alienta. Me ayuda a estar con la cabeza ocupada.

Antes de llegar a Berlín, quise conocer países que se me habían resistido para terminar en Turquía. Había visto tanta pobreza, tanto miedo en esos viajes que, una vez en Ankara, decidí irme a Capadocia.

Una vez ahí, en sus montañas, llegaste tú. Te había mantenido apartada en mi cabeza y, de repente, ahí, en esa cima, pude hablarte, pude llorar, pude pedirte perdón por no haberte dicho nada, por haberme ido así.

No te lo merecías.

Ela, no supe cómo hacer para evitar entristecerte o ver yo esa tristeza. No habría podido ver una sola lágrima tuya, no lo habría soportado. Perdóname. Sí, fui un egoísta.

En Capadocia me prometí que, una vez hubiese encontrado lo que buscaba, volvería y, si no era muy tarde, te diría:

—Amor, ya está.

Y te propondría, si todavía querías y no estabas muy enfadada conmigo, que dejáramos París y nos fuéramos a

Oía a vivir, o si preferías ciudad, a La Canea, donde íbamos a estar viviendo como siempre imaginamos. Esos habrían sido unos buenos destinos.

Pero calculé mal el tiempo. Imagino cómo habrás rehecho tu vida. ¿Estarás con alguien? Quizás hayas sido madre. Nunca hablamos de ello, pero sé que no lo ibas a descartar y yo tampoco. Aunque no lo querías reconocer así, eres una mujer tremendamente maternal, lo sé por lo mucho que veía que querías a Quico y cómo te ocupabas de él, por cómo quisiste y cuidaste a tu padre.

Lo sé porque te veía y te escuchaba cuando me hablabas de tus alumnos. Todos eran importantes, de todos sabías secretos, de todos veías lo que otros eran incapaces.

Conmigo no fuiste madre, pero sí fuiste tierna, cuidadosa, para luego convertirte en mi querida Ela. Ser quien conseguía atraparme siempre con esa pasión por todo lo que disfrutabas, el sexo, la comida, las risas, tu arte, los libros, la música, el cine. La persona más divertida que he visto borracha. La persona que más me ha hecho reír en mi vida.

Mujer de contrarios, capaz de estar horas callada o de hablar sin pausa si estás emocionada con algo. Eres capaz de llorar y reír con la misma intensidad y hacerlo a la vez, y, también, de razonar magistralmente o convertirte en la persona más tozuda que he conocido.

¡Qué tozudez la tuya! ¡Y cuánta razón a veces!

Eres capaz de hacer feliz a quien te rodea y vivir ocupada por ellos.

No quise fallarte y espero no me hayas odiado tanto como para olvidarme.

¿Jamás preguntaste por mí, Ela?

Tuyo, Enver

6 de Agosto, 99

Te escribo rápido, he oído un disparo. Estos tipos están chalados. Ricardo no ha aparecido todavía y me estoy temiendo lo peor.

No sé, no creo, él me dijo que iba a estar todavía unos días más antes de intentarlo.

Ela, quiero esconder estas páginas que te escribo y quizás llegarán a encontrarse. Esta gente tarde o temprano se moverá. Sería de película, ¿no? Estoy delirando.

Tendría que encontrar un frasco y enterrarlas, una lata o algo que no estropee el papel y escribir mi nombre, quién soy y a quién quiero que se las envíen, pero ¿y si tú ya no estás en París? Tendría que escribir «Si alguien encuentra estas hojas que las envíen a la dirección...». Y poner la de mi casa. Es más seguro, de la de St. Pol no me acuerdo ni de la calle ahora mismo.

Hay días que ya no puedo más. Ela, Ela, Ela, mi Ela...

3 de agosto, 1999

Nada más despertar he ido a la empresa a ver y hablar con Namir. Se ha sorprendido porque no sabía que tuviera una relación.

—¿Y por qué no nos has presentado nunca a tu novio? Somos como tu familia.

Parecía molesto, pero enseguida me ha sonreído y bendecido.

Dejo que me diga estas cosas porque sé lo importante que es para él la familia. No le he explicado detalles porque no quiero. A pesar del aprecio que le tengo, no deseo que mezclemos todo. Además, ya te imaginas qué pensará si le cuento que es de un polvo de una noche y que a Antoine no le quiero considerar novio, aunque ahora se convierta en el padre de mi hijo o hija.

Me ha ofrecido trabajar desde la oficina. Justo se ha ido la secretaria que tenía. He aceptado hasta que encuentre a alguien que pueda sustituirme, porque no quiero dejarlo sin nadie y porque me ira bien un tiempo, pero no quiero estar en un despacho encerrada.

Gracias a las dos piezas que se vendieron puedo vivir

tranquila hasta unos cuantos meses después de que nazca la bebé o el bebé y luego ya volveré. Me ha dicho que tengo las puertas abiertas para regresar cuando quiera y me ha agradecido que me quede hasta que encuentre a alguien.

Quiero dedicarme estos seis meses a disfrutar de este embarazo. De pasear, trabajar en el estudio lo más que pueda. Ayudar a organizar tu exposición. Y, cuando llegue el momento, ir a esas clases de preparto que no me apetecen, pero que, a medida que va creciendo la tripa, creo que van a ser de gran ayuda.

Antoine me llamó ayer para pasarse a verme. Llegará en un rato.

Le dejé varios mensajes desde que llegué y el tío ni mu, ¡orgullo al poder! pero no, no quiero discutir.

Todo irá bien. ¿Verdad que sí?

Pues sí, bien y mal. He preferido que no se quedara a dormir.

No soy conflictiva, no lo fui jamás, y no me gusta discutir si eso se entiende por ponerse a gritar y no escuchar lo que el otro quiere decir.

Tengo el defecto de la tozudez y lo he reconocido siempre, pero también es mi mayor aliada, y cuando no quiero algo y digo que no, ¡es no, joder, no es no!

Ha llegado tranquilo, hemos hablado superficialmente un buen rato y, cuando aquello estaba siendo muy ridículo, ha cortado en seco.

—Ela, no me gusta cómo estamos llevando esta situación. Me gustaría que pudiéramos pasar unos días juntos y ver si podemos empezar de nuevo con el intento de conocernos mejor.

Le he sido muy sincera. Le he dicho que no creía que

una relación sentimental forzada fuera a ser la solución. Que a mí me habían tirado hacia atrás algunas cosas y que no era solo porque creía que no encajamos como pareja, sino porque yo no deseaba lo mismo que él.

¿Por qué he de seguir con algo que no quiero? Habría sido muy chulo que nos hubiéramos enamorado o que incluso en este intento hubiéramos encontrado un acierto. Pero no lo es. No tenemos nada que ver en lo que queremos y en el modo de entender la vida y no voy a estar con alguien que, además, sé que nos podemos hacer mucho daño.

Yo soy terrible cuando me empiezan a querer controlar o cuando he de escuchar comentarios que me resultan machistas.

Antoine algunas veces dice eso de «Eso son cosas de hombres», «Esas cosas son cosas de mujeres», y eso me hace retorcer el cuello y tener ganas de retorcérselo a él.

No es típico de franceses, al menos de los que conozco, es algo que tiene que ver con alguna referencia suya de familia, supongo. Si no, no lo entiendo.

Me he dado cuenta de que cuando quiere cabrearme lo dice serio y, cuando quiere jugar, lo dice y automáticamente, se ríe y se burla de mi cara.

Lo único preocupante es que, en coña o en serio, lo piensa y lo dice.

Se ha puesto bastante a la defensiva y ha exclamado:

—¿Cómo puedes estar tan segura sin tan siquiera intentarlo?

Ha dicho que él era un hombre que podía llegar a aprender a convivir con alguien tan diferente —«Como dices que somos», ha añadido— y adaptarse, que podía llegar a hacerme muy feliz... Y que, sobre todo, no entendía cómo podía predecir que no iba a funcionar.

—¿Cómo puedes saberlo? Dime, dime... —empezaba a alzar la voz—, ¡dime lo que quieres!

¡Se ha enfadado bastante! Le he pedido que se fuera y ya hablaríamos otro día. Si entraba en batalla, no sé cómo podría haber ido, no lo conozco para saber si mi respuesta lo habría llevado a más enfado, el enfado a más gritos, qué se yo...

Cuando se enfada, no es un enfado que veas que está controlado, empieza a gesticular sin control y alza las manos, se toca el pelo con nerviosismo, se muerde los labios..., bueno, que no mola. Mi madre había llegado a tirar cosas alguna vez, alguna silla, en una ocasión una cómoda, cosas por las ventanas, ¡qué te voy a contar que no lo hiciera ya!

Aprendí en terapia que pasa eso, que hay personas que gestionamos el enfado saliendo a caminar, discutiendo, hablando, escribiendo, en fin, usando técnicas que ayuden a regresar a un estado calmado. Otros son más viscerales o emocionales y pueden, cuando ya no soportan más la ira, dar un puñetazo a una pared o tener aún menos autocontrol y empezar a tirar cosas o a pagarlo con lo que tengan delante. Ya sea una mesa o una persona.

Antoine creo que es de los de puñetazo en la mesa o, no sé, pero paso de quedarme para comprobarlo.

Y quizás sí le tendría que haber dicho:

—Mira, sí lo sé, porque resulta que tengo amigas, hermana, madre y sé cómo son estas cosas, sé lo que es vivir con alguien que no deseas, pueden pasar cosas terribles, y lo sé porque lo he leído cientos de veces, lo he visto, me lo han explicado y no me apetece y, sobre todo, porque ya sé que eres bipolar y, por lo que veo, no me lo dices, o porque no te tratas como deberías, o porque quieres ocultarlo y quizás, esperar a que eso te sirva de excusa en un futuro. Y para colmo, hasta entendemos lo que es discutir de diferente manera.

Mejor no haber dicho nada de todo esto.

Sí, sé que tendré que proponer una manera a la que a ambos nos pueda funcionar, pero en absoluto me quiero ir a vivir con él y ni intentarlo me apetece.

Al principio habrán de ser más visitas y paseos y, luego, una custodia compartida. Vivir, vivimos medianamente cerca, así que eso es bueno para evitar madrugones terribles para ir a una guardería, al colegio cuando llegue el momento...

Luego, pactar fines de semana por igual, vacaciones repartidas del mismo modo, pero lo más importante que siempre podamos hablar de la educación que deseamos y de todo lo necesario para crear nuestra propia realidad.

Siempre he creído que, si hay buen rollo, educar es más fácil aun estando cada uno en su casa, y educar sola también creo ser capaz, lo he hecho con Quico, con niños y con adolescentes que no eran mis hijos o hijas y por experiencia sé que, si hay malos comportamientos, es casi siempre porque algo pasa en casa.

Una cosa es que haya algo concreto que se deba tratar. Como fue en el caso de Quico. Mi padre, por ejemplo, optó por llevarlo a la escuela donde estudiamos todos y luego que hiciera refuerzo con el método Cemedete en la consulta del doctor Moyá. Con Adelina, su psicóloga como con Moyá, Quico amplió sus capacidades y se le desarrolló una creatividad increíble que le ha permitido después ganarse la vida y vivir feliz.

Mi madre, en cambio, se negaba y decía que a un colegio especial. En mi casa, al menos, ganó el sentido común de mi padre, ya que mi madre decía algo y luego se tiraba meses sin aparecer o días, semanas, sin llamar.

Pero, al margen de eso, siempre he creído que, si alguna vez tenía una hija o un hijo, era solo cuestión de hacer lo contrario a lo que había hecho ella. Con una buena comunicación, y, sobre todo, el amor. Esos eran los requisitos principales y, luego, a aprender sobre la marcha también, supongo. ¡Que imagino que no todos los días serán buenos y cagarla la cagare más de una vez!

A ver qué pasa…

7 de agosto, 1999

Ricardo fue el que disparó. Me ha explicado que discutió con uno de los tipos que le hicieron esa barbarie a su hija, que en la discusión estaban solos y que, al perder los nervios, le dijo quién era y lo que le habían hecho a su hija. Por lo visto, el tipo se quedó petrificado, se arrodilló llorando y pidiéndole perdón. El tiro fue directo al pecho. Los demás aparecieron después, corriendo, y Ricardo les dijo que lo había matado porque le acababa de confesar que se estaba escapando y que, una vez libre, confesaría todo para librarse de años de prisión. Me ha contado que pasó verdadero miedo, porque los otros tardaron en reaccionar, de convencerse y, al final, le dieron las gracias.

Dice que no se la puede jugar más; si fuera por él, los iría matando a todos. Prefiere largarse y evitar que lo maten a él. Dice que no puede esperar más y que, ahora que están encabronados y maldiciendo al otro tipo, es un buen momento.

8 de agosto, 1999

Está caliente el ambiente. A primera hora ha entrado uno de los tipos y me han llevado frente al jefe. El que está más chalado de todos. Primero, ha sido a las buenas, me han sentado frente a una mesa con comida, pollo, ensalada, frutas; había mangos enormes, aguacates, sandía. Me ha preguntado cómo estaba; se ha disculpado por tenernos en estas condiciones, pero se ha excusado diciendo que era necesario, porque estaban en una misión que no podían dar por terminada hasta que todos sus compañeros fueran liberados.

No tiene mucho sentido, porque, si quisieran liberar, ya nos habrían intercambiado, así que eso de lo de la moneda de cambio no sé hasta qué punto lo consideran o lo que pasa es que, para sentirse que están en esta mierda, necesitan tener rehenes.

Ha querido saber de mi familia, como si fuera a contarle. Me ha enseñado mi pasaporte. Suerte que al venirme me hice el pasaporte en Ankara porque el español lo tenía caducado.

Desde que Ricardo me aclaró que estos eran unos locos jugando a ser guerrilleros, los trato todavía con más teatralidad para que no se vuelvan conmigo todavía más locos.

—Enver Yilmaz Lacroze, Ankara, Turquía. ¿Qué tal se vive en tu país?

—No he vivido en mucho tiempo, mis padres emigraron a Francia siendo yo un niño, y he crecido ahí.

Bajo ningún concepto le iba a decir el nombre de mi padre o que vivía en España.

Ve a saber los contactos que tienen y en qué países, y solo me falta que vayan a mi padre y le puedan llegar a pedir cualquier cosa.

—¿Y tu familia, tus padres?

—Muertos los dos.

—Dime, Enver, nuestro compañero y, sobre todo, traidor, Ricardo, nos la ha jugado bien. ¿Sabes que tenía planeado dejarnos? Y antes de eso, mató a nuestro hermano. ¿Te contó algo? ¿De dónde era? ¿A dónde se quería ir? ¿Hablasteis?

—¿Quién es Ricardo? —respondí con la seriedad que implicaba llevarme un tiro.

Se rio y dijo:

—El hombre que estaba vigilándote, Enver. ¿Me vas a decir que nunca te dijo su nombre? ¿Nunca hubo una conversación entre dos hombres que pasaban horas juntos? ¿Me tomas por estúpido? —gritó, alteradísimo.

No sabía si era una trampa para hacerme hablar o si realmente alguien nos podía haber visto alguna vez hablar amistosamente. Seguí en mi plan de no soltar prenda, como había dicho Ricardo: «Así te maten». ¿Que podían hacerme? ¿Pegarme un tiro y ya? ¿Torturarme más?

—Jamás intercambiamos más de tres palabras. Jamás supe su nombre, ustedes evitan llamarse por el nombre delante de nosotros.

Eso lo convenció, por suerte. Es verdad que nunca oí el nombre de los demás.

—Lleváoslo.

He vuelto a mi celda y he evitado ponerme a escribirte, que era lo que más deseaba. Espero que Ricardo haya podido avanzar y que nunca lo encuentren. Han salido como tres coches después de haberme preguntado.

9 de agosto, 1999

Ela:

¿En qué estarás? ¿Cómo serán tus mañanas? ¿En qué proyecto estarás trabajando?

¿Qué estará siendo de mi padre? Lo imagino por las mañanas caminando hacia la carpintería con su pequeño maletín de herramientas. En el taller tiene todas las demás, pero en el maletín lleva las que tienen más valor para él, aquellas con las que trabaja las piezas pequeñas.

De pequeño, después de cenar, se sentaba en su mesa de trabajo, sacaba el maletín y yo me sentaba con él. Los dos, en silencio, tallábamos cada uno una pieza. Si veía que tenía dificultad, me cogía de las manos y me ayudaba.

Lo hacíamos todo juntos. Los desayunos, las comidas, fregar y secar los platos. Me leía cada noche hasta que yo empecé a leerle a él, decía que así yo practicaba y él podía dormirse.

Fue un padre maravilloso. Me hablaba de Ankara, de todo lo que sabía acerca de Turquía y acerca de otros temas, sabía tanto de todo y, aun así, era tan prudente en sus historias…

Ela, me gustaba tanto despertar contigo.

10 de agosto, 1999

Amor:

No me había dado cuenta y apenas me quedan hojas.

Parece que no nos moveremos esta vez. Los demás tipos me miran desconfiados. En el almuerzo, uno me ha dicho:

—Habrás hecho creer a nuestro jefe que no sabes nada, pero yo sé que sí sabes y esta noche te haré una visita a tu celda para que me cuentes lo que escondes y, si no me lo cuentas, te cortaré la lengua para que así tengas motivos para estar calladito.

A continuación, dos del grado 3 han empezado a discutir y se ha creado una batalla entre varios de ellos. Los vigilantes que se divertían viendo a dos tíos indefensos se han metido y, como si fuera un juego, les han empezado a dar golpes, a tirarlos al suelo, a patearlos frente la mirada de todos los que estábamos ahí.

Los han cogido por los cuellos y los han levantado como si fueran marionetas a las que se les caía la cabeza, los hombros. El que me había amenazado a mí para que hablara ha dicho:

—¡Puercos! Ustedes, no están aquí para hacerse los machitos. Estoy cansado de que me den más trabajo del necesario, a ver si tenemos la fiesta en paz.

Y, haciendo «pito, pito, colorito», le ha pegado un tiro a uno de los dos tipos y al otro le ha dicho:

—Y tú, incorpórate, compórtate como un hombre y ahora ven, que vas a ser mi nuevo esclavo.

Que te tomen por esclavo es lo peor que te puede pasar, peor que estar en nivel 1. Además de las cadenas, te ponen una correa en el cuello y te atan a un árbol, el «amo», como te obligan que los llames, te pasea cuando le apetece por el campamento frente la mirada de todos para que vean que eres esclavo o esclava. Te traen el plato de comida y el agua y has de comerlo atado o atada en el árbol a cuatro patas, como si fueras un perro. Cuando al tipejo le apetece, te suelta del árbol y te lleva con él para que le hagas lo que te pida.

He visto de todo, a alguno violando a alguna mujer frente a nosotros. Hombres sumisos lamiendo botas hasta que quedan brillantes, esclavos a los que los han metido en una tienda a culear, como dicen ellos, a otro esclavo. He visto orinar encima de hombres y mujeres, en sus caras, los he visto defecar y hacer que su esclavo o esclava recoja el excremento con hojas, con bolsas si están de suerte y hacer que las lleven a las letrinas. Para liberarte de una esclavitud han llegado a hacer que dos esclavos se batieran en duelo a hostias hasta que uno pierda el conocimiento o muera.

He visto suplicar por un tiro, he visto personas llegar a la locura, a la pérdida absoluta de ellos mismos.

Me digo cada mañana que mi mente no se dejará enfermar por lo que mis ojos vean o mis oídos oigan.

Cuando me vienen a buscar, entro en mi personaje de muerto en vida para resultar aburrido y que nadie me diga nada, no molesto, no me meto, no hablo, no miro. Solo respiro.

Desahogarme contigo hace que no pierda la cabeza, también eso me ayuda. Jamás te lo contaría si tuviera que contártelo en persona.

Jamás te haría ese daño.

Viviendo esta experiencia, viviendo cerca de estos malditos, he deseado matar.

El odio, la ira que generan todos los días, he de trabajármelo cada mañana antes de salir de mi celda, he de bloquear esas emociones, acallarlas, he de hablarles por la noche, decirles que las entiendo, pero que han de quedarse inmóviles. Lloro el día que ha sido especialmente duro y doy gracias cada día de no estar muerto.

En mí ha crecido una voluntad imparable de no perderme, de hacerme resistente a este infierno y convencerme que no soy parte de él, aunque me toque estar en él.

11 de agosto, 1999

El enfermo de la cabeza que me amenaza cuando me ve no vino y tampoco lo he visto en todo el día.

Para relajarme, cierro los ojos. Mientras te escribo, viajo a ese pasado en el que me sentía tan vivo, pasado en el que un abrazo con mi padre era un abrazo fuerte, largo, en el que verte o encontrarte con alguien te podía hacer vivir un momento de amor, tristeza, alegría, sorpresa. O ese momento único cuando descubres a alguien por primera vez. Como me pasó contigo.

Me bastó un segundo para verte llegar a la fiesta, para buscarte entre la gente, para perderte de vista y sentirte detrás de mí al cabo de un rato. Para girarme y sentir la angustia del «¿Dónde se ha metido?» y para volverte a encontrar, y ya mirarme contigo, clavados en ese momento en el que ya sabes por qué estás ahí.

Me siento sumamente afortunado de haberte conocido, de haber vivido algo tan fuerte, tan intenso, junto a ti. Haber conocido una mujer tan extremadamente frágil, bella, sensible, visceral en el sentir y ser, a la vez, tan tremendamente fuerte y tozuda en querer conseguir algo. Antes de ti, no había conocido a nadie que fuera tan dura consigo misma y que, a la vez, se permitiera tantas veces equivocarse.

Me desesperabas cuando tu cabezonería te nublaba y no te permitía entender «algo» de aquel momento.

Me rendía cuando solo querías salirte con la tuya. Te ibas y volvías al rato, habiéndolo entendido, ¡o no!, pero sacando esa picardía y sentido del humor que, con una sola frase, me hacías reír y olvidarme de lo que te había podido decir, o por qué me había enfadado en ese momento.

Ela, si alguna vez leyeras estas líneas, quiero decirte en ellas que siempre te amé. Siempre. Me habría gustado volver a ti y hablarte de mi viaje, de mis logros, escuchar los tuyos y retomar ese futuro real que nos esperaba.

Quiero desearte toda la felicidad que mereces. A ti, a Quico, a los que te quieren, a los que te cuidan; pido por mi padre.

No sé qué va a ser de mí. Hay mucho movimiento y con la fuga de Ricardo me temo que, al no haberlo encontrado, nos moveremos más pronto que tarde.

Cuídate, mi amada Ela, no voy a dejar de pensarte cada día.

Tuyo, siempre,

Enver

6 de agosto, 1999

¡Qué días! ¡Qué movido todo, qué clima tan loco! En verano, Nueva York es una sauna. Empapada, así me haya puesto el vestido más veraniego que tenga. Estoy enganchosa e inflada y no por el embarazo: me ha podido la pasta estos días, todas ellas, todas las recetas y todas con aceitunas, no he comido otra cosa.

He decidido comportarme, si no, voy a llegar a los nueve meses hecha un barril y, cuando nazca la mandarina, seguiré estando como un barril.

Pero hace tanto calor que no he podido evitar la cerveza, me la sigo tomando, ahora sin alcohol, un asco, pero la tomo igual, lo hago como solíamos hacer tú y yo. Tengo la hamaca jamaicana que teníamos en París y sigo poniendo jarras pequeñas en el congelador.

Me sienta tan bien que, sí es verdad que le transmito mis sensaciones, esa debe ser de las preferidas.

Marc ha venido a comer, lo he puesto al día y se ha reído a carcajadas al verme la tripa. Lo he estado disimulando al principio para que no se diera cuenta antes de decírselo. Ha sido muy gracioso porque no sabía cómo empezar, así que, cuando me ha dicho que había conocido a una mujer que estaban empezando a salir y que le encantaba, ha sido mi oportunidad.

—¡Qué alegría, Marc! porque yo también he de contarte algo.

—¿¡Estás embarazada!?

—¿Cómo lo sabes?

—¿Lo estás?

—Sí.

¡Ahí es donde ha venido la carcajada!

—Ela, nada más verte me he dado cuenta, una no pone además la cara de asco que has puesto con un ramo de flores y menos la acompaña con una arcada que hace casi vomitar.

Al no decirme nada, imaginaba que querrías contármelo tú, así que he esperado. Además, estás preciosa, bueno, eres preciosa, pero ¡mírate! ¡Nunca te había visto tan bonita! ¿Quién ha sido el afortunado? ¿Lo sabe?

—¿Como si lo sabe? ¿Crees que sería capaz de eso, de quedarme embarazada y no comunicárselo a la otra persona?

—Podría haber sido una de esas historias esporádicas tuyas en las que prefieres no pedir el teléfono o te olvidas del nombre.

—Se llama Antoine, lo conocí en la misma fiesta en la que te conocí a ti, nos hemos ido viendo, es-po-rá-di-ca-men-te y, al pasar esto, él me propuso algo más serio. Pero antes de empezar nada, he preferido que tengamos solo una relación compartiendo un bebé que meterme en algo que no me apetece.

—¡Guau, mujer! ¿Y cómo te sientes?

—Feliz, nerviosa, asustada, capaz, ¿cuántas cosas a la vez puedo sentirme?

—Las que te dé la gana, cariño, y cuenta conmigo para todo. Seré el tío Marc a partir de ahora.

Me ha abrazado como un hermano mayor y me he sentido tan arropada que me he emocionado. Las hormonas ya están actuando y es lo que tienen, a veces te sale un pelo en la barbilla y no sabes por qué y otras y más en un embarazo, te hacen llorar por todo. Hemos quedado en que cenaremos en estos días con su novia para conocerla. Se llama Uma, dice que me va a encantar y no lo dudo. Marc es tan genial que seguro que ella es un encanto.

Luego me ha acompañado al estudio y, una vez se ha ido, me he puesto a trabajar en mis nuevas ideas. Estoy con tus manos. He pensado que, si las termino a tiempo, podrían ser parte de tu exposición.

Mirta me propuso mezclar, poner algunas piezas mías sueltas, y convertir la muestra que fuera algo de los dos, pero no quiero, quiero que sea tu exposición, tu homenaje, que solo se hable de ti. Poner tus manos no me parece mal, es algo poético, nada más.

11 de agosto, 1999

Estoy en el estudio desde que vine con Marc.

Me dejé el diario en casa y, hasta hoy, no lo he recuperado.

Está siendo súper intenso. Están saliendo ideas que me gustan mucho. Es como si mi estado también estuviera influyendo. Me encuentro más agotada, pero lo llevo bien; cuando ya no puedo más, suelo estirarme en la cama que tengo y descanso todo lo que me pide el cuerpo. Suerte que me puse la caldera y me instalé una ducha, si no, no me podría haber quedado y me habría tenido que ir a casa.

Desayunar lo hago en el bar de abajo, me conocen desde que llegué y son encantadores, además, ¡son griegos y me pego unos desayunos…! Para comer, como estoy en medio de todo, a veces son las doce, a veces las tres y a veces las cinco de la tarde y, entonces, suelo pedir a domicilio.

En esta ciudad es un placer, porque es posible todo.

Por la noche tengo una tetera y suelo hacerme baños maría de mis Campbell o, si no estoy muy petada, aprovecho para dar una vuelta, caminar un poco y comprarme algo.

Nunca me había quedado tantos días, y la verdad es que se puede estar muy bien.

No tengo prisa por volver a casa y a Blau me lo he traído al estudio. Normalmente los días que estoy fuera, si no se queda con Mirta, Louis y Sean se encargan. Solo he de llamarlos y, como tienen llaves, entran y lo adoptan mientras no estoy. Ellos también tienen una gata, Lula, y con Blau se lleva de maravilla. Suerte que los dos están capados, si no, tendríamos un parque de gatos en casa.

Louis y Sean son pareja desde hace quince años, Louis es escritor y Sean productor de tele. Son dos hombres adorables y los quiero muchísimo.

Otro de los motivos por los que estoy tan segura de que quiero seguir en mi piso es por eso, porque sé que, cuando nazca mandarina y pasen los meses de amamantar y haya de plantearme volver a trabajar, podré dejarla con Louis sin problema unas horas. Es más, me mataría si no lo hiciera así. Cuando les di la noticia, los dos lloraban de emoción.

Louis, de hecho, es el que se encarga de llevar el embarazo. Se ha dado de alta en no sé cuántas revistas de premamá y me recorta y lee artículos, me prepara tápers y ya ha comprado el primer tutú de bebé.

Cuando les conté mi experiencia en St. Pol, Sean prefirió no hacer comentarios. Según él es algo muy personal, pero Louis exclamó: «¡Una niña, una niña hermosa! ¡Que se prepare Nueva York que ya llega su reina!».

Mandarina va a tener a tantas personas que la van a querer que me siento afortunada.

Tu padre fue quien me hizo sentir ese agradecimiento también.

Cuando se lo dije me abrazó y me dijo: «Ese ser que llevas en tus entrañas va a ser un ser de luz. Y todos los que te queremos lo querremos y le daremos nuestro amor».

Quiero tanto a tu padre, lo admiro tanto, es tan noble.

15 de agosto, 1999

He vuelto a casa. Louis, Sean y yo hemos hecho una paella en la azotea. Ha venido Mirta con Henry, Marc con Uma. Por cierto, encantadora es poco, nos hemos enamorado todos de ella, ¡qué mujer! Qué elegancia y, a la vez, que sencillez tan sublime.

Marc está enamoradísimo, pero es que ella igual, son tan bellos, se los ve tan compenetrados...

También había invitado a Antoine, pero está de viaje unos días y hemos quedado en vernos a su regreso para ir juntos a la ginecóloga. ¡Nos van a decir el sexo de mandarina!

Louis y Sean han invitado a un par de amigos suyos, ¡nos hemos reído tanto!, hemos tocado la guitarra, bailado, se nos ha hecho de noche y hemos terminado con las luces que pusimos las Navidades pasadas y tomando la ratafía que traje de St Pol.

Bueno, yo tomando sorbitos muy pequeños.

Siempre que tomo ratafía me recuerda a ti. ¡Cómo te gustaba! Y a mí, ni digamos. El día que descubrimos que cada uno podíamos tomarnos una botella entera sin pestañear, tuvimos que tomar medidas en el asunto.

¡Cogíamos tales borracheras sin darnos cuenta! Planeábamos salir y, a veces, hasta nos habíamos arreglado y, antes de ponernos los zapatos, empezábamos con un chupito en casa. Cuántas veces dejamos la cena para otra ocasión, cuántas veces acabamos tirados en el sofá con nuestra botella y «Otro chupito, el último». ¡Eran unas borracheras tan dulces!

Esas noches hacíamos el amor acaramelados, riendo, y nos quedábamos dormidos sin darnos ni cuenta. Por la mañana, despertábamos igual de acaramelados. Para quien no sea romántico o romántica, decías, ¡esto sería un asco!

Enver, no creo que yo pueda..., ahora lo sé. Ahora que también he superado todo ese dolor y no me da miedo reconocer mis sentimientos, no creo que yo vuelva a poder amar a alguien igual, no con esa conexión.

Después de ti, todo me ha sabido a poco.

Una vez te pregunte:

—¿Qué vamos hacer?

Me refería a tanto amor que estábamos sintiendo, y me dijiste con la máxima tranquilidad:

—Vivirlo al máximo. —Y añadiste—: Las personas solemos ser tremendamente desagradecidas con el amor, lo tratamos mal, lo enfermamos o lo dañamos, lo despreciamos, lo ignoramos. A algunos les da hasta miedo y a otros, rabia, y él es tan generoso... Es tan generoso que con poco se conforma. De todos los sentimientos, es el único que puede llegar a ser incondicional. Es, además, la herramienta más accesible que tenemos para ser felices... El amor en sí, en su pureza, está en todo, en lo que hacemos, en cada entrega, así sea cocinando, trabajando, amando..., está en las relaciones, en lo que sentimos, en cada momento, si así lo queremos.

Esas reflexiones tuyas, o comentarios, me dejaban sin habla muchas veces, solo te miraba y pensaba, «Que fácil».

Qué fácil es amarte, Enver Yilmaz Lacroze.

19 de agosto, 1999

Cuando me llama Roser tiemblo por un momento, espero la mala noticia. No siempre es así. Pobrecita, ¡si supiera que la relaciono con las malas noticias, le daría tremenda pena! Por suerte, esta vez solo quería saber cómo me encontraba.

Pero es que así fue cuando me llamó la primera vez a París. Fue para darme la peor de todas las noticias.

—El teu pare cada cop està pitjor, hauries de venir.[12]

Ese viaje fue de los peores viajes que he hecho en mi vida. Tú, por trabajo, no pudiste acompañarme. Viajar con la incertidumbre de si llegarás a tiempo para despedirte.

Llegué un viernes por la noche y fui directa al hospital. Mi padre estaba sedado, pero al rato de estar a su lado cogiéndole la mano, medio despertó, se sacó la mascarilla y me dijo:

—Ela, has sigut la meva llum, cuida aquesta llum i no t'allunyis del Quico.[13]

---

12 Tu padre cada día está peor, habrías de venir.

13 Ela, has sido mi luz, cuida esa luz y no te alejes de Quico.

Le pude dar las gracias, decirle que lo amaba, que lo iba a echar mucho de menos y que no se olvidara de cuidarme y enviarme señales, que lo estaría esperando.

Las enfermeras me sacaron porque entonces entró en crisis; lo recuperaron. Por la mañana, cuando volví del café, Roser me encontró en el pasillo.

Su mirada fue la que me lo dijo; sus brazos me detuvieron para que no entrase. Abracé a mi padre y me agarré a su cuerpo, tuvieron que desengancharme, de nuevo, las enfermeras y el médico.

Roser lloraba, desconsolada, hasta que pude tomar conciencia e ir hacia ella. Nos abrazábamos, llorábamos juntas. Roser había estado con él toda su vida. Yo había estado con él toda la mía.

Cuánto dolor, cuánto desgarro, cuánta pena.

Tea y Toni llegaron más tarde. Tea me miró y me dijo «Lo siento». Con los años lo estuve pensando, ¡qué fuerte! Mi hermana me dio el pésame por nuestro padre. Toni se mantuvo hermético y preparó todo como mi padre lo había dejado escrito.

A Quico lo encontré en el jardín. Abrazaba su manopla con forma de elefante, la que nuestro padre le había regalado hacía años, y se movía hacia delante y atrás, como todavía suele hacer cuando quiere encontrar la tranquilidad.

Lo abracé, conseguí detenerlo, abracé sus mejillas y le dije:

—Aquesta nit vindrem i escollirem l'estel del papà. No pateixis per res, el papà m'ha dit que sempre serà allà per tu.[14]

---

14 Esta noche vendremos y escogeremos la estrella de papá. No sufras por nada, papá me ha dicho que siempre estará ahí para ti.

Así lo hicimos. Quico y yo escogimos la estrella más brillante, la que siempre se mantiene, él no las recuerda por nombre y Sirio nunca falla, aunque esa noche no se vean todas las demás. Desde entonces, Quico, todos los días, le da las buenas noches a su estrella.

22 de agosto, 1999

Antoine me ha pasado a buscar por la mañana y hemos desayunado en un lugar que sirven champán en vez de zumo de naranja y los cruasanes tienen formas diferentes según el relleno. Me ha encantado y he hecho, más que un desayuno, un «desayunocomidacena»...Antoine me miraba asombrado y ha habido un momento que me ha preguntado sin indirectas:

—Ela, ¿estás pasando hambre?

En un segundo me he dado cuenta de todo lo que tenía frente a mí.

Dos platos, uno con huevos revueltos, patatitas redondas rellenas de queso, tomates cherry y dos tipos de panecillos diferentes con sus respectivas mantequillas de acompañamiento, y en el otro plato había dos cruasancitos distintos, uno con jamón serrano y canónigos, y otro con queso fresco espinacas y piñones. Por supuesto, había cogido de la selección de aceitunas una cucharada sopera.

Y un bol de macedonia de frutas y otro con cereales, un vaso de zumo natural y un té.

Antoine tenía frente a él un café con leche y un mini brioche.

—Oh, vaya. Creo que me he pasado. ¿Quieres compartir?

—No, no, tranquila, está muy bien, come todo lo que te apetezca.

Menos los cereales, que ya no podía más, y uno de los panecillos, me lo he comido todo. Me he envuelto otro cruasán antes de salir, para más tarde. ¡A veces a media mañana me entra un ataque de dulce! Dicen que no es bueno, pero ¿un poquito?

Ya me han hecho todas las pruebas del primer trimestre y todo salió bien. Ahora tocan las del segundo trimestre y, sobre todo, ¡saber el sexo! ¡Tenía unas ganas de saber quién estaba ahí dentro!

Ha costado bastante, no se movía y tapaba con una pierna cualquier posibilidad. La doctora ha puesto música con un CD en mi tripa y, milagro, se ha movido: testículos y pene, más claro imposible. A veces es imposible, pero este mandarino no ha podido disimular ni esconderse más.

¡Un niño, un niño! ¡Mi mandarina es un niño y me llena de felicidad!

Al volver a casa, he invitado a Antoine a subir. Louis y Sean se han sumado a la celebración, ¡un niño! Louis se ha quedado algo frustrado porque se había hecho la idea de los tutús y de salir con trajes de princesa a pasear, pero, bueno, enseguida Sean le ha dado la solución:

—Louis, siempre podéis vestiros de reyes con coronas.

—O poneros tutús si os da la gana —he añadido yo. Un segundo más tarde, he sentido la mirada asesina de Antoine.

Louis no se ha quedado muy convencido, pero están los dos felices.

Así que mi mandarina es mi pequeño mandarino y ahora vendrá lo de elegir nombre. Sean y Louis ya se han puesto a ello, discutían en que idioma había de ser y en lo único en lo que estaban de acuerdo era en que tenía que ser fácil de pronunciar en cualquiera de ellos y que tenía que sonar bien con los apellidos.

Yo estoy encantada con que se llame mandarino, pero habré de sumarme a otras propuestas que vengan.

24 de agosto, 1999

He vuelto al estudio. Necesitaba un poco de desconexión del mundo externo y social. Tantos acontecimientos en estos últimos meses me superan.

Llega un momento que necesito desaparecer un tiempo, corto, pero desaparecer. Donde no haya un teléfono, no haya Correo, no haya nada.

De todas maneras, la experiencia del embarazo es curiosa, este amor que se crea y nace desde el minuto uno en el que decides amar a esa cosita te hace no sentirte nunca más sola. Yo la soledad siempre la he llevado de perlas, pero es verdad que esta compañía es incomparable. Otra cosa será asumir que ya mi valor más preciado, mi libertad, se irá al traste, pero espero que valga la pena...

Rafa llegará en un par de días. Nos dijo que había podido ir a la agencia y que, al contar lo que estábamos preparando, no han tenido ningún reparo en colaborar y le prepararon un montón de fotos, tanto ya impresas a tamaño original, que tú habías hecho en su día, como también le han dado un pendrive con archivos de fotografías que nunca vieron la luz.

La luz, cómo te gustaba la luz, los amaneceres, las puestas de sol. Más de una vez habíamos ido a ver esos espectáculos.

Un día hicimos ambas cosas juntas desde el mismo lugar. ¿Cómo disfrutar de tantas cosas sin necesitar nada más? Con el tiempo, aprendí a hacerlo sola otra vez y, ahora, lo volveré a hacer con mi pequeño acompañante.

Quiero ir a ver una puesta de sol. Quiero ver un amanecer.

31 de agosto, 1999

Cuando pasan tantos días pienso en todo lo que tendré para contarte. No quiero olvidar nada de todos los acontecimientos.

Han sido tantos…, en esta etapa están pasando tantas cosas a la vez.

Antoine está algo extraño de nuevo, está como muy out. Creí que venir conmigo a la ecografía nos acercaría más y que, además, se emocionaría. No pasó ninguna de las dos cosas. En un primer momento, no le di importancia, pero esta mañana he recordado que al llegar a casa estuvo poco rato y, de repente, se despidió como con prisa y se fue sin más.

Todavía hoy no sé nada de él. Le he enviado algún mensaje al busca y aún no ha respondido.

Espero que no sea porque crea que así voy a sentirme mal y a cambiar de opinión acerca de su propuesta. Me agota la gente que chantajea con los sentimientos. Me he criado con una madre extremadamente manipuladora y con dos hermanos tremendamente víctimas.

Hablando de hermanos, he de hablar ya con el abogado para ver cómo va el tema de la firma de la casa y el cambio de nombres.

No querría que, de repente, a alguno de los dos, o a los dos, les dé por cambiar de opinión solo para fastidiar.

En estos años, es verdad, me he vuelto algo más malpensada, más fría, hablo sin filtros para lo bueno y para lo malo, ya que lo malo me lo reservaba. No quiero estar rodeada de personas que se empeñan en hacer que las cosas no sean fáciles. Es así como uno encuentra la felicidad, en lo fácil.

Cuánta gente vive amargada, como lo hace Tea, creyendo que lo que están haciendo, en realidad, es preocupándose de todo. Tea siempre está con eso: «Es que de todo he de ocuparme yo». No le hacíamos ni caso. Mi padre nos decía riendo que seguramente ensayaba para sus personajes de clases de teatro. En su casa, cuando nos reuniamos, a Bernat siempre lo trataba mal. «¿Es que he de pensar yo en todo? No sirves para nada».

Bernat es un hombre maravilloso y tierno. Trabaja, llega a casa y se ocupa de los niños y, además, le permite a mi hermana que sea todo lo déspota que es.

Sería diferente si el tipo fuera un manta.

En el edificio tuvimos una pareja que eran de telenovela chunga. Él era de algún país del Este de Europa, lo digo por el acento y el look que tenía, y ella creo que brasileña, pero debía de llevar años aquí porque hablaba perfecto inglés. Cuando se calentaba el ambiente y se empezaban a oír los gritos, Louis solía pasarse por mi casa, porque desde mi ventana de la cocina se oían mejor. «Cállate la boca puta, me tienes harto» fue lo más suave que le escuchamos a él. Además, estábamos seguros de que el tío no trabajaba, porque siempre que mirábamos (un poquito, por la otra ventana, la de mi cuarto), siempre estaba sentado en la butaca de lo que debía de ser su sala de estar, mirando la tele. Se pasaba el día en pijama.

Las personas hemos de vivir como nos dé la gana, como si es en pijama todo el día, pero sin joder al otro. Ella no denunció nunca ni cuando en una de las veces no fueron gritos solo, sino golpes, golpes muy fuertes. Louis decidió llamar a la policía. Vinieron, y a ella se la tuvieron que llevar en ambulancia. Por suerte, no dijeron quién había dado el aviso.

Por estas cosas, y aunque no llegáramos a esos extremos, aunque nunca se sabe qué puede hacer la mente en un estado de calentura, cada día estoy más segura de que Antoine y yo hemos de encontrar nuestra vida por separado.

3 de septiembre, 1999

Qué fotos más... ¡más increíbles! Entre lo que ha traído Rafa, lo que nos dio tu padre y lo que hemos encontrado tanto en los discos como en el pendrive, hay tanta belleza... Henry ha propuesto que hagamos etapas, Mirta dice que por temáticas.

A mí me gusta lo de las etapas.

En el laboratorio nos han dicho que ellos se encargan de todo, de cuidar la resolución, el pixelado según la foto y medida. Además, Henry ha llamado a un fotógrafo amigo suyo y él será el comisario de la exposición y nos ayudará en todo. Lo que ya empezamos a tener bastante claro es la elección.

Otra sorpresa es que he hablado con Marta y me ha dicho que han pensado, con Oriol, venir para la inauguración con los chicos y traerse también a Roser.

¡Será tan maravilloso! Por supuesto, le he dicho que sí, que me diga cuándo para comprarle el billete a Quico y a Roser.

Me ha dicho que ni hablar, que de eso se encargan ellos, que yo busque un apartamento en el que puedan estar y no me preocupe de nada más.

Así que he hablado con Eleanor, que tiene varios pisos y algunos los usa para alquilarlos vacacionalmente, y me ha dicho que cuente con uno de ellos, que me hará un precio especial.

A Eleanor la conocí de una manera muy auténtica: caminaba por Queens buscando pisos y llegué a un edificio que estaba algo apartado. Era, es, un bloque de ladrillos rojos, de varios pisos y donde ponía The Metropolitan, lofts to rent.

Llamé pensando que quizás podía encontrar un loft a mi medida que me sirviera como vivienda y estudio. Los lofts en esta ciudad son lo más buscado.

Subí como cuatro o cinco pisos de escaleras, caminé por un loft desierto y al final, ahí estaba, una oficina diminuta y ella sentada en un sillón hermoso.

Enseguida me reconoció el acento extranjero y quiso saber.

—¡Oh, sí, Barsssselona! ¡Qué ciudad! Estuve ahí en 1992, en los Juegos Olímpicos, qué maravilla, qué gente, qué cultura. Y, entonces, ¿hablas catalán también?

—Sí, claro, catalán y castellano, de forma bilingüe. Mi padre nació en St. Pol, un pueblo de mar, y mi madre nació en Italia. Es de orígenes sicilianos, pero creció en Barcelona. Yo nací y crecí en St. Pol, pero la carrera la hice en Barcelona. Luego me trasladé a París unos años hasta que me vine a Nueva York.

Le encantaba que le explicara mi vida, la de mi familia... Me pidió que le hablara en catalán.

Eleanor, aparte de su lengua materna, el alemán, habla perfectamente español, francés e inglés, por supuesto. Cuando nos dimos cuenta, habíamos estado horas hablando de nuestras vidas, tomando té y sin comentar nada del alquiler.

—¿Y qué buscas, mi niña?

¡Mi niña! ¡Cuánto hacía que nadie me llamaba así!

—Un espacio donde vivir y trabajar.

En esos momentos no tenía nada que pudiera juntar ambas cosas, tenía pisos y espacios así por toda la ciudad, pero todo alquilado.

Los lofts del edificio, en el que ella tenía la oficina y un pequeño espacio parecido a una casa, eran enormes, y los alquilaba para grandes producciones, películas, anuncios o para artistas que les interesase compartir espacios, a mí me hubiera gustado esa idea, pero se iba de presupuesto.

Pero entonces añadió:

—Sí, si tengo lo que buscas, pero por separado, y te haría un buen precio. Uno es un apartamentito de una habitación doble que tiene otro cuartito donde podrías tener una mesa y una silla y una cama individual, pero no creo que sea apto como estudio de escultora. Pero, por otro lado, no lejos, tengo un estudio que ahora no está adaptado a vivienda, pero sí es un lugar donde puedes trabajar los tamaños de piezas de las que me hablas y tener un sofá. Ambos te costarían como si hubieras alquilado un solo lugar y te pediré solo el depósito de uno de los dos. Me gustas, y no hay nada que me guste más en la vida que hacer negocios con gente que me gusta y que mis casas, las ocupen personas como tú.

Así fue, fui esa misma tarde a verlos y regresé emocionada, era como si me conociera y hubiera acertado exactamente con lo que estaba buscando.

Que no estén juntos es una ventaja que he ido entendiendo con el tiempo. Si así fuera, no habría salido jamás de mi casa-estudio. Así, tengo la obligación de coger la bici, aunque estos meses haga el recorrido caminando, y vivir entre dos ambientes que son tan míos.

Cuando le he dicho a Eleanor que por fin iban a venir las personas más importantes de mi vida, me ha dicho que todo estaría perfecto.

También quiere conocer a tu padre. En nuestras charlas de té, que se convirtieron en algo habitual, ¡le he hablado tanto de ti! Y ahora que sabe que tu padre también vendrá, y que también entra en ese grupo de personas ya imprescindibles, quiere ser parte de todo eso.

—¡Oh, mi querida Ela! ¡¡Hemos de hacer una gran fiesta, después de la inauguración!! Podemos hacerla aquí, en uno de los lofts. Yo me encargo del catering y de todo, my love.

¡Si algo puede enloquecer a Eleanor es una buena fiesta! La adoro.

He llamado corriendo a tu padre para decirle que, si le parece bien podría volar con ellos, pero él prefiere venir días antes y también me ha confesado que es un viaje que desea hacer solo. ¡Lo entiendo tanto!

Más cuando con su voz cálida me ha dicho:

—Mi querida Ela, cuánto te agradezco que te ocupes tanto, pero prefiero ir solo. Es el viaje donde voy a reencontrarme con el trabajo de mi hijo, con su alma, su energía, para despedirme de él, después de todo este tiempo en el que no he podido ni he tenido valor de hacerlo. Quiero poder estar a solas con él la mayor parte del tiempo. No dudes que compartiré con vosotros todos los días comidas, cenas, pero necesito estos ratos de soledad.

6 de septiembre, 1999

¡Hecho! Uffff. Qué alivio tan grande tengo.

El abogado ya ha hecho todos los papeles y se han firmado. El banco me aceptó la segunda hipoteca y un crédito para pagarles a mis hermanos su parte y la casa ya está a nombre de Quico, mío y, como usufructuaria, Roser.

Siempre había dicho que, si eso llegaba a pasar y en el futuro Quico y yo no teníamos descendencia, la donaríamos a la ciencia. Mi padre siempre decía eso.

—Si alguna vegada us canseu d'aquesta casa, oferiu-la a la ciència, mai a una inmobiliaria o al banc![15]

¡Amo esa casa! Adoro su cala, donde puedo sentarme en las rocas si no hay marea alta.

Por lo visto, al abogado se le ha escapado algo acerca de que en los próximos meses no iba a viajar por trabajo y, sobre todo, por mi estado y eso, ha llegado a oídos de Tea. Imagino que de los de Tea ha viajado a los de Toni, porque los dos, uno detrás del otro, como suele ocurrir, me han llamado.

---

15 Si alguna vez os cansáis de esta casa, ofrecédsela a la ciencia. ¡Jamás a una inmobiliaria y menos al banco!

Primero ha sido Tea. Supongo que, como mujer, ha decidido que había de ser ella la primera en esta ocasión.

—Ela, enhorabuena. Por terceras personas —muy señalado—, me he enterado de tu embarazo.

Yo me limitaba a darle las gracias y no he podido evitar sonreír al oírla con tanta contención. Ella no se ha dado cuenta porque me habría colgado ofendida.

—Me gustaría saber qué planes tienes, quién es el padre y si vamos a conocerlo Y a tu hija o hijo cuando llegue el momento.

¡Ay, mi Tea querida! Me has tocado de verdad la fibra del corazón y me has enternecido con tu formalidad llena de emoción contenida.

Creo que le encanta la noticia, pero por nada del mundo podrá decírmelo nunca.

—Claro, Tea. Mis planes son dar a luz aquí y al padre lo llegaréis a conocer en su momento. Te puedo decir que es buen hombre, se dedica la importación de vinos; tiene, junto con su hermana, viñedos en Francia —es lo que ella quería saber, probablemente— y lo único que importa es que ni me voy a casar con él ni tampoco vamos a vivir juntos, pero ambos educaremos a nuestro hijo lo mejor que sepamos.

—¿Vas a ser una madre soltera, Ela? ¡Me lo imaginaba!

—Bueno, no veo que eso sea algo malo. No digo que Antoine no esté para criar también a su hijo. Por cierto, es niño. Solo te explico cómo están las cosas.

—Ah, ¿y ya sabes el sexo? Eso se sabe a partir del cuarto mes.

—Así es. Estoy de casi cinco meses si no los he cumplido ya. No sé en qué semana estoy, si la dieciocho o la veinte.

—¡Dios Bendito! ¿Cómo no sabes en qué semana estás? ¿Y cuándo pensabas comunicárnoslo?

Cuando su tono ha empezado a ser más demandante y acusador, hemos vuelto a la realidad.

—Tea, yo se lo he ido anunciando a quien he considerado que tenía que saberlo o le haría ilusión saberlo. No hace falta que te diga que soy muy cuidadosa de mi privacidad y no era algo que tenía que publicar o contárselo a todo el mundo.

—¿Toni y yo somos todo el mundo?

—Toni y tú sois parte de mi mundo, pero no lo sois de mi vida privada. ¿Lo entiendes ahora?

—Olvida lo que te he dicho, que te vaya bien.

Y me ha colgado.

No le debe haber dado tiempo de decirle a Toni que no llamara, consumiéndose en la ira, porque ha sonado de nuevo el teléfono.

No lo he cogido, ya no quería más de eso. Toni ha dejado un mensaje, cosa que le agradezco porque así no tengo más que hacer lo mismo.

— Ela, soc el Toni, només volia donar-te la enhorabona, seràs una bona mare.[16]

16 Ela, soy Toni, solo quería darte la enhorabuena, serás una buena madre

14 de septiembre, 1999

Estamos a un mes de la inauguración. Cuántas cosas faltan todavía… Claro que Henry y Mirta lo han cogido como un proyecto conjunto y están organizándolo todo de una manera espectacular.

Yo suelo pasar por la galería a menudo, pero estoy más en las gestiones de imprenta y copyright del libro.

Diseño la imagen de portada y el lettering, también las invitaciones, sobre todo las que son etiqueta dorada; las hemos catalogado así para enviárselas a gente más VIP. Mirta hará comunicación y prensa y tanto ella como Henry enviarán la información a todas sus bases de datos.

Cada mañana que no estoy en el estudio, Louis me recoge y vamos a pasear, a desayunar por ahí. A veces nos da la hora de comer.

Hoy lo he llevado al estudio. Quería que viera en lo que estoy trabajando.

Al verlo, no ha podido más que ponerse las manos en la cara y exclamar:

—¡Oh, Ela, qué hermosura!

Me he sentido feliz. Para mí, su opinión, como la de

Sean, siempre me ha dado mucha seguridad. Si han de decirme que no voy por buen camino o que algo es una mierda, van a encontrar la manera más elegante de hacerlo, pero no se van a andar por las ramas. Van a ir directos, como si llevo un vestido que no me favorece o no les gusta el peinado o los zapatos que llevo.

Al principio no les hacía ni caso y todavía me reafirmaba más en que aquella crítica no me iba a afectar y que lo que yo había decidido ponerme, o de la manera que había decidido peinarme, o hacer lo que fuera era mi decisión y, si no les gustaba, que se pusieran un lazo.

Enseguida, ellos, con el sentido del humor que los caracteriza a los dos, me hicieron entender por qué me decían lo que me decían. Les importaba, y la verdad era que, en aquello, lo que fuera que hubiesen criticado, tenían maldita razón.

Así que ahora he cogido por costumbre buscar su opinión. A veces he de defender mi propuesta y, a veces, simplemente me compran la idea, como dice Sean.

15 de septiembre, 1999

¡Hoy me ha pasado una cosa! He ido a ver a Cori, tenía la espinita de decirle que era niño y no niña, como ella tan segura me había confirmado.

—Vienes por respuestas —me ha dicho nada más entrar.

Le he sonreído porque, aunque impone que a veces diga cosas o acierte, yo iba muy segura.

—Me dijiste convencida que sería niña y llevo un niño.

—Siéntate.

Se ha sentado frente a mí en los cojines que tiene para los clientes, me ha cogido las manos y me ha dicho, dejándome boca abierta:

—Tus guías me cuentan que tuviste una conversación con tu hija. Que te confesó que iba a ser salvaje y que tú te asustaste. En ese momento se decidió que debía ser un niño y que, además, ese niño será un ser de luz, lleno de bondad y dulzura. Así que espera a tu hijo tranquila, porque este niño solo te traerá felicidad y cosas buenas.

¿Cómo podía saber lo de mi sesión de reiki? ¡Yo no se lo había contado a nadie, a nadie que ella pudiera conocer!

Me ha hecho salir con otra actitud. De repente, me he detenido y me he preguntado cómo quiero seguir viviendo.

Dudando siempre si la experiencia de mi padre fue real, o si esta energía contigo existe o es fruto de mi imaginación. O, de una vez, aceptar que es más fácil y, sobre todo, me hace más feliz creer en estas cosas. Creer que mi padre sí me dio ese mensaje, sentir que tú vives en mí con una fuerza nunca antes conocida y que Cori está aquí para sanar, consultar con el más allá y ayudar a quien crea en ella y lo necesite.

—Quiero venir más veces —le he dicho—. Quiero consultar más. Quiero que me ayudes y hagas canal para que pueda comunicarme con ellos.

—Lo haremos —ha contestado—, pero hay que esperar. Esperaremos que nazca tu hijo. Son emociones muy fuertes y es mejor que ya hayas dado a luz. Por tus guías, no te preocupes, que están contentísimos de que quieras entrar en ese canal. Te están esperando, ¡contigo se lo pasan muy bien y se ríen mucho!

¿Estoy loca, Enver? ¿Es lo que me pasa parte de una ilusión causal?

De repente, creer de esta manera tan firme en lo paranormal hace que quiera más información, que estas creencias tengan sentido.

Lo que sí es cierto es que Cori adivinó mi conversación sin que nadie le haya informado y eso me tiene verdaderamente mosca.

Cuánto me gustaría que me dieras tu opinión de lo que me ha ocurrido.

20 septiembre, 1999

Antoine ha seguido apareciendo y desapareciendo, con esa actitud misteriosa. Cuando he podido, le he contado lo que está pasando, lo de tu exposición, lo que estamos preparando. Lo único que le interesaba saber era por qué me había metido en esto. Me ha preguntado acerca de ti, de nosotros. He intentado ser lo más sincera posible y no ha habido en ningún momento ninguna intención de dañar. Yo le iba contando la verdad, todo, también la parte en la que tú te fuiste sin decirme nada, que yo he estado mucho tiempo enfadada contigo, pero que el tiempo y todo lo ocurrido me ha permitido reconciliarme con ese sentimiento y poder estar en paz. Que esta inauguración también es una forma de cerrar contigo. De dejarte ir y soltar eso que me tiene tan pendiente.

– Vaya, ahora he de competir con un muerto. Lo que me faltaba.

Le he dicho que mejor iba a olvidar la estupidez que acababa de soltar, no soporto la estupidez, y que mejor, hablásemos en otro momento.

–No, Ela, no vamos a postergar esto a otro momento. Mira, yo no estoy bien. Esta decisión tuya sobre nuestro futuro, el bebé, todo ha sido como tú has querido. Yo he tenido que aceptar tus decisiones en contra de lo que quería para nosotros. Y, además, me ha hecho entrar en una terrible depresión estas semanas. He decidido volverme a Francia. Voy a llevar el negocio desde ahí. Mi hermana también necesita que lo haga, cada vez hay mayor responsabilidad y he de estar presente. Todo ello ha venido a la vez y todo ello me ha hecho pensar mucho también acerca de mi paternidad.

»Yo no quiero ser padre así. Yo no deseo que mi hijo me vea de vez en cuando. No estoy preparado para conciliar contigo ni días de visita, ni semanas compartidas ni nada por el estilo.

»Puedo darte una cantidad de dinero, si te parece bien, pero si no puedes plantearte venir a Francia conmigo y que vivamos como una familia, no cuentes conmigo para jugar al papá domingo sí, domingo no. Ya, el día de mañana, Dios dirá si ese niño quiere conocerme y, si es así, no tendré inconveniente, siempre y cuando sea un niño que no me vaya a causar problemas.

Nada, al principio no he dicho nada, sí pensaba muchas cosas al mismo tiempo.

—No necesito ningún dinero. —he empezado diciendo.

»Respétame como madre y respeta también el crecimiento de mi hijo. Si en un futuro te lo piensas, espero no seas tú quien ocasione problemas. Yo te voy a respetar tu decisión y jamás volverás a saber de mí.»

» No soy de hacer chantajes menos con este tema, pero si mi hijo llegase a sufrir por ti, podría volverme tu peor pesadilla. Que te vaya muy bien, Antoine.

Y ahí, como si fuéramos las personas más educadas del mundo, cada uno se ha levantado de la silla y hemos tomado direcciones diferentes.

¡Guau, mi pequeño tesoro! Ahora sí hemos de estar muy tranquilos y, por supuesto, empezar a pensar en un nombre para ti.

A quien se lo he contado primero ha sido a Louis y a Sean, ambos se han acercado, nos hemos dado un abrazo a tres y me han ofrecido sus apellidos o que nos fuéramos a vivir todos juntos, ¡encantadores!

Cuando se les ha pasado el subidón para que yo me sintiera totalmente respaldada, que desde siempre me he sentido así con ellos, hemos preparado una lista de cosas importantes que hay que tener en cuenta. Para empezar, se turnarán para acompañarme a las clases de preparto.

Cuando he vuelto a casa, y antes de ponerme a escribirte, he querido tener un momento de completo silencio. He apagado las luces, he encendido unas velas y me he sentado en el suelo con las rodillas dobladas y los ojos cerrados.

He sentido tanta paz, tanta fuerza, me he sentido tan agradecida a la vida… Me he sentido, tan liberada…

Ha sido como si algo, no quiero parecer terrible, pero como si algo que me estaba molestando y me mantenía cogida sin poderme mover se hubiera soltado. Me he puesto de pie y a caminar sin moverme del lugar, moviendo mis brazos y alzándolos al mismo paso que mis piernas para sentir la respiración profunda. He sentido luego como si lo que ha pasado fuera algo que quería que ocurriera, porque sentía que me iba a traer problemas e infelicidad y que, al no atreverme a reconocerlo y sentirme fatal por pensarlo, se ha manifestado por otro lado.

He podido entonces encender la luz y llenarme de esta energía tan heavy y potente que siento ahora. Me ha entrado hambre, ganas de ponerme todavía más cómoda y de escribirte para contártelo, porque necesitaba contarlo.

21 de septiembre, 1999

Ha venido Mirta a desayunar. Como ha dicho, llevamos mucho tiempo sin hacer uno de esos desayunos que solíamos hacer juntas. O ella o yo nos presentamos en la casa de la otra, normalmente, porque quien se aparecía venía de empalmar o de haber pasado la noche en casa de alguien.

Solo hay una regla, hay que traer cruasanes recién hechos y varias revistas; no puede faltar una de moda y una que califique a los hombres más guapos del momento y, a ser posible, que haya distintos test de personalidad y compatibilidad para responder.

Cuando Mirta viene a casa y Louis se entera, bien por las risas que oye o porque ha olido los cruasanes, se apunta. Viene incluso en pijama, así nos metemos los tres en la cama y, hasta que no hemos repasado y comentado las revistas, no empezamos a hablar de cosas serias.

Al terminar nuestra sesión le he contado la última novedad.

—¡Qué alegría me das cariño! Sabes de la que te has librado, ¿verdad?

Me ha dicho que es lo mejor que me puede haber pasado. Un tío que, en realidad, no está preparado o no desea ser padre, mejor bien lejos y que no esté molestando. Bueno, dando por culo, ha dicho ella.

—¿Sabes la cantidad de padres separados que, uno u otro, mujeres también, se dedican la mayor parte del tiempo a fastidiar a los hijos para así hacerle pagar al otro progenitor su «castigo» por haberse separado? Es como una especie de venganza, el eterno «ahora veras».

»¿Sabes cuántos niños y niñas sufren esperando un padre o madre fantasma, con el ahora vengo, ahora no puedo? Yo respeto que Antoine no quisiera eso, pero si no quieres eso, lo dices e intentas que la otra persona entienda tu postura y se encuentra una solución.

»Y la solución no es ni que tú te tengas que ir a vivir a Francia, a crear una familia que no quieres, ni él, a vivir con visitas y semanas compartidas. Estoy segura, conociéndote, de que le habrías puesto todas las facilidades, como si hubiera sido necesario horarios diarios y hasta darle llaves de casa para estar con el bebo por si tú no estabas. Y, luego, por la noche, cada uno a la suya.

»Si ha hecho lo que ha hecho, es porque es otro cobarde que te echa a ti la culpa de su desgracia, de no poder darle a su hijo lo que a él le gustaría. Otro cobarde al que le es más fácil huir de la responsabilidad y poder vivir con la tarjeta de visita de «Pobrecito de mí, mira lo que me han hecho».

Louis aplaudía con furor y luego la ha besado.

—¡Si no fuera gay, me enamoraría de ti, Mirta!

—Lo se cariño, suele pasar... —Y ha sonreído mostrando su bella dentadura.

¡Son tan maravillosos mis amigos, mi familia elegida!

Hemos pasado toda la mañana juntos, Louis ha cocinado para comer y Sean se ha unido a nosotros por la tarde.

Mirta y yo nos hemos ido al estudio y le he enseñado el trabajo.

Dos de las cuatro piezas ya están terminadas. Tus manos son las que pondremos en tu exposición.

También, Mirta me ha dado fecha para la mía. ¡Cuánto curro!

Será después de la tuya, en la misma galería. Esta vez expondré con artistas locales y solo yo seré la extranjera.

Me gusta exponer en grupo, y la verdad es que no entiendo muy bien la diferencia entre que a veces seamos todos de fuera, otras veces todos del lugar, pero una de fuera.... Dice Mirta que, en verdad, es solo algo que se puso de moda hace un tiempo y que es puro marketing.

Faltaría hacer, entonces, la de todos extranjeros con un artista local.

He empezado a prestar atención a los nombres que oigo por la calle.

Me resuena y lo oigo a menudo, Nile, y como si se tratara de una señal recuerdo cómo te gustaba hablarme del rio Nilo, de su inmensidad, del Nilo Blanco, del Nilo Azul, del recorrido de cada uno de ellos por los países del continente africano por los que deseabas viajar para fotografiarlos. Si eligiese ese nombre, que en catalán también me gusta, Nil, corto, fácil de pronunciar, a mandarina se lo pondría en castellano, por ti y porque considero que tiene mucha más fuerza. Sí, Nilo, como el río y como un poeta cubano que a mi padre le encantaba. Nilo Cruz.

Un nombre que, al decirlo, además, te transporta al agua, el agua, que es siempre símbolo de paz, de que algo fluye, agua siempre hermosa, esté calmada o movida.

Otro nombre que también he escuchado estos días y me gusta mucho es Maxwell, que, por lo que he leído luego de sus características, tienen una gran sensibilidad, emotividad, tacto y tolerancia, aunque me gusta más abreviado, Max, como Max Ernst.

Bueno, recién empiezo con este tema, estoy segura que van a aparecer muchas más opciones.

23 de septiembre, 1999

Me han enviado el cartel de la Mercé. Sí, sigo haciendo colección cada año y colocándolos en la pared con sus respectivos marcos. El de este año lo ha hecho Nazario. Me alegra pensar que, cada vez más, la inmigración se usa como referencia.

No puedo con aquellos que se creen dueños de una tierra o que acusan de ladrones a los que vienen por una miseria a trabajar donde ellos no irían jamás por ese precio...

¿De dónde sacaran tanto odio? ¿Quién les hizo tanto daño para ser tan mala gente?

Aquí también se vive con esos miedos a diario. No tener papeles no es nada fácil.

No sé qué pasará en un futuro, o dentro de veinte años, pero es una pena que una persona, por querer una vida digna para ella y su familia, tenga que dejarlo todo para venirse a un lugar donde va a ser juzgado, insultado, acusado y perseguido.

Por eso quiero algún día irme a vivir a una isla, a un lugar tranquilo. A veces, suelo ir más allá de mi barrio, de las calles del estudio y me encanta cuando, a veces, me digo

«¿Esto en NY?». Hay un lugar en New Jersey al que nos gusta ir con Louis. Solemos ir con un minibús que sale en la 42 con 8ª Avenida. Una vez salimos de Lincoln Tunnel todo es tan diferente... Desde Union City ves Manhattan de cara y hay un restaurante cubano donde por cinco dólares se come espectacular. Me gusta esa comunidad, son muy acogedores, lástima que la realidad en su país sea tan distinta a la de un lugar normal. Peyo, el dueño del restaurante y con el que tenemos muy buen trato y siempre hacemos la sobremesa con él, nos ha contado muchas cosas que difieren de las que cuentan los que han ido de turistas. Nadie debería vivir bajo un régimen comunista donde encima te han vendido la moto de que lo hacen todo por el pueblo y este está inmerso en una constante pobreza.

Esa costumbre de salir la cogí de ti. Salíamos del centro de París para ir al extrarradio y, de repente, las miradas, las ropas, los tonos, todo cambiaba.

Decías que hay que vivir cada día como si fueras recién llegado para que todo te sorprendiera siempre.

Yo no pensaba igual y te decía lo contrario, que yo prefería vivir conociendo a los que trabajaban en los colmados y tiendas, al cartero, necesitaba poder saludarlos por la mañana, encontrármelos por la tarde.

—Nuestro panadero, el vecino nuevo del segundo, que resulta tan amable, todos, pueden ser un asesino —me decías para asustarme y hacerme reír luego.

Te encantaba nuestro panadero y, aun siendo un asesino, no habrías dejado de comprarle esos merengues que solo él, recalcabas, sabía hacer.

Te reías cuando te descubría y respondías.

—Es verdad, como mucho le diría: «Pero, François,

¡eso no se hace hombre! Anda, ponme dos merengues…». Mejor tenerlo de amigo, ¿no? —Y me guiñabas un ojo.

24 de septiembre, 1999

¡Marc y Uma se van a casar! Me parece genial, parece ser que así también Marc la ayudará para obtener permiso de trabajo y residencia. Ayer hablaba de los inmigrantes y hoy me llegan estos dos con la noticia. Estoy muy contenta por ellos.

Yo, de ser así, también lo haría por alguien; sí me casaría, si eso permite que alguien pueda sentirse libre.

Una vez, nada más llegar, recuerdo que unos amigos de Mirta me lo ofrecieron. Yo no tenía un duro más allá de los pocos ahorros que me quedaban y no quería tirar más de Mirta, aunque luego siempre se lo acabe devolviendo.

Me ofrecieron tres mil dólares que me hubieran ido de perlas, pero resulta que el chico tenía novia y la novia no quería que se casara, aunque fuera por ayudarlo. El tipo habría podido viajar y trabajar en Europa, que era lo que quería, y a mí me habría ido muy bien para poder hacerlo en USA.

A veces tomamos decisiones para no dañar al ser querido y eso nos puede pasar factura más tarde.

Por lo que me contaron estos amigos, la pareja, después de meses de lucha, de trabajos indecentes, consiguieron ahorrar para hacer un viaje a Colombia y visitar a la abuela de ella, en una de estas, se les acercaron dos delincuentes, los atracaron y a él le pegaron un tiro. Muerto.

¿Te imaginas? Podrías haber viajado a la libertad con tu amado, empezar a trabajar cada uno de lo vuestro y por miedo, ¿a qué? ¿A que si se casaba conmigo jamás se casaría contigo? No solo lo mataron a él, te mataron a ti, que has de vivir con eso el resto de tu vida.

Por eso jamás te habría pedido que te quedaras por mí, jamás te hubiera puesto en esa situación.

¿Quiénes somos para retener los sueños de nadie?

Que te fueras sin decirme nada sí fue como una traición, así lo viví.

27 de septiembre,1999

Hoy he pasado por la empresa de limusinas a saludar. Al final, Namir puso a trabajar a su sobrina, que acababa de llegar de Rabat, y yo no tuve que estar en las oficinas. ¡Lo agradecí tanto!

Me llamó el otro día para preguntar cuándo podía pasarme, que todos tenían ganas de verme.

Al llegar, me tenían preparado un baby shower. Es la fiesta que se suele hacer cuando va a nacer el bebé. Normalmente se hace un mes antes, pero parece que la habitual impaciencia de Namir los hizo a todos estar preparados para celebrarla en cuanto yo dijera día.

Estaban todos, sus mujeres, sus hijos, y me han regalado un montón de cosas. Una cunita, un cochecito con tres posiciones distintas, una hamaquita, ropa, una bañera de bebé, un oso enorme que no sé dónde lo voy a poner. Luego, Namir me ha traído a casa en limusina, ha querido que me asomase por la parte descapotable y hemos dado vueltas por Nueva York antes de llegar.

Ha sido increíble, la ciudad toda iluminada, la música que yo solía tener en mi limusina y yo, una vez más, agradecida por lo que la vida me estaba regalando sin pedir nada a cambio.

29 de septiembre 1999

Estoy aprovechando todo este tiempo, aparte de para tu exposición y de la mía después, para seguir los cuidados de una mamá primeriza y para cumplir a rajatabla una de las indicaciones más sanas que hay en la vida, verme con aquellos que más me apetece y echar unas risas.

Uno de ellos es mi amigo Ignacio. La última vez que nos vimos fue cuando fui con Marc al teatro e Ignacio se nos unió en la cena.

¡Nos lo pasamos tan bien! Con él es tan fácil que eso ocurra... Cómo nos conocimos podría ser parte de una comedia romántica y, aunque entre mi argentino favorito y yo jamás hubo nada físico, más allá de muchos abrazos largos, no hemos dejado de querernos cada vez más.

Nos conocimos en el Moma, él es otro incondicional de Pollock, aunque su debilidad sea también Basquiat, elección que también comparto con él.

Después de un buen rato contemplando a Pollock, coincidimos mirándonos. En un momento, cada uno sentado desde una de las esquinas de aquel banco en el centro de la sala y en el que nadie había tenido la osadía de ponerse entre nosotros.

Ignacio habló primero:

—¿Querés ir a tomar algo?

OMG que hombre tan bello. Lo pensaba ya y no había pasado un segundo. Ese hombre no era guapo, era hermoso, es hermoso, el hombre más hermoso que he visto en mi vida. Es una belleza animal, con la mirada profunda y la sonrisa amable de quien sabe que es seductor porque la misma naturaleza así lo ha querido y así se lo ha hecho saber. Y no es nada pretencioso ni creído por eso.

Lo miré atenta a su cara, a su gesto. Enseguida entendí que no había intención de convertir eso en un ligoteo. El museo iba a cerrar y aquella invitación era solo para tener la posibilidad de seguir conectados con Pollock, con las emociones que siempre genera y poder compartirlo.

Tomamos esa copa y nos pasamos la noche riendo, hablando.

Desde entonces así seguimos, quedamos cuando, de repente, uno de los dos tiene mucha necesidad del otro. Pueden pasar meses sin vernos, pero sabemos que la distancia física no será nunca excusa para dejar de querernos.

Hemos compartido siempre, riendo o llorando, ya viendo Camila o escuchando a la Garré y su Blanco y negro Buenos Aires o a Maná, como a Silvio y su Ojalá, que, a pesar de estar destinada, según muchos cubanos, a la dictadura Castro y a él en concreto, como al imperialismo de América, cada vez que la cantamos y vamos subiendo el tono, cuando llegamos a «Ojalá pase algo que te borre de pronto. Una luz cegadora, un disparo de nieve. Ojalá por lo menos que me lleve la muerte para no verte tanto, para no verte siempre, en todos los segundos, en todas las visiones», ahí empezamos a llorar, a reír al mismo tiempo, al desgarro por toda esa emoción efervescente que lleva la canción, ya que preferimos, como Silvio, que solo sea una canción de amor.

¡Llorar para terminar de nuevo riendo, qué maravilla!

Ignacio dejó de ejercer la Psicología para hacerse periodista y dedicarse finalmente a trabajar como director de teatro.

Me ha contado que, a pesar de mantener su trabajo en Repertorio Español y en el periódico, ha vuelto a pasar consulta desde casa de vez en cuando. Que echaba de menos esa sensación de acompañamiento a quien se siente perdido en alguna o en todas las emociones.

Me he alegrado mucho, porque aun sabiendo que en teatro es de los mejores que he visto dirigiendo y que escribir, le sale de maravilla, conozco su debilidad por su vocación.

Él es otro miembro de esa familia de la que no deseo desprenderme.

La noticia del bebé, como era de esperar, le ha hecho muchísima ilusión. También que haya decidido seguir con la aventura sola y me ha dicho, como suele hacer, que para lo que sea, cuente con él.

Mi pequeña mandarina, ya te digo yo, ¡vas a ser un niño muy querido y muy afortunado!

30 de septiembre, 1999

Hoy ha sido el turno de Víctor, un amigo venezolano que vive entre Puerto Rico, Miami y Nueva York. Alegría doble cuando me ha dicho que estaba con Marilyn, su novia y también amiga. Estaban, por casualidad, estos días en la ciudad.

Marilyn es actriz y por eso es tan difícil que coincida que los dos vengan juntos. Al llamarlos, enseguida hemos organizado en dos horas un brunch en la terraza de su apartamento.

Cuando he llegado, habían llamado a otros amigos y conocidos, Alexandre, Beatrice, Philip, Ewan, Ben, Robi y otras personas que no conocía, pero todos con muy buen rollo. Philip es DJ y se ha traído los platos. De repente, a la una de la tarde habíamos improvisado una fiesta que no sé si durará todavía, pero de la que yo, a las seis, he tenido que irme.

¡Señores! Estar embarazada es muy bonito, pero también es agotador. Nada de alcohol, irritaciones de piel, hinchada cada vez más, de tripa, pies, no poder dormir boca arriba...

2 de octubre 1999

En cinco días llega tu padre. En diez mi familia. Está todo muy preparado.

Las fotografías han quedado geniales.

Hay tres tamaños diferentes que se distribuirán por toda la sala y el centro de la galería.

En total, sesenta y cinco fotografías en tres bloques. Blanco y negro por un lado, color y París 90'. Van a ir sin título las que no lo tenían y conservarán el original las que sí.

Hay confirmado, al menos, el 60% de asistencia a la inauguración a día de hoy y Eleanor tiene también todo a punto. Ha contratado a Sun Tremblay, una productora de eventos canadiense, que está muy solicitada y es conocida por haber organizado un montón de fiestas privadas de gente famosa, como ceremonias de premios etc. Eleanor la llamó especialmente para esto y Sun, por Eleanor, lo deja todo y a todo le dice que sí. ¡Es muy fuerte cómo se está implicando todo el mundo!

Cuando le di las gracias a Eleanor, me dijo:

—Seguro que, si hubiésemos conocido a Enver, estaríamos todavía más felices de hacer lo que estamos haciendo, mi niña. Si nos implicamos con tanto amor es porque te queremos y sabemos lo importante que es para ti, pero, sobre todo, porque él demostró ser un gran artista. Además, si con esto sacamos dinero para la Fundación, ¡bienvenidos sean todos!

Eleanor, desde hace treinta años, tiene una fundación para niños huérfanos, niños con familias desestructuradas o familias que no pueden mantener a sus hijos.

Decidió que, si llegaba a ser millonaria, crearía una fundación y la mayor parte de sus ganancias sería destinada a la misma.

Cuando organiza fiestas o eventos de la fundación me gusta colaborar y me encargo de organizar los talleres para los niños con la empresa Creativity Art Workshops. Ale y David, los dueños, son ambos artistas y músicos, ella además canta. Su propuesta son siempre la mejor y los niños flipan con ellos.

3 de octubre, 1999

He empezado con las clases de preparto. A la primera me ha acompañado Louis.

Nos ha dado un ataque de risa, porque en mitad de clase, con toda la relajación y respirar tantas veces seguidas, se me ha escapado un pedo. ¡Me ha dado tanta vergüenza! Suerte que mis pedos se oyen, pero no huelen.

Louis no podía seguir, se ha empezado a retorcer de risa. El resto de las embarazadas y sus parejas se reían diplomáticamente y la profesora nos ha pedido muy educadamente que saliéramos y que, cuando estuviéramos más relajados, volviésemos.

No hemos podido volver porque Louis se ha puesto a hablar con Sean y, al contarle que nos habían expulsado por un pedo, de nuevo nos ha dado un ataque de risa, esta vez a los tres.

No sé por qué siempre he sido tan escrupulosa con los pedos y los mocos.

Dicen que es un placer meterse el dedo en la nariz. Si es así, de acuerdo, sácate el moco, pero ¿puedes hacerlo rápido? Y si es viscoso, ¿puedes usar un papel y evitar comértelo? Me dan terrible asco, en serio. Bueno, qué te voy a contar que no sepas… Hace unos días presencié uno de esos momentos, el del tío en el coche. Yo creo que pensaba «Ahora que nadie me ve, qué gusto». Yo no podía apartar la vista a pesar del asco que me estaba dando, pero ahí estaba yo, enganchada al placer ajeno, al final no pude aguantar y ¡me vi corriendo por la calle, soltando arcadas escandalosas como una rana! ¡Qué asco!

El pedo es diferente, solo cabrea si alguien se lo tira a posta y encima huele, pero con los mocos no puedo.

Tú no eras tan exagerado como yo, pero, por suerte, tampoco te gustaba ninguna de esas prácticas.

Una conocida, un día me contaba:

—Mi novio se levanta por la mañana y me dice: «¿Cariño?». Y esperando ella un te quiero, o un beso, o un guapa, el tío va y se tira un pedo y además poniendo pose.

Ella, se ve que cuando lo dejó, se culpaba porque al inicio de la relación se reía con la dichosa gracia. Y pasado el tiempo, no encontraba la manera para terminar con eso. Y romper con él fue lo que le pareció más fácil.

En nuestro caso, a lo máximo que llegamos fue a darnos algún codazo en alguna mala noche de ronquidos.

Los tuyos eran si habías tenido días muy duros, días de horarios intempestivos de trabajo, a veces treinta y seis horas seguidas, empalmando dos, tres noches. Llegabas a casa y caías redondo después de un baño o la cena. A veces no llegabas al baño, menos a la cena. En mi caso, solía ocurrir tras una noche de marcha y si había bebido algo, más todavía.

En una de las borracheras de cerveza en casa, recuerdo que mis ronquidos te hicieron venir a rescatarme a la taza del váter. Tú ibas más borracho que yo y al principio creíste que era cosa de tu imaginación. Al día siguiente, todavía en shock por mis ronquidos, me recordabas imitando el sonido. Te descojonabas recordando también, cómo te había estado agradeciendo, mientras me llevabas colgada de tu cuello a la cama, que vinieras a buscarme porque me había quedado con el culo frío.

¡Fuimos unos buenos compañeros, camarada!

4 de octubre 1999

Esta noche hemos quedado para cenar, Mirta, que vendrá con Henry, Rafa, Louis y Sean, Marc y Uma. Se lo he dicho a Ignacio, por si se animaba, pero se va mañana muy temprano de vacaciones, cinco días, a ver a su familia a Buenos Aires. Pero me ha asegurado que estará para la inauguración.

Como el 6 es mi cumple, el 7 llega tu padre y estamos a día 4, han pensado todos que salir un lunes por la noche a celebrar era mejor que cualquier otro día, ya que así nos evitamos reservar o hacer colas.

Tienen mucha razón.

La idea es ir a un italiano, por Little Italy. Es mi debilidad, como sabes, pero en la calle 14 han abierto un lugar al que llevo días queriendo ir.

Así que, seguramente, como hemos quedado en Macondo, casi seguro que acabemos ahí.

Se me ocurrió al cumplir los cuarenta decir que cada año quería hacer algo tremendamente divertido, loco o diferente.

Esa vez, como no hubo mucho tiempo de preparación,

acabamos en Gigi's, un bar de travestis que hacen show de playbacks. ¡Adoro a esas mujeres! Nunca había conocido a personas que pudieran llegar a pasarlo tan mal por culpa de otras y que sean capaces de sacar todo el positivismo y sentido del humor a ese dolor.

La mayoría de las chicas me conocen y me tenían preparada la peluca, los tacones y el vestido de leoparda para cantar una de mis preferidas de Bonnie Tyler.

A ver qué tendrán reservado para hoy, quizás vayamos de tranquis, pero juntándonos los que nos juntamos y ahora que el grupo ha crecido… ¿Me salvará estar embarazada?

5 de octubre, 1999

Hubo de todo. Cena en este sitio que te decía ayer, ¡qué bueno! Cené una selección de quesos impresionantes, había uno que era al pesto, una pasada, y luego hicimos pica pica de diferentes platos, a cuál más delicatessen y más bueno.

Luego nos metimos en mi pub y los músicos tenían algo preparado para mí y los camareros sacaron una tarta de chocolate buenísima.

Acabamos en Tunnel, una mega disco, bailando en todas las salas.

Antes me hicieron vestir con unos pantalones de licra elásticos con unas ondas azules, como las que quedan en los tejanos cuando los metes en lejía, terminados en pata de elefante; unas plataformas blancas, que he de decir que eran muy muy cómodas, una blusa que obligaba hacerle un nudo en la parte delantera y unos aros enormes. Una vez lista, ellos también, se vistieron para la ocasión estilo disco.

Fue muy divertido y toda la noche estuvimos bailando, ellos haciéndome corro para que nadie me molestara o me pudiera dar un golpe.

Si iba al lavabo, me acompañaban de dos en dos. La gente que veía que estaba embarazada me abrazaba y me felicitaba. Me sentí muy feliz. Yo les decía, además, que estaba celebrando mi cumple y, entonces, los y las que iban más borrachos, me volvían a abrazar. Una chica hasta se emocionó y lloraba. Claro que llevaba tal taja, al final me la tuvieron que arrancar, ¡literalmente hablando!

¡Aaah, importante! ¡Apareció Ignacio en la cena! ¡Era una bola lo de Buenos Aires para poder darme la sorpresa!

Cuarenta y dos tacos, y me siento en la mejor etapa de mi vida. Creo que estoy mejor que nunca física y mentalmente.

Al margen de la tripa, que también creo que, a pesar de que voy pasada de kilos, estoy llevándolo muy bien.

¿Qué son «seis» kilos más de lo que tendría que estar pesando?

6 de octubre, 1999

Quico, ¡ha sido el primero!

Había llegado a pensar que siempre me llamaba, controlando la diferencia horaria, pero Roser un día me lo explicó:

—Nooo, de diferència horària res! Si fos per ell, et trucaria a qualsevol hora, inclús de matinada si cal, els dies que és a casa es lleva a les vuit i demana trucar-te, li dic que no pot ser perquè tu encara dorms, llavors mirem maneres d'entretenir-nos, fem un pa de pessic, a vegades un de més elaborat, a vegades vàries partides de parxís i de l'oca.[17]

Hoy creo que no ha habido ni pastel, ni parchís ni oca, pero tratándose de Quico...

¡Eran las seis de la mañana cuando ha sonado el teléfono!

17 Nooo, ¡de diferencia horaria nada! Si fuera por él, te llamaría a cualquier hora, incluso en plena madrugada. Cuando a las ocho de la mañana se despierta y ya te quiere llamar, le digo que todavía no puede ser porque estás durmiendo y que hemos de hacer algo para entretenernos, para darte tiempo a despertar. A veces hacemos un bizcocho, un pastel más elaborado si es muy muy temprano, a veces jugamos varias partidas de parchís o a la oca.

No sé con qué voz debo haber respondido, porque Quico ha saltado:

—Ela, Elita ¿estás be? ¡¿Ela?! ¿Estás be?

Cuando ya me he recuperado y se ha tranquilizado, ¡me ha empezado a cantar el Moltes felicitats! (cumpleaños feliz).

¡Está tan contento! Para él, además, venir a verme a Nueva York, a conocer a todas estas personas a las que quiero tanto, a las que les he hablado horas y horas de Quico.

Eleanor también me ha llamado. Quería dejarnos uno de los apartamentos sin cobrarnos. Dice que quiere ser la abuela adoptiva del mandarino y que la familia tiene que cuidarse. ¡Al decirlo así parecía pura mafia!

Por supuesto, me he negado y le he dicho que, si no me cobra, no solo no le dejaré ser la abuela, sino que tampoco le llevaré a mandarino ni un solo día para que lo vea.

Al final ha entrado en razón y hemos acordado un precio justo para las dos.

Me voy a tomar el día con calma; quiero pasar por el estudio, dejar la casa bien para tu padre e ir a organizar todo en el apartamento.

Llenaré despensas y la nevera lo haré un día antes, y sábanas, mantas, toallas, papel higiénico... (que no me olvide de nada)

He pensado que, para cuatro días que vienen, voy a quedarme con ellos en el apartamento. Tiene tres habitaciones, dos dobles y una con dos camas individuales, donde dormiré con Roser. Además, está tocando con mi piso y así estaremos mucho mejor para quedar con tu padre.

¡Qué días tan intensos estos que llegan, mi querido Enver!

Hace días que no empezaba diciendo tu nombre o me despedía repitiéndolo.

Ya te escribo por inercia, ya vengo corriendo con ganas de contarte lo que me ha pasado.

Te has convertido en una compañía tan necesaria como armoniosa.

Miro tu fotografía más veces ahora que al inicio.

Ahora puedo mirarte sin desmontarme, con una sonrisa. Besar incluso tus labios en el papel.

He pensado que compraré, cuando baje a la calle, un pastelito, uno pequeño y, por esta vez, volveré a poner mis velas y las tuyas.

Repetiré esa celebración conjunta que hacíamos cada año, porque, aunque no estés aquí, a mi lado, yo te siento, te pienso, escribo tu nombre y yo, siempre, Enver, te voy a querer.

7 de octubre, 1999

Te escribo desayunando. He llamado a Namir y será él quien me acompañe a recoger a tu padre. Conociendo a tu padre, no sé qué va a pensar cuando vea la limusina, pero no lo hago por el glamur, que espero que le haga gracia, sino porque desde el aeropuerto, a la hora que llega, hay muchísimo tráfico. Coger un taxi puede salir muy caro y, si ha de estar metido en un coche un buen rato hasta llegar, ¡que sea lo más cómodo posible! Al bandido de Quico y resto de familia también les haré lo mismo, pero con ellos si hay una intención de que alucinen.

¡En cuanto se abra la capota, ya veo a Júlia y a Quico gritando como locos!

Tengo muchísimas ganas de enseñarle a tu padre los últimos detalles y cómo va a quedar todo. El libro ha quedado impresionante.

Se lo encargué al final a Instagrafic una imprenta de Granollers, que hacen unas verdaderas virguerías. Los libros van cosidos con hilo. Hay dos formatos, el pequeño, que lleva una pequeña tira para poderlos colgar, y el grande. Además, como los conozco desde hace años el precio de envío no ha salido tan descabellado. Llegaron ayer y ya están en la galería.

A tu padre le he ido explicando por teléfono, pero cuando vea el trabajo que hemos hecho y como está quedando todo…

¡A mí estos subidones de emoción me provocan un hambre!

He arrasado nevera, huevos, aguacate, tostadas…

Por la noche, si tu padre no está muy cansado, me lo llevaré a cenar a un restaurante turco que hay en la calle 29 que le va a encantar. Es de un matrimonio mayor que llevan en Nueva York cincuenta años y hacen una cocina autentica y casera que es para chuparse los dedos.

Si está cansado, iremos otro día que a él le apetezca.

Besos al aire, mi querido Enver. ;)

8 de octubre, 1999

¡Todo muy muy bien! Con tu padre, ¡es tan fácil todo con el! Llegó sin retrasos. Tuvo que hacer mucha cola en control de pasaportes, pero siempre es así.

Namir y yo estábamos clavados desde hacía rato y salté de la alegría cuando al fin lo vi.

—Kerem, Kerem. —Y él se reía.

Le encantó lo de la limusina. Ya le había explicado en Osor que ese había sido mi trabajo durante mucho tiempo, pero no esperaba ni había caído en que quizás iría a recogerle con una. Ha querido bajar la ventanilla, ver a la gente, las calles, oler la ciudad, me ha dicho.

Al llegar a mi piso, ni descanso ni nada, una ducha, se ha puesto guapísimo y me ha dicho:

—¿Dónde quieres ir a cenar, jovencita?

Le he propuesto el restaurante turco y ha aceptado encantado, pero me ha hecho prometerle dos cosas, que me invitaba él y que hoy, mañana, y los días que cenáramos fuera, así sería también. Ah, y que iríamos a sitios diferentes.

Ha hablado un montón con Ahmet y Beril, han hablado de los años atrás en Turquía, de que se necesitaba un cambio importante.

Los hemos invitado a la inauguración. Dicen que se lo dirán a sus hijos para que vengan a trabajar y que sino cerraran esa noche pero que no fallaran. ¡Otra representación de tus orígenes, me encanta!

Luego lo he dejado en casa y yo me he ido al estudio. Hemos quedado mañana para desayunar y luego iremos a hacer un poco de turismo, a presentarle a todos y a ver la galería.

Buenas noches, mi querido Enver.

9 de octubre, 1999

Enver:

Tu padre está sumamente emocionado y feliz. Orgulloso de ti. Nunca había visto tanto trabajo tuyo junto y menos en una galería tan grande. La verdad es que sin las fotos ya se percibía un espacio muy chulo, pero ya terminado y con las fotografías colocadas es muy impresionante.

Le ha agradecido a Mirta y a Henry todo lo que están haciendo. Luego hemos comido los cuatro, con Louis, Eleanor y también a ella le ha dado las gracias por la fiesta. Dice que le gustaría leer algo el día de la inauguración y a todos nos ha parecido hermoso que lo haga.

Dice que es inmenso el agradecimiento y que, cuando la recompensa es con creación, uno se llena de gloria y es así como él se siente: feliz de haberte transmitido el amor por la fotografía.

Les ha contado a todos —yo te recordaba explicándomelo mientras lo relataba— cómo de niño, en esas excursiones que hacíais mano a mano, después de la muerte de tu madre, te regaló una analógica. Dice que dormías con ella. Te ofrecías en el pueblo para hacerle la compra a la gente mayor, leerles el correo, limpiabas jardines… para cobrar tu dinero y comprarte carretes o pagar revelados. Eran tan caras las dos cosas que empezaste a ahorrar para los líquidos y, con su ayuda, construisteis en el garaje un cuarto oscuro.

Contaba, emocionado, con lágrimas en los ojos, cómo a los diez años ya revelabas tus propias fotografías. Cómo esa aparición de la imagen en papel te volvía loco de alegría y le contagiabas esa felicidad.

Cogiéndome de la mano, y ya todos muy emocionados, nos ha dicho lo mucho que te echa de menos.

Te escribo emocionada y llorando porque yo, Enver, sé…, sé lo que tu padre siente, sé cuál es ese dolor tan grande que siente en su corazón.

Enver, mi amor al aire.

10 de octubre, 1999

Hoy con Sean, antes de recoger a tu padre, hemos ido a una clase de respiración preparto. Al menos, me aseguro de que Sean, al ser más serio que Louis, si se me vuelve a escapar un pedo, no hará el escándalo que hizo Louis.

Los dos son maravillosos, pero con Louis es estar continuamente con un hermano con el que seguro alguna catástrofe ocurrirá y con Sean, aún si sucede, va a ser todo tan calmado, que ya puedo tener una descarga de pedos que seguro sabrá buscar cómo ponerme a salvo y mantener la calma mientras que, a la vez, ira disculpándome frente a otros si es necesario.

Hoy todo ha ido relajado, hemos hecho una clase de yoga y, con la relajación y el masaje del final, lo que sí me ha pasado es que me he quedado dormida.

Sean me ha despertado con la mayor de las delicadezas y, aun no habiendo ya nadie en la clase, se ha estirado a mi lado y hemos estado todavía un rato más en silencio. Sentía tanto a mi mandarino..., ¿por qué será que, a los padres, de repente, nos da por llamar mandarina, mandarino, garbancito, cosita a nuestro hijo o hija y nos parece la cosa más normal que existe?

¡Luego, hay un peligro latente!, que eso se convierta en algo que persista y, una vez nazca el niño o niña, sigamos llamándolo en plan cariñoso, en mi caso, mandarino, y que, cuando tenga trece años, por poner una edad, te diga, con razón «¡Quiero que dejes de llamarme mandarinoooo, joder!».

Mi madre a Tea le hacía eso, la llamaba «mi bolita», y Tea, que no fue una niña gordita, pero si ha tenido siempre una constitución de redondeces, como puede ser la mía, se notaba que lo odiaba. Ella no decía nada y lo aceptaba, pero lo odiaba.

Recuerdo a Rocío una de mis compañeras del cole con la que nos hicimos muy amigas y que en quinto se fue para vivir a Málaga con su familia y nunca más nos vimos. Ella si era una niña gorda, y cero complejo, al contrario, era ágil, guapa, sana, ¡se cuidaba tanto! Ella misma decía que su cuerpo era como el de su madre y el de su abuela y que para ella esas mujeres eran sus mujeres favoritas. Al que la llamaba gorda le sonreía y le decía: «¡Qué pena tan grande debes tener ahí dentro, que nadie te quiere!». ¡Los fulminaba!

Caminábamos horas con su padre por el bosque, recogiendo de todo en la playa, plásticos, colillas, y eso requiere agacharse, levantarse, caminar. Pues ella, de los tres, era la que más aguantaba.

Es importante que me alimente bien, por el bebé y por mí, porque si no, cuando nazca, voy a tener que hacer dieta y no quiero tener que hacer dieta.

¿Qué nombre te voy a poner, mi pequeño acompañante?

Me gusta también el nombre de tu padre, Kerem, que

es amabilidad, conceder.

Me vino esta manía de buscar significados a los nombres contigo, cuando jugábamos desde los bancos de la calle a inventarnos vidas.

Karim también me gusta, es derivación de Kerem y también significa honorable, generoso. ¡Cuántos nombres! De todas maneras, siempre he sido partidaria de ponerle un nombre que no lo lleve nadie de la familia o amigos cercanos, porque así lo liberas de una posible carga.

11 de octubre, 1999

No hay mañana que no llegue a recoger a tu padre y me encuentre con un auténtico desayuno egeo como solías hacerlos tú. ¡Tan completo!

Ah, y a Louis encantado, «compartiendo familia», como dice él y «practicando español».

¡Luego no tengo hambre hasta pasado el mediodía!

Por suerte, los turcos tenéis algo con las aceitunas que a mí también me pasa.

Es un antojo, quizás, aunque para antojos el de esta mañana, que me ha dado a las siete de la mañana por espaguetis a la carbonara y busca entre el estudio y mi piso alguien que tuviera.

Por suerte, debajo de casa hacen comida preparada para llevar y ya los tenían hechos. Antes de subir, y para que tu padre no me tomara por loca, me los he comido.

No me los he comido, los he engullido, como si me fuera la vida.

Antes de subir he caminado dos calles arriba dos abajo para poder sentirme mejor porque empezaba a dolerme todo.

De repente, me han venido ganas imparables de vomitar. Estaba en un semáforo, esperando la luz verde, y no he podido aguantar más. Cuando me he dado cuenta, estaba devolviendo en una papelera al lado del semáforo y alguien aguantaba mi frente y me frotaba la espalda, preguntándome si me encontraba bien.

He podido recuperarme y subir a casa. Cuando se lo he explicado a tu padre y a Louis, tu padre me ha preparado un té reconstituyente.

Con eso y unas aceitunas, en nada me he sentido mucho mejor.

12 de octubre 1999

Tu padre hoy se pasará el día en la galería ayudando a Mirta y Henry con los últimos detalles.

Yo, como hice con él, me voy a recoger a Quico, Roser, Júlia y a sus padres al aeropuerto y a darles esa vuelta neoyorquina que no creo olviden nunca.

¡La cara de Quico va a ser de foto! Ya le he dicho a Namir que prepare la cámara, que esa imagen no nos la podemos perder.

Me gusta cuando Quico no puede controlar su emoción, la de alegría, digo, y vuelve a ser el Quico infantil que tanto me gusta.

Es diferente también cuando no puede controlar la frustración o la pena, ahí me rompe entera.

Sufrí tanto en algunos momentos en los años de colegio si llegaba a casa con algún rasguño, si alguien se había metido con él…

Un día recuerdo que me vinieron a buscar a la clase, yo estaba en tercero.

—Ela, Ela, vine, corre, un nen de cinquè li ha donat

una bufetada al teu germà.[18]

Salí disparada en medio de la clase, corrí escaleras abajo y quise saber quién había sido. No pase ni a ver a Quico. El niño en cuestión estaba con otro grupo, alardeando y riéndose de ser un gran líder. Me acerqué y le di un empujón y, cogiéndolo por la bata, lo apoyé en la pared y lo elevé un par de centímetros del suelo.

—Si tornes a molestar o apropar-te a menys de 15 metres del meu germà tornaré i faré que te'n recordis de mi la resta de la teva vida, Perquè tu ja has fet que de tu, jo, no m'oblidi mai més.[19]

Luego me fui a ver a Quico y a asegurarme que estaba bien.

Mi padre se enteró y por la tarde, tuvimos una charla.

—Ela, no podràs evitar mai que hi hagi persones que vulguin fer mal al Quico només per sentir-se més forts. No sempre seràs al seu costat per anar trencant bates, cares o boques i tampoc son maneres. Si vaig decidir que fos a la vostra Escola i no a una d'educació especial és perquè és prou capaç d'aprendre i una de les coses és saber fugir dels conflictes o no provocar-los.[20]

---

18 Ela, Ela, corre, que un niño de quinto le acaba de pegar una bofetada a tu hermano.

19 Si alguna vez vuelves a tocar, molestar o a acercarte menos de 15 metros de mi hermano, vendré y haré que te acuerdes de mí el resto de tu vida. Porque tú has hecho que yo ya no te olvide nunca.

20 Ela, no podrás evitar nunca que a Quico lo quieran dañar personas solo por creerse superiores a él. No estarás siempre a su lado para ir partiendo batas, caras o bocas a quien sea que lo intente, y tampoco es la manera. Si decidí que tu hermano no fuera a una escuela de educación especial, es porque confío en que tiene capacidad de aprender a no provocar para que nadie le pegue, para aprender a saber huir de donde se pueda

» Pel que sé, el teu germà va provocar el noi. I ell no hauria d'haver pegat al Quico. Nosaltres hem d'ajudar al Quico a entendre … .

Cuando se aseguró que había entendido el punto de lo que me quería decir y de manera muy confidente, me guiñó un ojo y añadió:

—Gràcies per haver fet el que jo no hagués pogut fer mai.[21]

¿Cómo le estará yendo esa vida de tío adulto responsable y que trabaja? Tengo ganas de que me lo cuente todo.

---

generar un conflicto.

»Por lo que sé, tu hermano provocó al chico y, aunque ese chico no debía pegar a Quico, tu hermano debe aprender lo que eso genera y nosotros hemos de ayudarlo a que lo entienda.

21 Gracias por hacer lo que yo no habría podido hacer nunca

12 de octubre, 1999

¡Cuántas emociones de cuántas personas y todas a la vez! ¡Ha sido espectacular! Quico, por delante de todos, se ha tirado a mis brazos. ¡Me levantaba en brazos!

—Ela, Ela, Ela, ¡la meva germaneta Ela![22]

Júlia y Laia estaban felices y han venido vestidas a la última moda. ¡Preciosas las dos!

Marta y Oriol, encantadores y también muy contentos; Roser, feliz y tan prudente en todo como siempre.

No caí que al decirme chicos Marta era porque también venía Laia, pero alegría igual, es otro amor. Sin ningún problema, estarán ellos en el apartamento y yo dormiré en el estudio, que ya lo tengo montado. Cuando han visto la limusina, no se creían que era nuestra, se creían que les estaba tomando el pelo.

Namir, como no había podido aparcar, se ha quedado fuera esperándonos. Al llegar, nadie quería subirse.

Quico, ni corto ni perezoso, ha dicho:

—Si entrem i el xofer ens fa fora haurà estat una broma de l'Ela.[23]

---

22 Ela, Ela , Ela, mi hermanita Ela!

23 Si entramos y nos echa el chofer, habrá sido una broma de Ela.

Y al ver que Namir les daba la bienvenida y les guardaba las maletas, ¡ha empezado la fiesta!

Los tres asomados por la capota, Oriol, Marta y Roser por las ventanillas, con el «Mira, mira, mira…». Y New York, New York de Sinatra a todo volumen. ¡Namir es así, todo a lo grande!

¡Le estoy tan agradecida por haberme hecho estos dos regalos!

Al llegar a casa hemos dejado maletas, cambio de zapatos, ropa y hemos ido a mi piso a buscar cosas que necesitaba. ¡Han conocido a Louis y a Blau y a Lula!

Luego han querido venir conmigo al estudio y ver en lo que estoy trabajando.

Les ha encantado y he aprovechado que estaba Oriol para que, entre los dos, pusiéramos la pieza de tus manos en la carreta para llevarla a la galería.

Yo he cogido un taxi y ellos ya se han quedado por el barrio a hacer un poco de turismo.

Hemos quedado a las 7:30 para cenar.

Al llegar, acababan de venir las últimas fotografías del laboratorio. Hemos colocado la pieza de tus manos en la entrada y ahora solo falta que el tipo del vidrio acabe de pegar tu foto, con tu nombre y tu fecha en el cristal que da a la calle. Hemos escogido una de cara y en la que sobresale tu mano izquierda sosteniendo la cámara.

Mañana solo tendrán que venir Henry y Mirta para tema de iluminación con el técnico, ¡¡y ya!!

Estoy con la emoción que teníamos de niños la noche antes de un cumpleaños, de una fiesta, con la emoción de algo que sabes que te va a hacer muy muy feliz.

Para mí, haber participado en este homenaje me ayuda a cerrar contigo una herida que había sido muy profunda, aunque, después de todo este tiempo, creo que ya se curó hace tiempo.

Ahora es poder despedirte rodeada de tu padre, de Rafa, de Quico, de Mirta, de toda la gente que sabe, como de la que no sabe ni sabrá jamás, nuestra historia.

Para mí, es un cierre que mantendrá a la vez esta pequeña posibilidad abierta en la que sé que podré seguir encontrándote.

Mi amor al aire,

Ela

14 de octubre, 1999

Ya estoy. He querido ponerme vestido porque es con lo que más cómoda que me siento siempre. Me he recogido el pelo, porque a ti te gustaba cuando lo hacía, y me he puesto los pendientes y cadena a juego de piedras de esmeraldas que me regalaste.

Me voy a recoger a tu padre, que imagino que estará elegantísimo con un traje que fuimos a comprar ayer y que quería que fuera algo que tú hubieras escogido.

—¡Necesito tu ayuda, Ela! —me dijo. Por un momento me asusté, pero al ver de qué se trataba, me sentí muy honrada.

Mirta me ha confirmado la asistencia de todas las personas a las que enviamos invitación. Ayer fue también a la galería uno de los periodistas para entrevistar a Henry y a Mirta con tu padre.

Hoy ha salido un anuncio en prensa también, con un artículo precioso al lado de la entrevista, que prometo recortarlo todo y engancharlo a estas páginas.

Mirta decidió no participar en la entrevista para que Henry y tu padre tuviesen más protagonismo, y también la galería, ya que a ella ya la conoce mucha gente. Es una crack de temas de marketing.

Todos somos buenos en algo, pero destacamos de repente en algo que incluso podría ser hasta vocacional. Mirta es una de la mejor marchante de arte que he conocido y tengo la suerte de trabajar con ella y verla cada día, pero creo que habría sido una fiera de los negocios.

Es como lo que me dice siempre Jorge y mis dotes teatrales, aunque yo creo que, en mi caso, mi única vocación está demasiado definida.

Quico también sé que irá elegantísimo, ayer quiso enseñarme su traje.

A Louis y Sean, a Rafa, a Ignacio, a Marc y Uma, a todos los veré ahí, como al resto de los amigos y conocidos.

Empezaremos a las 5 de la tarde y a las 6:30 está previsto que tu padre lea y, luego, sobre las 8:30, iremos a la fiesta que ha organizado Eleanor.

Prometo no dejar pasar detalle y explicártelos todos, hasta el más mínimo.

16 de octubre, 1999

Mi querido Enver:

Te escribo ahora que está la cosa más tranquila.

Han sido casi cuarenta y ocho horas de no parar, de no dormir. A tu padre y a mí nos acaban de traer a casa. Él ha caído rendido. Mañana más.

Eran casi las nueve de la noche. La inauguración había sido un éxito y se habían ido todos a la fiesta. Quedábamos tu padre, Rafa, Mirta, Henry, Sean, Louis y yo, haciendo un último brindis más íntimo antes de irnos con los demás. Estábamos alegres por cómo había ido todo y, entonces, entró ese hombre.

«Está cerrado», le dijo Henry desde donde estábamos y, como si no entendiera inglés, siguió hacia nosotros y, antes de que nadie pudiera volverle a decir nada, antes de otro «Está cerrado», antes de un «¿Es que no ha oído?», antes de nada, nos miró y dijo:

—Ese es Enver. —Señalando la vidriera de la calle.

—Sí —respondí.

—Enver Yilmaz Lacroze. Y usted es su padre, lo sé por

un retrato que le hizo. Y usted es Ela. Perdóneme, señora.

Mi cuerpo, mis latidos, sentía mi pulso ir a mil por hora.

Miré a tu padre y temí que pudiera pasarle algo al ver su expresión anonadada y de emoción porque alguien le hablara de ti.

—Me llamo Ricardo. Hace un par de meses, aproximadamente, dejé a Enver vivo en la selva de la zona Norte en el Departamento de Morazán. Si después de mi huida no lo han matado, Enver está secuestrado por un grupo de locos miserables que mantienen su venganza personal para conseguir, algún día, la liberación de algunos presos. Se lo puedo explicar todo, pero, por favor, no llamen a la policía todavía.

Tu padre lo agarró con delicadeza y lo sentó, se sentó frente a él, y todos nos sentamos alrededor.

Tras el primer relato que nos había contado Ricardo, nos empezó a contar todo lo demás. Ubicación aproximada, ya que la selva tiene millones de hectáreas, lo de las cadenas, la comida, los castigos. En algún momento le tuve que pedir que se limitara y se centrara en lo que podía ayudar y, así, no distraernos con el dolor que provocaba el relato.

Tu padre, desde el primer momento, nos había pedido que nos sentásemos todos con papel y bolígrafo y que todos, Mirta traduciendo a Henry Sean y Louis, escribiéramos todo lo que íbamos escuchando; quería que todos tomáramos notas.

Siguió todo su relato, hablo de la posibilidad de que, tras su desaparición y que no lo hubiesen encontrado, os habrían podido mover a otro punto de la selva.

Nos explicó cómo él había ideado su plan personal

para integrarse en dicho grupo armado, vivir y formarse en su campamento para luego acceder a la zona roja, que es donde se encuentran los rehenes, ya que su hija había sido secuestrada hacía dos años.

Nos contó con detalle cómo vivíais y cómo él había matado al tipo destinado a ir a comprar víveres una vez al mes y, así, conseguir ser el nuevo enviado y poder escapar, dejando bien lejos ese país. Nos contó cómo sobrevivió en la selva comiendo hojas hasta que lo encontraron unos campesinos y pudo contactar con su hermano, que vive aquí, en Harlem.

Nos habló de cada uno de los hombres armados, especificó que no había mujeres ni niños. Que esos hombres nada tenían que ver con guerrillas del pasado.

Nos alertó del peligro de aquel lugar «Es el infierno», nos dijo.

Enver, Enver, Enver, ¡estás vivó! ¡Estás vivo! ¡Lo siento!

Si este hombre que está en NY desde hace pocos días, cuando tendría que estar en cualquier otro sitio, como dice él, que llegó hasta aquí por su hermano y que no se pensó dos veces venir hasta la galería, guiado por el anuncio del periódico donde salía tu fotografía con el día de la inauguración, tú, Enver, tú debes estar vivo, ¡has de estarlo!

Has de estarlo porque esto solo puede ser una señal.

Has de aguantar porque, estés donde estés, te vamos a sacar de ahí.

Ayer estuvimos todo el día esperando poder hablar con alguien en la Embajada española. El cónsul, por lo visto, no estaba. Hoy es sábado y está cerrada y nos dijeron que vayamos el lunes a las nueve de la mañana.

Ni hablar, vamos a esperar, Rafa, Sean, Louis, Mirta y Henry se han ido a la Policía.

Una vez Ricardo nos explicó todos los detalles, le rogamos que viniera con nosotros, que nosotros declararíamos a favor de él y que seguro que la policía no le haría nada.

Ricardo insistió en que no le pidiéramos eso, que él, al ver la noticia y tu foto, sintió que era una señal de Dios y que tenía que venir y hablar con nosotros. A alertarnos porque se sentía en deuda contigo por no haberte llevado con él y porque sabía que tú no lo habrías delatado, sabiendo seguro que te habrían interrogado.

—Enver y yo nos hicimos amigos, señor Yilmaz. Ojalá mi ayuda no llegue tarde —concluyó.

Tu padre le dio la mano, agradecido, y todos nos despedimos de él.

Luego, ellos dos salieron y desde los cristales del aparador vi cómo tu padre sacaba dinero de un cajero y le daba una cantidad a Ricardo.

Se abrazaron y tu padre regresó.

Lo recibí en la puerta. Los dos teníamos lágrimas en los ojos, nos abrazamos, con esos abrazos largos que solo se dan en momentos así.

Me puso sus manos en las mejillas y me dijo:

—Vamos a salvar a Enver.

Ahora más que nunca deseo escribirte, contarte cada paso, cada noticia que vaya ocurriendo, desde estas páginas hablarte mucho, enviarte todas nuestras energías, todas las fuerzas, para que aguantes.

Enver. Cuánto tiempo bajo ese secuestro, meses, por lo menos casi dos años, si calculo el tiempo que hace que Rafa y los demás te dieron por desaparecido.

17 de octubre, 1999

El día que Roser, Marta, Oriol, Júlia, Laia y Quico se fueron, fuimos a despedirnos de ellos. No les pudimos explicar nada. Rafa nos llamó desde la comisaría, sobre todo, para alertarnos.

Les tuvimos que decir que surgió un imprevisto en la galería y que no podríamos estar con ellos ni acompañarlos al aeropuerto. Namir se encargó de todo, una vez más. Sé que Oriol entendió perfectamente que algo más grave sucedía y ayudó, sin saber, a que todos los demás ni preguntasen más ni se prestasen más como ayuda posible.

Tu padre, en esos momentos, no quería más que ir a la comisaría, donde estaban los demás. Yo me sentía igual, pero había que organizar a la familia.

Cuando llegamos a la comisaría, a Mirta, Rafa, Louis y Sean ya los habían interrogado. La idea de tu padre, la que todos apuntásemos con detalle todo lo que Ricardo nos iba diciendo fue un acierto.

Cuando llegamos nosotros, también nos interrogaron, y a las pocas horas el oficial nos comunicó que se ponía en marcha un operativo y que, a partir de ahora, sería jurisprudencia de la Interpol.

Tu padre habla de viajar al Salvador para estar más cerca del operativo Allí estarán los expertos en trabajar con delincuentes de esta talla y con los secuestros.

Lo que más grabado me quedó del lugar fue cuando Ricardo dijo que la selva donde os encontráis tiene más de dos millones de hectáreas, que es tosca y que pueden pasar años sin que puedas encontrar a quien no quiera ser encontrado. Pero yo espero que esta gente sepa hacerlo.

Rafa se ha propuesto acompañar a tu padre si decide ir. Yo ya estoy en una etapa difícil para viajar y para sostener todo lo que vaya a suceder.

Si viajan, yo estaré pendiente cada día de lo que suceda.

La policía le ha recomendado a tu padre que no demos nada por hecho.

El Salvador, y más en esas zonas, es un territorio donde existe el mayor peligro y donde puedes encontrarte con lo peor jamás imaginado.

Hasta que se dé con ellos, y si se logra, puede pasar mucho tiempo, le han dicho.

17 de octubre, 1999

Otro día más que volvemos a casa con la sensación de que se está perdiendo el tiempo. Y, en este caso, el tiempo es lo único en lo que pensamos. Nos han acompañado Mirta, Henry y Rafa a casa mientras Sean y Louis preparaban algo para cenar.

Tu padre se ha bañado y sigue con esa expresión en la mirada de serenidad y a la vez preocupación.

Cuando le pregunto responde:

—Estoy bien, Ela, solo preocupado por no perder a Enver una segunda vez.

Mañana llega un abogado que ha contratado Rafa y es experto en temas de este nivel. La Policía nos ha confirmado que mañana se sabrán más cosas.

Uno de los policías al que han asignado el caso, que será el que viaje al Salvador, es el teniente Echeguren. Es vasco y nos acompañará hasta que termine todo.

A tu padre le ha explicado cómo va a ir todo y le ha hecho de intérprete con los agentes de la Interpol. Y es el único que, a pesar de las precauciones que toman todos ellos en dar una respuesta, ha mirado a tu padre cuando nos íbamos y le ha dicho: «Pondré mi alma, señor Yilmaz».

Ahora, esperamos noticias del Salvador mañana.

Tu padre cada vez está más seguro de querer viajar, pero quiere esperar a que confirmen que hay un comando de rescate organizado.

Rafa también está organizándose para acompañarlo.

No sé qué más contarte y, al mismo tiempo no quiero dejar de escribirte, de mantenerte despierto. Aguanta, aguanta, Enver.

Te envío toda mi fuerza y energía.

18 de octubre, 1999

Ha llegado Miguel, el amigo de Rafa.

Decidido. Se van junto con tu padre. El teniente Echeguren viajará con ellos.

El mismo Echeguren nos ha dicho que, aunque no hayamos podido localizar de nuevo a Ricardo, creo que algo se huele, todas las declaraciones que nos han tomado a cada uno por separado son tan específicas y llenas de detalles, que es como haberlo interrogado a él.

Dice que había cosas que en un interrogatorio provocaban una laguna y que luego esa misma laguna se resolvía con otro de los interrogatorios.

Que les hemos dado mucha información, tanta que tanto el servicio de Inteligencia de aquí, como el de allá, como las fuerzas especiales de rescates están muy agradecidos y confiados. Lo que más temen, y así también nos lo han hecho saber sin pelitos en la lengua, es que solo esperan que, al no ser guerrilleros y no estar entrenados para pactos o acuerdos de intercambios, y tratarse de delincuentes mercenarios, que haya un fatal desenlace y les dé por pegarles un tiro a alguno o a todos los secuestrados.

Fuerza, Enver. Fuerza.

19 de octubre, 1999

He ido con Mirta al aeropuerto a despedirlos.

Por la mañana, ha sido tu padre, esta vez, quien me ha despertado a mí.

Desde que tuvimos la visita de Ricardo no me moví de su lado y decidí quedarme en el cuartito, por muy pequeño que sea.

Había preparado un desayuno espectacular y, al sentarnos, se ha puesto a llorar y a decirse que era un estúpido por hacer algo así cuando tú, si estás vivo, debes de estar sufriendo de hambre.

He dejado que llorara y se desahogará por fin, pero le he rogado que no se llame estúpido, porque tú, de haber sido al revés, habrías hecho lo mismo y entendido ese desayuno como un homenaje, una necesidad a estar bien, fuerte y alimentado, para irte a buscar.

Que no ayudará y será otra preocupación si deja de comer.

Ha alzado la copa y hemos brindado por ti.

Hay solo una hora de diferencia, así que me ha prometido llamarme una vez lleguen al hotel que la Policía ha dispuesto para ellos.

Yo, mañana, seguramente, me dedicaré a las gestiones que he dejado pendientes. Tengo que rellenar el formulario para entrar en el sorteo de la green card y otras cosas.

Mirta me ha ofrecido irme con ella, pero no me apetece. Quedan unos dos meses y medio para que nazca este enano y he de volver a las clases de preparto o me veo pariendo sin respirar.

A veces tenía esa sensación, ¿recuerdas? Y me decías, respira, respira.

Ahora te lo digo yo, ¡respira, Enver, respira!

20 de octubre, 1999

He escuchado a tu padre muy tranquilo. He hablado también con Rafa. Le he recordado que lo cuide en las comidas.

Me ha dicho que les están permitiendo ir a la comisaría desde donde han montado el dispositivo, pero que como aquí: ni información muy detallada, ni tampoco tenerlos todo el día.

El teniente Echeguren les ha aconsejado que se distraigan, les ha dado un teléfono con un solo número, el suyo, para llamarlo tantas veces como quieran, pero le ha rogado a Rafa que se lleve a tu padre a donde sea. Que la tensión, el estrés que puede sufrir, es mucha.

Así lo ha hecho. Miguel es el único que está clavado en las oficinas de la Comisaría, aunque tampoco a él le digan nada.

La doctora dice que todo marcha muy bien. Te cuento esto porque necesito contarte cosas y pienso en cosas diferentes, que, incluso a mí, me distraigan.

He ido a ver a Eleanor. He salido de la consulta y me había puesto a caminar sin un rumbo fijo. De repente, me he visto detenida en medio de la calle hasta que un señor me ha preguntado si estaba bien.

Cuando me he dado cuenta, estaba casi en frente de su casa.

Y no en el edificio de lofts, sino en un pequeño apartamento que tiene en Lexington con la 53 al que he ido solo un par de veces y al que ella misma solo va cuando quiere desaparecer de la multitud.

Desde la exposición solo había podido hablar un momento y estaba pendiente que le contara las novedades.

Nos han pedido que seamos extremadamente prudentes, que a cualquiera, sin querer, incluso, se le puede escapar una información o que, por creer que va a ayudar, se cometa un error y toda la operación secreta pueda convertirse en un fracaso.

Así que, aun queriéndola como la quiero y como hicimos con la familia, no le he contado nada.

He inventado que me sentí mal, que he estado unos días con el estómago girado y que ya estoy bien.

No sé si me ha creído, porque yo para mentir soy un desastre, pero, en su momento, le podré contar y pedirle disculpas.

Siempre me dijeron que no hay que mentir y menos a las personas que quieres, y a mí se me nota porque cuando lo hago me escuecen los codos. Empiezo a notar una rojez y empiezo a frotármelos, y si la bola es gorda, me acabo rascando como si me acabara de picar el mosquito más cabrón.

Si miento en invierno, me cubre la ropa, y cuanto más frío, mejor; si miento en verano, olvídate. Eleanor no conoce esa característica mía y cuando he empezado a mentir y a frotarme me ha preguntado qué me pasaba y he tenido que inventar, de nuevo, cualquier cosa.

Y es que pasa eso, la mentira siempre lleva a otra más gorda.

Qué mierda. Qué mierda tan gorda, mentir, mentirle.

21 de octubre, 1999

Rafa me ha llamado y me preocupa mucho lo que me cuenta.

Me dice que Echeguren les ha explicado a él y a Miguel la realidad de la situación.

Les ha explicado que, en estos departamentos, barrios, distritos, que es como lo entiendo, hay mucha gente paranoica. Nadie se fía de nadie.

Tu vecino puede estar metido en tráfico de lo que sea o puede ser un aliado de las pandillas como la que los secuestró.

Que nadie da nada por nada y que, si llegas de nuevo, es más probable que acabes en una negociación para tu liberación, aunque sea de horas, o muerto por unos zapatos.

Al no ser guerrilleros, no hay manera de que posibles excombatientes, tanto de los grupos armados que hubo en su momento como otros posibles colaboradores, tengan idea de quiénes son los malditos que os secuestraron. ¡Nadie habla, carajo!

Parece ser que están esperando a un expolicía que estuvo años en la unidad de antipandillas y poder llegar a alguien a través de él.

Dice Rafa que tu padre se mantiene informado, pero sin molestar.

Lo llamé aparte y hablamos del bebé, del calor que están pasando y, al final, me hizo el comentario que esperaba.

—Ela, quiero que sepas que serás la primera a quien llame cuando llegue el momento. Perdóname si no te llamo, pero intento estar solo, en el máximo retiro de rezo hasta que alguien me diga que ya me van a devolver a mi hijo.

Le he pedido que no deje de rezar. Que yo estoy bien y que esperaré paciente, cada día, su llamada.

¡Querido Enver, aparece, aparece!

24 de octubre, 1999

Me despierto cada mañana mirando si tengo llamadas perdidas.

No querría no haber oído el teléfono.

Intento cada día hacer cosas desde muy temprano. Louis me está haciendo muchísima compañía. A veces, hasta me despierta tocando a la puerta muy temprano. Dice que así no tengo ni un segundo para comerme la cabeza sola.

Y tiene razón. Pasamos un rato creando hipótesis mientras desayunamos y otro rato convenciéndonos de que tenemos que dejar esas hipótesis y esperar.

Hoy hemos ido a otra clase de preparto, van avanzadísimos.

Dios, estoy acojonada. Mi pequeño mandarino, espero ser una buena madre.

Voy por la calle y no veo más que mujeres embarazadas, bebés por todas partes.

Pero ¿cuántos más vamos a ser en este mundo? Y luego hablan de las tasas de natalidad.

He tenido un antojo de los importantes. En mitad de la clase. Yo creo que la profesora está convencida que Louis y yo nos tomamos estas clases a cachondeo, pero de verdad que no. Todo lo contrario, en casa repetimos los ejercicios, entramos en todas las librerías que encontramos, leemos sobre respiración, ejercicios de yoga. Hay una cosa que se llama pilates, también leemos sobre pilates. A Louis le da también por, si estamos tomando algo en algún lugar y hay una madre con un bebé al lado, preguntarle primero si fue traumático o no el parto y, si dice que no, la invita a sentarse con nosotros, a que nos cuente su experiencia y, luego, la invita al desayuno, café o lo que esté tomando. Cuando veo que se levanta, le ruego que no vaya, pero es inútil.

Dice que, cuanto más sepamos de testimonios reales, mejor, que nuestra profesora, es muy mona, pero no ha tenido hijos todavía y puede pensar lo que quiera de nosotros, pero nosotros estaremos totalmente preparados.

El antojo ha sido uno de esos que, cuando me ha venido, no me lo podía creer. Siempre había creído que no podía ser algo tan exagerado.

He tenido amigas o conocidas a las que había visto embarazadas con antojos, o incluso a la propia Tea, y siempre creí que alguna estaba utilizando ese momento para darse un pequeño homenaje o incluso aprovechar una oportunidad. ¡Qué poca empatía la mía!

En cambio, siempre reconocí esa sensibilidad que algunos hombres no escondéis, algo de lo que tú también estabas muy orgulloso de tener, una manera de ser que jamás puso en duda ese otro lado de masculinidad que tenías.

«Detesto a la gente que considera "marica" al hombre que llora», decías.

Pues eso, Louis y yo nos hemos dado un pedazo homenaje.

Louis dice, que está tan implicado en este embarazo que cree tener el síndrome Couvade. Yo me rio y le digo que no juegue con eso, que él solo empatiza cuando hay antojos.

Ya verías tú si tuviera que pasar por las náuseas, vómitos y, siendo como es él de presumido, por aumento de pecho y de abdomen.

Hemos disfrutado como niños, pero nos hemos prometido no volver a comer tanto dulce y chuches a la vez y, menos, después de habernos zampado el trozo de pizza que nos hemos comido cada uno y la hamburguesa, acompañada de batido de fresa. Al menos, mi beicon, a decir verdad, se lo ha comido Louis.

Yo he acabado vomitando y él, tan campante. Solo me ha pedido no decirle nada a Sean. Promesa de scout.

Quiero llamar a Rafa, pero también quiero que descansen. Yo sé que a la mínima información me llamarán.

28 de octubre, 1999

Nada. Hoy, tampoco nada.

3 de noviembre, 1999

Fue una llamada rápida. Tenían que irse rápido.

Rafa dice que me intentará llamar esta noche.

He estado en el estudio. Mirta vino hace dos días y con razón me dijo lo que me dijo, sin enfadarse, pero muy seria y con mucha buena intención.

Para resumir, y sin echarte culpa a ti de nada en absoluto, eso lo dejó claro, me vino a decir que me había volcado tanto en esta espera que estaba descuidando algo tan importante como terminar las piezas que faltan para la exposición.

La fecha que han decidido es el 9 de diciembre. Henry me aceptó la petición de postergar más tu muestra.

No ha tocado nada, no se han quitado ni las fechas. Desde un principio, Mirta dijo que dejáramos todo como estaba, que eso era lo más parecido a guardar de verdad un secreto.

—¿Y si a alguien le da por preguntar si el artista está vivo o muerto?

—¿Y si alguien que estuvo en la inauguración y las vio, de repente, vuelve a pasar y ya no están? ¿Preguntará en qué año murió o por qué hemos quitado las fechas?

—¿Y si ese alguien resulta que, además, es un periodista?

Claro que sería de esas probabilidades de entre uno, dos o tres millones que alguien pudiera asociar eso con la información que teníamos, pero hasta esa probabilidad entre uno dos o tres millones puede darse.

Henry discutía que era una cuestión de energía y que, dejando la fecha de tu muerte, estábamos alimentando esa probabilidad también.

Es de las personas que cree que todo está premeditado.

Yo entendía a los dos. Mirta tiene razón en que no debemos levantar un soplo de sospecha y Henry en no querer que esa muerte anunciada mantenga una posibilidad.

Lo más sensato es hacer caso a la promesa y guardar el secreto. Aunque estemos gritando por dentro.

15 de noviembre, 1999

Doce días. Cogía el diario para escribirte y, de nuevo, no me salía más que escribirte en toda una página entera: «¡Respira!».

Nada, Enver, todavía no se sabe nada. He desistido de llamar porque yo sé lo que deben de estar pasando. Ellos también prefieren llamarme si han de explicarme algo.

Fe, fe, fe. Me dijo ayer una mujer en una iglesia. Fui a una de mis misas gospel porque necesitaba esa energía.

Al terminar, me quedé hasta que todos se habían marchado. Me di cuenta porque, al abrir los ojos, que había mantenido cerrados no sé por cuánto tiempo, no había nadie. Ni dentro ni fuera.

Esta iglesia está en el barrio de Myrtle Avenue, en Brooklyn. Encuentro tanto amor, tanta paz, tanta alegría cuando voy…

Al salir y no ver a nadie, y que ya estaba algo oscuro, caminé buscando un taxi, al menos, para llegar al metro. Son siete meses ya y a este mandarino le ha dado en la última semana por expandirse en mi tripa, porque empiezo a no verme los pies según me ponga.

Me crucé con una sola persona durante las siguientes tres calles y ahí fue donde, en un semáforo, la señora se me acercó y me dijo eso: «Fe, fe, fe».

Por un momento me debí poner pálida, o algo parecido, porque enseguida me añadió:

—Perdona, hija, es que estaba en la iglesia y te vi toda la misa con los ojos cerrados. Ahora regresaba porque he olvidado mi sombrero y, al verte, me han venido las ganas de acercarme a ti. Cuídate mucho.

Asociarlo todo a las señales tiene también su peligro, creo.

19 de noviembre, 1999

¿Te he contado alguna vez cómo late el corazón de mandarino?

Que, además, lo he visto, y de mandarino ya nada.

¿Cómo puede verse algo tan sumamente hermoso en una foto de 10 × 10 centímetros, que más que una foto es un papel fino, con una imagen negra y gris, donde es posible confundir un pie con una burbuja?

Late como el galope de un caballo. Entre ciento veinte y ciento sesenta latidos por minuto. ¿Cómo será ese momento en que te vea la cara?

He de preguntarles a Louis y Sean si quieren estar conmigo, aunque quizás Louis podría desmayarse…

Mi Valentín. Creo que tu nombre, mandarino, será Valentín. Valentí.

Porque es un nombre que habría escogido también en versión femenina en caso de ser niña, porque su significado me transportará a este momento de la vida en la que necesito tener y transmitir toda mi fuerza, valentía y coraje. Porque quiero, desde ya, criarte para que tú también tengas ese espíritu, el que nos hace vivir la vida con la intensidad que merece.

Perquè la vida, amor és dels valents, Valentí[24]

Guau, menos mal que la cursilería y el ñoñismo al que me estoy sometiendo no sale de aquí.

Bueno, y si no, siempre puedo culpar a las hormonas.

Tú ya me habrías abrazado, dándome el consuelo oportuno y diciéndome algo tipo: «Ya va a pasar, cariño, un par de meses y volverás a ser la misma». Y yo me habría puesto a reír o, tal vez, y por cómo creo que están mis hormonas de revolucionadas, seguramente me habría puesto a llorar.

Incondicionalmente. Por fin vuelvo a poder amar incondicionalmente.

Lo hice con mi padre, lo siento con Quico, lo compartí contigo.

24 Porque la vida, mi amor, sí es de los valientes. Velentí.

29 de noviembre, 1999

¡Por fin! Había dejado unos días de escribir porque tenía que terminar las piezas y darme un respiro y ¡por fin también han llegado noticias!

Por lo que me ha contado Rafa y he podido entender, se ha conseguido interferir o intervenir los teléfonos de los miembros de la pandilla. Eso quiere decir que se sabe dónde está el campamento.

Por otro lado, el expolicía ha podido reclutar a dos exlíderes de otras pandillas y colaborarán como gancho para la trampa que les quieren poner y que no caigan uno ni dos, sino todos, y se pueda liberar el campamento entero. Esa es la misión.

Lo que no me ha quedado claro es cómo los ganchos van a entrar en contacto, pero imagino que está muy estudiado y que deben de ser hombres de los que jamás ni un solo miembro de la pandilla pueda dudar de su intención.

Se ve que todas estas semanas se había estado preparando otro plan con policias disfrazados de campesinos, esperando que se acercara el día que van a comprar los víveres, y que estos, hubiesen podido intentar entrar en el campamento con la excusa de llevarles comida u otras necesidades.

Este plan se descartó a tiempo cuando uno de los exlíderes dijo que eso era fracaso asegurado y que, además, aquellos que fueran corrían el peligro de ser secuestrados.

Así que el plan definitivo está escrito. Creo que al final lo he entendido mejor.

Uno de los exlíderes se hará intermediario entre los cabecillas de la banda.

Se intentará hacer una reunión con motivo de querer ampliar el campamento, donde ya tendrán secuestrados, diciendo que son empresarios y algún extranjero. ¡Qué arriesgado!

La idea es hacer creer al cabecilla que vienen de otro pais y así será pan comido ir a negociaciones seguras liberando presos.

Así que ahora están, por un lado, entrenando a los que participarán y, por el otro, montando un campamento con los secuestrados bajo el mando del exlíder, que se hará pasar por el que quiere unir fuerzas. Además, entrenando a los que también han de hacerse pasar por pandilleros.

Echeguren ha pedido estar dentro de ese grupo, y como pinta tiene, pero le falta el acento, está tomando aparte clases de dicción para tenerlo bien trabajado por si tuviera que hablar.

Todo esto es, obviamente, secreto de Estado, pero Echeguren ha querido que tu padre, Rafa y Miguel estuvieran al corriente. Parece que confía en ellos.

Rafa me ha pedido que no se lo comente ni a Mirta, ni a Henry, ni a Sean y Louis, aunque ellos sepan la verdad.

Me ha dicho que todavía puede llevar algunas semanas más toda la preparación. Que habían decidido con tu padre no llamarme hasta que estuvieran más cerca de la felicidad , pero que también creían que habían pasado demasiados días y no tenía sentido llamarme para mentirme o para no decirme nada.

Se lo he agradecido inmensamente y le he pedido que abrace a tu padre de mi parte. ¡Entonces me lo ha pasado y he podido hablar con él!

Está tranquilo y, a la vez, sin querer mostrar muchas expectativas. Se ve que Echeguren les ha hablado muy claro todo este tiempo, tanto para lo bueno como para lo malo. Y lo malo puede ser muy malo.

5 de diciembre, 1999

Definitivamente, me han desaparecido los pies. Solo los siento cuando los muevo y vuelvo a verlos, a veces, estirada y si levanto las piernas.

He decidido no salir más hasta que nazca él bebe. Ya no puedo más. Para colmo, el otro día, haciendo eso que hace Louis de ir invitando a madres primerizas, dimos con una que nos aseguró que su parto no había sido traumático y por eso la invitamos a comer. Una vez que empezó a hablar, efectivamente, su parto no fue traumático, pero sí lo fueron los siguientes meses tras el parto. Empezando porque tuvo una reacción alérgica al hilo con el que le cosieron tras la episiotomía y fueron semanas de no poderse sentar. Después, dolor en los senos por la bajada de la leche, estreñimiento y hemorroides que todavía nos dijo que sufría, la subida de peso que, por estar amamantando, todavía no había empezado a hacer régimen, incontinencia urinaria…

Mientras la escuchábamos, ella se mostraba tan feliz y campante, explicándolo con todo lujo de detalles. Louis no sabía dónde meterse. Me miraba preocupado porque, según me dijo luego, yo me había quedado paralizada mirando y escuchando a esa señora, incluso, sin parpadear.

Me dijo que mi ceño se fruncía cada vez que ella daba más detalles y mi boca hacía muecas con una expresión a veces de dolor y a veces de miedo. Me conto Louis que lo miré en varias ocasiones, acojonada y a punto de llorar, y que, cuando pude soltar palabra, una vez la señora se había ido toda happy y convencida de haberme hecho el gran favor de mi vida, miré a Louis fijamente y exclamé horrorizada:

—Pero ¿en qué momento se me ocurrió a mí que esto iba a ser una buena idea? ¿En qué mierda estaba pensando cuando Antoine me dijo que no llevaba un condón?

Dice Louis que, al decir «condón», grité y golpeé la mesa. Que antes de eso, nadie se había dado cuenta de mi estado, y no el de embarazada, sino el de chalada perdida.

Salimos disparados, él detrás, intentando detenerme. Yo solo caminaba muy rápido, movía los brazos, gesticulaba y repetía:

—Pues que se quede aquí dentro. Yo no quiero parir. Oh, Louis, te encomiendo que, en cuanto me lleguen las contracciones, me duerman entera y me hagan una cesárea. ¡Quiero una cesárea, joder! ¿De acuerdo?

Parece ser que hasta se lo hice firmar.

Al llegar a casa iba tan disparada que subí los escalones de dos en dos y Sean, que acababa de llegar y nos había oído, fue el que me recogió en brazos cuando, al llegar a la puerta, me puse a llorar y le pedí que me llevaran al hospital.

Llegamos yo en brazos, Louis pegando gritos a todo aquel que se pusiera delante y Sean, cargándome a mí y pidiéndole a Louis que se callara.

Estamos bien todos, pasamos un par de horas en boxes y nos enviaron a casa.

Me han dicho que Valentí está ya encajado y que esto puede adelantarse si no me tomo la precaución de calmarme. Parece que la tensión estaba subidita.

¡Quiero olvidar a esa señora! No puedo hacer lo que no había hecho hasta ahora y empezar a creer y a emparanoiarme, o creer que lo que le puede haber pasado a otros necesariamente me va a pasar a mí. Siempre pensé que, si eso ocurría, ya me ocuparía en el momento, no antes, Así que, a ti, Valentí, aquí te escribo mi primera disculpa.

Y a ti, mi eterno confidente, una vez más, aquí tienes toda mi energía.

Qué placer volver a estar en una misma. :))

10 de diciembre, 1999

Estoy muy agradecida. Mucho. La exposición de ayer fue muy emotiva. Mirta se encargó de que pudiera estar rodeada de todas las personas posibles a las que aprecio y quiero, y que fuera posible que estuvieran acompañándome.

Antes de llegar a la galería había hablado con Quico, que me llama cada día desde hace una semana para saber si Valentí ya ha nacido. Hablé con Roser, que lo tiene todo preparado para cuando pueda ir a visitarlos con su pequeño príncipe, como ya lo llama.

Dice que Quico le decía el otro día que ahora entendía por qué cuando le daba un beso, le decía siempre «mi rey».

Mirta dejó que terminara las piezas, pero esta vez no me permitió, aun sabiendo lo que me gusta hacerlo, que estuviera en la organización.

Me mandó a casa y ordenó a Louis y a Sean que me vigilaran y cuidaran, y siguen haciéndolo.

Vinieron Louis y Sean, Ignacio con René y Gilberto, Jane, Cori, Nadir y cuatro de mis compañeros, todos con sus mujeres. Vinieron Eleanor, Marc y Uma, Víctor y Marilyn,

¡mi ginecóloga! Dice Mirta que la invitó, sobre todo, por si me daba por parir ahí en medio. Vinieron un montón de personas conocidas y queridas.

Cuando termino una exposición es cuando siento que las piezas que he creado ya no me pertenecen.

Aquello que era tan mío, solo mío, que yo creé de la nada, me permito soltarlo, abrir las palmas de mis manos y sentirme, ligera, libre, completa.

16 de diciembre, 1999

¡Me ha llegado la carta de la Oficina de Emigración!

Hoy dejo de ser estudiante de un máster al que nunca me presenté, dejo de ser Helen Monfort, dejo de ser una posible futura indocumentada —odio la palabra «ilegal»—, dejo atrás propuestas de matrimonio por conveniencia pensadas y dejo atrás un montón de interrogantes que me hice durante todo este tiempo si no me tocaba la green card.

Soy residente de esta ciudad, de este país al que adoro y que me ha dado tanto en tan poco tiempo.

Mua, residente en Nueva York de por vida, Nueva York, residente en mí de por vida, aunque esta, me lleve quizás a otros lugares.

¡Por fin respiro! Creo que ya estoy lista.

29 de diciembre, 1999

«Está libre». Es lo primero que he escuchado.

Tenía catorce llamadas perdidas. Catorce mensajes de voz.

Louis y Sean me miraban emocionados cuando, después de dar el último empujón, hemos oído a Valentí llorar a pulmón. Me han llevado con él en mis brazos, envuelto en su mantita térmica y, al llegar a la habitación, estaba Mirta con Henry, que lloraban emocionados.

Mirta me ha dado el teléfono y he oído a tu padre:

—Está libre, Ela. Enver está libre. ¿Cómo estáis tú y mi niño Valentí?

Valentí dormía, descansando después de su gran esfuerzo.

Enver, qué feliz estoy de saber que ya se terminó. Ya está.

Valentí ha nacido a las 02:20 am. con tres kilos doscientos. Ha sido parto natural, y a ti te han liberado junto a todos los demás secuestrados a las 23:00 pm. mientras la mayoría de los miembros de la pandilla dormía y los que vigilaban fueron neutralizados y noqueados.

Hemos tenido que colgar, pero espero con ilusión esa llamada de tu padre una vez pueda abrazarte.

Ela

16 de enero, 2000

Querido Enver:

Qué ilusión escuchar a tu padre. A Rafa después. Escuchar al fin que tú y tu padre ya os pudisteis abrazar. Hablé con él, estaba emocionado.

Sé que estáis ya en casa desde hace unos días y me hace muy feliz. Tu padre me llamó anoche mientras dormías. Me pudo contar por fin los detalles.

Sé que al verlo sonreías y apenas hablabas, que te bañaste un largo rato y que cenaste con hambre. Sé que el abrazo entre vosotros de antes de dormir fue largo y emotivo, y sé que dormiste alterado y con pesadillas.

Sé que solo hiciste una pregunta: «¿Cómo me habéis encontrado?», y que tu padre te contó cómo Ricardo había aparecido y lo había explicado todo.

Preguntaste por Ricardo y sé que preguntaste por mí nada más saber que yo estaba también.

Me ha contado, cuando quise saber más, cómo fue el rescate.

El plan no tuvo un solo fallo y los miembros de la pandilla cayeron todos. Todos estuvieron espectaculares. Algunos, en la visita del cabecilla al campamento, hasta lloraban.

Me ha contado cómo Echeguren esperó a que todos estuvierais a salvo y detenidos los miembros de la pandilla para decirte quién era él y quién te esperaba en el hotel.

También sé que Rafa estuvo con vosotros un par de días más y que ya ha regresado a París.

Sé que ayer quisiste salir a dar una vuelta con tu padre y hubo quien te preguntó por tu esposa y tu miraste a tu padre y él solo pudo sonreírte. Sé que, al volver a casa, tu padre te contó más tranquilamente acerca de estos meses, desde que lo llamé cuando recién me enteré de la noticia por Rafa hasta el nacimiento de Valentí. Hemos quedado en seguir en contacto.

Yo le he explicado que, tras el nacimiento de Valentí y cumplidos los quince días hasta que te permiten volar con un recién nacido, estuve en casa con Louis y Sean. Que veinte días después del parto llegué a St. Pol para estar con la familia y que tengo idea de quedarme unos tres o cuatro meses y luego volver a Nueva York.

La prudencia de tu padre debería ser ejemplo para quien no la tiene.

De todas maneras, esta vez ha sido directo. Elegante, pero directo.

—Ela, ¿qué quieres que le responda a Enver si me vuelve a preguntar por ti?

Yo he intentado ser sincera. ¡No quiero que me piquen los codos de por vida!

—Me gustaría que supiera que soy feliz por él y feliz por mí. Que ahora sí creo que se puede volar si sabes poner los pies en el suelo a tiempo. Y Solo le pido, te pido, que seas muy feliz y que el amor, te sea siempre incondicional.

También le he pedido que te diera un abrazo largo de mi parte.

Aquí dejo estás páginas para que ellas mismas guarden la historia de todos estos meses.

Siempre,

Ela

Epílogo

23 de abril, 2000
St. Pol de Mar

Venir a despedirse del mar debería ser costumbre de todo aquel que ha vivido o vive en él y decide irse lejos. Yo lo hago por tradición. Cuando llego, suelo venir al mar antes que a cualquier otro lugar y, cuando me voy, vengo a despedirme de él.

Me ocurre igual en Nueva York, necesito antes de irme y también al regresar, ir siempre a ver Manhattan de cara.

Y, en días de celebraciones, como hoy, siempre hay quien dice «Ya lo celebraremos el año que viene». A mí, me gusta poder estar en casa. ¡Feliz St. Jordi!

Aquel momento estaba siendo una despedida más. Me mantenía frente a ese horizonte inmenso y tranquilizador como tantas otras veces, ahora con mi pequeño Valentí, llevándolo en un trozo de tela abrazado a mí. En el momento de volver, invadida por un deseo solicitado, por un espejismo que se acercaba cada vez más, apareciste.

Eras el dibujo tantas veces imaginado, el sueño de aquella noche pasada. Te acercaste hasta ser real con tu serenidad y tu saber mirar. Te quedaste parado frente a mí, me cogiste de la mano, sonreímos, nos abrazamos y solo dijiste:

—Deseo ser parte de esto. Vengo por vosotros. Si tú quieres, quiero quedarme.

Nos besamos… y nos seguimos besando!

Printed in Great Britain
by Amazon

76489367R00222

WHO THE F#CK ARE YOU?

chartwell books

Quarto

This edition published in 2024 by Chartwell Books,
an imprint of The Quarto Group
142 West 36th Street, 4th Floor
New York, NY 10018 USA
T (212) 779-4972 F (212) 779-6058
www.Quarto.com

Contains content originally published as *Finding Your Authentic Self*
in 2023 by Chartwell Books, an imprint of The Quarto Group,
142 West 36th Street, 4th Floor, New York, NY 10018 USA.

10 9 8 7 6 5 4 3 2 1

Chartwell titles are also available at discount for retail, wholesale, promotional, and bulk purchase. For details, contact the Special Sales Manager by email at specialsales@quarto.com or by mail at The Quarto Group, Attn: Special Sales Manager, 100 Cummings Center Suite 265D, Beverly, MA 01915, USA.

ISBN: 978-0-7858-4678-9

Publisher: Wendy Friedman
Senior Publishing Manager: Meredith Mennitt
Designer: Kate Sinclair

Printed in China

This book provides general information. It should not be relied upon as recommending or promoting any specific diagnosis or method of treatment for a particular condition. It is not intended as a substitute for medical advice or for direct diagnosis and treatment of a medical or psychological condition by a qualified physician or therapist. Readers who have questions about a particular condition, possible treatments for that condition, or possible reactions from the condition or its treatment should consult a physician, therapist, or other qualified healthcare professional.

FOREWORD

If you've been curating your life as a series of perfect social media posts, you're probably exhausted. All that perfection comes at a cost—both actual financial costs as well as emotional and health tolls. So how do you stop presenting who you think you should be and start living authentically, as who you really are? How do you live your life according to your own values and goals, rather than those of other people? The answer is not to disengage from media or other people altogether—there's a better way!

That better way is the workbook you now hold in your hands. Through a series of writing exercises over seven chapters, you will learn to:

- *Observe Yourself Objectively*
- *Explore Your Values, Strengths, and Personality*
- *Manage Your Emotions*
- *Develop Compassion*
- *Live with Integrity*
- *Find Your Life Purpose*
- *Live an Authentic, Meaningful Life*

Once you realize your true potential, you won't care what others think because you will be living your own personal truth. With inspiring and uplifting quotes and affirmations to inspire you along the way, you will discover the fulfillment and peace that comes from living as a more authentic person, a more genuine you. Let's begin.

INTRODUCTION

We are all born with an authentic, essential self, a part based on our genetics and unique to us. It may include a proclivity for music or math or writing, or an athletic ability, or the kind of brain that works faster and more furiously than others. It may be an emotional capacity that makes you more open and accepting, someone capable of exceptional empathy or the ability to inspire others to action; it may make you more closed off and protective, someone who requires extended periods of silence in which to create masterful works of art.

"The greatest act of courage is to be and to own all of who you are—without apology, without excuses, without masks to cover the truth of who you are." —Debbie Ford, *Courage: Overcoming Fear & Igniting Self-Confidence*

As we grow up, we learn—mostly in response to our initial caregivers—to tailor our personalities and behave in certain ways, some of which suppress or obfuscate our authentic self. If you had devoted, focused caregivers, you may develop an ability to feel safe in most situations, to learn quickly, to love exploring your environment—to grow up as the authentic self that is uniquely *you*. If, however, you had distracted, unstable, punishing, controlling, or even abusive caregivers, you may foster an underdeveloped, even fearful, anxious personality, have difficulty learning or forming relationships, and suppress your authentic self to make yourself more "acceptable." Adopting social behaviors—in response to caregivers, teachers, religious instructors, authority figures, your culture, and even friends—may have the cumulative effect of burying, or at least concealing, your authentic, essential self.

Ideally, we develop patterns of behavior and make choices and decisions based on the interplay of our authentic and our social selves: your authentic self identifies who you are and who you want to be, and your social self does what is required to fulfill your dreams. But, for many, they allow their essential, authentic *self* to fade into the background and rely on their social self to make most decisions.

The more your authentic self is ignored, suppressed, or eventually so buried you don't know how to be *that* person anymore, the more you feel like a helpless, hopeless imposter. Sacrificing your authentic self often leads to a "dark night of the soul," in which you realize you've been spinning your wheels in the wrong direction and must do the work required to reset your inner compass. So, how do you know if you're living your authentic self? It's easier, perhaps, to know when you aren't.

Are You Living Your Authentic Life?

Sometimes it's easier to know when you're not living an authentic life. Here are eight ways to know you're not honoring your essential self:

1. You're tired. *When a rigid social self runs the show—and the essential self is being neglected—you may feel lethargic or depressed. Are you in the wrong job? The wrong relationship?*
2. You're often sick. *It gets harder and harder for your social self to keep doing what your essence rejects. Burying or ignoring your essence exacts a price.*
3. You're forgetful. *If there's something you really don't want to do, forgetting becomes a way to self-sabotage. If this keeps happening, notice what you're avoiding—and why.*
4. You make a lot of mistakes. *When your social self is "forcing you" to do something your authentic self finds repulsive, you unconsciously sabotage yourself.*

5. You openly dislike someone. *We are hard-wired to be socially gracious and accepting, but if someone is anathema to what your authentic self requires, you may fake attempts to be polite, solicitous, or accommodating.*
6. You feel caught in fight-or-flight mode. *Remaining in situations that deny your authentic, essential self will cause adrenaline to run high, leading to a pattern of restless days and nights.*
7. You succumb to addiction. *Neglecting your authentic self creates a painful feeling of emptiness, leading you to seek a substance—food, drink, drugs, bad relationships—that* temporarily *dulls the pain.*
8. Your moods aren't congruent. *Your moods aren't appropriate to whatever situation you're in, thus your social self can no longer control your moods. Pay attention when this happens as it may signal what your authentic self wants.*

> "One's philosophy is not best expressed in words; it is expressed in the choices one makes. In the long run, we shape our lives and we shape ourselves. The process never ends until we die. And the choices we make are ultimately our own responsibility."
>
> —ELEANOR ROOSEVELT

HOW TO KNOW WHEN YOU'RE IN ALIGNMENT WITH YOUR AUTHENTIC SELF

Just as there are many signs that you're not living your authentic life, there are obvious indications that you are in alignment:

1. **Your energy level surges.** When you're engaged in doing what you love, what comes naturally and brings you joy, your energy level runs high.
2. **Your health or immune system improves.** When you're authentic, you experience less stress, which bolsters your health.
3. **Your brain lights up.** It focuses better, retaining massive amounts of information about what excites you.
4. **You are in "the flow."** Your creative juices are running, ideas abound, and excitement is high.
5. **You attract positive people** who are supportive, encouraging, and invigorating.
6. **You're often in a great mood.** You feel optimistic and excited about life.

"In *all* circumstances, what you believe determines your actions. Your actions determine your future. The choice of how you live and what becomes of you is in your own hands."

—WU WEI, *I CHING LIFE: BECOMING YOUR AUTHENTIC SELF*

CHAPTER ONE

OBSERVE YOURSELF OBJECTIVELY

If you're like most people, you judge yourself too harshly, worry that you're far less than you should be—or could be. You can probably quickly list a multitude of your faults but would have difficulty listing your strengths, and you likely show yourself little compassion. Who is that internal monitor and why are they so strident? Who are you judging yourself against? Is your life really so unhappy?

To reclaim your authentic self, you have to assess where you are in the present moment.

"Only the truth of who you are, if realized, will set you free."

—ECKHART TOLLE, *A NEW EARTH: AWAKENING TO YOUR LIFE'S PURPOSE*

Where Are You Now?

To see yourself *objectively*, it might help to pretend you are a researcher assigned to write a biography about you. To assess how you're doing so far, in terms of living an authentic life, answer the following queries.

What *most* defines you? List the five most important aspects of your life. Give this some thought before answering.

1.
2.
3.
4.
5.

What currently rules your life? What would you *like* to rule your life?

Do you generally *like* whom you have become? Why or why not?

Are you in the right profession? Does it suit you? Does it make you happy? Is there something else you've always wanted to do instead?

Have you traveled far from where you began geographically, emotionally, or intellectually? Are you *where* you want to be? Are you living a lifestyle that fulfills you? What would you like to change?

Think about the five most important people in your life. Who offers genuine emotional support? Who matters most to you? Do you make sufficient time for them? Are you genuinely connected to them?

1.
2.
3.
4.
5.

If you had to write your own eulogy—what makes you most notable and memorable to others—what would be the highlights?

1. __________
2. __________
3. __________
4. __________
5. __________

What's missing that you'd like to have there?

1. __________
2. __________
3. __________

Are you starting to see areas in which you're not living authentically? No need to write about them here, as we'll be working through the process of identifying and addressing them as you progress through this workbook. Now that you have a general picture of where you are, let's zoom in a little tighter.

> "We are betrayed by what is false within."
>
> —GEORGE MEREDITH, *MODERN LOVE*

Where's Your Head?

Are you feeling lost? Confused? Discouraged? Cynical? Distrusting? Closed? On the wrong path? We all get stuck in emotional hard places, experiencing days, weeks, months, or even years when we feel lost or confused, heartbroken and discouraged, or short-fused and cynical. Life, in effect, challenges and breaks us repeatedly. We spend months, or years, reassembling ourselves, searching for a positive, upbeat, strong-minded, optimistic grip on life to pull us out of whatever hole we've fallen into.

Before you can grab the lifeline and pull yourself out of that hole you're currently in, you need to see clearly what's pitched you into the darkness. Ponder the following questions, then write about what your particular challenge is.

- *Have you experienced recent disappointment?*
- *A physical challenge?*
- *The loss of a loved one through illness, death, physical separation, a breakup?*
- *Friends pulling back?*
- *A career setback?*
- *Financial devastation?*
- *Overwhelming challenges?*

Now *pinpoint* the source of your current emotional challenge. Be as specific as possible. Be sure to examine your role in creating, or excessively enduring, said mindset.

List three actionable steps you can take to address what's been holding you back.

1.

2.

3.

> "Highly sensitive people are too often perceived as weaklings or damaged goods. To feel intensely is not a symptom of weakness, it is the trademark of the truly alive and compassionate."
>
> —ANTHON ST. MAARTEN

Where's Your Heart?

While our heads tend to land us in jeopardy, it's our hearts that ultimately right the ship. Rather than overthinking, we need to *feel* our way out. Sometimes you cannot launch that process until you've unleashed all the pent-up emotions connected to the challenge. Ponder the following questions, then write about your heart challenge.

- *Have you cried all the tears?*
- *Written about the heartbreak?*
- *Absorbed all the sordid details of your story?*
- *Grieved the loss?*

What has been holding you back emotionally? If there's nothing specific at the moment, maybe it's a difficulty identifying, feeling, and expressing your *true* emotions? What do you *feel* is needed to right your emotional ship?

Where's Your Body?

Our poor bodies often suffer the most. Our mental and emotional challenges manifest in aches and pains, illnesses, and a plentitude of other ongoing physical symptoms that plague our daily life. This is not a frivolous matter: physical pain is often generated by emotional pain.

How would gauge your level of stress? What specifically is causing the stress?

Are you having physical symptoms? If so, where are they located?

What are you doing to address the underlying problem that causes the pain?

Where's Your Soul?

Are you doing anything to honor your soul? Are you religious? Spiritual? Someone who relies on a self-created moral compass? Do you pray, journal, meditate, write poetry, or read self-help books? Maybe you don't do any of those things, but if not, how are you honoring your soul, that deepest part of yourself? Neglecting this aspect of life makes it hard to live authentically.

Do you believe your soul has value? Why?

What are you doing to connect with your innermost thoughts and beliefs?

What can you do to reinforce the parts of your soul that make you *you*?

Now that you have a broad overview of where you currently are in your journey, to bolster your opportunities to live an authentic life, let's find out more about what defines you.

> "Constantly exposing yourself to popular culture and the mass media will ultimately shape your reality in ways that are not necessarily conducive to achieving your Soul Purpose and Life Calling. Modern society has generally 'lost the plot.' Slavishly following its false gods and idols makes no sense in a spiritually aware life."
>
> —ANTHON ST. MAARTEN

CHAPTER TWO

EXPLORE YOUR VALUES, STRENGTHS, AND PERSONALITY

To validate that our truest self has real value, we need insight into our essence. Kira Asatryan, author of *Stop Being Lonely*, suggests that learning to love yourself can prove as futile as trying to convince someone else to love you. However, loving yourself is crucial to reconnecting with your authentic self and finding your life purpose because having deep knowledge of yourself leads to a feeling of closeness and compassion that is, in effect, loving your*self*.

According to Asatryan, feeling close and loving towards yourself is crucial to the ability to find intimacy with another. If you don't know yourself, how will anyone else? Getting closer to your inner self is something you can do on your own, and it often makes you feel happier and more fulfilled. You'll also gain more understanding of your needs and values, as well as more awareness of how to care for yourself, a greater ability to recognize and express your feelings, and more readiness for intimacy with a significant other.

What Do You Like About Yourself?

Often what we find most attractive in others are qualities that we ourselves possess. Are you a hard worker? Devoted to family? Faithful in relationships? Unfailingly honest? Fun-loving? Generous? Passionate about politics? Working hard to save the planet? An adventurer? Creative explorer? Genuinely kind towards others? A dependable volunteer? Someone who pursues her passion? Someone who rescues pets? Someone who responds to texts quickly and attentively?

List ten things you *truly* like about yourself. If you find this daunting, try thinking of what you find most attractive in other people; often, when we really think about it, we possess the very qualities we find desirable in others.

1.
2.
3.
4.
5.
6.
7.
8.
9.
10.

What Are Your Strengths?

Strengths are aspects of your personality, intellect, or body that make you stand out from others. These are often considered talents, or natural skills, things that you excel at doing. Or it can be skills you've learned that come easily to you, something that has garnered top grades or accolades. Or it can be your facility with relationships, nurturing children, forming friendships, or working with others in communal action. Or maybe you have a splendid green thumb and actively nurture nature. Here are some questions to think about; consider writing your answers in a notebook or on your computer.

What five things are you particularly good at doing?

What are your *unique* talents (for empathy, art, verbal expression, music, nurturing, teaching, etcetera)?

Are you using them? If not, why?

CONSULT ONLINE

If you have difficulty knowing what your strengths are, online questionnaires such as the Values in Action Inventory or the Clifton Strengths Assessment can be helpful.

What Are Your Weaknesses?

Weaknesses are those aspects of our personality that cause us to hold back, fail, or never even try. It could be laziness, a lack of imagination, or deep insecurity. Spend at least five minutes probing your psyche about everything you can think of that has held you back from doing your ultimate best or being the authentic self you long to be. Here are some questions to ponder.

When people criticize your behavior or traits, what do they posit as your failings? (Note: They may be entirely wrong.)

What aspects of your personality interfere with relationships or cause trouble at work?

Is something specific holding you back from being who you are or expressing yourself freely? From pursuing your dreams?

Identify the areas you need to address.

What Are Your Self-Limiting Beliefs?

We all have them. Far too often, we allow our limiting beliefs to forestall any forward momentum. We get stuck in our own negativity and convince ourselves that our status quo is safer. We formed them early in life and interpret everything that happens according to their tenets . . . but are they accurate? Consider the following:

List your top five self-limiting beliefs.

Are these beliefs grounded in fact? If so, what are the supporting facts?

Did you always think that way? If not, what has changed?

Is there evidence counteracting your belief?

How would you think about these beliefs if you were . . . Albert Einstein, Oprah Winfrey, Steve Jobs, or someone you know that you consider an astute thinker or particularly wise? Write about any insights gained by this exercise.

Now refute your self-limiting beliefs by writing positive statements that counteract them. What would it be like to think of the opposites to your beliefs?

Do you think you're bright enough to branch out of your current job? What would be an aspirational job?

Do you feel confident new people would respond positively to you? If not, what do you think makes this difficult?

Replace Limiting Beliefs with Empowering Beliefs

Write ten statements about yourself and your capabilities that you know are true but you may have been reluctant to fully claim:

1.
2.
3.
4.
5.
6.
7.
8.
9.
10.

"You'll never know who you are unless you shed who you pretend to be."

—VIRONIKA TUGALEVA

Imagine You Are Already Who You Want to Be

Act "as if" you already possess the qualities you most desire and answer the following questions.

What would you do if you had more confidence?

What would you do if you knew you were a genius?

What would you do if you knew you had exceptional talent in that area?

What would you do if you knew others would like and admire you for doing it?

What would you do if you knew you'd be wildly successful doing it?

What Are Your Current Personal Growth Goals?

If you don't have any personal growth goals, it's time to create some. For our purposes here, focus more on long-term, lifetime goals that you'd love to accomplish or achieve in the next five years—specifically those designed to validate, honor, and reinforce your authentic self.

What are your top five goals for the next five years?

Do you have goals *specific* to growing as a person? What are they?

What do those aspirations say about your priorities?

Are they in alignment with your essence, your authentic self?

What Are Your Unmet Needs?

We all have primary physical and emotional needs, and we're all pretty much aware of what those are: food, water, shelter, sleep, intimacy, etcetera. The needs you want to focus on here are the ones that aren't currently being met. You may know exactly what they are, but if you don't, it's often what you've recently been complaining about to others. If you've been feeling bored, for example, perhaps your need for social outings or mental challenge is not being met.

Basic life needs include:

- *Safety*
- *Housing*
- *Ongoing nourishment*
- *Physical, mental, and emotional health*
- *Relationships/Intimacy*
- *Autonomy*
- *Self-determination*
- *Freedom*
- *Financial stability*
- *Respect*
- *Excitement*

Emotional needs might include:

- *Security—assurance you are free to avoid pain and gain pleasure*
- *Stimulation—mental engagement, change, new stimuli*
- *Importance—feeling unique, important, or needed*
- *Union—emotional connection with someone or something*
- *Growth—an expansion of capacity, capability, or understanding*
- *Service—contribution, helping, giving to, and supporting others*

What Are Your Wants?

What we want—from the coolest sneakers you've ever seen to world peace—tells us something about ourselves. Rather than indulge your primary wants, take time to notice what they are and what they are telling you about yourself. For instance, maybe wanting the coolest sneakers you've ever seen tells you that you value being current, fashionable, or comfortable, which may tell you that you value yourself enough to care how you present yourself to the world or that your shallow desires are masking insecurity. What do these desires represent? What is it you truly want?

Make a list of your top five current wants and then take a minute to ponder what's the driving force behind them.

1.

2.

3.

4.

5.

What Are Your Core Values?

Most aspects of who we are originated in our childhoods—from family, religious training, community, schooling, friendships. For example, how we adapted, what we learned about life and how to live it, what we learned about getting along with people, how to forge ahead in our lives, what living our best life looks like, and how to create goals and go after them.

For your life to be truly, authentically, yours, how you live must reflect and reinforce *your* true values. Values are anything that has deep meaning and worth to you. What you value is usually highly personal and subjective, but each culture also has values, traditions, and beliefs that influence personal values. The more you know your *own* values, the more meaning your life will have.

To get you started thinking about values, here's a list of common core values. Circle or highlight any that hold the most meaning to you.

Commitment to family	Spiritual practices	Leadership	Excellence	Expressing oneself through style
Honesty	Achievement altruism	Tradition	Courage	Faith
Self-discipline	Introspection	Exploration	Communing with nature	Fairness
Having a mission	Responsibility	Risk-taking	Mastery	Harmony
Loyalty	Nurturance	Adventure	Justice	Resilience

List any values important to you that are not on the previous chart. Or write about nuances, how the particular values from the chart manifest for you.

1.

2.

3.

4.

5.

THREE BENEFITS TO HAVING STRONG CORE VALUES

1. Knowing your core values builds trust. When you know and honor your core values, they become your North Star, lighting the optimal path. The clarity you feel, knowing that you always make decisions congruent with your values, reassures you that you do your best, which builds self-confidence and reinforces trust in your ability to make solid decisions.
2. They help you endure hard times. If you practice your core values when times are good, they will serve as your backbone when times are hard. You'll be able to call on core values to know what to do, how to behave, how to weather the latest storm.
3. They improve relationships. Because you know your core values, you can also be more sensitive to others' core values. When there's conflict, you can more easily see the other person's viewpoint and settle on a compromise that honors your and their values.

Rank Your Priorities

With only about sixteen waking hours in a day, what you give precedence often reflects your true values. Take a moment to rank the following areas of your life to reflect your deepest values and core inclinations, which comes first, second, third, and so on:

	Family
	Friends
	Intimacy
	Work
	Money
	Creativity
	Spirituality

Which of the above areas receives most of your time, energy, resources, and thought? Are your priorities in alignment with your core values?

Which core values are not adequately represented in your daily life? Are you content with this ranking, or do you want to reorder your priorities?

If you want to make changes, what internal and/or external shifts are required? Who might be able to help you make desired changes?

ADDITIONAL BENEFITS TO HAVING CORE VALUES

According to *Psychological Science*, researchers repeatedly confirm that when people have a clear set of core values:

- It's easier to make big life decisions around pursuing passions, long-term career goals, and relationships.
- They are less likely to engage in destructive thought patterns, especially in difficult life situations.
- They tolerate physical pain more easily.
- They have greater self-discipline and focus when studying or working.
- Social connections are stronger.

Have You Broken from Your Parents?

To live an authentic life, it's important to determine if you're still operating from childhood beliefs, or if you have developed needs, wants, and values based on your experiences and what you have learned and chosen. To figure that out, let's review what you learned in childhood.

What did your parents *most* value?

Did they have a life purpose? Did they pursue it?

What did they model in terms of living an authentic life? Did your parents honor and nourish their souls?

Did your parents see you and your unique talents accurately? Did they validate and support your genuine self? Did they encourage your individualized blossoming?

Did they set up roadblocks to healthy functioning? Did they model or enable dysfunction?

Review Your Adult Values

Now that you've unearthed what might have come from your parents—and perhaps remains unexamined—it's time to make sure your current values are ones you chose, from an adult perspective. Remember, if you want to live your authentic life and fulfill your life purpose, knowing who you are and what you really want to do with your life matters. Answering the following questions will help you form a clear picture of your values and whether or not you are living authentically.

How do your chosen values differ from those of your parents?

Have you sacrificed any values to get ahead?

Are you currently discounting important values?

We all need a reason to get up. What drives you every day?

What do you have to offer that is of true value? What are your most useful strengths? What are you most suited for?

Are you playing to your strengths, or do you need to go in a new direction to bolster your authentic self?

Do You Know Your Own Traits?

Social psychologist Kennon Sheldon believes that having *trait mindfulness*—being so aware of your feelings, desires, sensations, and emotions that you are able to observe your own and others' emotions rather than being pulled into action or reaction—helps people lead more authentic lives. Research found that people who are more mindful of their traits are more likely to pursue goals consistent with who they really are.

What are your primary traits?

Are you taking advantage of them? Are you working against them?

> "Don't you ever let a soul in the world tell you that you can't be exactly who you are."
>
> –LADY GAGA

Claim Your Authentic Self

This may seem premature—which is why we'll keep circling back to this essential question—but: Who are you, *really?*

Write a clear statement about who you are, what you most value in the world, and what you would do, "if" you could be your best self. Keep writing and rewriting, refining it, until what you capture sends a charge up your spine. When that happens, you're moving closer to reclaiming your authentic self and finding your life purpose.

Example:

I am a woman who feels deeply and uses her writing to express her thoughts and feelings as well as inspire others to also honor and share theirs. I care most about human connection, personal and communal growth, and mutual respect. Leaving a legacy of knowledge that helps people with similar issues live their best lives motivates me to work hard. I would love to volunteer at the local high school to teach underserved youth how to write about their lives.

Now it's your turn. I am . . .

By this point, you should have a clear picture of what your authentic values are, what matters most to you in terms of living your life with integrity and being faithful to your*self* and your life purpose. One of the most important steps in living an authentic life is to manage your emotions, so let's talk about how you can do that.

CHAPTER THREE

LEARN TO MANAGE YOUR EMOTIONS

To live an authentic life, it's necessary to feel what you feel, in the moment, as it happens. Unfortunately, we're often encouraged to suppress our feelings, which leads to becoming so disconnected from them that we later have trouble identifying, feeling, or expressing them.

"Be still with your quiet emotions and challenge your hard emotions."

–KIRA ASATRYAN, *STOP BEING LONELY*

Explore Your Emotional Intelligence

Emotional intelligence is reflected in how we oversee our emotions, whether we are in control of them and whether we can effectively use them to understand ourselves and others, and, equally important, whether we handle interpersonal relationships judicially and empathically. Let's answer some questions designed to shine a light on your emotional skills.

Do the people around you accurately identify and gauge your emotional states? What do they often get wrong?

Do you accurately identify the emotions of those close to you? Are you aware of physical cues your beloveds use to express emotion (quivering lower lip, crossing of arms)?

When someone else is upset, are you able to forego reactionary responses, pause, and truly feel what the other person is feeling?

Are you able to verbally express your caring concern?

Do you consciously show how much you care? Think about ways you show those you love that you hear/see/care about their feelings.

What most often triggers your anger? What lies beneath the trigger?

When you are caught up in anger, how does it manifest? Do you sulk, verbally attack, punish? How have those methods worked?

What techniques have you tried for controlling your anger?

Are You Comfortable with Your Own Emotions?

You may love your emotions—perhaps not all your emotions, but most of them—or you may worry that they're often excessive or inappropriate. Take a few moments to think about your emotions and how you handle them. Then consider these questions.

Which emotions are easiest for you to feel and express?

Which emotions are hardest for you to feel and express?

When was the last time you felt something strongly but didn't tell the person whose presence or actions caused the feeling? What would you say now?

How often is your anger productive? Think of the last time you were angry. Was it justified? Was it over the top? Do you regret expressing it?

Is there something in your past that always affects how you feel and express anger? Can you put that past experience into perspective?

> "Managing your emotions doesn't mean you don't express yourself; it means you stop short of hurting others and sabotaging yourself."
>
> —SUE FITZMAURICE

Do You Rule Your Emotions, or Do They Rule You?

Emotions happen, but how intensely they are felt and expressed is a choice you can learn to make and manage. Anger and fear can both get out of hand, dragging you far away from expressing your authentic, loving, compassionate, confident self. Here's a series of yes or no questions that will help you know if your authentic self is in charge, or if your emotions are running the show.

Do you anger quickly?	YES	NO
Is your anger usually based on what's happening in the present, or is it often compounded by past experiences?	YES	NO
Can you tame heated emotions in the moment?	YES	NO
Once bitten, do you remain angry, hurt, insulted, or spiteful?	YES	NO
Are you often so frustrated it affects your productivity?	YES	NO
Does fear prevent you from doing things you'd love to do?	YES	NO
Do you fall into emotional pits that drag on and on?	YES	NO
Have emotional outbursts damaged crucial relationships?	YES	NO

If you've answered yes to many of the above questions, emotional management skills are in order.

Strive for Emotional Mastery

Emotional mastery means accepting, embracing, experiencing, and managing your emotions—be they soft or challenging. Emotions keep your conscious mind in touch with your deepest feelings, values, and purpose. Authentic people have the ability to remain calm and levelheaded no matter how difficult the situation, which allows them to make better decisions. Here are six ways to master your emotions:

1. Notice how the emotion feels in your body. *Warmth in the heart region. Tenseness in your jaw. Thumping in your head. A flood of warmth throughout your body. Lightness, or a floaty feeling.*
2. Nonjudgmentally, consciously, feel the feeling. *The more you allow feelings to run their course, the more you'll open yourself to feeling all your feelings as they happen.*
3. Identify and name it. *Is it sadness, anger, affection, joy, terror? You can start with major emotions, but work towards narrowing it down to something specific, and, when possible,* specific *to what caused the emotion. This widens your range of feelings.*
4. Express it in words. *The more you learn to express how you are feeling in words, even if you're alone, the more it will help you learn to tell others how you are feeling, which bolsters intimacy.*
5. Gauge its power. *While it's desirable to feel what you're feeling, when you feel it, it's not always an accurate reading of what you feel. Feelings directed towards another can irreparably harm relationships and often it's wise to let overheated emotions cool before venting.*
6. Choose how to respond. *Learning to calm your emotions, avoid overreaction, and directly address what caused them are skills we'll discuss throughout this chapter.*

Learn to Tame Difficult Emotions

Often, the intensity of difficult feelings has little to do with what's happening in that moment. Instead, the escalation of feelings is affected by deep-seated issues. This means, if your emotions run so high that you feel out of control, you are likely responding to something that happened long ago—and perhaps keeps happening. In this situation, learning to tame your emotions helps you regain control.

To tame your emotions, learn to separate your*self* from the emotion. You are not the anger you feel. The emotion is a *feeling* coursing through you, which may run its course if you allow yourself to simply feel it sans judgment or suppression. Feeling it does not mean expressing it outwardly. It simply means feeling how the emotion manifests within your body, identifying the emotion with the realization that emotions can manifest in odd ways—anger can actually be grief, for example—and then purposefully releasing the emotion.

Emotions happen, often outside of your ability to control them. What you can control, however, is how intense you allow the emotion to become and how you modulate its expression. For example, you can control intensity by removing yourself from the situation for a few minutes, literally moving out of the line of fire until you've calmed yourself; you can find a quiet place to experience the feeling, identify the feeling, and purposefully calm yourself. Once calm, you'll be able to modulate your emotions, keeping them appropriate to the current situation. So let's discuss specific ways to tame your emotions.

Try Breathing

When emotions feel out of control, or a minor situation is triggering an overblown response, pausing to calm yourself will improve emotional mastery. If at all possible, find a space where you can quiet your raging emotions. Then spend at least five minutes focused solely on slowly drawing breaths in, from deep in your abdomen, to the count of ten; holding them for another ten; then steadily releasing them counting down from ten.

Once you feel calmer, assess how much of the emotion you're feeling belongs to the current situation and how much belongs to another time, another frustration, something unrelated to what's happening now.

Then, turn your thoughts inward. What is this feeling *really* about? Is your reaction fair? Are you being fair to the other person? To yourself? If not, wait until you are able to quiet inflated emotions, then calmly address the underlying cause with the appropriate person.

Try Meditation

Meditation is a helpful method for understanding and modulating your emotions. While it's hard to do in the heat of an argument or when you're upset for other reasons, as a daily practice learning to meditate can help you master your emotions. All that meditation requires is:

- *A quiet place where you can sit in peace, either cross-legged on the floor or in a chair with your feet grounded on the floor.*
- *Breathing slowly in and out until you feel calm, focusing all thoughts on your breath until your mind quiets.*
- *Focusing your attention for five to ten minutes solely on what's happening in your body and mind.*
- *Recognizing, acknowledging, then releasing thoughts and feelings as they arise. Try seeing your thoughts and feelings as butterflies that lightly land then flit away.*

If you need guidance, you can find free guided meditations online. Over time, when meditating, you will likely encounter your problematic emotions. Simply note which ones occur most often, which ones have the most "heat," then release them. Journal later about the emotions and what might be their root cause.

Try a meditation focused on your emotions now. Simply sit quietly, breathing slowly in and out for a few minutes, and allow any emotions to arise.

"Meditation trains our inner world. It is the art of creating a space between your breath and thoughts, a space that allows you to choose your own response. That allows us to overcome stimuli and reactions, so we can choose who we want to be, moment to moment."

—NATASHA POTTER

Try Mindfulness

Quite simply, mindfulness is using your senses to focus your attention on what is happening, or what you are doing in the moment. If you were mindfully preparing carrots for dinner, for example, you would notice how they feel in your hands, their bright orange color, how they smell, how cold the water feels as you wash them, how lightly your sharp knife slices through them, the sound they make as you drop them into a pan, and how eagerly you await the chance to eat them. While paying attention, all thoughts would be on the specific actions you are taking and an appreciation of sensations—including feelings!—that arise.

Practicing mindfulness helps you keep your brain focused and grounded, which clears your mind, allowing you to be more open and thereby more authentic. You can incorporate small moments of mindfulness into your daily life by tuning in to your senses while performing routine tasks or by doing a mindfulness meditation after a particularly stressful situation. You could also try a mindful walking exercise or a guided meditation—you can find a multitude of free and paid ones online.

Pause now to focus solely on your breath until feelings arise. Take note of them, then actively release them. Then consider the following questions:

Which feelings popped up?

How intensely did you feel them?

How did your body feel while experiencing them?

How did it feel to release them?

MINDFULNESS BOOSTS AUTHENTICITY

An Australian study of more than 800 people revealed that practicing mindfulness may be associated with living more authentically. Researchers found that subjects who were identified as being more mindful lived in alignment with their values and thus experienced greater well being.

PLAY THREE QUESTIONS

When emotions catch you by surprise and threaten to overwhelm you, take a few slow, deep breaths and ask yourself these three simple questions:

1. What am I feeling?
2. Why am I feeling this way?
3. What will it take to help me feel at peace with this situation?

These questions will help you calm your emotions, assess their validity, and then address the underlying issue in a measured, healthy manner.

TAKE MINDFUL MOMENTS

When you feel stressed, try a quick check-in. Find a quiet spot where you can close your eyes and focus on your breath. Are you breathing deeply or are your breaths shallow? Are you holding tension in your face, neck, shoulders, or belly? Spend ten to fifteen seconds focused on breathing deeply, releasing any tension, and then slowly refocus on what's happening in the present moment.

The more you practice mindfulness in relation to your emotions, the more skillful you will become at moderating and expressing them.

What's Behind Your Emotions?

To contain your emotions, pause to examine the real, underlying issue. Often, old resentments create a feeling of being trampled upon that escalates emotion. Once you identify the real issue behind your emotion—and whether it's appropriate to what's happening in the moment—you can limit distortion and choose to respond appropriately. Managing emotions means examining what's coming solely from your own heart, accepting responsibility for your feelings, then addressing the issue in a nonaccusatory manner. Think about the following:

Think of the last time you were furious with a loved one. What emotions occurred? How did they feel in your body?

How did you express your anger? What did you say? How did you say it?

Did your statements/actions capture what you truly felt?

Were old resentments or other issues clouding the issue, amplifying it out of proportion? Did old anger override what just happened in the present moment? Were you consciously aware of the overreaction in the moment?

Learning to manage your emotions requires you to identify them, own them, keep them relevant to the current situation, and express them in a calm, clear, *nonaccusatory* manner.

Avoid the Blame Game

Often when we are angry or upset, we blame the other person. Their behavior may have triggered a response, but a fully realized, authentic response would involve taking responsibility for your emotions. Instead of lashing out with accusatory statements focused on the other person's behavior, it's important to make I statements that express *how* you feel not *why* you feel.

Ideally, rather than attack the other person, you make a definitive emotional assessment, then clearly identify what you were *really* angry about and why. An example would be: My sister rarely makes time for me, and when she does, she's distracted or so stressed she snaps at me, which makes me angry. The last time this happened, I yelled: "You never make time for me!" and stormed off.

While the true, definitive emotional statement would be: When my sister doesn't make time for me, I feel I'm not a special person in her life. When she doesn't stop fidgeting or looking at her phone, I feel I'm not important enough for her to pay attention, which leaves me feeling abandoned and lonely. I often felt this way when our parents were too busy to notice my distress.

Take three examples from your life and think of the true emotional statements behind your anger, frustration, or hurt feelings.

What you would say to the other person now? Take responsibility for your feelings.

Have You Mastered Your Emotions?

Here's a short yes or no quiz to see if you've achieved emotional mastery.

Are you in alignment with your emotions?	YES	NO
Are your emotions integrated, and appropriate for what's happening in your life?	YES	NO
When deep-seated emotions arise, can you manage them?	YES	NO
Do you have ongoing, healthy, reciprocal relationships?	YES	NO
Do you freely express your genuine emotions?	YES	NO
Do you speak up when the inciting incident happens, or wait until later?	YES	NO

If you answered yes to all of the above, you're well on your way to mastery. If you had a few no answers, you've got more work to do—and that's okay. It's time to ponder what is making you feel so vulnerable.

What Are Your Vulnerabilities?

All of us have vulnerable aspects of our personalities—clinically known as neuroses, more accurately described as quirky behavior based on unmet needs. Often these may be seen as odd things we say or do that cause some disruption in relationships. Maybe you obsess about cleanliness to the point you make others nervous about being in your home? Maybe you're forgetful and always late? Maybe you get so focused on what you're doing you don't notice someone else is standing right next to you crying?

The vulnerability behind the behavior likely stems from worrying that you're not good enough or lovable enough or smart enough. Often these vulnerabilities are the things about us we try to hide from new acquaintances as long as we can. Here's the space to write about them with brutal honesty.

What are the vulnerable aspects of your personality, the ones that cause the most problems?

How do the vulnerable aspects of your personality manifest?

Can you identify the unmet needs that first created these vulnerabilities?

Are these unmet needs still happening? Is the way you behave when feeling frustrated warranted or effective? What new steps could you take to address your vulnerabilities?

> "Honesty and transparency make you vulnerable. Be honest and transparent anyway."
>
> —MOTHER THERESA

There are often *positive* aspects to vulnerabilities. Do yours make you more sensitive? Capable of incredible focus? Efficient and capable? Reliable?

FLIP IT

A vulnerability can hide a strength. For example, if you're someone who overthinks or obsesses about every detail, maybe it's a superpower because, in actuality, you're someone who sees all, anticipates all, addresses all. If you're bossy and demanding, in actuality you're a leader capable of amazing focus and decisiveness. Take one of your vulnerabilities and try flipping it.

Are You Confronting *Self*-Limiting Fears?

Fear-based thinking often locks a person in place, preventing the kind of growth and expansion that living an authentic life requires. Assessing whether fears, those holding you back from full expression of your*self*, are genuine becomes a useful skill.

Genuine fear is a reaction to a genuine threat. It has a physical component that motivates action—for example, racing heart, adrenaline rush, impulse to flee.

False fear is not based on a current threat, but nevertheless creates anxiety or worry and may paralyze you. It is often learned in childhood thanks to an overbearing or punishing authority figure, such as a parent or teacher, who wouldn't tolerate certain emotions, like anger.

If you feel fearful, it's important to gather information and determine whether the situation is genuinely fear-inducing or if you are experiencing a false fear.

What sparks fear in your life?

Have you noticed a pattern of fearfulness? Can you trace it back to your childhood? What occurrences or beliefs might be at its root?

What are you currently afraid of doing? What makes this a fearful possibility?

If it's fake fear, what steps can you take to address the fear head-on?

Do you need any prior preparation before moving forward? How can you acquire whatever it is you need?

If you were feeling particularly courageous, what would you do right now?

If you had $10 million in cash, perfect health, and no restrictions—such as a job, spouse, children to consider—what would you *do* with your most precious time?

Here it is again: If you only had one year to live, what would you desperately want to do? Think of things that would finally reflect and fulfill your innermost self.

BEFRIEND YOUR FEAR OF FAILURE

While Buddha spent his long night under the Bodhi tree meditating, the Shadow God Mara—representing greed, hatred, delusion—tried everything to make him fail in his quest, sending violent storms, temptresses, demons, and massive armies. Buddha ignored it all, and, even after he became a fully realized being, he would often sense Mara watching from the perimeter. Instead of responding with anger, fear, or reactivity, he would calmly say, "I see you, Mara, let's have tea."

If Mara is your burgeoning fear of failure, do you succumb to his taunts? Or do you calmly acknowledge his presence and invite him to tea? Rather than recoil in fear or defensiveness, try responding with clarity, graciousness, and ease.

THINK ABUNDANCE!

When you focus on positives in your life and feel genuine gratitude for your blessings, it helps you develop an abundance mindset in which you trust that your needs will be met and see beauty and goodness all around you. This confidence that your future needs will be met helps you stay focused on what's happening in the present moment. Your life becomes an exciting journey, one that attracts more positivity and joy. Here's how you know you have an abundance mindset:

- You celebrate others' successes. No one else's success detracts from your own because you know your time will come.
- You're generous in all aspects of your life, often volunteering your time, energy, or skills. You trust everything you need will be available when you need it.
- You live in the present moment. You put the past behind you and let the future unfold.

Now, ponder this: What could you do that would induce deep inner joy? Think about it and see if you can answer the following questions:

- *Where would you go?*
- *How would you live?*
- *What would you do to make yourself happy?*
- *What would make you feel like the most worthwhile person on the planet?*
- *What do you truly think would bring you the greatest fulfillment?*

Now that you've mastered your emotions and addressed any fear that may be holding you back from living your authentic life, let's talk about compassion.

CHAPTER FOUR

DEVELOP COMPASSION

The pace and complexity of our modern world has not only blunted our ability to enjoy a rich emotional life, but its demands make the kind of genuine connection that living authentically desires difficult to achieve. We have to consciously extend ourselves and draw others out to create intimacy. Compassion is an essential tool for being open and honest in reciprocal relationships, and thereby living authentically.

"You yourself, as much as anybody in the entire universe, deserve your love and affection."

–SHARON SALZBERG

The five central aspects of compassion are:

1. *Generosity*
2. *Hospitality*
3. *Objectivity*
4. *Sensitivity*
5. *Tolerance across social networks and relationships*

Each is essential to living an authentic life. Living authentically means offering compassion to your*self* as well as to others.

THREE WAYS TO OFFER YOUR*SELF* COMPASSION

Rather than berate yourself for perceived mistakes, use these three simple steps to offer yourself compassion:

1. Take responsibility for the minor screwup.
2. Forgive yourself for being human.
3. Make amends, right the wrong, and create a system for doing better.

Being compassionate towards your own behavior allows your authentic self to blossom and grow.

Do You Offer Yourself Compassion?

We all make mistakes. Fortunately, most of our mistakes are minor and often easily reparable. If you forgot someone's birthday, didn't return a favor, or said something hurtful, a genuine apology often rectifies your atypical behavior. While it's important to hold yourself accountable—and rectify the situation—it's not productive to assume you're a bad person who's constantly screwing up.

Keeping who you are separate from the minor mistakes you've made validates your simple humanity and allows you to learn how to do better. Using minor screwups to berate yourself and make yourself feel guilty or ashamed is inappropriate and nonproductive. Let's see if you're offering your*self* the kind of compassion that fosters growth.

What do you tend to berate yourself for doing?

Do you have a negative soundtrack that secretly plays in your mind—one that limits your development? How does this hold you back?

How could you offer yourself compassion for what you may have perceived as failings?

One vital way to take care of your*self* is to forgive yourself for transgressions. Focus on perceived errors in judgment or actions that have prevented you from being your authentic self and answer the following questions.

What have you done lately that seemed like an egregious mistake? Name any that have held you back from living an authentic life.

Is this something you often do? Does it make you feel like a failure? Do you berate or punish yourself? If so, how?

Create a few sentences expressing forgiveness to yourself. Can you now release any harsh judgments towards yourself?

> "Relationships require complete integrity. The first time you lie or are untrue to your partner, you condemn yourself and your partner to a second-class relationship. First-class relationships are possible only in an atmosphere of total trust."
>
> —WU WEI, *I CHING LIFE: BECOMING YOUR AUTHENTIC SELF*

Are You Connecting with Others?

Knowing how to extend yourself and express yourself—without offending or wounding others—is something we all need to learn, particularly if we want to be our authentic selves. A healthy, highly functioning, fully realized adult also wants authentic relationships in which all parties are fully being and expressing who they are. Let's see how you're doing with relationships.

Do you socialize regularly? How often?

Do you have a group of intimate friends? What makes each a genuine connection?

Do you fully trust your friends? Do you share your deepest emotions with them? Do you hide anything? Why? What have you been hiding? Why?

Do you have a confidante, someone you truly trust with your darkest secrets and most stultifying fears? What have you told this person about your secret yearnings? Your life purpose?

AUTHENTICITY ATTRACTS OTHERS

Authentic people attract others as they tend to:

- Put themselves in other people's shoes and see the world from their perspective.
- Easily find common ground with others regardless of how different they may be.
- Make others comfortable sharing their vulnerable side.
- Respect everyone, even when they disagree.
- Know that everyone has something valuable to offer and that we can learn from each other.
- See the good in others, even when they cannot see it in themselves.
- Be drawn to helping others because they understand what it feels like to need help.

Thus, authentic people also make great leaders and are highly sought after in business, politics, and spiritual realms.

MODEL AUTHENTICITY

When all parties feel safe enough to share genuine feelings, a reciprocal relationship becomes authentic. If you believe that someone really cares about you—that it's neither transactional nor driven by expectation but truly and freely offered from the heart—it feels authentic, trustworthy, dependable, comforting, and loving. The more you model open and honest sharing, the stronger your relationship will become.

ENCOURAGE RECIPROCAL INTIMACY

If someone never talks about their past, gently invite them to do so. Try saying: "I notice that you rarely talk about your childhood. Is there a reason?" Or try saying: "I've shared some of my major setbacks, but you've never told me about yours. Would you care to share?"

Can You Listen with Detachment?

To be consciously compassionate, when someone is telling you an emotional story, it's best to remain detached enough to remain objective. This helps you see and address what's most important to the person sharing. One way you could achieve this is by imagining what the person describes as a movie or novel, about which you'd be thinking:

- *What was the setting?*
- *What was the emotional temperature?*
- *Who were the characters?*
- *What were the characters upset about and why?*
- *What were each character's underlying motivations?*
- *Was anyone being unreasonable in this situation?*
- *Were the wounded party's feelings justified?*
- *Can I see this story solely through the storyteller's point of view?*

Now, let's give it a try. Think back to the last argument someone recounted to you and analyze it using the guidelines above.

What was the setting? What was the emotional temperature? Who were the characters?

What were the characters upset about and why? What were each character's underlying motivations?

Was anyone being unreasonable in this situation? Were the wounded party's feelings justified?

Now, think back to the last time you were upset with someone and analyze that situation in an objective manner.

What was the setting? What was the emotional temperature? Who were the characters?

What were the characters upset about and why? What were each character's underlying motivations?

Was anyone being unreasonable in this situation? Were the wounded party's feelings justified?

Were you able to see the situation from the other person's point of view? What would you say to them now?

REPETITION REVEALS

When someone tells you the same painful story over and over, they likely have unresolved issues related to the story itself. Always listen but, at some point, it's okay to gently ask:

- What is this story *really* about?
- What does this story mean to you?
- How does telling this story benefit you?
- What needs to happen to lessen its negative impact?

Note: This can also apply to you and the stories you tell.

Are You Truly Listening?

To live authentically, you need to hear—and honor—what others are saying. However, we've all been in conversations when we know the other person isn't really listening. We all know how not being heard hurts, particularly when you are attempting to tell someone you love something important, something that makes you feel vulnerable. Active listening is essential to having authentic relationships.

Here's how to truly listen and help the other person feel seen and heard:

1. *Focus on the person's eyes while listening closely to their words. Body language often sheds light on what the other person is feeling, but looking directly into their eyes encourages intimacy.*
2. *Restate what the person just told you as accurately as you can. This both lets the person know you heard them and, if their meaning wasn't clear, gives them an opportunity to rephrase it.*
3. *Reframe their statement. If it's angry, try to soften it. If it's too narrow, expand it. Do this gently to help the speaker decide if they are reflecting true thoughts or caught up in an emotional reaction.*
4. *Reflect what they are telling you through actions. If they have been wringing their hands or biting their lip while talking, telling them what you see may offer valuable feedback on the speaker's true emotions.*
5. *Summarize what you heard, noting any overarching theme. This helps a close friend or relative have a broader perspective.*
6. *Validate their experience by expressing that you understand and can relate to what they have been talking about. This reassures the person that they are making sense and they are safe in sharing with you.*

Ideally, after you have remained quiet while listening closely to someone talk about something that's painful or traumatic for them, you would ask these essential questions:

- *How does that make you feel?*
- *What needs to happen to make it feel better?*
- *What can you do to effect change?*
- *How can I support you?*

These questions reflect genuine concern and the kind of support that fosters authenticity.

Further, when someone comes to you with a situation in which they feel that you have wronged them, rather than barraging them with questions to find out what and why, try inviting them to share. Avoid making assumptions, avoid any leading questions, and listen *carefully* to the emotions being expressed.

ALWAYS ASK BEFORE SHARING

It's not your responsibility to resolve someone else's situation. Remaining attentive yet detached allows you to objectively view the situation. Once the storyteller's emotions have subsided, you may have objective observations to offer, but *ask* if the storyteller is interested in hearing them first.

Do You *Feel* Empathy?

Empathy is the ability to genuinely *feel* what another person is feeling, to see and experience their situation purely from their perspective rather than your own. It differs from sympathy, in which one is moved by the thoughts and feelings of another but maintains an emotional distance. When you verbally respond to how a person is feeling with obvious care and concern—which comes from feeling empathy—the person feels seen, heard, and loved.

Generally, emotions reflect an intensity:

Soft emotions tend to make a person more accessible. These often include happiness, sadness, joy, regret, remorse, admiration, trust, grief, and pain. If you're being empathic with soft emotions, it's usually fine to just "be with" the person. To draw even closer and show the person you care, perhaps try touching their arm, offering a hug, making them a cup of tea, or putting a strong hand on their shoulder.

Hard emotions tend to erect walls between people. They include anger, fear, distrust, jealousy, contempt, and worry. If you're attempting to be empathic with someone caught in hard emotions, how you respond to their behavior may create distance.

> "True closeness can only be achieved through authenticity, openness, and empathy."
>
> —STEFANIE STAHL, *THE CHILD IN YOU: THE BREAKTHROUGH METHOD FOR BRINGING OUT YOUR AUTHENTIC SELF*

When hard emotions are expressed, it's important to remain neutral and meet the intensity of the person's emotions with a direct challenge to the genuineness of the emotion. This is not done to negate the emotion but solely to challenge the *true* source of the emotion. In essence, you gently ask them what is *really* beneath the anger, frustration, jealousy they're feeling—for example, "I see you are angry, but I'm wondering what is really behind this feeling." What you hope is that the person will be able to look inward and share from a place of authenticity. If that happens, both parties will feel closer.

If you don't know how to feel and express empathy, follow these steps:

1. *Use verbal and nonverbal cues to assess and identify the other person's emotion.*
2. *Tamp down your own reactionary responses and pause to physically* feel *their emotion in your body.*
3. *Genuinely respond in a concerned way, both verbally and by doing something to show you care.*

Ideally, empathy becomes a relational muscle you can develop to deepen authentic relationships.

DEPOSIT LOVE REGULARLY

If you compare relationships to a bank account in which both parties make deposits, is yours overdrawn? Sustainable relationships blossom when acts of love are consistently deposited into "an account" one can draw upon when needed. It's also important to hold yourself responsible. Are you making love deposits to your private account?

Do You Foster Authentic Intimacy?

When you live an authentic life, you tend to attract like-minded people. But to deepen and maintain relationships, you need to offer sustained, escalating, reciprocal, personal self-disclosure. Sharing your opinions and true thoughts on important subjects reinforces your authenticity and bolsters genuine intimacy.

Intimacy occurs when your *innermost* self feels validated, valued, and cared for by someone else. Authentic intimacy means being able to be fully yourself and be seen and understood by others. Ideally, friends feel their authentic self is seen, understood, and valued by each other. When people close to us don't "get" us, it undermines intimacy.

If you present a social self that you think is more appealing, you run the risk of limiting intimacy. We all like to be admired, but, if we also don't feel "truly seen," it may feel incongruous with who we think we are. When others see us as more confident and successful than we are, for example, it can create distance, when what we truly want is to feel understood by and close to others.

Intimacy involves sharing to be known, without attachment to the outcome, and listening with curiosity to find out who the other person is, without defensiveness. Reciprocation is a key element to creating intimacy.

Are you comfortable sharing hurtful events from your past with friends? Why or why not?

Are there secrets you never share, even with friends you trust? What are they? Why do they feel like something you should hide?

TAKE TURNS

Relationships require trust and sharing. To foster trust and encourage greater intimacy, always make space for the other person to share. Try thinking of social situations like tennis matches. Sometimes the ball is in your court, and other times you purposefully serve it to your companion. When it's time to share, be willing to share your inner *self* and make it feel safe for them to reciprocate.

Do You Have Authentic Friendships?

According to research published in *Personality and Social Psychology Bulletin*, there's a phenomenon called *acceptance prophecy*. When you *assume* that others like you, you become warmer, friendlier, and more open. This makes others like you, creating a self-fulfilling prophecy that you'd be eagerly welcomed and accepted.

That said, if you're presenting a social self, or false front, you won't know if they'll also like your authentic self. The good news is that being authentic attracts others to you, particularly those with similar values. Plus, once you realize your true potential, you'll find you have the respect of others as well as yourself.

So, how are your friendships? Do you have intimate, reciprocal relationships in which all parties are authentically themselves? One way to know is to ask yourself some essential questions.

> "You have to try to help people understand and accept you, which conversely means you have to understand and accept yourself enough that you believe you can make somebody else's life brighter just by being in it."
>
> —DONALD MILLER

Whom do you most trust when it comes to sharing your authentic self?

Who shares their authentic, *innermost* self with you?

Which of your friendships are genuinely reciprocal?

Whom do you learn from?

Who challenges you?

Whom do you feel most comfortable confiding your darkest secrets or scariest fears to?

With whom do you find joy?

Authentic friends should reflect back something that is admirable or aspirational, something you want to achieve. What do you most admire about your closest friends?

Are Your Friendships Solid?

It's difficult to foster intimacy between friends if you don't have a secure foundation, the level of trust that makes it easy for you to share your innermost thoughts and concerns. Dr. Amir Levine, author of *Attached: The New Science of Adult Attachment and How It Can Help You Find and Keep Love*, identified five foundational elements of secure relationships:

1. Consistency: *Do these friends drift in and out of my life on a whim?*
2. Availability: *How available are they to spend time together?*
3. Reliability: *Can I count on them if I need something?*
4. Responsiveness: *Do they reply to my emails and texts? Do I hear from them on a consistent basis?*
5. Predictability: *Can I count on them to act in a certain way?*

Let's see if your friendships are on solid ground. Using the CARRP standard above, answer the following questions:

- Who are your five closest friends?

- Do you feel this level of security in each of those relationships? If not, why? Are you holding up your end? What can you do to solidify your most important friendships?

> "When you're authentic, you end up following your heart, and you put yourself in places and situations and in conversations that you love and that you enjoy. You meet people that you like talking to. You go places you've dreamt about. And you end up following your heart and feeling very fulfilled."
>
> —NEIL PASRICHA

What Do You Do to Maintain Friendships?

When you are living authentically, you often attract friends easily, but relationships only deepen and grow if you nurture them. Here's how to maintain and deepen friendships:

- See each other consistently. *Make time for your friends each week.*
- Be fully present. *When you're with them, give them your full attention.*
- Be genuine. *True intimacy only comes when you share your authentic self.*
- Be there when they need you. *Always reach out when you know they are facing challenges.*
- Celebrate special occasions. *Milestones matter and celebrating them together reinforces bonds.*
- Do fun things together. *People frequently grow closer when they are relaxed and enjoying being with each other. Plus, happy memories are bonding memories.*
- Do expansive things together. *Encouraging each other to grow is one of the most important aspects of loving someone.*
- Be generous. *Thoughtful gifts show that they matter, as do smaller gestures. Texting them a quotation they'll love or something to make them laugh fosters connection.*

Are you doing what's needed to maintain your most important friendships? What are some specific things you can do to let your most important friends know how much you value them?

TAKE FIVE!

Offering a friend five minutes of your undivided attention is often enough to nurture the relationship. When face to face, put everything down, focus on their eyes, listen closely, and respond with love. You can also simply take five minutes to call a dear friend, just to check in and let them know you're thinking about them.

Are You Fully Present for Friends in Need?

Elizabeth Scott, author of *8 Keys to Stress Management*, suggested five basic steps when listening to a friend in need:

1. Listen closely. *Maintain eye contact with your friend, stay present, and show them you're interested in what they have to say.*
2. Repeat key details. *When we summarize and repeat key details back to someone, they feel heard. "It looks like things are becoming hostile" and "You sound like you're feeling hurt" are two examples of what to say when your friend is sharing a difficult story or conflict.*
3. Focus on feelings. *When you don't know what to say, rather than repeatedly discussing the details of the situation ask, "What are you* feeling *about what happened?*
4. Keep the focus on them. *It's okay to say you can relate or to share a few details about your own experience, but* don't *shift the focus of the conversation to your situation and feelings. Keep the focus on your friend's situation.*
5. Brainstorm. *Rather than offering advice, gently generate a brainstorming session to find solutions. Try asking: What do you want to do about this? How does that make you feel? Do you see any other options?*

Do you have the previous skills? If not, which ones do you need to strengthen?

CULTIVATE JOY

We can increase our joy by sharing others' joy. Try asking: "What was the bright spot of your day?" or "What's the best thing that happened to you this week?" Asking about other people's wins turns you into a joy spectator, giving you a chance to witness them at their best.

Now that we've talked about how to foster authentic relationships, it's time to evaluate your ability to honor your authentic self by always speaking your truth.

CHAPTER FIVE

LIVE WITH INTEGRITY AND TAKE RESPONSIBILITY

When you live with integrity, you choose to stay in alignment with your values and instinctively do what is right versus what is convenient. You value and maintain focus on your bigger dreams, desires, and objectives. It also means living in congruence with a higher self—a philosophical viewpoint or personal code. Those with integrity have a strong personal code that they honor. If you live with integrity, you love and support your authentic self, which helps your life feel fluid and honorable.

"Believing things that aren't true for us at the deepest level is the commonest way in which we lose our integrity. Then suffering arises...to help us locate our internal divisions, reclaim our reality, and heal these inner rifts."

—MARTHA BECK, *THE WAY OF INTEGRITY*

Integrity Checklist

If you are living a life of integrity, in confluence with your authentic self, you:

- [x] Know who you are and what matters most to you.
- [x] Take deliberate action.
- [x] Avoid reactivity. You pause to consider possible outcomes, then choose to do what fits your moral code or your long-term life goals.
- [x] Trust yourself—and your personal code.
- [x] Choose what's right for you, whether or not your family or friends agree.
- [x] Keep your feet on solid ground.
- [x] Think independently and decide what feels right.
- [x] Hold strong to your own beliefs. You've given thought to what you think and have a personal philosophy that guides your behavior.
- [x] Strive to be the best you can be.
- [x] Take full responsibility when you screw up.
- [x] Feel in charge of your life, and thus don't blame others if things go awry.
- [x] See setbacks as opportunities to learn.
- [x] Don't report to anyone and feel free to live your life.

How are you doing on the above checklist? Note some areas you need to work on and brainstorm ways to address them.

____

____

____

____

Have You Established Boundaries?

Consciously or unconsciously, we create boundaries—real or imagined lines—that tell us what we will and will not tolerate in our own or others' behavior. Boundaries also establish what we need to feel loved as well as fully alive, fulfilled, and happy. You may not have consciously thought about your boundaries, but to live a life of integrity, it's important to know what they are—and perhaps to adjust them. Here are some questions to consider.

What are your primary boundaries–"thou shalts"–in love, work, and family?

What are your primary boundaries–"thou shalt nots"–in love, work, and family?

Are your boundaries in sync with your most important and adult values?

Where do you absolutely draw the boundary line, and is it time to rethink any boundary lines?

What's your philosophical ideal or personal code–guideline for optimal behavior–at work, at home, with extended family, with friends? To create personal codes, perhaps go back to chapter 2 and review your core values. A personal code for work might be: I treat myself and others with mutual respect on all matters, and I expect others to offer me reciprocal trust and respect.

> "Living from a place of authenticity is difficult because those living in distortion see you as a threat to their delusion and some are so attached to that delusion that they will behave in erratic ways to defend their ego's projection of wounding."
>
> —SUZANNE WAGNER

Do You Maintain Your Boundaries?

Boundaries are healthy tools used to maintain your sense of who you are by setting parameters for what's acceptable and what's not acceptable. They help you separate and own what's yours and return what's someone else's to them. Boundaries are used to protect relationships, not hamper them. When you fail to establish or maintain boundaries by speaking your truth in all situations, you risk breaching your integrity. Let's see if you're maintaining your boundaries. Think about the following questions.

What are your crucial relationship boundaries? Is there someone who is always overstepping those boundaries? How do you deal with the breaches?

Who disapproves of your words or actions or tends to make you feel rejected? When they overstep your boundaries, do you call them out?

What have you been doing that doesn't feel right?

What do you regret doing and why?

What does someone do that feels hurtful? How do you address it?

When do you tend to feel disrespected? Do you speak up?

Think about what you would tell someone vital to your happiness when they offended you by disrespecting one of your "thou shalt nots."

> "Being honest may not get you a lot of friends but it'll always get you the right ones."
>
> —JOHN LENNON

Practice the Three Forms of Integrity

According to executive coach Dan Coughlin, there are three types of integrity:

1. Internal integrity *represents honoring your deepest core values—what you would choose to do in secret, even if you'd never be acknowledged or possibly earn respect for your actions. You sketched out your core values previously. Are you abiding by them?*
2. External integrity *is how you are in the wider world. How you speak and act with others, what you allow others to see. If there's disparity between what you believe and how you behave, you lack external integrity and need to work on truly speaking and acting in congruence with your deepest core values.*
3. Image integrity *is the true image of your integrity. This is you fully integrated, someone who is upfront, honest, and so clear that your actions or words cannot be misconstrued. This is not someone who presents false fronts on social media or pretends to be someone they are not.*

Ideally, you achieve internal and external integrity in order to make image integrity easy to achieve. Answer the following questions to see how you're doing.

Are you faithful to your deepest core values? If not, which ones are hardest to follow?

Where are you consistently falling short? What can you do to faithfully honor your deepest core values?

What aspects of yourself still feel risky to reveal? What are you afraid would happen? Can you imagine a different outcome?

Do you stand up for your core beliefs? Are you willing to risk rejection over a belief you strongly hold?

Are you willing to risk relationships when a core value is absent or disrespected? Is there anyone in your life who creates situations you tolerate but don't address? How could you address them?

Do you ever lie—to others or yourself? If so, what about and why? What would happen if you told the truth?

Do you put on any false pretenses? What are you afraid would happen if you were totally yourself in all situations?

> "Be impeccable with your word. Speak with integrity. Say only what you mean. Avoid using the word to speak against yourself or to gossip about others. Use the power of your word in the direction of truth and love."
>
> —DON MIGUEL RUIZ, *THE FOUR AGREEMENTS: A PRACTICAL GUIDE TO PERSONAL FREEDOM*

Have You Achieved Internal, External, and Image Integrity?

This is where the rubber meets the road. Time to take stock of how well you're doing living a life of integrity by working your way through the following questions.

When it comes to your profession, are you doing what you want? If not, why? What would you need to do to feel happy? What's your ideal job?

Do you have a five-year plan for what you want to achieve in life? Think about your five most important life goals and be as specific as possible. These should be based on your core values.

Do you have a ten-year plan for what you want to achieve in life? Think about the five most important goals, being as specific as possible.

Are you in a successful, mutually fulfilling relationship? Do you feel and express what you think and feel with your partner? Your children? Do you regularly foster intimacy? What needs improvement?

Are you close to your extended family? Are they a priority? Do you often have intimate conversations with them? If you disagree strongly with family, do you speak up? What would it take to bolster your integrity here?

How often do you see your closest friends? Are you your *authentic* self with your friends? What issues would you like to talk about with your friends that you haven't? Is there anyone you need to jettison?

Now that you've mastered the integrity required to live an authentic life, let's discuss the essential, often challenging, task of finding your authentic life purpose.

ALWAYS ASSESS YOUR MOTIVATION

Your authentic self is frequently bombarded by internal motivations and external influences.

Internal motivators are those drives and desires that originate deep within and drive you to become a better person and pursue *your* values-based goals.

External motivators are decisions you make based on external factors like money, status, recognition, or other people's expectations.

To determine whether internal or external motivators are influencing your decisions, you can ask yourself:

- Do I feel pressured by other people into taking this step? If so, by whom?
- What do I want to accomplish with this goal?
- Am I willing to fight through difficult obstacles to make this happen?
- Is this truly what I want?

Remember to always listen carefully to what your logical, thinking brain says, but also consult your heart (feelings) and your gut instincts or reactions. Together, these senses comprise your intuition, where you may already know the answer deep down.

CHAPTER SIX

FIND YOUR LIFE PURPOSE

To live an authentic life you need to have a sense of purpose, a reason for being that guides your choices in life—your reason for waking up in the morning. Otherwise, you could waste valuable time or end up feeling like an imposter and have massive regrets when your time runs out. All the work you've done up to now was designed to help you learn more about yourself, what's vital to your happiness, and to circle in closer to finding your life purpose. To get even closer to an answer, let's find out more about who you *really* are.

"Without a clear sense of purpose, it's easy to get sidetracked on your journey through life. Some people spend their whole lives aimlessly going off in all directions because they have no guiding principle pointing them toward a life that will truly make them happy."

–JACK CANFIELD

Do You Know Your Passions?

Whatever you're passionate about is a huge clue to what might be your life purpose. Passion signifies interest and investment. When you passionately care about something, it tells you rather a lot about who you might be under the hood.

What did you *love* to do as a child? What obsessed you as a teenager? A young adult? What aspect of those activities most fascinated or drove you to keep doing them?

"Whatever it is, don't just look at the activities that keep you up all night but look at the cognitive principles behind those activities that enthrall you. Because they can easily be applied elsewhere."

—MARK MANSON

Here are some other questions to ponder:

Did people tease you—or envy you—over some ability or gift that seemed unique to you? What might they have secretly envied?

Is there some activity that has always been an essential part of your life, something you can't live happily without doing?

What were (are) you doing when you felt (feel) most like yourself? Take a moment to think about it and feel how it brings light into your life.

What were (are) your secret pleasures? Is there something about you that you know is special but don't tell others?

What do you do that energizes you or makes you feel joyous or celebratory when you complete it? Why does this activity bring such pleasure?

Was there something you feared surrendering when you grew up, got a job, or got married?

What would you willingly endure sacrifice to do?

What have you done that filled you with pride?

If you had to choose three attributes about yourself that were all you could keep, what would they be?

If someone told you that you could do whatever you wanted and earn a huge paycheck, what would you do?

If you could do *anything* to save the world, what would it be?

What would you do that would be worth dying for?

And again: If you knew you would die within a year, beyond being with your loved ones, how would you spend your precious time?

"When you have discovered what you can offer to others, when you feel that you are on your unique path, when you have an ongoing, honest, reliable connection to your inner wisdom, then you have found your unique spot in this world with all its craziness, sorrow, and joy. This discovery gives tremendous ease. You finally have a way of relating to work, lovers, friends, and spiritual practices with open-heartedness and intelligence. Problems, no matter how intense, are workable."

—SUSAN PIVER, *THE 100 HARD QUESTIONS FOR AN AUTHENTIC LIFE*

Do You Know Your Soul?

Our soul is that part of us that loves passionately. It's the very core of who we are, something we often hide, or easily lose sight of, as we grow up. Think deeply and then answer the following questions. Meditate on *why* you chose each answer, because *why* matters most of all. If you don't know the answers, spend time figuring them out. This is how you reacquaint your exterior self with your deepest, authentic *self*.

Reading poetry, meditating or praying, communing with nature, listening to music, studying philosophy or the arts, and contributing to your community are all ways to deepen soul attachment. Make time regularly to honor your soul, and it will enrich your life—and bolster authenticity.

> "When you live life connected to purpose, you don't have to chase opportunities, they come to you."
>
> –SUE FITZMAURICE

WHY KNOWING YOUR LIFE PURPOSE MATTERS

Figuring out your life purpose isn't an esoteric pursuit; it has real consequences:

It keeps you clear and focused. You've cleared away the detritus to focus on what matters most, making it easier to prioritize and make decisions that move you closer to your ultimate life goals.

It fuels your goals. Once you're doing what you really want to do, your energy soars.

It reinforces core values. If you're doing work that's important to you and helping to create the kind of reality you want to live in, you're reinforcing your values daily.

It bolsters self-esteem. You are being true to yourself, living with integrity, which helps you see yourself in a positive light.

It encourages trust. When you are doing what your heart compels you to do, people trust your motivations. They'll help you bring your vision to life.

It creates gratitude. There's nothing like the happiness and fulfillment that comes from being able to focus on what truly matters to you and making a positive impact.

Knowing your life purpose brings meaning and clarity to choices as to how you spend your valuable time and live an authentic life.

Who Most Inspires You with Their Work or Good Deeds?

Beyond role models for a certain profession, think long and hard about who most inspires you—and why. It can be a former teacher or a world leader, someone who lives a small life, or someone who devotes themselves to others on a global stage. Choose someone who confidently and intentionally lives life to the beat of their own drum, with fearlessness and thoughtfulness. Choose someone whose guiding principles, dedication, integrity, activism, and achievement make you proud to be human. Would you cry if you saw them receive a major award? Why?

Think of five people and what has made the greatest impression on you.

Ponder what you think motivates these people to do what they do, be who they are, live with such authenticity.

Think of five ways you can replicate at least some of their practices and incorporate them into your daily life.

FIND YOUR PURPOSE AND LIVE LONGER

A study of 7,000 older adults on the relationship between mortality and finding their life purpose found that those participants who lacked a strong sense of meaning in their lives were more than twice as likely to die prematurely as those who had found their purpose in life. Having a sense of purpose also reduced the incidence of cardiovascular events like heart attack and stroke. It's also essential for happiness and fulfillment.

Steps to Achieve Your Life Purpose

Once you've identified your life purpose, achieving it requires behavioral changes. Below is a list of changes that may be required. Circle or highlight those that you need to address.

- *Embrace simplicity.*
- *Allow for revision.*
- *Forgive mistakes—yours and others'.*
- *Be open to new experiences, new activities, and new thoughts.*
- *Do not compare your journey with anyone else's.*
- *Adjust your goals and expectations based on your priorities.*
- *Establish clearly defined boundaries, both with yourself and with others in your life.*
- *Schedule a regular time for self-reflection and self-evaluation.*
- *Stop chasing perfection.*

Of the steps you circled above, which ones need immediate attention, and how can you address them? Write about where you are falling short and your solutions.

What's Your Future Story?

Many believe we consciously—or unconsciously—create a lot of our future. If you could create yours, what would it be? Think in broad strokes, or, if it seems more manageable, think only about the next five years as you ponder the following:

- *Who will be in it?*
- *What will you be doing?*
- *Where will you be?*
- *What will provide the most sense of fulfillment?*
- *What will be making you happy?*

Now spend ten minutes imagining your ideal life in which you will do what adds deep meaning to your life and brings you the greatest joy. Write a sketch of that life in terms of the above questions and anything else you can think of to flesh it out.

Use this as a visualization tool by printing your answer and posting it somewhere you can see it often.

What Is *Your* Life Purpose?

Now that we've gone through these exercises, it's time to pinpoint and then clearly state what your *authentic* self's life purpose is. Remember, abiding by this purpose and using it to motivate your choices and determine your actions is what will bring you the most joy, fulfillment, and energy. It's what you're willing to sacrifice time, money, and even family life to achieve. It's what you'd want highlighted in your obituary, what you want your true legacy to be.

Sample Life Purpose Declarations:

- *To inspire my own and others' children to know their own worth, develop faith in their ability, and learn to maximize their brainpower and passion in fulfilling whatever passions they hold.*
- *To inspire those around me to choose something beyond consumerism, promote the seeking and implementing of solutions for local preservation, and put this conviction into actionable works.*
- *To put my family first and foremost, to raise conscious, responsible, and caring children who will carry on our legacy.*
- *As a teacher, to inspire passion as well as trailblazing and independent thought so future generations will exceed our expectations.*

Now, in a notebook or on your computer, write yours and be as specific as possible.

Create an Action Plan

Now that you know your life purpose, it's time to think about how you'll now live an authentic life, based on it and self-knowledge.

What in your current life is not creating or supporting your life purpose?

What do you need to do to support your life purpose?

Name five things you can do to focus more on fulfilling your life purpose.

What can you jettison to make more time for the goals of your life purpose?

Identifying your life purpose—though it's always open to revision—is a monumental task out of the way. Now that you have a clear life purpose, you can create concrete goals and action plans to work towards making this your guiding light. In doing so, you'll be taking a huge step toward authenticity. Please remember, however, that it's all an awakening process, one that can take years to fully develop and manifest. Let's close by discussing ways to make sure you're living an authentic life.

CHAPTER SEVEN

LIVE AN AUTHENTIC, MEANINGFUL LIFE

Once you have reconnected with your authentic self and fully committed to your life purpose, living a deep, meaningful life becomes possible. However, given all the stresses that will continue to challenge your focus, it's easy to slip backwards, lapse into the kind of unconscious functioning that drains away all the pleasures living your life purpose brings. This chapter will offer ways to keep your body, mind, and spirit focused on what matters most to you.

"We are not here to fit in, be well balanced, or provide exampla for others. We are here to be eccentric, different, perhaps strange, perhaps merely to add our small piece, our little clunky, chunky selves, to the great mosaic of being. As the gods intended, we are here to become more and more ourselves."

—JAMES HOLLIS, *WHAT MATTERS MOST: LIVING A MORE CONSIDERED LIFE*

Write in a Journal

To hyperfocus your mind/body/spirit on what matters most, spend five minutes a night writing down what happened each day and how it impacted you. This trains your brain to notice everything that is either supporting or thwarting your efforts to live an authentic life and fulfill your life purpose, which helps you take full responsibility on a daily basis. Try it here—then buy yourself a journal!

Write a journal entry below about your day. Focus on what most caught your attention—good, bad, or otherwise—and note what made you feel most alive, authentic, fulfilled. Make this a habit.

READ EVERY DAY

Challenge and stimulate your brain by spending at least thirty minutes a day reading or listening to something *substantive.* Read books about science, philosophy, psychology, history, and other topics you rarely explore. Biographies or historical and literary novels that explore something beyond surface concerns also count. Feed your brain something it can mull over, thereby stimulating ongoing thought and reflection. It also helps you clarify your values and discover new interests.

Stay Fully Awake

Now that you've worked so hard to achieve consciousness, here's an effortless way to recognize when you're awake and alive, focused on living authentically and pursuing your life purpose, or in danger of falling back to sleep and losing sight of what most matters to your true happiness.

When Unconscious, You Feel:
Asleep at the wheel
Gripped by emotions
Disassociated
Heart closed, defensive
Reactive
Grasping, resisting

When Fully Awake/Conscious, You Feel:
Awake, lucid, aware
Mindfully observing emotions
Experiencing feelings
Heart open, loving
Responsive
Balanced, discerning

If you're struggling, use the many tools we've discussed—meditation, mindfulness, tuning in to your feelings, managing your emotions, reviewing your values, and so on—to refocus your body/mind/spirit on your life purpose and what matters most.

You might want to create your own list of symptoms, what happens when *you* are not focused on being authentic or living your life purpose, and post it on your refrigerator or bathroom mirror. Also post the positives list, and every time you read how well you're doing, take a moment to honor your focus, your intentions, and your commitment to being your authentic self.

Be Curious about Your Life

As you go through your day, pause to simply notice what you are choosing to do, say, or think, and then—gently—ask yourself *why* you are making those choices. This is not meant to be judgmental or to feel interrogational, which isn't productive. It's simply another way to notice what you truly value. Consider it being curious about yourself. This encourages and reinforces future engagement.

What captured your attention today?

What did you think about it?

What got shuffled to the side?

How do you feel about your choices?

DO SOMETHING!

Often when we feel dejected, it's because our choices are not honoring our core values. If you love nurturing the planet, for example, recognizing and honoring that value will help make life feel authentic and purposeful. Perhaps take classes on gardening, join a gardening club and share your passion, or volunteer to help plant a local garden. Choose activities that support and honor your underlying value and you'll soon feel cheerful and upbeat.

Record Your Dreams

Even if you don't understand what the symbols mean, recording your dreams honors the work your subconscious does to make sense of your world or to communicate what's worrying your authentic self. Over time, you will gain insight into what your symbols mean—or at least you'll begin to see patterns and understand what troubles your subconscious. Here are some questions to ponder:

Have you noticed any recurring symbols in your dreams?

Are you aware of issues that reoccur in your dreams?

If someone is constantly showing up in your dreams, what do you think they want you to know?

"Authenticity is about being true to who you are, even when everyone around you wants you to be someone else."

—MICHAEL JORDAN

Count Your Blessings

Feeling and expressing *genuine* gratitude for all the good in your life fosters happiness—and increased blessings. It trains your brain to focus on all the good that happens and teaches you to appreciate your good fortune. This helps you feel safe, grounded, and empowered, which bolsters your ability to live authentically.

Starting today, list ten things in your life for which you are exceedingly grateful:

1.
2.
3.
4.
5.
6.
7.
8.
9.
10.

It's a great idea to write down what you feel grateful for on a regular basis. This not only bolsters happiness in general, but it can help you stay focused on what matters—what contributes to living your authentic life.

Address Concerns as They Arise

One of the best ways to honor your *authentic* self is to know what's going on with you, moment to moment. Use the following RAIN acronym—originally developed by Buddhist teacher Michele McDonald—as a tool for untangling emotional suffering and living in conscious presence, by awakening mindfulness and compassion and applying them to the places where you get stuck.

Recognize: Ask yourself, "What is happening inside me, right now?" See it, feel it, name it.

Allow: Ask yourself, "Can I be with this?" Or "Can I let this be?" *Let it be*, focus on your breath, slowly breathe in and out until calm. Use this method as an alternative to anger, reactivity, anxiety, worry, defensiveness, addictive behavior, and self-blame.

Investigate with gentle curiosity. "What caught my attention? What am I feeling? How strong is the feeling in my body? Does it feel appropriate, overly reactive? Does it remind my body of past experiences? What feels essential to my most vulnerable self to express?" Don't think about this; try instead to "sense" the answers in your body.

Nurture with lovingkindness. Acknowledge your wounded soul and offer yourself nurturance: a hand over your heart, take a deep breath, offer yourself compassion, kindness, understanding.

"If you find yourself criticizing other people, you're probably doing it out of *Resistance*. When we see others beginning to live their authentic selves, it drives us crazy if we have not lived out our own. Individuals who are realized in their own lives almost never criticize others. If they speak at all, it is to offer encouragement. Watch yourself. Of all the manifestations of *Resistance*, most only harm ourselves. Criticism and cruelty harm others as well."

—STEVEN PRESSFIELD, *THE WAR OF ART: BREAK THROUGH THE BLOCKS AND WIN YOUR INNER CREATIVE BATTLES*

Keep Your Brain Bathed in Happiness

To live an authentic life, making sure your brain is regularly stimulated in ways that bolster happiness is essential. Here're the four essential happiness chemicals in the brain and activities you can do to stimulate them.

Dopamine, the Reward Chemical	Eat nutritious food.
	Achieve a goal.
	Complete a task.
	Practice self-care.

Endorphin, the Painkilling Chemical	Exercise vigorously.
	Listen to music.
	Watch a happy movie.
	Laugh.

Serotonin, the Mood Chemical	Sit in the sun.
	Practice mindfulness.
	Be with nature.
	Meditate.

Oxytocin, the Love Chemical	Socialize.
	Touch and be touched.
	Pet an animal.
	Help others.

TRY SLEEP THINKING PROMPTS

To find answers about your inner self, Eric Maisel, a writer and creativity coach, suggests *sleep thinking prompts*. Pose a question to your brain prior to sleep and see what your lovely brain delivers in the morning. Three questions—one per night—to ask could be: What do I need more of in my life? What do I need to stop obsessing about? What could be next for me?

> "If you suddenly and unexpectedly feel joy, don't hesitate. Give in to it."
>
> —MARY OLIVER, *DEVOTIONS*

Learn Something You Always Wanted to Learn

In a Dallas Lifespan Brain Study, a group of older adults met just to socialize, while another group met to learn something new together like digital photography or quilting. The ones who met to learn a new skill had larger improvements in a variety of cognitive areas, from episodic memory to processing speed. Learning with other people seemed to light up their brains, particularly when they could learn at their own pace and not be or feel judged.

Lifelong learning expands who you are and how you think. Making time to learn something that fascinates you honors your authentic self. Besides, how do you know who you are and what you genuinely like if you aren't exploring new activities? Ask yourself the following questions:

What is something that has always fascinated you that you haven't pursued?

What kinds of things would you like to learn or explore?

Why haven't you found a way to do it? What can you do to pursue learning?

EMBRACE THE PRINCIPLES OF LEARNING

Here's what we know about learning:

1. We all have latent abilities waiting to be stimulated.
2. Developing skills takes time—and practice.
3. Failure is an essential part of learning.
4. Varying the skills you practice benefits learning.
5. Your progress may not be linear; you may get worse before you get better.
6. Skills rarely transfer.
7. You have to push the limits, stretch beyond your comfort zone.
8. Learning new skills opens up new worlds.

Embrace the principles of learning and open yourself up to new possibilities.

Offer Yourself Love

One of the best ways to honor your *innermost* self is to treat yourself like you'd treat someone you love. Extending small kindness on a regular basis would be one way to show love. Pampering is another. Fulfilling needs and wants, sharing generously, honoring and respecting are all ways we can show love to others and to ourselves. Give yourself daily credit for living an authentic life. Meanwhile, let's see how you're doing on loving yourself.

How often do you focus on your*self* and *your* needs?

When was the last time you did something special just for you? What was it? How did it feel to focus solely on yourself and fulfill a desire or want?

Are you aware of something you need or want to do that you haven't done? If not, why? Can you do it now? How would it feel to honor that need?

Is there something left unsaid that needs to be said? Can you say it now?

Is there an issue that you've not addressed with someone? Can you address it with said person?

How would you like someone else to show love to you? Have you told the person what you want? If not, why?

Is this something you can do for yourself? Why haven't you done so?

Practice Self-Love

Check in regularly to make sure you're offering yourself the depth of love you'd offer to someone you treasure. Are you offering yourself:

Awareness?	YES	NO
Lovingkindness?	YES	NO
Emotional comfort?	YES	NO
Respect?	YES	NO
Appreciation for small favors?	YES	NO
Daily encouragement?	YES	NO
Attentive listening?	YES	NO
Physical pampering?	YES	NO

Write about any areas where you're falling short and then make efforts to do better. Remember, this kind of attentiveness to *self* reinforces your ability to live more authentically.

Embrace Enchantment

The more you notice the small natural and surprising wonders occurring all around you, the more you train your consciousness to see and appreciate them in the moment. Feeling enchanted helps you remember that life is precious and filled with small miracles. It also helps you feel the *joy* that comes with living an authentic life. Here are ways you can invite enchantment into your life:

- *Spend a day in nature photographing beauty, from large vistas to micro stems.*
- *Search until you find a poem that takes your breath away.*
- *Listen to a violin concerto or your favorite operatic solo.*
- *Hike through the woods and silently observe a waterfall.*
- *Light candles and sit in absolute silence.*

START SMALL

When recognizing joyful feelings, start small. Jump in a mud puddle and notice the childlike joy that washes over you. Linger in a hug and feel the love someone is offering. Taste something delicious and savor the pleasure it brings. Connecting conscious observance to small feelings helps you learn to feel everything more fully.

Be in Nature

There's no better way to quiet the overstimulation modern life brings than to turn your cell phone off and venture into nature. Sans agenda, make time in your life to simply "be" yourself outdoors. While there, notice all the marvelous sights, sounds, smells, and tastes nature has to offer. Drink them in, savor them, and write about them later. This type of mindful silence reinforces your ability to access your authentic self, separate from daily demands.

ASK THESE 3 QUESTIONS OFTEN

At least once a week, ask yourself the following questions:

- What has my body made clear it needs or wants that I've not given it?
- What has my mind desired that I've somehow ignored?
- What does my spirit want from me that I failed to give it?

This kind of mindfulness towards *self* helps you live more authentically.

> "Those who contemplate the beauty of the earth find reserves of strength that will endure as long as life lasts."
>
> – RACHEL CARSON, *THE SENSE OF WONDER*

Where Are You Now?

We started with a quiz to see where you were with living authentically, so here's another quiz to see how far you've come in manifesting and reinforcing your *authentic* self. Answer yes or no and then write about any areas that need additional attention.

Are you more concerned with truth than opinions?	YES	NO
When you express your feelings, are you sincere and not given to pretense?	YES	NO
Are you living life free from hypocrisy, or "walking your talk," in all areas of your life?	YES	NO
Do you know who your authentic self is and constantly strive to be that person?	YES	NO
Are you comfortable allowing others to see your vulnerabilities?	YES	NO
Do you feel more confident in who your *authentic* self is now?	YES	NO
Are there still places in your life where you suppress your authentic self?	YES	NO
Have you identified and maintained personal boundaries?	YES	NO
Do you walk away from situations where you can't be yourself?	YES	NO
Do you often act in ways that you feel are required to make you likable?	YES	NO
Do you feel awake to your own feelings?	YES	NO

Are you able to manage yours and others' difficult or hard emotions?	YES	NO
When others share difficult emotions, are you a good listener?	YES	NO
Are you free from others' opinions of you?	YES	NO
Have you become more compassionate towards yourself and others?	YES	NO
Are you more open and self-revealing with your family and friends?	YES	NO
Are you more accepting and loving of yourself?	YES	NO
Are you in a job that suits your authentic self?	YES	NO
Are you making time for activities that reinforce and express your authentic self?	YES	NO
Do you regularly tend to your soul?	YES	NO

BE A DAY-TRIPPER

To reinforce your authentic self, select one day a month when you can do *you*—just you. Preferably make it a day trip somewhere, perhaps alone, doing something that brings *you* massive pleasure. Spend the time being fully conscious of how much pleasure you're experiencing. Take photos, and journal about your day later.

Congratulations! Throughout this process, you've learned a lot about your*self*. Use this space to further validate what you've learned about your essential, authentic self—those parts of you that come naturally, who you are when you most feel like *you*, any gifts or proclivities you may have that make you stand out from others. Record what makes you *you* here.

Now that you know who you are, go out there and be fully you with all the satisfaction, enrichment, and joy that living authentically brings.

"Never apologize for burning too brightly, or for collapsing into yourself every night. That is how galaxies are made."

—TYLER KENT WHITE, *SONGS WITH OUR EYES CLOSED*

THE

WORDS

SHE

COULDN'T

SAY

Princess Webb

This book is entirely a work of fiction. All names, characters and events portrayed in it are the work of the author's imagination. Any resemblance to actual persons, living or dead, is purely coincidental.

A CIP catalogue record for this book
is available from the British Library.

ISBN: 978 1 83853 606 0

For my uncle, Matthew,

because without him, I wouldn't have finished this book.

To all the Tanishas out there – you are stronger than you think & worthy of unconditional love (always).

INTRODUCTORY BULLSHIT

It all starts here, the pain, the struggle, everything that I think I'm not ready for, will come my way and challenge my strength.

It's funny how everyone is born into this world the same way. Well, one way or another, I guess, but we are all born into this world by someone giving birth to us, right? And when you're born, it's such a blessing at the time, isn't it? Everyone's happy and everyone wants to hold you - a real moment of pure happiness.

But the truth is, happiness isn't a common thing here, on this place called Earth. Yet no-one can tell you that at the time. But you soon find out that this world is full of sins, broken promises and pain.

However, since this is the way the cookie crumbles, I guess we must deal with it. I don't know about anyone else's story, but mine ain't funfairs and ice creams. Still, it's not all bad. I mean, sometimes I think I'm just being dramatic when I hear what others have been through in this place. I guess we all have our issues to deal with, our own hell that we are going through.

Who's to say one hell is bigger than the other? These are my scars to deal with, my scars to wake up to every day and trust me, some scars cut way deeper than others and the ones that cut the deepest, can't even be seen by the naked eye.

I guess i should start at the beginning, because everything starts at the beginning, right? That's how books start, most movies, episodes. But for me, it was the end, the end of my journey that made me realise just how important the start of it was. But, we will get to that later.

You never really think about how important the word "Hello" Is. To me it's the most underrated word in the dictionary. If you think about it, most conversations start with a "Hello". It's an introduction of one's Self, an icebreaker, a party starter and, without you even knowing it, a life changer. I would know all about that.

It's the word you start friendships with, from childhood right into adulthood. The word itself is not so much a life changer, but rather the person saying it and the bond it creates, whether good or bad. Maybe it's just me, maybe i'm the only one that thinks about this magical word, but I guess where I am now gives me a lot of time to think.

By the way, my name's Tanisha, I'm 23 years old with a one-year-old son. I was born and raised in South London. If you know about South London, then you know it ain't sunny walks in the park. Mainly 'cause there ain't no sun in the first place. But that's all I've ever known - my pretty little 'hood. I miss it sometimes, the smell of cigarettes and tar. I won't bore you with the introductory bullshit. I'm just here to tell you my story, a story that I need to tell, a story that needs to be told.

Back when I was 20 years old, which is where this story starts, I was living at home with my mum. I was loud and outspoken but finally at a point where I was getting my life on track. I had a good job in a recruitment agency as a recruitment assistant. I was working hard to help my mum out more, as she was a single parent. It was the least I could do after all the heartache I had given her over the years. Anyways, that's enough of the introductory bullshit.

GUILTY

"Guilty."

It took the jury 5 hours to find me guilty. That's it. 5 hours to determine where I should spend the rest of my life. Was I guilty? I dunno. Probably. I mean, like I said, I've always been in some form of trouble throughout my life.

If the jury said I'm guilty then I guess I'm guilty, right? I guess the system is put in place for a reason. I didn't mind though, 'Cause if they didn't say "guilty" I would have asked them to think again. Guilty, that I was. People are so quick to blame others for their actions. But I take ownership of mine because nobody put a gun to my head and told me to make the decisions I made. Well, nearly, but not quite.

I hope I'm making sense to you and I'm not just talking in riddles. Like I said, I'm an outspoken and straight-to-the-point type of person but there was a time in my life where riddles were all I spoke, if I spoke at all that day. Silence was sometimes best. I think it's safe to say that it's true - actions do speak much louder than words. I can vouch for that now. Believe me.

I didn't say a word when the officers handcuffed me and took me out of the court room. My mum was sitting there, just staring at me, but I didn't say a word. Not even a "goodbye" or "I love you". I couldn't have feelings or emotions for anyone else at that moment because it didn't even seem real to me. I quickly looked at my son who was in my mother's arms and then i turned away. That would hurt later, knowing that my son would be without his mother. He didn't deserve that. But as a parent, you must do what's best for your child. Well, what you believe to be best for your child.

Ironic, because even though he was going to be without a mother, he was better off. You wouldn't understand, but I did this for him. Taking this guilty verdict was the best thing for his life. Only a mother in my position could understand that. Yeah, you might be thinking, "This woman is crazy", and maybe I am, to some degree. Do you think "normal" innocent people get guilty verdicts? possibly, maybe, but not in my case.

THAT SPECIAL WORD "HELLO"

The cell door shut behind me. I just stared through the cell bars for a few moments. Don't know why, just thought I'd do it as I've seen it in movies. This was my movie now.

I could hear people saying to me, "Stupid bitch", "What you in here for slut?", "You're going to be my bitch now!" You would think I would be scared, but I wasn't. It was actually quite peaceful and amusing at the same time, although I didn't laugh or smile, but I felt it. These words were nothing new to me. I had heard them before. Many times before. They were almost like compliments to me now. "Stupid bitch" sounded like "You're beautiful", and "slut" sounded like "Baby."

An officer came up to my cell without me noticing. She said, "Hello" and I jumped back and stumbled a little. That famous word "Hello". I must have been daydreaming for a while, staring at my cell door because she asked "Are you okay? You've been staring outside your cell door for a while now. Do you need assistance with anything?"

I just shook my head in reply. I wanted to say it but the words wouldn't come out. The officer looked at me one last time and walked away slowly. I laughed a little at the way I reacted to that word "Hello". That word is how I met the father of my son, with that very special word. You're probably wondering why I've never spoken about him before, considering my son was now motherless. Well, he's not around anymore. I bet you've heard that before, fathers not being around for their children.

He was a good father actually, one of the best I've known. Better than mine anyways. I don't' even know who mine is. But anyways, the father of my son was a handsome man, 6ft tall, dark brown eyes, broad shoulders, but not too broad. You could tell he worked out and he had a nice round bum to finish it off. He was my first love. And my last, I guess.

I was standing in Superdrug in Streatham deciding which sanitary brand I should change to 'cause the one I was using wasn't doing it for me. You know, normal everyday women dilemmas. He started walking straight towards me. It was like something out of a movie. It seemed to be in slow motion for some reason. Well, it must have been slow enough because I was able to put the two different pad packs down quickly, before he got to me. I definitely didn't need him to see me with pads in my hands. It didn't make sense, when I think about it, because I was still clearly in the pad section and clearly looking for pads. So what was the point of me hiding them? So yeah, anyways, he comes right up to me and smiles that beautiful smile of his. I could tell this man really looked after himself. He had style and swag. He had the sauce.

He opened his mouth and said that word - "Hello". But the way it happened, it was as if he was almost singing the words to me like he was Lionel Richie or something. I don't know if it was him I was looking for but my belly did this thing where it went into tight knots. I had never had this feeling before just by a boy saying "Hello". I mean it's just a normal harmless word. Right?

I replied, "Can I help you?" with a slight bit of attitude. Okay, I had quite a lot of attitude but my mum always told me not to make it easy for men to talk to you. Never make them think they are in control. Always make them work hard right from the beginning so that they know that your ride won't be easy.

He smiled and said, "Oh, do you work here?" I rolled my eyes and turned my body towards him and said, "Do I look like someone who works here?"

He looked me up and down slowly and did a side grin.

"I would hope not, 'cause then I would have to say to you that you're too pretty to be working hard like this."

He had got me. I smiled a little and he smiled back. It felt like the longest 10 seconds of my life, but I liked it. He leaned in next to my ear and whispered, "May I please have your number?"

I looked at him and said, "Why are you whispering? No one's listening" and he replied "I don't want to get you in trouble at work."

I straighten my face and put my hands on one of my hips and said, "Are you taking the piss? Do I look like someone that works here, for real?" and clenched my teeth.

He laughed and said, "Sorry, my bad. Wouldn't wanna piss you off, init? Miss Bad Girl."

"That's right" I said sharply. He took out his iPhone and handed it to me. I looked at the phone, then at him and kinda laughed, saying, "Don't' you think you should be a gentleman and put it in yourself?"

He laughed, shook his head and said "Yes Boss. What's your number?" I told him my number and he typed it into his phone. He looked at me and said, "Should I save it as 'the pretty girl at Superdrug with the bad attitude' or do you have a name?"

I rolled my eyes. "Tanisha is my name."

"Tanisha yeah, cool. So will you answer my call later then Miss Tanisha?"

I replied sarcastically "Maybe, if I'm not busy working hard in this store."

He cracked up and said, "I like a woman with a sense of humour. I'll take that as a 'yes' then and, by the way, no girl of mine would ever have to work in a place like this. I take care of mine."

I froze. What did that mean? As he started walking away I finally caught my breath and said, "What you tryna say?"

He just looked back, smiled and made a hand gesture of a telephone, then walked out. Just like that, he had left me wanting more. What was his name? What area was he from? How old was he? What cologne was he wearing? Was he single? So many questions. Somehow, he had taken all the control I had and walked out the store with it.

NO CALL, NO TEXT

"Tanisha! Come downstairs and wash up, there are things for you to do other than laying in your bed."

Sigh. I roll my eyes and look at the time on my phone. 9pm. No call. No text. Can you imagine? I'm laying here waiting for this stupid boy to call. I don't even care anyways. Well I do. But why do I though? I don't even know him. But I feel like I do, or I want to. I don't know. It's crazy. The way he said "hello" is just playing over and over in my mind.

Maybe I should play some Lionel Richie. You know, the song "Hello". *No. shut-up Tanisha. Stop being silly.* You were fine without this boy, and you'll remain fine without him. In fact, I ain't even gonna answer his call when he calls me. How about that! Taste that voicemail you dumb yout.

"Tanisha! Don't make me call you again!" my mum shouts from downstairs. Sigh.

ZOE

"Tanisha!" the officer shouted. I turned around and looked at her.

"I've been calling you for the last minute or so."

"Oh sorry, I didn't hear you" I responded.

"I've noticed that this is the second time you've done this. Are you sure you're okay? Is this something that you do all the time? Do I need to alert a nurse or something?"

"No, no, no. I'm fine. Just adjusting to things here", I said with a reassuring tone.

"Okay, well, your new cellmate is here. Her name is Zoe." Zoe entered the cell and said "Hi". I stood there and said nothing. I wanted to say hi. I meant to say hi, but the words just wouldn't come out. Old habits die hard I guess. The officer and Zoe looked at each other as if they were concerned or confused. I wasn't sure. I stood there, still not saying a word. The officer closed the cell door and walked off. Zoe just stood there awkwardly and said, "Nice place you got here."

I didn't laugh even though it was amusing. Living the life I was living, I learned to keep emotions inside. Almost like a poker face.

Zoe continued to say, "I guess you don't talk then."

"I do" I said quietly.

"Oh, she speaks!" Zoe said sarcastically. We both start laughing.

"Sorry, I'm just not really sociable. Just got a lot to think about" I said feeling bad.

"Well, you'll have all the time in the world to think in here. How long you here for?"

There was a long pause. Then I said, "Life". It was almost a whisper.

"Huh?" Zoe said.

"Life" I said louder.

Zoe stared at me, up and down. "Life? Not as innocent as you look then."

I looked down at the ground and said, "Yeah, I guess not."

THE CALL

I had finally finished washing up like my mum told me to do. Sigh. Parents are always looking for some reason to make you do something in the house. It's like they hate to see you resting. Can't a girl rest? Damn.

I went back upstairs and looked at my phone. 9:30pm. Still no missed calls. I didn't know what this boy was playing at but I wasn't playing these games with him. What was the point of taking my number if he wasn't gonna call? Or maybe he was doing the "Three day rule". You know, when a guy waits three days before calling the girl so he doesn't look desperate.

It was stupid. No, I was stupid, sitting there waiting for one boy to call me. I ain't ugly or nothing. I had mandem wanting to talk to me all the time, so if he thought he's special, he wasn't. You know what? When he calls, I ain't even going to answer...My phone started ringing. I stared at it ringing. I stared at the screen. It was him. Well, I didn't know if it was him for sure, but I knew in my heart it was him.

I answered the phone.

"Hello", I said with a monotone voice.

"Hello 'miss Superdrug girl with the attitude', you calmed down now yeah?" he said.

I moved the phone away and laughed quietly to myself.

He said "Hello?" again.

"Maybe" I said, with attitude, trying not to laugh.

"What have I done now?" he said.

"I don't know, you tell me?" I replied.

"Okay, how about I take you to dinner and you tell me, and I can try and fix it?"

I froze.

How does he do this? How does he manage to make me lose my breath every time he speaks to me? Even over the phone?

It was strange and really fucking annoying, to be honest. Like, I'm Tanisha, the tough girl from Streatham, like, mandem didn't get me excited like this. It was mad jarring. I moved the phone away from my face and smiled. I don't know why I kept doing that 'cause it's not like he could hear a smile, but anyways, I gathered myself together and got back into character and said, "Depends, i might be busy."

He replied, "What about tomorrow evening and you pick the place?"

Damn, he was a smooth talker. I know for a fact that he had a lot of girls after him or a lot of girls seeing him. Only players in movies talk like this. But it was my time to have my own movie. Shout out to Vivica Fox 'cause two can, and will, play that game.

"Okay, see you tomorrow then. At 7pm?"

I responded with a sharp tone, "Yeah, 7pm is cool."

"I'll pick you up from your workplace?" he asked.

"My workplace?" I repeated loudly. *How does he know where I work? I didn't tell him, did I? I know when I'm nervous I ramble on, but did I actually tell him that already?*

"Yeah I'll be waiting outside Superdrug, init?" he said with this annoying laugh.

I kissed my teeth. That was my response to his little joke. *He clearly thinks he's funny, init?* I rolled my eyes.

"Anyways, yeah, I'll be waiting outside Superdrug. The store I shop in" I said sharply.

"Alright babe, see you then. Come with that lovely sweet side I know you got deep down inside, yeah?" I laughed quietly to myself again.

"Yeah, maybe. See you tomorrow" I said, trying to sound uninterested, and then i locked off the phone.

Finally, I had some power back. I was in control again. Just how it was supposed to be. *I might even be late tomorrow, just to prove a point. 'Cause I'm Tanisha, yeah. I run tings.* I stared at myself in the mirror and smiled. Then I started milly-rocking in the mirror and i even used both arms 'cause it was a good day. I was getting into it, left hand, then right hand, and then left again.

Just as I was picking up pace with my little dance moves my mum walks into my room. Why do mums always come in the room without knocking, at the worst times? I know, it's her house, so I guess she don't actually need to knock but still, I am an adult, I need some privacy. I pay rent! I froze and looked at my mum's reflection in the mirror, as if looking at her in the mirror instead of turning around was gonna make this any less awkward.

"What you so happy about?" she asked.

"Erm nothing, just playing around" I replied.

"Playing around and your room dutty like this?" she replied.

Sigh, parents, 'ey.

She left the room and I looked back at myself in the mirror and then at my phone. *Damn, I didn't even get his name again. I guess he had all the control after all.*

THE OUTFIT

The next day I got up extra early for work. I couldn't sleep. I had to get up early and make sure I had everything on fleek.

What to wear? Should I overly dress up? No, I have work. They will notice that I am going somewhere after work. I don't need that kind of stress in my life. You know these work people are nosey and want to know everything.

I didn't want anyone in my business 'cause I don't really fuck with anyone at work like that.

Maybe I shouldn't dress up at all. Show no effort. Like he is nothing special to me. Nah, it would just make me look lazy. Alright, ima wear a nice red blazer. 'Cause, you know, red means danger and I want to show him that he might wanna think twice before playing around with fire.

Red lipstick. Statement look. I had that anyways, without lipstick, but putting on the red lipstick adds a little step in your walk. I put on my low heels. I'm not really a heel person. I like to be comfortable and I just wasn't someone who had time for the whole heels nonsense. But it was needed that day.

Okay done. I looked at myself in the mirror. I meant business...literally. He wouldn't know what hit him.

WORK

I walked into work and everyone was staring at me. And I mean everyone. My boss. My colleagues. The interns, the cleaner. Even the damn computers looked like they were all staring at me too.

I felt like Naomi Campbell walking a runway, but not as smooth. My heels were already getting on my nerves and it was only the beginning of the day. At least it was Friday.

Another thing about heels is that when everyone is staring at you, it takes even longer to get to your destination. I mean, when I usually walked in to sit at my desk, it takes like 30 seconds. This time, it felt like a lifetime. I sat down at my desk and everyone was still staring. I just rolled my eyes and logged into my computer.

My colleague next to me, Sarah, smiled at me. She was one of those colleagues you get on well with at work, but only at work. Nothing was wrong with her but she just wasn't from my type of struggle. She didn't even have to work. She had both her mum and dad in her life and they lived in a big massive house in Surrey. Yeah, Surrey, where celebrities and shit live. She just worked to get out of the house. Her mum and dad paid for everything anyways. Like her boob job.

Everything was designer. Her bag, her coats, her shoes, her watches, her makeup, even her damn reading glasses. Everyone wondered why she wasted her time coming into work every day. She wasn't the show-off type or anything, but if you didn't know her you would just think she was some snotty bitch. But she was a nice girl. We just couldn't relate outside of work because we were from two different worlds.

I smiled back at Sarah.

"You look nice" Sarah said as she looked down at my heels, "and those are cute". I looked down at my heels too. *Really? She thinks they're nice? Primark, £11.99, bargain! But I wouldn't tell her that.*

"Thank you" I replied.

"You going somewhere after work today?" Sarah asked, leaning in, still smiling.

What is it with everyone today? Don't people know how to mind their own business! Like did I really look that different?

She clearly wasn't going to stop. To be fair, I liked Sarah, she was cool.

"I'm going on a date later on, but don't tell anyone" I informed Sarah. Sarah started clapping her hands in excitement and I pushed her hands down and told her to shush. A few staff members turned around.

See why you can't tell anyone anything? She mouthed sorry and whispered, "So who is he? What's his name? Details Tanisha!"

My heart started beating. What was his name? I didn't even know his name. How was I meant to explain that I was going on a date, all dressed up, with a guy whose name I didn't even know. I felt stupid. I just wanted to wipe my lipstick off and put some trainers on. How was I going to get out of this one.

Think Tanisha, think!

"Jason" I blurted out.

Great! So now his name is Jason and we all know there's a very low chance his name is Jason. I'm going to have to change job!

"Nice, so where you off to for this date then? Hopefully somewhere fancy!" Sarah asked. *I was sure this was not going to be her last question but actually, she could be of some use here since I needed to pick somewhere to eat and if anyone knew where all the nice restaurants were, it was Sarah.*

"Well, he told me to pick somewhere but I don't really know about this whole restaurant stuff", I replied.

Hopefully Sarah could help, 'cause I needed it and it was the least she could do for all these questions she was asking me.

"Oh hun, don't worry, I know just the place and it's not too far from where you live. It's this place called Yumn in South Croydon. I mean, Croydon, not the most romantic area, but it's good enough. Trust me you will like the place", Sarah said firmly with confidence.

Okay Sarah, I see you. About Croydon ain't the most romantic place, that's 'cause you go to places in Chelsea for tea.

I knew she was confident but I had to make sure, so I asked "Are you sure?" Sarah gave me a little tap and said, "Trust me hun, I wouldn't make you go anywhere I wouldn't go."

Okay cool, that's what I will text Mr.All-In-Control later. I was putting all my trust in Sarah. What choice did I have?

Maybe it wasn't so bad having this little talk with Sarah after all.

"So is he the same age as you?" Sarah asked.

For fuck's sake Sarah. Like, don't you know how to give things a rest? Didn't your posh mother and father teach you not to ask personal questions?

If I wanted to tell her I would've told her. Well, if I knew the answers then I would've told her. I didn't know, and I felt like a fool, dressed up like this with everyone looking at me, for a boy whose name I didn't know, whose age I didn't know. Kiss my teeth.

"Yeah, he is" I stuttered. Sarah was about to ask another question but my boss interrupted. He needed me to help assist another team in the other building. Thank goodness for that! 'Cause this morning was starting to look bad and it was only 9:30am. I would make sure that this evening I would get this boy's name, age, height, address, passport, everything. 'Cause I was not going to be returning to work on Monday looking like a fool again. Today was the last day. Like I said before, I run tings and I'm in control. Mr Whatever-His-Name-Is will know that by this evening.

MR WHATEVER-HIS-NAME-IS

4:50pm. *Great, 10 more long minutes before I can finally be out of the office and on my way home to freshen up and head to Croydon for a romantic dinner. Okay, wait, did I just say romantic dinner? Clearly I'm getting ahead of myself. This must be why I'm single. Watching too many movies and thinking that my life will end up the same.*

I got a text, it was from Mr Whatever-His-Name-Is, Mr.Confident, Mr.I'm-In-Control. He texted me saying "Hope ur gd? I hope you've had time 2 decide where we are going out to eat later?". This was it; I was about to hit him with the restaurant suggestion Sarah had given me earlier.

Or should I? One thing about me is I hated coming across as a gold digger. That's like the worst thing you can be in a guy's eyes. Well, one of the worst things. But then again, there were guys out there marrying strippers. A woman liking the finer things in life shouldn't really be a problem. I guess it's a risk, but life is all about taking risks, right? I mean, why should I not set my standards high? Men ain't afraid to ask for what they want, right? So why are women so afraid? I'm just gonna text him the name of the restaurant and see what he says. At the end of the day he was the one that said I should pick anywhere I like, not me.

I text him back, "Yeah, I'm good thx. Yeah, I decided we should go 2 Yumn in South Croydon. Cool?"

Damn. I shouldn't have written "cool?" Why did I write that? Sometimes I just don't understand me sometimes. He told me to decide, I was meant to be in control and then I write "cool?", as if I need his permission or acceptance of the place!

I just shook my head at my myself. My boss walked past and said, "Doing overtime today, are you?" I looked at the time. It was 5:15pm. I must have been day-dreaming.

"No, I'm leaving now", I replied.

"Okay have a good evening... wherever you're going."

We both looked at each other.

"Thanks" I finally replied and headed out the building. I worked on a quiet street behind Oxford Circus Station. So getting back to my house in Streatham wasn't going to take long. I could walk up to the main road and catch the 159 straight to my yard. I was waiting for the bus when my phone vibrated. It was Mr I-Have-All-The-Control.

His message read, "Oh yh I know that place. Took my Marjay there for Mother's Days. I c u have gd taste. See u at 7 outside your workplace lol."

Phew, so Sarah gave good advice after all. Imagine if I said Nandos...Peak. At least his mum and I have similar taste. Well, so he thinks.

IT'S TIME

6:30pm. I looked at myself one more time in the mirror. I was good to go. I didn't live far from Streatham Superdrug. Maybe like, 10 minutes away. I considered leaving and waiting there so that I wouldn't be late but I didn't want Mr Has-All-The-Control to think that he was that important. 'Cause he's not. So I wasn't going to be early and be waiting outside in British weather, for a boy, whose name, I didn't know. Nope, that wasn't going to happen. I had been a fool once earlier on and I wasn't going to be a fool twice in one day. So I went into the living room downstairs where my mum was watching Coronation Street.

I don't know why I even bothered coming downstairs to wait, I should have known it was a bad idea. My mum stares at me, up and down, and says,

"Where you off to?"

I tried not to make eye contact.

"Oh, just going out to eat" I responded.

"With who?" she asked.

"My friend" I replied, getting nervous.

"What friend?" she asked more firmly.

"You don't know the person mum" I replied. I grabbed my bag from the chair and said "Right, I'm going now. Be back later."

"Hmm" was all my mum said as I went out the door. I looked at the time on my phone. *Damn. 6:35pm. Now I I'm going to be early. Maybe I'll wait in a park or something.*

I felt bad that I lied to my mum. Well, I didn't lie to her but I wasn't as open as I could have been. It was just that I had a rule of not telling my mum who I'm going to see because half the time, the boys ended up being timewasters, liars, fuckboys, wastemans and not serious. What was the point of telling my mum every name of every guy who talked to me, only to have to say weeks later, "Nah, this one didn't work out, again". That's just embarrassing. A boy would have to prove himself to me first before I'd go telling the whole world about him and singing his praises. When I know a boy is "The One" my mum would be the first person to know, 'cause let's be truthful, every boy is always on their best behaviour at first, right? It's only after a while you see their true colours come out. That was why I was single. I didn't mind anyways, 'cause I was young and I liked my space. No rush. Everything would fall into place in due time. To be honest, I needed to love myself before I could learn to love anyone else.

MR. HANDSOME

6:50pm. I was sitting in the park when I got a message from the famous Mr. All-In-His-Control. His message read, "I'll be outside Superdrug in 5. Can't wait to see that pretty face again". I rolled my eyes. I didn't know what book he was reading about how to talk to girls, but I liked it. I didn't want to, but I did. I didn't usually talk to boys that complimented me, so this was endearing. The park I was sitting in wasn't too far away. So I started walking towards the Superdrug. I got there at around 7pm. I looked around, expecting him to be there already, waiting for me. I thought about calling him, but I didn't want to seem too eager to meet up with him. I was starting to get a bit annoyed because the one thing I didn't want to do, I was doing, and that was waiting on him to turn up.

This was exactly why I hated linking up with boys.

My phone started to ring. It was him. I looked around before answering it, but still saw no sign of him. I answered in a pissed off voice, "Hello."

"You outside Superdrug, yeah?" he asked.

"Yeah I am, but clearly you're not", I said sharply. He laughed. *I don't know why he was laughing 'cause I certainly didn't find anything funny.*

"Keep walking up, like you're walking towards the cinema and take the first left. I'm waiting for you there." And then the phone locked off.

What the fuck is going on here? Does he think that life is about playing games? Why would he be waiting around the corner from the Superdrug?

Kiss my teeth. This was probably going to be the last time I saw him. I could tell it was going be one of them one-time link-ups where I just never answer his calls again.

I started walking towards the cinema and took the first left. I still didn't see him. I stopped, sighed and then continued walking down a bit. I heard a beep and saw some lights flashing from a car. Was it him? I wasn't sure. I kept walking down the road to the flashing lights. The window on the passenger seat was rolled down.

It was him. It was him looking very handsome. Even more handsome than I remembered. It was him with flowers in his hand. Roses. Lovely red roses. Funny that, 'cause red was my favourite colour. I looked through the window and said, "Hi". He turned the engine off and got out the car with the flowers and walked round to where I was standing on the pavement.

"These are for you" he said. I didn't know what to say. I mean what do you say when a guy buys you flowers for the first time in your life? I know I was meant to say "thank you", but it was just so overwhelming at the same time, standing in front of the guy who was proving to be different from the rest already. I finally said "Thank you" with a smile. He smiled back and said, "My mission has been completed."

"Huh?" I said, confused. "What mission?"

He stared at me and said, "My mission to get you to smile."

I stood there and smiled even wider this time. There were teeth showing that I didn't even know I had. *Charming guy, I give him that. For now.*

He then said, "So can I get a friendly hug, or is that pushing it?"

I laughed and rolled my eyes, "'course you can". He stepped closer and we hugged. He smelt so good. He looked so good. He had on a nice plain black shirt, with some dark grey jeans and some black Valentino trainers. (I wanted them). Oh, and he finished off his look with a nice black bomber jacket that had a fur collar. Then, just to add extra personality, he added a nice silver watch. He knew how to dress. I'm glad I dressed up. I kept the standards even. He opened my door for me.

Okay, I could get used to this.

He gets in the car and turns on the engine. He starts playing the tune "Hit 'em up" by 2pac. I was like, "What you know about 2pac though?"

He replied, "Are you mad? I listen to 2pac every day. He's the best rapper that ever lived!"

"You're a beg!" I said. He pushed me lightly and said, "Low it".

We started play-fighting in the car. Play-fighting somehow turned into a kiss. A passionate kiss. I don't know how it did, but it did. I pulled back and laughed. I wiped my lipstick from his mouth. We smiled at each other with embarrassment. I pushed him one more time and said "We've missed most of the track, rewind it back."

He restarted the song. We both rapped along with 2pac saying "First off, fuck your bitch and the click you claim."

THE DINNER

We finally reached the restaurant.... It was beautiful. *I might have to buy Sarah lunch. She had done well.*

I had never eaten out to places like this before. The fanciest place I think I'd eaten out in was Creams in Norbury. That's it. The waiters asked us if we wanted him to take our coats. I kindly said "no" and then one of the waiters showed us to our table.

There were candles on our table, red napkins, wine glasses. It was romantic, like something from a movie. There I was, sitting opposite the guy I met that day in Superdrug with that special word, "Hello". How I loved that word right now. The date was perfect so far. We actually had the same taste in foods. We both ended up ordering a rump of lamb with pressed dauphinoise, haricot vert, rosemary and garlic. Whatever the rest of the stuff meant, I couldn't tell you, but it sounded nice! Plus, most importantly, we clearly had similar taste. He also ordered some wine for us. He said that I would like it. It was top of the range wine, supposedly (don’t remember the name of it but it weren’t cheap). It was good though. Oh, and I finally found out his name!

His name was Marcus. He was 25 years old. He lived in Thornton Heath by himself. He said he had lived by himself since he was 18 years old. He worked in an estate agents, in Norbury, which was definitely a thumbs-up. He had no kids and his background was Jamaican and St Lucian. I had never laughed so much on a date, not that I had been on many, but this was definitely the best one so far. We had great banter. We were in the middle of talking about what schools we went to when my phone started to vibrate on the table and disturbed our conversation. It was my best friend Khia. I just looked at it and continued to talk to Marcus. He cut me off and said, “So, ain’t you going to reply to whoever’s messaging you?”

His face was really serious and it kind of threw me off, ‘cause it was as if his whole demeanour had changed, just like that.

I said “Nah, it’s nothing urgent and I’m talking to you right now”. He stared at me for a moment. I wasn’t sure what he was thinking or feeling, but it was certainly making me feel uncomfortable. I started to fidget in my chair.

He then broke the silence and said, "You sure? I wouldn't want you to not message your boyfriend back just 'cause of me". He had no expression on his face but made sure he held eye contact with me.

I almost shouted, "Boyfriend? No, it was a girl who messaged me. I don't have a boyfr—"

He started smiling. "Haha, got you, told you, you can't handle my jokes."

I smiled back slowly. Okay, his face was relaxed and he was laughing hard so it must have been a joke, right? He was good. He could have given Denzel Washington a run for him money 'cause I really believed he was serious. I just put my phone in my pocket. I didn't want any more of those "jokes" for the rest of the night.

Marcus asked for the bill. One of the waiters brought over the bill and some mints. I took a mint and unwrapped it and placed it in my mouth. I wanted to get rid of the bad taste left in my mouth from that "joke" he just pulled. He looked at the bill and then took out a thick stack of 50 pound notes, placed five 50 pound notes on the table and placed the rest of the money back in his pocket.

Wow. Estate agents really do well for themselves, don't they?

The waiter came and took the bill with the money and Marcus said "Keep the change."

The waiter looked at the money, and then looked back at Marcus and said "Are you sure Sir?"

Marcus replied "Yeah, 'course, have a good evening"

Marcus stood up and I followed. I wondered how much of a tip he gave to the waiter for him to ask if he was sure. Marcus lived by himself and drove. *Does he really have money to be wasting like that? I lived at home with my mum and still don't have money to be wasting like that. I leave giving tips to the rich people.*

Maybe he was just trying to impress me, even though it didn't seem like it but maybe he was just trying to play it cool. Next time I would tell him he didn't have to do that.

MARCUS IS A KEEPER

As months went by, I realised I wasn't going to make the same mistake they did, his exes. He was mine and I wasn't going to let a good man like that go. Ever. I could definitely see him being my husband. My mum and him got on so well. She definitely interrogated him but he passed with flying colours. He had a good job. *Tick*. He drove. *Tick*. He had never been locked up. *Tick tick tick!* I also met his mum. That went amazing too. She was such a lovely woman with a big heart. I brought her a present too but she refused to take it at first, i guess she felt bad that i spent money buying her a gift but i wanted to. I brought her a handmade portrait of a black woman with a big afro. It kinda reminded me of her. Marcus was telling me how "conscious" and "woke" his mother was and how she had African art all around her house. Which she did and it gave me a sense of home. The Motherland.

She cooked a homemade meal of curry goat and white rice with some homemade coleslaw. Even if Marcus and I didn't work out, I would still be his mum's close friend, that's for sure. I felt there was no way I could go on in my life without her homemade meals.

Marcus had two older brothers, Michael and Martin. They were twins. They looked nothing like Marcus. They looked more like Terrance Howard's long-lost children, whereas Marcus looked more like Morris Chestnut. They were all good-looking and his mum didn't look like she was even old enough to have children their age. She was curvy, but in all the right places. Maybe 5'5''and liked to wear her hair in big natural hairstyles. She liked bold colours too. I can't remember her ever wearing black. Marcus went upstairs to help his brothers fix something in the house. As they went upstairs Marcus' mum said to me, "So, I see you're really happy with my son?"

"Yeah, I am. He's amazing. I don't know how I was able to be so lucky" I replied back. She kinda nodded her head and took a sip of her peppermint tea.

"Did Marcus ever tell you about his past relationships?" she asked. That question seemed so random at the time, but I answered anyways.

"No, he tells me I'm his first serious relationship."

His mum sipped her tea again and moved a little closer to me. With a quieter voice she said "To know where a man is going, you need to know where he's coming from."

I didn't say anything. I couldn't, because I didn't understand what she meant at the time. *What does she mean? Should I be asking Marcus about his exes?* I didn't think I needed to. That was his past and I was his present. That had nothing to do with me, just like my past had nothing to do with him. Right?

The front door opened. Marcus' mum jumped up and goes over to the sink to wash up.

In walked this tall skinny man. It was Marcus' dad. He walked into the kitchen and walked straight past me, then asked Marcus's mum, "What's for dinner?"

Marcus' mum said, "Curry goat and white rice. Your plate is in the microwave" and she continued to wash-up. He took off his hat and said, "Did I ask you where it was? Or did I ask you what's for dinner?"

The room went silent. The silence in the room seemed long. Extremely long. I didn't know if I should stay in the kitchen or leave. Maybe they had an argument earlier on that day and there was still a bit of tension between them.

Marcus' dad was about to say something but he looked over at me and said "You Marcus' girlfriend?"

I just about said "Yeah" ever so quietly.

He said, "Nice to meet you" and went upstairs and slammed the door behind him. Marcus and his brothers came downstairs and Marcus asked his Mum "You alright mum?"

She turned around, looked at him and said "Everything's fine, it's getting late now though. You should drop Tanisha home."

Marcus nodded and gave me a 'come on' signal. I got up and said "Bye" to Marcus' mum and his brothers. She hugged me and whispered in my ear, "Think about what I said". I looked at her and nodded. She passed me some rum cake she'd made that she wrapped in some foil. I said "Thank you" and followed Marcus out the door.

THE UNSEEN RED FLAGS

Marcus was walking super-fast to his car and I was trying to keep up. I caught up with him and asked him "Is everything okay with your mum and dad?"

He continued to walk and said "Yeah" quite abruptly.

"Are you sure? 'Cause your dad was—"

He stopped and shouted right in my face, "Shut the fuck up 'cause you don't know what you're talking about."

We stared at each other for a moment. My face was in shock. I could feel his spit all over my face. I didn't wipe it. I couldn't move. His eyes were almost on fire, as if he was looking at someone he hated. Someone he despised. I just walked to his car and waited outside the passenger side for him to unlock the door. When he did, I got in and sat down. I didn't say a word. He just said, "I'll be right back."

He rushed inside his mum's house. I could hear raised voices coming from the house but I didn't know what exactly was happening. I pulled the mirror down from the passenger side and took a look at myself. I had to look at myself hard. *Who was that girl just then? This was not the girl I knew. How could I let someone talk to me like that and not say anything? I should have boxed him in the face. In fact, what was I doing sitting in the car of a guy that was meant to be my boyfriend, who had just disrespected me?*

I looked out the window and could see Marcus coming towards the car. I got out the car and started walking towards the bus stop. He saw me walking off and started to follow me shouting, "Tanisha". I didn't turn round, I kept walking. I could hear him running to catch up with me but I stayed focussed and kept walking. He grabbed my arm softly and said "Tanisha wait" but I kept walking. He walked in front of me and held both my arms softly and said, "I'm sorry Tanisha."

I stopped walking. He continued, "I didn't mean to talk to you like that. Just got a lot I'm dealing with. I'm sorry baby."

My vexed face softened. I looked him in his eyes. The fire and anger he had towards me before, was gone. I could see the Marcus I knew. The Marcus I was falling in love with.

I pulled my arms from him and said, "If you ever talk to me like that again Marcus, I swear—"

"I won't, I promise", he said. He kissed me softly on my lips. He hugged me and I hugged him back. We embraced for a moment. It felt so good to have my protector back. The guy I knew I wanted to spend the rest of my life with. We walked back to the car holding hands. I was happy again, right back in that happy place with him, where we always were.

Guys are allowed to make mistakes, right? They are only human after all. I know he didn't mean it. He was just upset.

GREEN FLAGS

Anyways, that little incident was a week ago and tonight was magical. At the Shard he actually gave me something, a promise ring. It was beautiful. I put it on my right hand, on my fourth finger. Marcus said, “No, put the ring on your left hand, same finger.”

I looked at him and was, like “Nah, that’s for when I get married. It’s bad luck to put it on that finger” Marcus replied “fine” he then lifted up my left hand and kissed my hand. He looked up at me and said “Babe, that’s what I’m promising you though, one day”. When I got home, I held up the ring up to my bedroom light and smiled. I would never take it off.

MY BEST FRIEND KHIA

The doorbell rang. I sat in my bed and ignored it. It was probably the gas people wanting to check our meter again. My mum always ignored them. The doorbell rang again. I rolled my eyes. Do *these people think they are the police or something? Ringing off my doorbell like they know us like that.* I kept still, waiting to see if they would leave or ring the doorbell again. Nothing. I continued to sit in my room. *It's nice to sit in my room and just reflect on life. It's always good to do that.*

I was loving this moment right now, my little quiet time. But it was rudely interrupted by a knock at the door. *Nah, it can't be the same person knocking at the door. What a way them bright and feisty!* I heard my mum quietly go downstairs. That meant she was going to stand somewhere and peep to see who it was from the front window.

She always does this. I mean, if I can hear you mum, I'm sure they can hear you too!

I just shook my head and went back to my little quiet time. I heard my mum open the door but I didn't hear anyone talking. Maybe it was someone she knew. I didn't know any of my mum's friends to be quiet. She wasn't quiet and neither were her friends. So why is it so quiet? I heard my mum shout my name. *Me? What's she calling me for? I don't own this house, so why do I need to speak to anyone?*

I sighed and got out of bed slowly, beautiful moment with my thoughts ruined. *All I wanted was some time to myself. Gosh.*

My mum shouts my name again. I said, "I'm coming!" *Does anyone have patience these days? Rushing me to come to the door to deal with her problems. How is this allowed?*

I walked downstairs and saw a familiar face smiling at me with all the teeth known to one human body. It was Khia. *Omds, it was Khia*. I ran down the stairs, missing some of the steps and hugged her so tightly.

"Someone has missed me then" she said with a cheeky smile.

Yes, I did miss her. She was the only person who kept me together and who I could talk to about anything, without judgement.

She had been living in America for the past year and I didn't know if she was ever coming back. Her younger brother passed away at school from an asthma attack last year (he was only 9 years old) and her mum just decided she wanted to move to America to be with her parents as she wasn't coping very well. That was a very sad time last year. One, because I knew her little brother Tyler. He was a trouble maker but he was so cute and loved putting on his cute voice when he knew I had sweets. He didn't deserve to die so young. Two, Khia's mum was mad at the school and took them to court but nothing came of it. The school did not get held responsible for Tyler's death.

The thing is, Tyler was very active and found it hard to concentrate at school. So he always had to sit with the "special teachers", as they like to call it, or have one-on-one support teachers. So that day when he couldn't breathe and was running around the room. The teacher thought he was misbehaving again and told him to leave the room. His support worker was ill that day, so there was no-one to assist him. He left the room but, as you can imagine, he couldn't tell the teacher what was happening, as he couldn't breathe. Another pupil found him on the floor outside a few minutes later and told the teacher. It was at that point she realised that something serious had happened. He died an hour later at the hospital. It's just sad for a Mother to lose her son, her only son, at such a young age.

Khia had to really step up and been there for her mum. She quit her job and looked after her mum. Once the funeral took place, her mum decided to move to America. It was the hardest decision Khia had to make. She really didn't want to move but could she really live without her mum? They were so close. Khia decided to move and I understood. I was sad but I understood.

"Tanisha, get off Khia and let the girl come in" my mum whined. We all laughed.

My mum was a tough cookie and didn't like everyone but she really liked Khia.

Khia was a reliable friend who I trusted a lot, and trust was an important thing to me as previous friends I'd had stabbed me in the back. Khia would never do that.

THE HOMIES

I hadn't seen Marcus for a week since we went to the Shard. He had a big match coming up with his boys. You know how boys get about football. Today was the big day because I was finally going to see my boo. I had missed him, but I was also going to meet his boys for the first time. Marcus said he didn't usually like to bring any girls around to meet his boys. Only if he knew the girl was special. So I guess I was special! It was a big day and I was nervous.

What if they don't like me? What if they don't think I'm pretty enough to be with Marcus? What should I wear?

I didn't want to look trampy but I didn't want to look overly sexy either, as I knew Marcus could get a bit jealous.

I'll just put on my light blue jeans and white polo top with some white Converses - the casual model look. Although, without the model part.

I headed down to Crystal Palace Park. I could see Marcus running around, smiling on the field, high-fiving his friends. I guess the match had already started and his team had just scored a goal. I sat down on the benches. Most of the people watching were guys. I felt out of sync. All the guys were shouting and cheering but I was just sitting there quietly. I cheered loudly when his team scored but, truthfully, football wasn't my thing.

Marcus' team won and he was so happy. He ran over to me and picked me up off the bench and swung me around and said, "Yes baby, you were my good luck charm". We kissed and he put me down. Three of his close friends who had also played football with him, came over to us. Their names were David, Chris and Samuel. David was quite cocky and outspoken. He came over straight away and said "Oh, so this is the famous Tanisha, yeah?" I smiled and laughed with embarrassment. David continued and said in a joking way "Don't be shy now. You wasn't shy to take him from us. We ain't been seeing him about like we used to". Marcus grabbed me around my waist from behind and said, "'Cause I'd rather spend time with my girl, init? David needs to just allow fancying me. I already told him I don't swing them ways."

Everyone started laughing. David said to me, "So, Tanisha, since you're the boss, may I please borrow him for next Saturday?" We all started laughing again. "You're silly you know Marcus is his own boss. I'm just a boss lady. Don't worry David, I can get you a boss lady too". David laughed, "Nah, I don't like boss ladies. They cost too much. I like girls from the hood. Them cheap freak tings, ya get me!" Everyone started laughing again. Yeah, that was David all over. He was a short guy that liked to make his presence known. You know how short guys always have big personalities to make up for other things. Marcus then said, "Babe, I'm gonna go and get my stuff from the changing room, yeah? I'll be back in a bit."

Marcus left and David followed him. Samuel said "We'll wait for you guys here, 'cause me and Chris have already got our stuff here." Marcus looked back and nodded at him and then him and David walked off, play-fighting with each other.

Samuel was a deep chocolate colour. He looked a little bit like Daniel Kaluuya but only a little bit. Chris was a very quiet guy. He laughed at the jokes but didn't talk much at all. Chris was about 5'11'', slim, but with an athletic build and was a high yellow colour. He kinda reminded me of the rapper Scorcher, for some reason. Samuel sat next to me on the bench while Chris texted on his phone. Samuel asked

"What? Is that an engagement ring?" pointing to my right hand. I laughed. "Nah, Marcus just gave me a promise ring, that's all."

Samuel smirked and said "Oh yeah, I knew that. I was just checking". Samuel then looked over at Chris and said, "Chris, who are these chicks you keep texting all the time? I need to borrow some". Chris looked up at Samuel and gave him an 'are-you-ok' face.

"I'll leave that to you and David. I'm texting my boss about work."

"Yeah, okay, your boss, sure" Samuel said sarcastically. Samuel spotted a nice-looking girl walking and shouted, "Excuse me!" The girl looked around but kept on walking. He shouted out again, "Excuse me! Can I talk to you?"

She stopped walking and smiled back at Samuel. An inviting smile and that was all Samuel needed. He smiled back and then said to us "Did you see that back off! I'll be back. Wish me luck. Hopefully I won't be coming back". I shook my head. *Is this how guys think before they move to girls*? *I didn't want to know.* There was a silence in the air. Chris continued messaging his "boss" and I just sat there. I kept looking in the direction Marcus had gone to see if he was coming back, but he wasn't. I wished he was 'cause this was getting real awkward.

I guess I better start the convo then. "You don't talk much, do you?" I asked Chris.

Chris looked up from his phone and smiled. He came and sat next to me.

"I just like to leave the other guys to make idiots of themselves. Sorry if I came across as being rude."

Maybe Chris was alright after all. I was starting to think he had a problem with me.

I guess this is just his character. I mean not everyone has to be loud like David.

"No, that's okay. Got anything planned for the rest of your Saturday, since you guys won?" I asked.

"I'm going to go home and revise. I've got an assignment due in two weeks from uni" he replied.

"Aww, that's nice, what you studying?" I asked.

"Law, I want to be a lawyer. The justice system needs to be changed. I know first-hand."

I didn't ask him what he meant by that ending statement. Some things are not always for people to ask. Plus, I just met him and just got him talking, so I didn't want to say or ask the wrong thing at this precise moment.

"That's good Chris. I wish I went to university but I'm not really the academic type"

I laughed. Chris turned to me and asked a question completely off topic, "So, how long you and Marcus been going out for?"

"About 6, going on 7 months now" I answered.

Chris paused, looked down and said, "That's good, I'm glad you two are happy. Right?"

Okay now I'm confused. Why would he ask if we are happy? Clearly he can see we were. This was now starting to get uncomfortable. Is he trying to move to me? I hope not.

"Yeah, of course we are" I replied with a smile on my face.

Chris smiled back, "Good good, 'cause there is no rush in getting to know someone first. That's what I always think. It's good to know everything about them. Like the girls I date - I always find out about their exes and why they broke up. You can tell a lot about a person by their exes and how it ended. Have you two spoken about that already?"

Now I really was confused. Was this advice? Was he judging us for going out with each other so quickly? What was this? Chris was not an easy guy to figure out. I just didn't get him. But what did hit me was what he said. It kind of reminded me of what Marcus' mum said to me a couple weeks ago, about knowing people's past?

Anyways, now I know why Chris was single. You can't focus on the old, but on the new, Chris.

I didn't know where Chris was going with this, but I didn't like it. I didn't like it at all and I wished Marcus would hurry up. I still replied 'cause I didn't want to be rude.

"We haven't, we've been focusing on each other."

Chris looked at me with a firm stare and said, "I think you'd better."

I was about to ask him why. Why had I better? Why was he so concerned? But then I saw Marcus and David were walking back over, so I left it there.

Thank goodness Marcus is back. Marcus has some strange friends. I'm not sure about Chris. No wonder he doesn't talk much, 'cause when he does, he talks absolute bullshit.

Marcus was walking over, smiling and laughing with David. I didn't want to ruin his happiness or friendship by telling him what Chris had been saying to me. Maybe I should have but I thought it was best to leave that conversation right where it was, which was in the past, along with Marcus' exes, the exes that Chris was so interested about. Anyways, if I told Marcus, Chris might have tried to twist things around or try and say he never said that.

Would Marcus believe me or him? I mean, he's known Chris longer. And you know what boys say, right? Bro's before hoes. Not that I'm a hoe or anything but you know what I mean.

I didn't want to get between friends and make things awkward. I just wanted everything to be perfect, like how me and him were and I didn't want nothing to come between that. If I ever had a chance to sit alone with Chris again, which I doubted and I hoped I never would be, but if I did, then I would ask him why I had to ask Marcus about his past relationships? Why was it so important? And why was it so important to him?

HAPPIER DAYS

Marcus walked into the house with a cheery air about him, one I only felt when he was in a really good mood, which was more and more rare these days. He came in and called "Babe?"

I called back "I'm in the kitchen." He walked in and hugged me from behind while I was busy washing up. It felt so good. I hadn't had a hug like this in so long. I loved every minute of it. Plus, he smelled good. Marcus always smelled good.

Oh, yeah, i forgot to mention that i moved in with Marcus. I didn't force myself into his home by the way. He asked me to move in. I know everything was happening quickly but it felt right and i wasn't going to fight it. The heart wants what the heart wants and we were happy.

MARCUS' BIRTHDAY

I was planning a surprise birthday party for Marcus. Nothing major, just a little get-together with all his close friends. I wanted him to have a good time because I knew how hard he worked all the time. I wanted this one day to be all about him. I really wanted that for him. The day was getting closer and I was getting excited. However, it was also difficult to keep everything hidden from him, as we lived together and he doesn't like it when I don't tell him stuff, he hated secrets. But this was a good secret and worth the risk 'cause I knew he'd enjoy the end result.

It was 4 days until the party and I thought I'd ask him what he wanted for his birthday, so that, well, you know, it wouldn't seem like I wasn't at all interested in his birthday. I was trying to act as casually as I could. Marcus was lying on the bed next to me. I turned over and kissed him on the cheek. He smiled and opened his eyes and I smiled back.

"So what do you want for your birthday?" I asked him, staring into his eyes. He was so handsome! Marcus sat up and placed his pillow behind his back. He rubbed his face, looked me up and down and said, "Well, you know babe all I want for my birthday is you. That's always enough for me."

I grinned from ear to ear but then he continued to speak "There is one other thing I would like for my birthday though..."

I knew it! I knew Marcus wanted something. How could he not want anything for his birthday?

I have been asking him for over a month and he kept saying "nothing" but now, 4 days before his birthday, he decides to tell me what he wants. Men! Now I am going to have to rush around and find this gift before his birthday. Hopefully, it is something straightforward.

"Oh, is it now? What is it?" I asked, as I tilted my head with a smile. Marcus moved over, hugged me and kissed me on the forehead before he uttered "How about a threesome?"

I pull my head back and look him in the eyes.

"What?" I replied, shocked.

"What do you mean, a threesome?" I continued. Marcus got up, saying "I'm sure you know what a threesome is Tanisha" with a slight tone.

I didn't say anything. I mean, what was there for me to say? He wanted a threesome and I surely didn't. He knew I didn't, but still had the audacity to ask me.

Didn't he just say just 5 minutes ago that I was enough, and all he wanted for his birthday was me? Yet now, he's asking for another woman to join us in our bed!

"Look Tanisha, if you don't want to make me happy and have a threesome for my birthday, then just say so. I don't care" Marcus said as he put his shirt on and then grabbed his packet of crisps off the table in our room.

"So you won't be happy unless you have a threesome, is that what you're saying?" I asked him.

"What I'm saying is, you don't even want to be open to the idea. You asked me what I want for my birthday, but clearly you didn't mean it" he responded.

Marcus opened the packet of crisps and started eating it as he watched my reaction.

"I did mean it when I asked you what you wanted for your birthday" I responded.

"So then why are you mad?" he asked.

"I'm not mad" I answered.

"Okay, so we can have the threesome then?" Marcus asked with a smirk on his face.

"I didn't say that either Marcus, I just said I'm not mad" I said, getting irritated. "So why can't we have a threesome?" he asked, putting a big crisp in his mouth and crunching on it. The crunch was loud, but not as loud as my heart beating right now.

I didn't want to be having this conversation...I mean, what woman would? He wanted me to share him with another woman. This was not an open relationship; well, at least I thought it wasn't.

"Why would you want a threesome if I'm all you want?" I asked Marcus with a slightly worried tone. Marcus stopped eating his crisps and puts the packet back on the table.

"You know what, if you're going to turn this into an argument, forget it" he said, walking into the bathroom. I followed him into the bathroom and leaned on the door as he grabbed his toothbrush.

"Marcus, I'm not trying to argue with you. I'm just trying to understand. I thought I was enough" I said, staring at him.

I loved this man and I didn't want to share him and I didn't want him to want me to share him.

Marcus put his toothbrush down and came over to me, grabbing me by the waist and swaying from side to side, staring into my eyes.

"Babe, you are more than enough for me. I just thought it would be a fun way to spice up our relationship for one night, that's all. You know I love you, right?"

I looked down at the floor and replied, "Yeah, I know you love me."

I didn't want to fight with him about this. I mean, what was a threesome for one night compared to what we have? It wasn't as if some random girl was going to walk in for one night and steal my man. Maybe the idea wasn't so bad after all. Of course it was bad. It certainly was not what I wanted... but for one night...for his birthday...maybe...but it definitely wasn't going to be a recurring situation.

Marcus gently lifted my face and kissed my lips. My body tingled. He always knew how to make my body react to him. Marcus looked me in the eye and asked "So can we babe? As my birthday treat?"

"Okay, but just this once Marcus" I whispered.

He kissed me again.

"Of course, babe, thank you!"

Okay, maybe this isn't so bad. I know there are people that would judge me right now but this is my relationship and my decision. We all do things to make the other person in the relationship happy, right? That's how relationships last, by compromising. Well, there's no going back now.

Even though I had said yes, I didn't know if I felt better or worse. There wasn't really time for me to think about it too much, since Marcus' birthday was in 4 days and I still had a lot to do to prepare for the surprise birthday party. We only had 4 days to find a girl crazy enough to want to have a threesome with us. Where were we meant to find this person in 4 days? Amsterdam?

"Marcus, where are we going to find someone to have a threesome with us? Your birthday is in 4 days" I asked, curious. Marcus pulled me closer and said, "Well, I was thinking, maybe Khia."

I froze.

Did he just say Khia? My best friend Khia? What the hell was going on? What was Marcus thinking? Out of all the women in the world, he wanted my best friend to have a threesome with us. Why didn't we have a threesome with one of his best friends? Marcus always knew how to push boundaries! If I gave him an inch, he always wanted a mile.

"Khia? What do you mean you were thinking of Khia? My best friend Khia Marcus?" I questioned him. I knew the answer but I just needed to double check, I needed to make sure that we were talking about the same Khia. Marcus lets go of my waist and said, "Yeah, Khia, your best friend. I thought it would be a good idea. You said she'd been having all this freaky fun in America and I thought she'd be up for it" Marcus responded, trying to justify himself.

So what if I told him about the things Khia had been doing in America? That didn't mean she was an eligible candidate for a threesome, our threesome at that! What was Marcus thinking? Did he ever think? Does he ever think about anyone other than himself?!

"Yeah, I told you about some of the things she was doing over there but that doesn't mean she should have a threesome with us!" I said firmly. This was beyond ridiculous. I felt like a fool for even agreeing to have this stupid threesome. Marcus leaned on the sink in the bathroom and folded his arms.

"I just thought it would be better with someone you know, rather than a stranger. I was trying to consider your feelings and now you're acting funny" Marcus said annoyed.

Yeah, I guess I'm acting funny. I guess I'm not acting how most girlfriends would act when their boyfriend suggests a threesome with their best friend!

"So, you thought somehow this would make me feel better?" I demanded, folding my arms. He wasn't going to make me feel bad. I knew I was in the right this time.

"Look, we can just forget the whole thing because you clearly don't trust me and you're clearly not confident enough to do something like this. It's fine babe" he said, walking out of the bathroom and heading downstairs.

What? What does he mean "I'm clearly not confident enough?" I am confident! Having a threesome doesn't determine if someone is confident or not. Or maybe Marcus has been feeling this way about me for some time. Maybe he feels like I'm getting boring. If we were going to be together for a long time, then maybe we would eventually try these things out, right? I'm sure couples try new stuff every once in a while. It isn't so much the threesome that makes me feel uncomfortable or "not confident" as Marcus had so nicely put it. It's the fact that now my best friend is somehow involved. Should I really be okay with that? I can't even tell Khia about this 'cause it's about her this time! How did I end up here? Does Marcus fancy Khia? I know I'm probably being completely paranoid but why else would he suggest Khia? It's as if he has always planned to have her as the third person in this birthday treat. If Marcus likes Khia, that's a big problem and I need to know.

I followed Marcus downstairs. He was in the living room, sitting on the sofa watching football. I sat down on the chair next to him but he acted as though he didn't see me. Clearly he was having a tantrum because he wasn't getting his own way, but I didn't care about that right then. I had a more pressing issue to address.

"Marcus?"

"Yeah?" he replied, not looking away from the TV. He made no attempt to make eye contact with me.

"Do you fancy Khia?" I asked.

Marcus looked at me from the corner of his eye, not even turning his head.

"No" he said without any emotion.

You would think he would want to know why I asked but I suppose he knows exactly why I'm asking.

"Are you sure Marcus?" I wanted him to be sure. Marcus silently continued watching the football, avoiding eye contact. He clearly wasn't interested in having this conversation with me.

Does my feelings even matter to this man?

"Look Tanisha, we don't have to have the threesome. It was just an idea for a birthday treat. If you're insecure about doing it and having Khia there, then it's cool" he shrugged, with his eyes still focused on the TV.

Insecure? I'm not insecure! I just asked him a few questions.

I hoped I wasn't coming off as insecure 'cause I knew that could put a man off. I felt bad. I didn't know what to do because I really didn't want to have this threesome.

Maybe I should sleep on it and decide tomorrow? Maybe I should let him know that I am considering it? In relationships you can't just rule out your partner's ideas straight away, right? You have to compromise. One night. It wouldn't be that bad, right? I needed to sleep on it though. Imagine if I asked him to have a threesome with one of his friends! Psh, the way he would have reacted! It would never happen.

"Marcus, I'm not saying no to the idea. Just let me sleep on it, yeah?" I said gently.

I wanted him to know I cared and I didn't want us to fight about having a threesome. It wasn't that big of a deal and I wasn't going to overreact. Marcus just nodded and I headed upstairs to sleep on it. I looked at the time and saw that it was after midnight.

I just needed to sleep on this whole threesome thing. Everything always better when you sleep on it. Besides, Marcus doesn't know that I have other things planned for his birthday, a whole surprise party that I'm sure he'll enjoy.

RUNNING OUT OF TIME

The next day I awoke at around 7am, looked over and Marcus was still fast asleep. I don't remember him coming to bed last night. I must have been really tired.

I was off work for the next 3 days to sort out the party. He didn't know that, he just thought I was using his birthday as a way to get time off. Yeah right, who has annual leave to waste? He was still going to work, he was only taking his birthday off. I told him a week before that I was taking him out to dinner and drinks but it was a surprise, so he needed to dress up and look sharp. Little did he know he was going to be attending his very own surprise birthday party with all his family and friends. I even managed to convince some of his friends to get in touch with people he hadn't seen in years, like secondary school friends that had moved away after school. I was so excited! I couldn't wait to see the look on his face.

I looked over at my phone and saw a message from Khia saying, "Hey, what u up 2 today?" Since Khia had come back from America, she had been temping, doing random office jobs here and there. But most of the time she was free though and that's exactly how she liked it. She wasn't one to hold down a job for too long. She always had an excuse, usually about there being too much politics in the office she was working in; but honestly, the only politics I saw was her mouth. She didn't care who you were, whether you were the boss or not, she would tell you about yourself. That's what I liked about her but I guess her employers didn't feel the same. I think temping was the best line of work for her. They didn't get a chance to know her personality too well and hopefully, by the time they did, she had moved on to the next job.

I didn't have much time to think about this threesome stuff. But Khia messaging me had brought me back to reality. She didn't usually contact me during the day, as she knew I was at work; but she knew I wasn't at work today so that I could do all the planning for the Marcus' birthday. I guess, in some strange way, I was being forced to make a decision about the threesome sooner rather than later. I guess I could meet up with Khia, let her know what Marcus had suggested, see what she thinks, and if she thought it was as crazy as I did.

I picked up my phone and messaged back "nm right now, want me to come over in a bit?" I put the phone down on my pillow and stared at Marcus.

Look how peaceful he looks. Can't he always be this peaceful, instead of asking me silly questions?

My phone vibrated. I picked it up off my pillow and Khia's name was on my screen.

Her message read, "Yes! You read my mind (I'm bored) And bring me a snack!"

This girl! She always wanted me to bring her snacks and stuff. She must think she still in America, where she can just sit and eat all day.

She had put on a bit of weight while living in America but the way she was carrying on she was going to put on some more. All she did was eat, cuss and gossip! I didn't even know why she was up this early. What was this girl doing? She probably got hungry and got up to have some food. I know her; that would be the only reason she would be up this early. Still, it was 7am and there was no conversation that important enough to have at this ungodly hour, Threesome or not. I was going back to sleep. I said I would sleep on the idea but I thought, it wouldn’t hurt to sleep on it some more, did it? Back to sleep I go.

REFLECTING

When I woke up again, Marcus was gone. I rolled over and check the time on my phone. It was 9:30am. Marcus had sent me a text saying "Love u babe, hope you have a good sleep. Speak 2 u later."

That was sweet of him. He could have been sleeping with me too, but he loved working too much. He always says something about "money never sleeps."

Right, best get up and get myself ready to spill this tea to Khia.

I got up and started getting ready. I headed off to the bathroom and started brushing my teeth, watching myself in the mirror.

It's funny how we automatically watch ourselves whilst we're brushing our teeth like that's going to help us brush our teeth better.

My focus changed from my teeth and I started looking at my body in the mirror. I turned my body to the right and look at my bum in the mirror. I wondered if Marcus wanted bigger. I didn't really have a big bum. I then lifted up my top and stared at my boobs. I wished they were bigger. What did I actually have to offer Marcus? I was nothing like those Instagram models with their perfect bodies.

Okay, I know most of them ain't real but men don't care about all of that. They just care about what looks good!

I pulled my top back down and stared at myself in the mirror for a few minutes.

I did love myself but every woman has their own insecurities, right?

I had my shower, put some clothes on and a bit of make-up. The next question was, should I have breakfast or not?

Mmm nah, 'cause I know Khia has food. She always has food in her yard. Oh yeah, I best grab some snacks!

I grabbed a pack of muffins from the kitchen and headed out.

I started walking down to Khia's house and realised I hadn't texted Marcus back. I took my phone out of my pocket and as I looked at my screen, I saw another text from Marcus. It read, "r u still asleep?"

Aw, bet he misses me. I quickly texted him back saying, "I just finished getting ready, love u too babe". Although we had our ups and downs, Marcus was a good boyfriend. He just had a temper. If he could sort that out all would be perfect. I was willing to help him though; I didn't just give up on people. He had been through a lot.

TIME TO MAKE A DECISION

I was nearly at Khia's house when I felt my phone vibrate. It was Marcus, "Where u off 2?" I texted back with "Going 2 Khia's house". I put my phone in my pocket and rang Khia's doorbell. Khia only lived 10 minutes away. Khia's mum answered the door with a big smile on her face. She hugged me and said, "Come in, come in, Khia's upstairs, being lazy" I laughed as I walked into the house and ran up the stairs to Khia's bedroom. I missed the days when I used to come round nearly every day and just chill in Khia's bedroom. We had some proper laughs in here and some good little conversations about boys. I mean, what else did fast little teenagers talk about back in the day?

I banged down the door with my foot and said "Police! Get down now!" Khia sat up, puts her hands behind her head and said "Please Officer, don't shoot, I can't!" in her fake soft and scared voice.

"Step away from the bed now!" I said as I pointed my invisible gun at her. She pretended to be scared and said, "But Officer, I can't!"

I looked at her with a shocked face and said "Excuse me?! What do you mean you can't? Step away from the bed now!"

Khia's body was shaking with fake terror. She caught her breath and said "But Officer, I can't come out the bed because I have no panties on."

I fell back against the wall laughing and Khia started cracking up too.

Why does she always have to turn everything into something inappropriate?

I loved playing these silly little impromptu games with her. Still laughing, I took the muffins out of my bag, threw them onto the bed and sit on the edge of the bed. Just as I was about to sit down, I paused and asked "You do have panties on, don't you?"

Khia rolled her eyes and said "Yes of course I do! I only take them off for men."

Thanks Khia, I really needed to know that. Well, actually, I really did need to know that since I was going to be bringing up this tea about the threesome.

Khia wasted no time busting open the packet of muffins and took two bites out of one of them. I told you, this girl loved food and the thing is, she had probably just eaten.

“Why you eating like that, didn’t you just eat before I got here?” I asked her, staring at her in disgust.

“How do you know I’ve eaten? I could be starving for all you know” Khia replied in between bites. I rolled my eyes at her and said, “Because I know you and I know your belly is never full.”

Khia rolled her eyes back at me and said “Yeah okay, I have eaten already but it was just a small breakfast and anyways, this is just a muffin. You’re going on like I’m having a second breakfast. Always coming in my house and judging me.”

We both started laughing again. Since we were in a giggly mood, I thought it would be the perfect time to tell her about the tea, the 411, the gos, the everything.

Khia continued to eat her muffin and didn’t even offer me one.

Then, I just blurted out “Marcus wants me to have a threesome with him.”

Khia stopped chewing and said “What?! Marcus wants you to do what?”

She sat up properly. Khia loved a good story, but the best was yet to come for her.

"Yeah, Marcus wants us to have a threesome for his birthday. Imagine!"

"A threesome? For his birthday?!" Khia shouted with what seemed like shock.

"Yeah, mad init?" I answered.

See, this is why it's always best to get advice from your best friend because now I know I ain't the only one that thinks this is insane.

Khia got off her bed, looked at me and said "You have to do it!"

I stared at her; my eyes so wide open, I thought they would pop out of my head.

What did she just say? Did she not hear what I said? I know Khia likes to do freaky stuff but that's with guys she doesn't know or care for. This was different. This is my boyfriend!

"Wait, what?" I said to her. Khia gave me this look, like she was confused and then said, "Tanisha, are you okay? You should definitely do it. Spice up the relationship init."

I guess no-one understood where I was coming from. I was clearly the only one against this and now it looked like I was being boring.

I'm not boring, I just don't want to share my man and what is so exciting about a threesome for the girl? It's the guy's fantasy and the girl's headache. Where did this threesome idea come from anyways? Like, who sat down and said "you know what, we need more tits and asses in the bed because just us two ain't cutting it". This shit probably came from Hugh Hefner or something. He was known for this type of stuff and worse. I've read that he would sometimes have 4 or 5 women in his bed at one time! What he did with them all, at his age, I will never know. But I guess some would say he enjoyed life to the fullest. I wouldn't mind a room full of men to myself but let me tell Marcus that and see how he would switch.

"You actually think that?" I asked Khia with a confused look on my face. *What was wrong with everyone?*

"Yeah! When I was in America it was pretty normal over there. It's like the next step."

The next step? What next step? Don't people just enjoy the other person without other people getting involved?

Americans were freaky anyways so nothing was big to them. Okay, since she thinks this is such a good idea, she should wait for the good part, the real tea, the part where her name gets included in all of this and see how she feels then.

I said, slowly "Erm, guess who Marcus wants us to do a threesome with?" Khia reached over, shook me and said "Who?! Who?! Don't tell me one of his dead exes, because he can move. In fact, you should be the one choosing the girl!"

It clearly didn't occur to her yet that I was referring to her but she was about to find out. As Khia leaned over to give me another shake, I softly said, "Well, he suggested you."

Khia let go of me slowly and said "What?"

"Yeah, he said we should do the threesome with you."

I knew Khia heard me but I'm sure, just like me, she was shocked. It wasn't every day you heard something like this. I was sure this was not the tea she thought I was bringing to her, but here we were.

Khia pointed to herself and said, "Me? Why me?"

Khia sat back down on the bed next to me. Her demeanour had changed from the excitement she showed earlier. Before she had been telling me "yeah do it, do it, it's the next step" but little did she know she was about to be included in this "next step'" She was obviously as shocked as I was, but I needed to know her thoughts on it so I had to keep this topic going.

"Yeah you, that's what Marcus suggested. What do you think about that though, him suggesting you?" I asked. I know I should have given her a minute, but I couldn't wait. I was too impatient for that.

I needed to know and I needed to know now. What was she thinking? Did she agree? Did she disagree? Is she flattered? Is she offended? Does she think it's a crazy idea like I do? What did she think?

I was waiting.

"I guess I get why he might have suggested it" she said slowly, as if she was thinking about the reason why as she spoke. She continued with "He probably felt like you would be more comfortable." *Great, so Khia somehow finds a way to defend Marcus' nonsense. Am I tripping? Am I overreacting? I don't feel like I am overreacting at all. I know us females can react to something and then later realise we overreacted but I've had time to reflect on this since our conversation last night and I definitely don't feel like I'm overreacting.*

I get that Khia's trying to understand where he's coming from but she also needs to understand how I feel. Would she like it if her boyfriend wanted to have a threesome with me? Well, I was about to ask.

"So, if your boyfriend asked you this, how would you feel?" I asked, with my arms crossed. She replied quite quickly with "But I don't have a boyfriend."

I rolled my eyes. She knew exactly what I meant, so I don't know why she being exact. I was about to throw her onto her own bed!

"If you had a boyfriend and he asked you about a threesome with your best friend, would you be okay with it?"

Khia was quiet for a moment, looking up at her ceiling, deep in thought and then said "Yeah, at first, I'd be offended, like, why are you getting my best friend involved? I'd be thinking, does he like my best friend, or something?"

Exactly! So she does know where I am coming from! I don't know why she was being silly and acting like she would be all calm like it's normal.

"Exactly!" I shouted. I knew she was my best friend for a reason.

"Wait" she continued, "Think about it this way - wouldn't you rather it be your best friend, rather than some random chick?"

Would I rather? What I would "rather" is that I don't get asked to have a threesome at all. I would "rather" not have to be deciding about nonsense like this at all. That's what I'd "rather". I'd "rather" not see Marcus with a random girl naked or my best friend naked!

"What I would rather is not having a threesome at all. That's what I'd rather. Don't you get that?" I quizzed Khia. *Like, what did she not get? It was kinda like talking to a brick wall. She couldn't relate because, one, she didn't have a boyfriend and two, no boyfriend had ever asked her to do this. That's why she didn't get where I was coming from. If she was in a relationship she might have had some type of understanding.*

"Yeah, I get where you're coming from Tanisha! I was just trying to play devil's advocate, just chill."

I looked over at her and rolled my eyes. She rolled hers back at me and I rolled mine back at her again! Then we just stared at each other until we both bursted out laughing. Khia was so annoying man. She always liked to come with this devil's advocate nonsense. Now, there was still one more question I needed to ask her.

THE BIG QUESTION

"So would you actually have a threesome with us?"

Khia looked at me as if she couldn't believe I had just asked her the question. Suddenly the room got very quiet; all the laughter seemed to have disappeared out the window. Even the room suddenly got darker.

Subconsciously, there was another reason behind my question and maybe, if I was going to be honest with myself, her answer would determine what my final decision would be.

"Would I actually have a threesome with you and Marcus?" she asked. Khia had heard my question very clearly but it was like she needed to repeat the question back to me to process it fully.

I just simply replied, "Yes."

I didn't want to make a big deal about it and I didn't want it to come across like it was a big deal but there was no turning back now.

Khia finally said "Tanisha, I know you're asking me to do this with you and Marcus. You want me to do it, init?"

Well, the cat was out the bag and there were only three more days until Marcus' birthday. I was just going to be open and honest 'cause that's what you do with best friends, right?

"Ermm, I was just wondering, 'cause you said I should try it, but I would only do it with you, no-one else" I replied, truthfully. I also knew Khia wouldn't judge me. Trust me, there were so many occasions where I could have judged her, especially for the things she got up to in America, but I didn't. I only told Marcus a few of those things, 'cause he's my boyfriend but still, I never judged her.

Khia sat back on her bed and rubbed her chin "Hmmm, I dunno, 'cause it might be mad awkward."

I knew what she was saying. It's true, this little threesome could change everything, but I trust her.

I got a text, so I took my phone out my pocket and saw a message saying the balloons were ready for me to pick up. I had ordered custom-made balloons with his name on some and his face on others. Some were silver and some were blue. Blue was his favourite colour. Right, I had to go and pick them up, since the shop would be closed for the next few days due to construction work.

I stood up and said "I have to go and get these balloons for Marcus' birthday party, they're ready." I put my phone back in my pocket and picked my bag up off the floor. Khia stood up with me.

"Oh, alright" as she followed me down the stairs. I said goodbye to Khia's mum, who was busy cooking something in the kitchen. I hugged Khia and opened the front door. Khia leaned against the door as I was walking away and said, "We'll check in later, yeah?" I turned around and said, "Yeah, 'course" and that was it. I was off.

The shop was only about 20 minutes from Khia's house. I had plenty of time anyways, 'cause it was still early. The bar I was holding the surprise party in had already said it was okay for me to drop the balloons, as I obviously couldn't keep them at Marcus' house, clearly, and I couldn't keep them at my mums' house. I mean, who wanted loads of balloons in their face, taking up space? I checked my phone to see if Marcus had messaged me again, but he hadn't. He must be working hard and that was good anyway, because I didn't want any distractions. I just hoped that he wouldn't bring up the threesome idea later on. Hopefully he would forget it, but could a man forget something like that? Anyways, I never agreed to it, so I had no promises to keep.

RAGE

After collecting the balloons and all the other stuff I needed for the party, I dropped everything off at the bar. I was exhausted. I wished someone would do this for me, when it my birthday! I was happy and excited for Marcus. I was finally done with the party planning. My outfit was ready, everything was already at the bar and all the invites had been sent out. So all that was left for Marcus and I to do, was show up - show up and show out! Marcus' suit was cute. He thought we were going out to dinner and then to a bar…I couldn't wait to see his face when he realised the truth.

I was thrilled when I finally got home and was able to rest. All that was left to do for Marcus' birthday was to get up and get ready for the party. Obviously there were a few things to do on the day but the hard work was done and I was exhausted.

Marcus wasn't home yet. After running around, going back and forth to various shops to get everything ready to decorate the bar for his party, it was 4pm. I could have sworn I had been running around for much longer than that. I was just happy to be home and able to put my feet up. At least on his birthday, Marcus and I could have a nice lay-in. It was his birthday after all, the one day he might actually relax a bit.

I must have fallen asleep on the sofa because when I woke up, Marcus was standing over me, just staring. I asked him "What time is it?" and looked at my phone. It was 6pm. I was exhausted, I needed that nap but to Marcus it looked like something completely different. He shook his head and said "So this is what you've been doing on your day off? Going to Khia's and then coming back here and sleeping?" *Yeah, okay, he didn't know exactly what I'd been doing all day so I could see why he thought that but was it necessary for him to say it like that? Where was he going with this?*

The thing with Marcus was, he always said exactly what he was thinking. There was no holding back with him.

"Nah, I had to go and do other stuff as well" I said as I sat up.

Please, please, let's not have an argument today. We are doing so well and we are so close to his surprise birthday party.

I was just hoping Marcus was in a good mood because, if he wasn't, I knew how this would end.

"Like what?" Marcus asked, crossing his arms. I was on edge, because I knew that there was nothing I could say that would make this situation better. I couldn't tell Marcus the complete truth because most of my day was spent preparing for his surprise birthday party and well, that's just what it was supposed to be, a surprise. Meaning, as we all know, he wasn't supposed to know about it, but there would be consequences for not telling him that.

"Like bits and bobs for the dinner and your birthday" I say slowly and carefully.

Please, don't ask to see what I got, just let it go Marcus, it's all for a good cause.

Marcus uncrossed his arms, rubbed his chin and gave a little grin. It wasn't a friendly grin, though, it was a mischievous type of grin.

"Oh okay, so lemme see what you got then?"

I knew it, this was definitely going to end badly. I could tell him the truth but I had worked so hard on this surprise party. I didn't want to ruin it. I knew that he would appreciate it. I just needed to get through this moment.

"Marcus, can't you wait until your birthday?"

I was nervous, really nervous. I didn't have anything to show him because all the things I bought were at the bar. I just wanted to hide under the sofa.

"No I wanna see it now. What have you got to hide?" Marcus was starting to fidget, which was making me feel uneasy. I could tell he was getting aggravated and I guess, from his point of view, I could understand why. If I was him, I would probably also think I was acting dodgy. Ok, so I was acting dodgy, but not for the reasons he was probably thinking. I knew what he was thinking - he was thinking I was lying and it had something to do with another guy. I know what he's like and those types of thoughts never went well with Marcus.

"I have nothing to hide Marcus. I just want you to wait until your birthday."

Marcus stood there and stared at me for a good minute, saying nothing. I don't even think I saw him blink or breathe.

He just stared at me with fire in his eyes. I had seen those eyes before.

Rage.

Rage was about to take over and there was nothing I could do but wait for it. Marcus smiled, grabbed my hair and started pulling me by my hair. I begged for him to let go but he bent down and shouted in my ear "Who is he?! Who the fuck is he?!"

"I don't know what you're talking about, there is no 'he'".

This went on for about 2 minutes before he started dragging me around the living room, pulling me over the small table in front of the sofa, dragging me by my hair around the sofa and then up the stairs and into the bathroom. He shoved my face into the mirror and said, "That's the face of a dirty little slag."

I didn't cry and I didn't scream. What would be the point? Neither of those emotions were going to make Marcus stop. He would only stop the madness when he was ready to stop. Marcus put the plug in the sink and turned on the tap. He filled the sink to the top with cold water and then pushed my face under the water. The first time was only for a few seconds, but each time got longer, and longer, and longer.

My mind screamed, *"this is it, I'm going to die."*

My body became weak and my head started to feel light as I was pushed under the water again. Suddenly he pulled me up and let go of my hair. I fell slowly to the ground, trying to catch my breath. Marcus left the room and went downstairs.

Once I had caught my breath, I just sat there. I just sat there with my hair and my top dripping wet. *Is this my life? Is this how it going to be for the rest of my life?*

No matter what I did for Marcus, he was always going to treat me the same way. I wanted him to get help so badly because I really did believe there was a good person deep down inside but he just couldn't shake this demon. I could hear Marcus calling me, so I got up slowly and made my way downstairs. He was in the living room with his feet up on the table, watching football. He asked in a soft tone "What's for dinner babe?"

I closed my eyes and opened them again and said "We could have Chinese?"

Marcus turned around and crooked his finger to suggest I come over. I walked over to him and sat next to him. He pulled my head towards him and kissed me on the lips. I pretended to smile. He looked at my face and top and said, "You should dry yourself off. You'll catch a cold."

Yup, this was the same person that had nearly drowned me in the sink. It was as if nothing had happened. And that was the end of that.

I called the local Chinese shop and ordered our usual. I dried myself off and changed my clothes while Marcus watched the game. The food arrived and we sat in the living room and ate. The incident in the bathroom would never be spoken of again.

PEACE OF MIND, PEACE OF CELL

I liked my cell. I liked it a lot. Yeah, the prison guards were constantly up and down watching us but that didn't make me feel uncomfortable. I didn't care about any of that. Zoe would sigh when one walked pass our cell but me, I was happy. The food was disgusting here though, everything tasted like plastic, but I was getting used to it. We could only shower for 2 minutes and the water was always cold.

You could complain all you want, as some did, but the water was always cold, every single day, regardless. It was like it was purposely done to punish us but that didn't really bother me either. At least no one was trying to drown me like Marcus used to do, so this was an upgrade. We also only had one bar of soap to share between 10 of us showering at one time. The soap smelled terrible. I don't even think it was actually soap.

I had a few issues with a few of the women from different cells and had a few fights, but that's life. At least this time I was fighting back. I wouldn't say I won all of them but they felt my pain, they felt it.

I was definitely done with people putting hands on me and thinking I wouldn’t defend myself. I would fight everyday if I had to.

My mum didn't like visiting me and seeing me with a busted lip or bruises on my face, but these were things I was used to seeing on my face. I just didn’t have make-up anymore to cover it up.

Who was I trying to look good for anyway? This was prison.

That old Tanisha, she was coming back though. That old Tanisha who Marcus met in Superdrug wouldn't have had no-one putting hands on her.

I could feel her coming back, my soul felt different. I knew it would take some time but time was not a problem where I was.

I was happy to lose the world and gain my soul back, rather than gain the world and lose my soul.

HAPPY BIRTHDAY MARCUS

I woke up to the morning of Marcus' birthday with my phone beeping. It was a text from Khia. What did she need to text me at 6am in the morning for? This was the day Marcus and I were supposed to be lying in. She knew that. Sometimes I wondered if this girl ever slept. She had probably been on some porn site all night.

I rubbed my eyes and read the text.

"I was thinking about Marcus' little idea and I'm up for it. F it let's do it."

Marcus woke up and asked who was messaging me so early. To avoid an argument and before I had time to even think about it, I was showing him the text, not realising that I would now have to go through with it. As Marcus read the text, his eyes lit up. He sat up and pulled me to him for a hug. This felt good, this moment right here felt good. I felt protected and loved. This hug felt genuine. We needed more moments like this and I prayed that we would. Marcus said with a smile on his face "You actually asked her? Thank you baby and remember, you're the only one that has my heart."

He kissed me gently on the forehead. His words put me at ease. I didn't have to worry about Marcus fancying Khia, in fact, I think maybe I was just being over the top the other day. Of course Marcus didn't like Khia, he only had eyes for me and I knew he loved me. Yeah, I knew we had our issues, but who didn't? Once this threesome was over, it would be something in the past anyway.

I texted Khia back, saying "Thank you, I'll text you about it later. It will probably be at ours."

Marcus and I smiled at each other, kissed and then went back to sleep for a few more hours.

THE BIG SURPRISE!

Marcus was in for such a surprise! Like I said before, everything we had been through was in the past.

This was about new beginnings and this day was a positive day, all about him and how much I loved him. I just wanted to see him smiling and happy. Marcus had the most beautiful smile when he was happy and that's all I wanted to see all night, that beautiful smile I fell in love with, the smile that caught my attention in Superdrug, with that word "Hello."

We got ready, left and got in a cab. Marcus kept asking where we were going and I kept saying "A really nice restaurant babe."

He was convinced that I was trying to steal his shine by trying to out-dress him, apparently. He just needed to relax and accept that a surprise was happening for him and stop asking all these questions. Damn.

Marcus was actually like a big kid on the inside, he was so impatient. When he gets excited, there is no stopping him.

I liked that side of him. It made him seem harmless and vulnerable.

I know it's hard to believe but he does have these sides to him.

The cab pulled over in Camden. I thanked the cab driver and got out of the car with Marcus. We were about 10 minutes away. I told Marcus I needed to text my mum quickly about going round there the next day (which was a lie). I texted Khia saying, "We are going to be there soon." That was code for everyone to quiet down and get ready to surprise Marcus!

When we were 2 minutes away I smiled at Marcus and told him to close his eyes. He started jumping up and down just like a big kid, saying "What you up to Tanisha?!"

I laughed and said "Nothing".

He knew I was lying but it was a good lie, luckily. I told him to keep his eyes closed or it would ruin the surprise. He definitely had no idea what he was in store for and that's what made it special.

We walked into the bar and I waved at the Manager who smiled, as he knew what was going on. He greeted us and took us over to the private room. Marcus was trying to look but I told him to stop cheating or he wouldn’t get his surprise. He kissed me on the cheek.

I missed those kisses on the cheeks, the soft “I love you” kisses on the cheek.

Those kisses always made me feel like no matter what was going on in the world, I was safe with him. That's how those kisses used to make me feel. Safe and happy, but now, i’m just happy. Maybe more content. Content and comfortable but not always happy. I wanted it all but I don't think you can ever have it all. Can you?

Anyways, this day wasn't about me. It was about Marcus and it was time, time for his surprise.

Giggling, I told Marcus to keep his eyes closed. He kept trying to cheat and look through my hands but I told him to stop and that he would like the surprise so he best not ruin it. He finally behaved himself and I walked him down the steps which led to the private room, where everyone was waiting for him.

I opened the door and everyone shouted at the top of their lungs “SURPRIIIIISE!!”

Marcus was so shocked, but in a good way. He started clocking people he hadn't seen in yearssss and he told me that this was a nice surprise and then he kissed me.

I was just happy that he was happy. I grabbed him quickly and said "Babe, see, this is why I've been sneaking around - to put this all together for you."

He looked at me, took my hand, kissed it and said "Thank you baby."

Marcus wasn't one to say sorry for anything he did wrong, but this was good enough. I knew it wasn't my night and it wasn't about me but I wanted him to know that he could trust me and anything I did, I always did it for us. I would never cheat on him or lie to him. I think he knew that but sometimes he forgot. As he always said "sometimes the demon takes over."

Boy, he was not lying about that. But tonight wasn't about demons because the devil wasn't going to win tonight. This was about Marcus and I wanted to make sure he had a good night, right up until the last song played.

Happy birthday baby!

Marcus and his friends did their little skanks and "old school" dances while the girls giggled and twerked the night away. We all lost our minds when Cardi B came on. I'm pretty sure one of the girls took her wig off and started spinning it around. I think we were all quite drunk, having had bottles, shots and cocktails. It was bound to end like this, but we all had fun. There was no drama or fights, just a bunch of people together having a good time to good music. The DJ was something else and of course, he finished the night with the CANDY dance. You ain't a real DJ if you don't finish the night off with that song!

Some people didn't really know the dance and were so drunk that it was all a bit of a mess, but it had really been a great night. People started to slowly say their goodbyes to Marcus, thanking me for putting it all together, took some cake and left.

It was just Marcus, myself, Khia and two of Marcus' friends left. Khia was having fun flirting with one of Marcus' friends. I knew she liked him because when she liked someone she always smiled and giggled, even when the guy wasn't saying anything funny. Clearly she was getting carried away with her new love interest 'cause she came over to me and whispered "I think I'm gonna get lucky tonight."

I laughed and just rolled my eyes, but then I remembered that we already had plans for later. She was already going to "get lucky"' tonight. I whispered in her ear, "Remember what we agreed, back at our house later."

Khia stood there and looked at the floor for a few seconds. Clearly the alcohol had caused temporary memory loss. Then she looked at me and went "Oh yeah, I completely forgot!"

I signalled for her to be quiet as I didn't want other people to hear what we were talking about. Now that I had reminded her it seemed like I was the keen one, but I wasn't. I just didn't want to have to reschedule this for any other day and have to prolong the situation. I just wanted to get it over and done with. Khia looked at me and crossed her arms "Okay fine, I'll do this for you and not go and have fun with this guy but only 'cause you're my best friend".

I hugged Khia and she hugged me back. Everything was going according to plan.

We packed up the rest of the cake and said our goodbyes and thanked the Manager and his staff for their assistance. Using the private room was free as long as the bill was over a grand. I had put £400 down for bottles and everyone else made up the outstanding amount. Plus, Marcus and his friends were buying expensive bottles, bottles I hadn't even heard of before tonight! They were posting the bottles up on social media and what not. I was relieved that we had reached the minimum spend because I really did not want to have to spend any more money.

I had done enough and I still had one more thing to get done tonight. *Sigh.*

Myself, Khia, Marcus and his two mates all left the bar together and chilled outside.

Khia was giving one of Marcus' friends her number and chatting away. Khia was a very sociable person anyways and once she set her eyes on a guy that she liked, that was it. Guys always seemed to fancy her wherever she went. She had this charisma about her, something more than just her looks.

Marcus wrapped up his little chit-chat with his friends and Khia said goodnight to the guy she rejected for us and we got into the Uber I had arranged to pick us up. I'm sure Khia would meet up with him another day. Knowing her, they probably already had plans for tomorrow. She lived the fast life. She liked guys fast, she did stuff with them fast and then she disposed of them fast. She never liked guys for too long, she just liked how they looked. I warned her to stop doing that stuff as I was worried that she would find herself in trouble. I told her that she couldn't just pick guys based on their looks. Her response was always the same, she would rather cry over a good-looking guy than a frog.

I just left her to it. She was young, single and having fun, plus she was my best friend and I wasn't here to judge her. She wasn't harming anyone, especially not me.

We finally arrived back at Marcus' house. The time had come and it had come so fast. We were all chatting away in the cab on the way back to Marcus' but no-one said anything about what we were about to do. *Was it normal not to bring it up? Would we all just go inside and take our clothes off? I was nervous. So many emotions were running around in my head. I wanted to find a rock and hide under it. I wouldn't even mind the rock crushing me as I lay under it, at this point.* We went into the house and Marcus turned the lights on and headed upstairs. I gestured for Khia to follow. Marcus put on a slow jam mix and played it through the speakers in the bedroom.

I sat on the edge of the bed and Khia sat down next to me. *What do we do next?*

Marcus went to use the bathroom and I asked Khia "How does this work?" I suddenly giggled. It was nervous laughter with a sprinkle of embarrassment. I wondered how Khia's first experience of a threesome was. I would have to ask her another day because I really didn't get how this worked without someone feeling awkward. Khia suggested that I get naked and get under the covers. She said I should be nearest to the bathroom door and that she would be behind me, so when Marcus comes out the bathroom, he would see me first. We took our clothes off and got under the duvet. Once we were in the bed, Khia said that I needed to act sexy and that I should say to Marcus "Ready for the ride of your life?"

That sounded so cheesy and porn-starish and it definitely wasn't me. My heart was beating so hard that I was getting a headache. Marcus was going to come out of that bathroom at any moment and I was going to have to deliver this cheesy line.

What if Marcus just wanted to go to bed when he came out the bathroom and he rejected our offer? Okay, that wasn't realistic, but he had had a long night with a lot of drinking. Maybe he'd forgotten that this was happening.

I felt sick. I tried to tell myself to calm down and relax but it was only making my anxiety worse. As the bathroom door opened, I realised that this was it and it was too late to back out now. It was time. Marcus came out the bathroom and stopped in his tracks when he spotted both Khia and I lying in the bed, staring at him, clearly with no clothes on. I looked at him with a sexy smile, which probably looked more like I needed to take a shit and I said "Come here" as I used my finger to tell him to come over to join us. I know that wasn't what Khia had told me to say, but it was much simpler and far less cheesy.

Well, I guess everything seemed cheesy at this particular moment, but it worked.

Marcus was grinning from ear to ear. I had never seen this many of his teeth at one time before.

Anyway, the threesome felt more like a twosome that I was in the way of. Marcus hardly paid any attention to me. Maybe I was being paranoid, but that's how it felt. It was an experience I never wanted to have to go through again. Marcus even ended our session with Khia while I laid there, alone. *The man is meant to finish with his partner and I know this because I researched it.*

Marcus called out Khia's name at the end. He has never called out my name. He asked Khia to do oral stuff to him, stuff that I didn't even want to think about but let's just say, he had never asked me to do any of that, ever. He kissed me a few times but he kissed Khia just as much.

I felt sick to my stomach. When we were at the end of this nightmare I ran into the bathroom and locked the door. I sat on the floor and cried. I couldn't help it, I tried not to hold back the tears, but I couldn't. It was all too overwhelming for me. I hadn't even wanted to do this stupid thing in the first place and now I had, only to feel worse about myself. I just needed a moment.

I heard someone knocking at the door. I ignored it. Couldn't I just have this moment to myself? When I was in the bed with them, neither of them paid me any attention, but now they don't want to leave me alone?

Just go away.

Another knock and all I heard was a quiet voice say "Tanisha?" It was Khia. I heard her say "Tanisha, let me in." I wiped my face quickly with some tissue and then took a deep breath. I unlocked the door slowly. Khia came in and locked the door behind her. She looked at my face and frowned "Tanisha, have you been crying?" I wiped my face with my right hand and replied "No, why would you think that?" Khia came over, hugged me and asked why.

I explained how I felt Marcus had treated me during the threesome. Her response was that she actually felt like she wasn't really involved and that Marcus was all over me. I was shocked. Had we been in the same threesome? We had two very different accounts of what had happened in that bedroom. It did make me feel slightly better, but surely, I wasn't so paranoid that I was starting to make stuff up, could I? I don't know but emotions were high right now and I just needed to calm down. Khia was such a good friend; I know she wouldn't lie to me so I guessed I was just tripping. At least it was over and I could tick it off my "freaky list", I guess.

I hugged Khia again and whispered "Thank you." I told her I would be out in a minute and I asked her not to tell Marcus that I had been crying. She wiped under my left eye, smiled and said "Of course not." She walked towards the bathroom door, turned around and whispered "You know I only did this for you, right?" I smiled and nodded. It's true, she only did this because I asked her to, because this was what Marcus wanted. It wasn't that serious and I was definitely just overreacting. I just needed time to take in what we did. I know I was acting like a child. It was just a threesome. People do way more than this and I'm here crying like something really bad happened. I needed to grow up and I guess this helped me to do that. In a few days' time, I wouldn't even care about this night. People did it all the time, like it's nothing.

It was nothing, really. Marcus was still my man and we were still happy. Nothing was going to change that. I looked at myself in the mirror again. So many thoughts were running through my head. All the doubts were back again and I did what I always did. I turned the tap on, closed my eyes and washed the doubts away, from my face, from my mind. This method always worked, for a while. I lifted my head, dried my face with the towel next to me, put a smile on my face and left the bathroom. Marcus and Khia were downstairs in the kitchen, just chatting away, something about Game of Thrones. I went in and stood with them, smiling that lovely fake smile. It was a really good fake smile.

I had worked on this smile for months, when I had to see my mum or go to work and my body was hurting from all the “lessons” Marcus had taught me.

Even when I was weak to my knees, I smiled. Smiling let people think I was okay. All I had some days was that smile. It got me through a lot. Well, it got me through days where I didn’t want people to ask questions. I didn’t want people to question my happiness, or my relationship with Marcus.

I THINK I'M PREGNANT

I hadn't been feeling well for last couple of days. I was starting to get worried and was starting to think I might have to book an appointment with my doctor and I hate going there.

Why? Cause' they always have you waiting for what feels like forever, even when I'm on time for my appointments! And then, when I do finally get seen by a Doctor, they were always trying to dismiss me, telling me it's nothing serious and whatever I was feeling would go away in a few days. Then, next thing you know, I'm in a hospital bed with the thing they said would "go away in a few days."

I even knew a few people who had horror stories with Doctors, like Doctors giving them the wrong medication or saying it was something it wasn't, which caused whatever it was to worsen. I'm not saying all Doctors are like that but, at the end of the day, they are human and everyone makes mistakes. I guess I was just sceptical and paranoid but let's be honest, black people generally don't like going to see Doctors and that wasn't going to change.

We like to use our home remedies first, if we can, but that was not working! Nothing was working and it was time for me to face reality.

I first thought it was probably food poisoning and it would go away but it had been 7 days since it started. My breasts were feeling extra sensitive and I needed to go to the toilet constantly. Some days I felt really weak.

By day 10, I started throwing up and at that point Marcus said we needed to go to the Doctors. I think he was just tired of me being tired. He couldn't have sex with me and he even avoided putting his hands on me in those 10 days. I guess he had some type of conscience then, some form of sympathy. I was grateful because I wouldn’t have been able to deal with anything else at that time.

We ended up going to A&E, as Marcus was concerned that it would get worse. I liked this Marcus. He could be caring when he wanted to be. After two hours, which I consider a quick waiting time, my name was called by Dr Ash. He was a short Asian man, really friendly and he had a great set of teeth. I could tell he brushed his teeth in the bathroom on his lunch break. We followed him into one of the rooms. He asked me if I had had my period recently. Why did Doctors always start there? As if every time a woman is unwell, she had to be pregnant. But I thought about it and I couldn't remember the last time I had my period. There had been so much going on that I hadn't really paid it any mind. It sounded crazy but life was just moving so fast.

I told Dr Ash I couldn't remember. I believed it was about 6 weeks ago, although, I couldn't be sure. I mentioned to him that my period tended to come a little earlier or a little later each month since I'd been taking the pill. I assured him that I hadn't missed any days and had taken the pill daily. I wanted to make that quite clear so that we could just get to the point because I knew he thought I was pregnant.

That was fine, I supposed he was just doing his job. I found myself hoping, deep down inside, that me feeling unwell wasn't anything to do with me being pregnant. I mean, false alarms happen to women all the time and this was just one of those times. I did everything I was supposed to do, so it had to be something else, right?

Dr Ash made some notes on his computer. I tried to read what he was writing but the writing was too small. He stopped typing and said "I think we should do a pregnancy test, just in case. Would that be okay with you?"

My heart stopped beating for a second because even though I knew I had been taking my pill every day, it was still a frightening thought that there could be a possibility that I could be pregnant. I responded with a nod. I mean, what else was I going to say? *Let's just get this over and done with.*

He went over to one of his cabinets behind him and brought out a pregnancy test.

There it was, ready in his hand to be used. He handed it to me and told me where the bathroom was. He told me to pee on it and then bring it back to him as quickly as possible. I took the pregnancy test from Dr Ash, my legs feeling like jelly. Marcus followed me.

To be honest, I had forgotten that Marcus was in the room with me. I just kept staring at the pregnancy test in my hand. We went down the corridor towards the disabled toilets and even though it probably only took a minute, it felt like that walk lasted a lifetime. It felt as though every person I walked past, knew exactly what I was about to do and was judging me. I had put the pregnancy test in my pocket before I left Dr Ash's room but still, I felt like everyone somehow knew.

At the end of the corridor, on the left, was a disabled toilet. Marcus followed me in. The toilet was disgusting. There was tissue all over the floor and urine splashed on the seat and around the base of the toilet. The smell in that little room was nasty. I just wanted to do this test and get out. Get out of this toilet; get out of this hospital and go home - home to my clean and tidy bathroom where I didn't have to step over any piss.

Marcus asked me if I was okay. I nodded yes but we both knew the truth. I was happy that he was here with me though, supporting me. I took the pregnancy test out of my pocket and looked at it. Marcus rubbed my back for comfort. I pulled my jeans down and did what I had to do to get this over and done with.

We headed back to Dr Ash's room as quickly as we could. I was holding the pregnancy test in my pocket. It felt like it was burning my hand. I didn't know if that was because I had just peed on it or whether my hands were starting to burn from anxiety. It was probably both.

When we entered Dr Ash's room, he was there, at his desk, welcoming us with his pearly white smile. He was a really nice guy. I was worried at first with it being a man dealing with this matter but I had to admit, he made me feel quite comfortable. That's exactly what I needed - comfort. Both Marcus and Dr Ash were helping me and it helped me to stay calm, as calm as I could be in the situation. *Surely millions of women must go through this very moment all the time? We go through so much and what do men go through? Well, we won't go there... for now.*

I handed Dr Ash the pregnancy test and he looked down to see the result. He put it down and started typing on his computer. Marcus and I looked at each other confused. Were we invisible or what? Like, could we know the results too please? What was going on here?

He typed for another 10 seconds, although to me it felt like 10 minutes! Then he spun round to me and said "Ms Jackson, I believe you are pregnant. However, I would like you to do another test, just to be sure. Would that be okay?"

What?! Wait, what? I didn't move. Marcus jumped up, smiling. He had always wanted a child but I didn't, not yet. I was young and had so many things I still wanted to achieve. I wasn't being selfish or ungrateful, because a child is always a blessing, but I just wasn't ready. This felt like a dream. I couldn't hear anything; there was a loud buzzing noise in my ears. I could see Dr Ash and Marcus both trying to talk to me but I felt like someone had put the sound in the room on mute. I wanted to burst out crying but I couldn't even do that. I needed to pull myself together. The test was probably wrong. Even Dr Ash knew it could be wrong, that's why he asked me to take another test.

It's fine, I'll take another test and it will say this is all just one big mistake. I mean, it happens to women all the time. Women have pregnancy scares all the time, so it's not uncommon for the test to be wrong. I have been taking my pill so I know I can't be pregnant. The pill stops 99.9% of pregnancies, which is basically 100%, right?

"Ms Jackson, are you okay?" I could finally hear Dr Ash again. He had been taken off mute in my head. Marcus hugged me and said "It will be fine baby; we can do this."

Can we do this? No, can I do this? Firstly, this could be a mistake. I mean, tests can make mistakes. So let's start there. I have to take another test.

"I'm okay Dr Ash, thank you. Just in shock. Is it possible to take the other test now?" I managed to finally say ever so quietly.

"Of course! I'll get one for you out of my cabinet" Dr Ash got up and grabbed another pregnancy test. I looked at Marcus and smiled at him. He stared at me, but didn't smile back, which was strange but I didn't have time to process why he no longer seemed happy. Maybe I was just over-thinking things; maybe my mind was playing tricks on me again. He was just jumping up and down with happiness 5 minutes ago and I doubted that he had suddenly changed his mind in the last 5 minutes. I just needed some rest. Well, actually, I just needed to take the damn test and then go home and get some rest. *Sigh.*

Dr Ash gave me another test. Once again, I put it into my pocket, left the room and walked down the corridor towards the disabled toilets. Marcus followed behind me. I was happy that I wasn't going through this by myself. I was grateful Marcus was here and being supportive. It meant so much to me and I loved him even more for that. I went to hold his hand to show him how much I appreciated him but he moved his hand away. I stopped and looked at him, confused. He stared right at me and said through gritted teeth "Keep walking", so I kept walking. I didn't want to create a scene. I would try again when we were inside the toilet, away from staring eyes, as there were now a few people looking our way.

We walked together into the toilet and Marcus slammed the door behind us. I asked if he was okay and he walked right up to me, put his face against mine and spat out "What, so you want to be flirting with the Doctor right in front of me, yeah? Is that what you want to be doing? Disrespecting me like that?"

No, no, no! Why is this happening? This anger always seems to stem from nothing. How could I possibly have been flirting with the Doctor? How? I was too concerned about possibly being pregnant! I can say this to him, I can shout it from the rooftops, but it won't make a difference. Once Marcus' mind is made up on something, that was it.

"Babe, no, of course I wasn't flirting with Dr Ash" I tried to reason with him.

Bang! That was the sound my head made as he bashed it against the wall behind me. That was it. I know you must be thinking he said something more and an argument took place but no, sorry to say, that was the beginning and end of the argument. I took the test and went back to Dr Ash's room, along with Marcus, as if nothing had ever happened, as usual.

I handed Dr Ash the pregnancy test without making eye contact. I made sure of it.

Dr Ash once again checked the results of the test and this time, instead of typing on his computer, like he had the first time, he looked over at me and said "Yup, you're definitely pregnant Ms Jackson."

No, what? How?

"Are you sure?" I gasped, still avoid eye contact. *This must be a joke!*

"I'm one hundred percent sure, you are one hundred percent pregnant" Dr Ash said gently.

I was pregnant. I was terrified! What did I know about being a Mother? Nothing! I was too young and didn't have my shit together. Marcus and I didn't have our shit together either. There were things that needed changing in our relationship before I could even think about bringing a child into it. I get that if you don't want a child then you shouldn't have unprotected sex, but I had taken my pill every single day. So much was going through my head that it was making me feel like I wanted to throw up again. Or maybe it was the pregnancy that was making me want to throw up.

BABY ON THE WAY

So Marcus and I are having a baby. I did think about having an abortion, I really did, but I knew that I would regret it later. I asked myself if I would regret keeping it more than having the abortion, but then I felt so guilty for even asking that question.

The truth was, I couldn't do it. This baby didn't ask to be in the world and I was already 2 months pregnant. I heard a baby already has finger nails at this point. If my mum and every mum in the world, some being even younger than me, could do it, why couldn't I? I just didn't understand how all this time I had never had a slip up but here I was getting ready to have a baby in 7 months' time.

Marcus was over the moon about us having a baby. He said that having this baby would make him feel complete. He wanted the baby to have a fun and happy childhood, something he said he hadn't had. Don't ask me what that meant because he never went into detail and I left it at that. The only thing he said was that he had wanted to run away lots of times and how the only place he ever felt safe was under his bed when he was a child. I hoped that one day he would feel comfortable enough with me to tell me about those dark times. I believed that once he did that, we would have an even deeper connection. Not to say I had been through the same, my childhood had actually been quite good, so I knew I wouldn't be able to relate, but I could try to help him through his healing process. 'Cause he definitely needed healing.

My dad wasn't around for my childhood but that hadn't really affected me in any way. Maybe it did and I hadn't realised, I don't know. I had a feeling though, that there were things that still haunted Marcus from his past.

I just wish men could be more open about their feelings and thoughts, without them thinking it's girly or not manly. A lot of men would have better relationships if they did this. If only they understood that. They think that they are protecting themselves and us by keeping things in; but it just hurts us to see them hurting and they end up hurting others.

Marcus was a good man, he really was, he just needed to address a few things. I wasn't judging him for that because no-one is perfect. There isn't a perfect man or woman. I certainly wasn't perfect. We were going to make this work.

We were a family now, bound by our child, whether we liked it or not.

We sent a video message to friends and family, announcing my pregnancy. Yes, I was happy, as a child is always a blessing. But a child isn't something you can throw away or give up on when the going gets tough and that's the part I was most afraid of. In saying that though, I had Marcus by my side and he was happy, so I had that extra support there. That alone is more than most single mothers have, so I really needed to stop complaining.

My mother wasn't best pleased with me being pregnant but only because she felt she was too young to be a grandmother. *Kiss my teeth.*

Marcus' mum was happy for us and said she would be more than happy to help, as she was a stay-at-home wife. I think sometimes she was bored at home, with all her sons grown and living their own lives. She was excited to have a grandchild on the way that she could give her attention to. I'm not sure how Marcus' dad felt about all this as I never really interacted with him when I went around to their house. He usually came down to say a brief "hello'" and then locked himself in his room. He wasn't the sociable type and I liked it that way. Marcus' mum was the complete opposite. *I wonder how they met?*

5 MONTHS' PREGNANT

I was now 5 months' pregnant and getting used to the idea that I was going to be a Mother soon. We found out that we were having a baby boy! Yup, a boy! Marcus was so excited; talking about how they were going to be wearing matching clothes everywhere they went. It was wonderful to see him so excited about something; excited about us being a family.

Pregnancy wasn't easy though; I could no longer stand the smell of onions and I was now starting to waddle. Heartburn was my new best friend and it visited me every couple of days, without fail. All I kept eating was ice cream and chalk. Yes, chalk. It was a lot to get used to, all these changes to my body. My face was getting slightly rounder and I just didn't feel cute.

I thought Marcus would have been more helpful as the pregnancy went on but he just seemed to get more and more annoyed. At first, we went shopping and bought unisex clothes because he was too eager and didn't want to wait to find out the sex. He would rub my belly all the time, and my feet and talk to the baby, saying how much he couldn't wait to meet his child. He would wait on me hand and foot to make sure I was good. I loved that.

I didn't take the piss though. I did try to do things by myself too. I didn’t want to take advantage. Yes, I was pregnant and yes, the partner should help but I just felt a little bit bad and I wanted to stay proactive too.

As I said, Marcus was lovely for the first two months after finding out I was pregnant and then something changed. His whole demeanour changed regarding this baby. Instead of it seeming like a blessing, it was now a burden to him, both me and the baby.

One night we were sitting down watching the show Friends and he turned round to me and said, randomly "I remember when you used to be nice and slim like them women on the TV, but now you’re just fat and ugly."

I just looked at him and started to cry. He didn’t care. He just said "Shut the fuck up while I’m watching Friends.”

This was what it was like every few days. Every few days he would remind me that I was fat, ugly or lazy. He even said one night he wondered if the baby was even his. I just felt like maybe this was a lot for him. I knew it was a lot for me and I was trying to understand where he was coming from. I mean, I had put on a little weight and I wasn't able to help as much round the house, so I could get what he was trying to say, but the way he was saying it was hurtful. I didn't say anything because I just wanted to keep my stress levels down because of the baby. I didn't want to argue or fight. I just wanted to be happy.

But maybe a baby wasn't the answer to happiness for us. I was starting to realise that this could potentially become my new norm and was I ready to settle for this? Forever?

TAKING A BREAK FROM MARCUS

I ran to Khia's house with blood running from my nose. I ran as fast as I could. I didn't ring the doorbell 'cause I didn't want her mum to see me like this and I knew that she would answer the door and would know something was up. I texted Khia to say I was outside to avoid her mum answering the door. Khia texted me back saying "Okay" and within a few seconds she was outside her front door. She looked at me in shock and said "Again?!"

I asked her to be quiet as I didn't want her mum to hear or the neighbours. I asked her to follow me round the corner as I didn't feel comfortable being right outside her house. I just knew her mum would hear her big mouth and wonder what was going on.

"Again Tanisha? I thought you said he said he wouldn't be doing this anymore?" I shook my head. What could I say? How many excuses could I make for Marcus? He wasn't even making any for himself because he didn't care how I looked when he beat me up, black and blue. He completely lost it and it seemed like I was always the cause of it. Maybe it was me that made him be this bad person. I just wanted it to stop but deep down inside, I knew it wouldn't. He always told me it would, but it never did and yet I still hoped for change.

Insane is what I was and insanity is what they called it. Doing the same thing and expecting different results is called insanity. I went back to Marcus, time and time again, knowing that the results would still be the same. I had lost touch with reality and no-one could save me.

Khia pulled me close and hugged me tight. That's what I needed, that's all I needed. She was the only one I felt understood. I knew she didn't agree with it, but she didn't judge me for it, for me being weak. I knew I was being weak. Weak and foolish but I couldn't help it.

I knew I sounded like a broken record, I even felt like one too. This man had broken me and I still stayed with him. *Why? Someone tell me why? Someone please shake me and wake me up. Why can't I wake myself up? Why can't I be strong enough to say to myself this is not going to be my life?*

I started crying on Khia's shoulder. Her warm embrace had set me off and there was nothing I could do. I tried to stop myself but I had been holding these emotions in for so long. I was with a man I couldn't even talk to about the way I was feeling because he was the one making me feel this way. He was the cause of it and not the solution. He was never the solution to any of my problems, our problems.

"Tanisha, remember, you're pregnant. He can't be doing this to you while you're pregnant."

I looked down at the ground and said "I know, I know, I know."

I knew I was pregnant. I knew this was causing me stress which was probably not good for the baby, but I needed Marcus to help me. I couldn't do this on my own, I just couldn't. I didn't believe I could. Khia grabbed my face and looked me in the eyes and said "No more Tanisha, it's time to take action."

I wiped my face. It was true. What was the point of me standing here crying? That wasn't going to do anything. It was time to step up and take action to better my life. I decided to stay with my mum for a few days to really get my mind together. My mum kept asking questions about my face and why I was there but I just said that some girl tried to fight me claiming she was Marcus girlfriend. My mum was begging me and shouting at me to tell the police and that this shouldn't be acceptable.

She said I was pregnant and I shouldn't be putting myself in harm's way and that Marcus' shouldn't be putting me in harm's way. That, my mum was right about. It's funny, 'cause he actually was the cause of all harm to me. I knew the lie I told my mum was outrageous and stupid, but it was still better than the truth. They say the truth shall set you free but it wasn't going to set anyone free, it was going to get either my mum or Marcus locked up. Probably my mum, if she ever knew what Marcus was doing to me, how he was treating me. The father of my unborn child, can you believe it?

I'm sure this is not the first story you've heard where men are abusive, even to their pregnant girlfriends. It makes you wonder how far will these types of men will go? How far is too far for them? I was just happy to be at my mum's but I felt bad for stressing my mum out. She was thinking my life was in danger by some random girl. I didn't even know why I made up that stupid lie or why I was even protecting Marcus. Was he protecting me?! No, he wasn't.

The lie I told wasn't too far from the truth, though. Although, no-one had come and attacked me, I knew Marcus was seeing someone else. I'd seen how he had been acting with his phone, disappearing for hours, getting random messages that he wouldn't even let me see. I knew, I just knew. Yet, he still found time to strangle me, hit me or throw me around. Why didn't he just leave me alone and go and be with that girl? I stayed with my mum for a week and the whole time Marcus was blowing up my phone, I couldn't even make calls.

There were a few times my mum wanted to intervene but I would just tell her I was okay and I was handling it. Sometimes I would just turn my phone off thinking he would give up but as soon as I put my phone back on, there his name was, there to haunt me. It was like he was still controlling me, even though I wasn't at his house. I knew I would be back over there soon. I always went back.

SLAG

“Wake up!” Marcus had a gun pointing right at my head. It was 3am in the morning and I was 7 months’ pregnant. I didn’t panic or scream. I learnt that from being with Marcus. The calmer I was, the quicker these episodes would be over.

“You’re a fucking slag, you know that? A bitch! How can I have a bitch carrying my child... or is it my child? That is the question... since you’re a slag” he shouted in my face.

I tried to sit up.

“Lay the fuck down” Marcus shouted at me again. I laid back down.

“So you wanna be carrying another guy’s baby and be living in my yard, yeah?” Marcus asked me.

“I haven’t been—” I tried to respond.

“Shut up! I had a dream that that baby ain’t mine. Dreams mean something. So you better start talking.”

I stared at Marcus but said nothing. What could I say? If I spoke, he would tell me to shut up and if I didn’t, he’d keep telling me how much of a slag I was. For some reason I knew he wasn’t going to shoot me. I didn’t know why and I know it sounded crazy but I never thought Marcus would ever be crazy enough to do that. I know it didn't make sense as he clearly showed signs of someone that was unstable.

Marcus was crazy to a certain extent, if that makes sense. I mean, he didn't go out in the normal world and act like this or he would have been arrested. He only acted like this at home, with me.

Abusers are usually the nicest people you will ever meet. That's the scary part. The question is, is the nice part fake and the abusive part real or can someone be both? But how can they be both? How can they be good and evil at the same time?

"Do I need to slap you to wake you up? I asked you a fucking question!" he shouted at me.

"Marcus, just listen—" I tried to say.

"Get up, get the fuck up" Marcus shouted as he grabbed me by my right arm.

"Get your slag coat on and go and find out who your real baby father is" He grabbed my coat and flung it at me. I picked it up off the floor and put my shoes on.

He stared at my belly the whole time.

"Lucky I don't end that baby's life right now. What's the point of him growing up to only realise he has a slag as a mother? Get the fuck out before I change my mind". I opened the door and started running. As I was running, I thought about how much my life had changed. How I met a man and now my life was spiralling out of control and was going nowhere, just like me running. I didn't even know why I was running, because no-one was chasing me. It wasn't like I ran when he put a gun to my head, so why was I running now?

I think I was running because I knew that this is what I should be doing, running from this life, but I didn't have the courage to do it. Right then I felt like a moment of freedom. It was beautiful, but it was a lie. It didn't have to be a lie. I could leave him tomorrow, right now if I wanted. But would I? Would I actually do it?

Come on, Tanisha. Don't you want to feel this freedom? Free of pain, where my child would be safe. What would I be teaching my son? That love is a sick game and the man is my Master?

Too many thoughts and not enough time to make a decision it seemed. You know how you see these women on

TV and you shout at the TV saying "WHY DON'T YOU JUST LEAVE" but it really isn't that simple.

Well, it is but it isn't. These men lie to women and deceive them. And then wait for the woman's heart to get involved. A man never walks up to a woman and says "Hi I'm Daniel, and I'm a woman-beater."

They are usually charming, ever so charming and kind. It's all lies and they use this persona to draw you in. Once you're in, you're in. No matter the abuse, you stay, because women always believe they can change a man. Men can only be changed if they want to change. There really is nothing we can do. But one thing I did know for sure, is that men will only do as much as you let them. Some men beat on certain women but wouldn't do it to others. So I guess, I have to take some blame for all this madness.

I knew though, that if he called me and asked me to come back that night, I would.

That was the scariest part of it all.

NO APOLOGIES

I'm sure it's no surprise to you that after all these incidents, me and Marcus are still together, still together after that little gun incident which we have never brought up to this day, ever again. He never apologised and I never asked him to.

He simply just called me up and said "Friends is on, wanna watch it?" and I said "Yeah". That night, when he kicked me out, I waited until about 6am at a bus stop, and then went to stay at a hotel. I didn't want to check into a hotel in the middle of night, pregnant, as that would only bring attention to myself. I couldn't go to my mum's house. She would know something was terribly wrong. Maybe that was what I needed, to step away from this relationship, but I was so used to keeping up appearances, it was becoming the norm. I wanted the way I painted my life to be the norm, but, in reality, I was just a battered woman, wasn't I? I could go around the bush all I wanted but the bush was still there. The truth was still there. But the lies made me feel good.

So yes, we were still together and no one was the wiser on the truth of what was going on in our household. I never saw the gun again and I don't know when he got it, how he got it and where he hid it, but all I knew was I never saw it again.

SEEING KHIA AGAIN

I went to visit my mum and as I got outside her house I glanced across the road and noticed a familiar face, a face I once knew, a face that used to make me smile when I saw it, but now it brought me... pain? No, not pain, I'd move from that emotion, but definitely disappointment. Khia looked at me and when she realised I was staring at her she looked away. I didn't though. I couldn't, I had so many things to ask her. I guess she was trying to hide her bump but I already knew. People had told me. People that weren't my best friend. I was 8 months' pregnant and she was 5 and a half, from what I heard.

I heard she was going back to America too. Guess she couldn't face the music. She looked at me again and opened her mouth as if she wanted to say something but her mum came outside. Her mum said something to her and then noticed me. Her mum gave me a pity smile. A sorry-for-what-my-daughter-did smile. A I'm-embarrassed-for-what-my-daughter-did smile.

I gave a half smile back. She looked back at Khia and said something to her. I couldn't hear but Khia put her head down and I hadn’t seen her do that since we were teenagers, when she used to get in trouble at home. I laughed inside, to myself. Even though we were no longer friends, she was still a part of my life in many ways. I just wished she didn't end our friendship over a guy.

Yup, Khia and Marcus continued to sleep with each other behind my back for months after we had that little threesome, even after she knew what Marcus was doing to me behind closed doors.

Unfortunately, Marcus wasn't claiming her child. He was saying "it ain't his" and "c'mon, she had a threesome with us. Clearly she’s a hoe" and the most shocking excuse was “She was in America doing a madness, she belongs to the streets, anyone could be the baby’s father."

He thought I believed him but I knew, I knew it was his. I knew from the day he asked for his fun little birthday present. I just acted like I didn't.

The thing is, all women have little instincts about things. We may be shocked when the men do it but we always know deep down what type of man we are with all along.

We just close our eyes and hope for the best. We see the red flags, clear as day, but we close our eyes and continue on this journey of pain.

Every mother should teach her daughter about self-respect and a woman knowing her worth, because when you don't, you will fall for anything.

"Not all love is good love, honey" I wished someone had told me that. But I knew already. How did I know that? 'Cause when Marcus beat me senseless and senseless I was, I didn't tell anyone about it and covered it up.

Why? 'cause I knew it was wrong but I loved him. We say "but I love him" like loving someone else is more important than us loving ourselves. Why should someone else's feelings and love come before ours, when it is not returned? That's the mistake a lot of us make, a mistake I definitely made.

We end up using "but I loved him" as an excuse for all the bullshit and why we put up with the bullshit, when in reality, there is no reason. It's all an illusion to justify the wrong that's being done to us. But most of all, I'm disappointed in Khia. I'm not angry with her anymore, just disappointed. She knew the things I was going through with him and still, she got sucked in just like the hundreds of girls before her. It's like, even when girls know a guy no good for them, they still want to find out for themselves.

It can be written on the tin "No good" and they still want to taste it for themselves.

Well, Khia had certainly dipped her feet into the deep end and I hoped she didn't drown. She wanted a piece of Marcus and she got it. She can't take that back. Nothing can be taken back. Especially, the baby she is about to bring into this world, alone.

THE BABY IS COMING

I was taking out the rubbish bags from Marcus' house and I looked down and saw water everywhere. Oh no, it was time. I dropped the rubbish bags at the door and raced back inside to tell Marcus, who was playing PlayStation. I'm sure it was Tekken or something and he played that stupid game for hours. *What is so interesting about fake characters fighting each other?* Anyways, I ran into the living and screamed "My water's broken!"

Marcus jumped up off the sofa, dashing the controller and somehow managed to slip on the floor. Marcus came over and helped me to the sofa. The contractions had started and it was all a blur from there. I just remember Marcus running about like a headless chicken calling the ambulance, getting the hospital bags we packed, looking for his car keys, sweating and rubbing his head. Anyone would have thought it was him having the baby and not me! I just wanted to get to the hospital as soon as possible because I didn't even want to think about Marcus potentially having to help me give birth to our son somewhere on the street.

15 minutes later and we were at the hospital. I won't share all the gruesome details because, trust me when I say, some things are better left unshared. All I can say is, Marcus fainted twice and the doctors had to start helping him. My son was refusing to come out and I continuously cried to have the epidural and then got scared and never had it.

But in the end, my handsome son was born, 7 hours later, weighing 7 pounds. He clearly liked his food.

He was the purest thing I'd ever seen. He brightened up the room with his no-teeth smile and big eyes. I had never felt love and protection for someone else like this and I couldn't believe that he had come from me.

He was perfect. I gave him a kiss on his forehead and told him that mummy loved him and he just stared back at me. I wanted him to know that I would do anything for him, anything. Marcus stood up and kissed his son too and then he kissed me. This was a beautiful moment. I now had my own family and it was complete. I'd never seen Marcus melt over anything or anyone before, not even me, but I saw this when he held his son for the first time in the hospital. A tear dropped down my cheek, not just because of that but because it had been such a journey to get to this point and

I was finally at peace. I just wanted this moment to last forever. Maybe now Marcus would see he had more to live for. I truly believed that this time it would be different because, like I said, we were a family now. Something to fight for.

PERFECT

The first few months after returning home from the hospital was amazing. Marcus was so helpful! I was shocked at how much he was getting involved and really taking on his role as a dad. Everyone came round to visit, from my mum, to his mum, my friends, his friends, everyone! They all said he was so handsome and looked just like Marcus. Damn it. I mean, of course my son would be handsome looking like Marcus. Marcus was a very attractive man, I knew that. A lot of women knew that and Marcus knew that too.

Everything was perfect, just the way I imagined it in my head. My own little family.

Marcus was waking up at night and rocking Joie to sleep. That was our son's name, Joie. It means Joy in French. Marcus was changing Joie's nappies, bathing him, playing with him, dressing him up so they matched. You know, all the stuff fathers get excited about doing with their first child.

Even though me and Khia weren't friends anymore, I still wished that she could have had that - her child's father there for her and her child. I didn't wish that on anyone. I know it was her fault and she knew exactly what she was doing, but did she? I don't think anyone could understand what type of a man Marcus was, what type of spell he could have you under. There are a lot of things women say they would never do, and yet, somehow, a man can make a woman do all these things she swore she would never do. It's just the way life works sometimes.

But like I said, everything was going great and I was happy.

CRACKS IN THE WALL

Joie was now 1 years old and was trying to put everything in his mouth! I couldn't leave him alone for one minute in the house so I would try to take him out during the day, to the park or the library, where they would have a session for babies. All these little things were helpful 'cause by the time we got back home, he would be tired.

Exactly what I needed him to be! It is not easy having a child but I wouldn't have changed him for the world. His smile with his four little teeth made me forget about all the hard times with him.

I was heading back home from being out for a few hours and Marcus was home. To be honest, he worked from home most of the time, which was odd to me as I'm sure he should've been out showing people homes and stuff like that, yet he was always at home in his tracksuits, chilling. I didn't ask any questions, I just left him to it. The bills were still getting paid and Joie was getting taken cared of financially, so that was all that mattered to me.

I had been considering going back to work though. Yup, Marcus didn't want me working anymore once we started going out. I felt like, even though I was Joie's mother, it would be nice to work again, have my own money and to be independent.

It was nice that Marcus started paying for everything, at first, but when he was in a bad mood, I couldn't ask him for anything and I hated that.

I did appreciate him though, because that must have been a lot of stress on him, providing for all of us.

I came back home from taking Joie to the park and Marcus was downstairs in the living room using his laptop. I took Joie out the pram and came into the living room and gave Marcus a kiss. I put Joie in front of the TV and put CBeebies on for him.

I went to sit next to Marcus and leaned on his shoulder. He was fully focussed on his work. I just saw a bunch of words on a screen and I had no idea what it was about. I must have dozed off and not realised because I woke up to Marcus shouting "For fuck's sake, he's crying again!". I jumped up and could see that Joie was crying because his finger was stuck in a toy, he had managed to pick up in the living room.

I ran over to Joie and helped him take his finger out of the toy. I didn't even know how he managed to get a finger stuck in this McDonald's toy!

Like I said, he touched everything. I couldn't take my eyes off him, but I did and clearly Marcus wasn't watching him either, but that was fair, because he was doing work, so it was really my fault.

"All the fucking time he's touching something or crying, can't he just sit the fuck down" Marcus continued to shout, for all the neighbours on the next road to hear.

"Marcus, he's just a child and his finger was stuck in a toy. Any child would cry" I said, annoyed. Marcus looked at me like I had lost my mind, like who did I think I was talking to?

I was talking to him because at the end of the day, Joie was a child and HIS son had just hurt himself. Did he want his son to cry in silence? What did he not understand? I get that he was trying to get work done but his son was hurt. I picked Joie from the floor and put him in my arms and kissed him. Mummy would be there for him, mummy understood.

"So you think you can talk to me anyhow now, yeah? Going out to your little trips to the park and now you think your bad?" Marcus says sarcastically. I rolled my eyes, this was stupid. I didn't want to argue in front of Joie. I didn't want him to take on this negative energy that was in the room. Children pick up on stuff like this.

"Marcus, I haven't got time for this, I'm just going to take Joie upstairs" I said with an exhausted tone. I started walking towards the stairs and Marcus followed me shouting.

"Well, you know what Tanisha, since you're going upstairs and you want to be walking away from me, make sure you stay up there! In fact, you ain't sleeping in my bedroom anymore."

I turned around and looked at Marcus.

"Yeah, that's right, my bedroom not yours, it's mine, since I pay for everything round here and I do own this house. You can go and sleep in the spare room."

I went upstairs and took a few things for Joie and went into the spare room.

"Look at you, your fat anyways. I don't want you in my bed, breaking my bed with your fat thighs. And I'm tired of looking at them dirty stretch marks every morning" Marcus shouted before I closed the door of the spare room. I didn't care about anything right now except for trying to avoid an argument, for our son's sake. I was used to all of this from Marcus but Joie wasn't and I didn't want him to be. Marcus had been such a good dad so far, kind and patient but maybe today he was just stressed out and Joie's crying took him over the edge.

I thought that Marcus was just stressed that day and everything would go back to normal, like it always did, but it had been 3 weeks since he made me sleep in the spare room with Joie and I was still there. I wasn't allowed downstairs anymore, only to eat or to get something for Joie. *Does Marcus not love me anymore? Does Marcus not love his son anymore?*

MORE VICTIMS

I heard the doorbell ring. It was about 10pm, on a Friday night. I opened the door of the spare room with Joie on my hip and went to the top of the stairs. It was this beautiful tall slim woman. She kinda looked like me, how I looked before I met this man, Marcus.

She was so happy and full of life, not realising she was in the wrong place trying to find heaven or happiness. Marcus only served lies, deceit, hurt and pain. A pretty little hell. I wished I could say something to her. I wished someone could have told me these things when I met him. I wished there was a sign above all men's heads letting us know exactly what we are getting ourselves in to.

That would have been helpful. Mothers wouldn't end up being single parents, children wouldn't be fatherless, suicide would be less, hearts would be less broken and women wouldn't lose themselves so much. I thought about telling this woman, saving her, helping her. But the words wouldn't come out, they just wouldn't. A tear dropped down my cheek. I shed a tear for her. Maybe she'd be the lucky one, I thought.

I must have been staring too long and too hard because she stopped smiling and looked at me. I froze. Marcus looked at me with hate in his eyes. She said "Who's that?" He put his arms around her and smiled "Oh, that's my cousin, she just landed from Saint Lucia. She's staying here for a few days."

The girl breathed out a sigh of relief. "Oh" she responded.

"Say hi cuzzy, what have I told you about manners" Marcus said to me through the grit of his teeth. I just stared at him. I said nothing. Our son started crying. That broke up the tension. I turned away and went to attend to him. I overheard the girl say "Is she alright? Looks like she's been crying?"

Marcus replied "She just home sick and plus, she a single mum as well. It's hard, that's why I've let her stay with me for a while."

"Aww babe, you're so cute" I heard her say as she went to his room.

I held my son all night as I heard screams of passion coming from Marcus' bedroom next door. There was no saving her now. He had taken her soul for good. If only she knew what I knew now, about soul ties, about the reason why people wait until they're married to have sex. Sex is so important, yet we as woman give it away for free, for nothing, for hope, for love, but we don't realise we are the ones in control.

Even though I didn't know her, we were tied together now under the meaning of soul ties. She had let his soul enter her and a little bit of him would remain in her for life. A little bit of evil.

It's a shame because I could have saved her, I could have said something. Yet, without me knowing, I willingly took part in this trap. I let him use her. I did. I was just as bad as him. I could hear him saying all the sweet nothings he used to whisper in my ears, to her. The exact same words. The exact same words he had whispered to the girl a few hours ago before her. To the girl yesterday and the girl the day before. The exact same words.

Hopefully she wouldn't one day become his "cousin". I hoped and prayed none of them did. If they knew what was good for them, they would run, run until their feet hurt. Even that pain was more bearable than this hell I lived in.

That night, when my son had fallen asleep, I went into the bathroom and opened the cabinet and there it was - The end to all my struggles and pain, the answer I had been looking for. It was the perfect answer, in fact.

I took out the bottle containing my perfect little answers and opened it up by taking the lid off the top. I took out 10 perfect answers to ensure the success rate was high enough to end my struggles and to ensure it would definitely work. I sat down for a moment, with the little mini perfect answers in my hand and with a bottle of whiskey close by my side.

I went back to the spare room and looked over at my son sleeping peacefully in the bed and I smiled. I stared at him for a few moments. I fell to my knees. I couldn't do it. I couldn't take him with me and I couldn't leave him here either. These little mini answers in my hand were someone else's answer, but they weren't mine.

My son relied on me. I was the first person he ever knew and trusted. I am his mother, his protector. I could never separate myself from him. Who would have him? Marcus? Over my dead body! My son will be nothing like him. He may look like him but he is nothing like his Father.

LOSING MYSELF

After a month of Marcus having his fun with various different women, he decided I could come back to "our bedroom" with "our son". Bless him. He thought he was doing us a favour. *So kind and thoughtful of him, isn't it?* If you knew Marcus, he didn't say sorry. He simply kissed me on the forehead and told me he loved me. I almost threw up in my mouth.

The next day Marcus went out at about midday, saying he needed to go and handle something to do with his job. I didn't say anything to him. I just nodded my head. He kissed Joie on the forehead. I sat up in "our" bed thinking about how I got myself into this situation and how I really had ignored all the signs.

I thought about the day I met his friends and the day I met his family, the way he treated me, the way he used to get short-tempered and play it off as if he was joking.

I thought about so many things and what kept crossing my mind was, did he treat all his exes like this? Or was it just me? Surely, it couldn't just have been me? Or was I the weak one? I mean, he didn't have any children so was I the one stupid enough to get pregnant. Well, me and Khia.

What am I missing? I don't know anything about his past relationships. Nothing. Who were they? What did they look like? Could we all relate? Did he pick similar girls? Before I never cared to know about his past because all I cared about was us.

That's what seemed important to me but, really, I need to know some things. *Like, why didn't his past relationships work? Was it their fault? Was it his? Did something happen in his past relationships that makes him the person I see today.* All these things had been relevant and I had been so much in fairy land that I didn't ask these important questions.

That wasn't like me. I never missed details to things and I always asked more than enough questions so I knew who I was dealing with.

Big mistake.

As I thought more and more about it, I remembered what his mum said to me the first time I met her. She said something along the lines of "to know where a man is going, you need to know where he's coming from."

I never understood what she meant when she said that or why she said that. It was strange and random to me and I was still not entirely sure. *But what I do know is, she was trying to tell me something, something that I need to know. I know it's a risk but I needed to make a visit to his mum's house.*

It had been a while since I'd been there. I told Marcus I didn't want to go to his parents' house anymore because I felt uncomfortable sometimes, because of his dad. Marcus said that's how his dad was as a person and that I would get used to it over time.

I'm not sure about that but I need to see his mum and I need to see her now.

I didn't wanna call 'cause if I did, she would think I was coming with Marcus, and I wasn't. I was going alone. Marcus was out watching football with his boys. Well, that's what he told me anyways. It was 5pm in the afternoon. Marcus didn't like me leaving the house without telling him. So I texted him to say I was going to Tesco, which was maybe 30 minutes away and right next to Marcus' mum's house.

I texted him because he had a habit of randomly ringing the house phone and then hanging up, just to make sure I was at home and alone. I knew it was Marcus because no-one else had our home number. I mean, HIS house number.

The thing was, I always remembered what Marcus said. It was him who always forgot what he said. So when I used to tell him someone was calling and hanging up, he would say "Ahh, it's probably one of my boys" But on other days he would say that his boys don't have his house number, 'cause they didn't need to know when he was at home. So who was calling then? I just always played the fool. Marcus liked to think he was smarter than me and, in many ways, he probably was, because here I was, still with him.

I got up, washed and dressed myself and Joie. I put on a top with long sleeves to cover the bruises on my right arm, where Marcus had thought it was fun to play 'Chinese twisters' on my arm. Another one of his sick little games. He said it was just a game and I should lighten up. I put the rest of my clothes on, put Joie in his pram, picked up my Nike trainers, grabbed my door keys and headed out the house. I wanted to get back before Marcus did and that wasn't long. He was never gone for too long. I got the 109 bus to

Brixton station and walked to Gresham Road, which was about a 5-minute walk from the station.

There it was, Marcus' parent's house. I was nervous. I was scared. I was also determined to find out the truth, whatever that was. I knew it wasn't going to be pretty, but neither was this relationship.

I took a deep breath and walked down the pathway with the pram. As I walked up to the door, I knew someone was in. I didn't know who but I knew someone was in because the lights were on and I could see through the curtains that someone had seen me, so it was too late to turn back now. I just needed to breathe and keep walking.

I stopped outside the door. I thought about what I was actually doing and wondered for that split second if I had lost my mind?

What am I doing at Marcus' parent's house without Marcus? Who do I think I am, coming here and thinking I'm gonna demand answers about her own son.

This didn't make any sense, but it had to. It had to, because this was my only hope. I was losing myself. I was losing my will to live. I needed something. I don't know what but I needed some kind of reasoning for the madness. I had to do it.

ONE OF THE SAME

Before I could knock on the door, Marcus' mother opened it. We stared at each other, for what felt like forever. I tried to talk but nothing came out my mouth. I closed my eyes and said “I need to speak to you; I need the truth.”

She looked at me sharply and paused. She smiled at Joie, who was sleeping, thank goodness and then opened the door wide and said “Come in.”

I breathed a sigh of relief with watery eyes. I followed behind her into the house. She went into the kitchen and I followed. The house was calmer this time, compared to the others times I had come here. It seemed peaceful.

She sat down and said “No-one in the house, just me. Have a seat.”

I sat down and took my coat off; it was quite warm in the house. I rolled up the sleeves of my top, half way up my arm. I put the pram next to me so I could keep an eye on Joie, who was peacefully sleeping and didn't have the slightest idea what was going on. I thought that was best.

Marcus' mother stared at my right arm, to the point where I had to look down at my own arm to figure out what she was staring at. I had forgotten to remind myself not to roll up my sleeves. I quickly pulled down my sleeve, but it was too late.

"What happened to your arm?"

"Fell over" I replied quietly.

She looked me straight in my eyes and then got up to put the kettle on and asked,

"Want a cup of tea?"

"That would be nice, thanks" I replied, relieved that nothing more was said about the bruise. I was starting to regret coming over. As she grabbed the kettle and turned around to fill it at the sink, I noticed a huge dark bruise on her upper back, on the right side. Before I could stop myself I asked "Oww, what happened to you back? It looks painful."

I heard the tap turn off immediately. She stood there but she didn't say a word. She slowly turned around and put the kettle to boil and said "I fell."

It suddenly got very cold and chilly in the kitchen. We both stared in each other's eyes for a minute or so. No-one spoke but a lot was said through our eyes.

Energy is a powerful thing. Body language is a powerful thing too.

I guess we both fell then. We had that in common, those many falls that caused us these bruises. Just like me, I'm sure it wasn't the first bruise and it wasn't the first fall.

The kettle made a noise, letting us know it was ready. The silence was broken.

"Ahh, kettle's ready."

That discussion was over. Everything went back to normal. Well, whatever normal meant.

Marcus's mum made us both a cup of tea. I'd noticed how people always tend to drink tea to make themselves feel better or when they were about to have a gossip.

But for me, tea was just tea. It wasn't going to make my situation better and I wasn't here to gossip to Marcus' mum about Marcus. I noticed that she never once asked where Marcus was or why he wasn't with me. I felt like she kind of knew why I was here. Not exactly why, because I didn't know myself, but I felt like she knew this day would come.

We both sat there sipping our tea. I asked where Marcus' dad was, just to start conversation and she said "He's out". She then asked me where Marcus was and I said "He's out too" Like father, like son, eh?

We both sipped our tea and stared at each other. She looked at me as if she felt sorry for me and I looked at her with pity. It was like looking at an older version of myself and I'm sure she saw a younger version of herself in me. I would end up being her if I didn't put a stop to this situation.

Is this it? Is this where my life is going to end up? Drinking cups of tea and having lots of "falls"?

No, this wasn't my destiny. It wasn't. I had to figure out how to get out of this hell that I was in. It was time. It was time to get to the point, the point of why I was here, why my body made me come here. It was for a reason and I was about to find out.

THE TRUE TEA

"Is there anything I need to know about Marcus?"

I just said it. I just said exactly what I wanted to ask. Marcus' mum looked down at her cup and said "What do you want to know?"

She didn't ask why I was asking or what I meant by asking that question and that was because she knew why and she knew exactly what I meant.

It was time, time to ask the questions I never did and get some answers, 'cause Marcus surely wasn't going to tell me anything and if he did, it definitely wasn't going to be the truth.

I replied back to her and said "Everything."

She got up and went upstairs. I heard boxes being moved and the sound of her rustling through some papers. I stood up slowly and poked my head out the kitchen to try and hear what she was doing. I heard her coming down the stairs so quickly sat back down and acted normal, sipping my tea. She came back into the kitchen holding a piece of paper in her hand. She didn't sit back down. This time she was standing, which made me feel uneasy. She looked nervous and unsure for some reason. I started to wiggle in my seat.

What is that paper in her hand? Should I sit or should I stand too?

I felt sick. I decided I didn't like tea. She picked up her cup with her right hand and said "You sure you want to know?"

I swallowed really hard. I was sure she heard that. I nodded yes and then said "Yeah I'm sure."

She breathed in heavily and then gave me the piece of paper. I was just about to unfold it when she put her left hand over the paper and held onto my hand saying, "Just so you know, I love my son, but he needs help."

I nodded and she waved her hand as if to say "Go ahead and open it."

THE LETTER

I opened the letter. It read:

Dear Marcus,

This is the last time you will hear from me. You broke me, I am nothing but a broken woman because of being with you. I definitely had some parts to play because I shouldn't have let you treat me like this. You never loved me. I wish you did but you just loved the fact that I was there for you to use. Use, use, use, was all you did. Every day it was a new bruise, a new accusation. What did I do to you? But today, I have decided to finally find my inner strength and leave you. Me and your baby. Yes, I am 4 months pregnant but I'm taking our baby with me, to heaven. I can't do this anymore and I know I can't be with you. I know you will never truly let me go. You will never truly give me happiness. I am in hell, but not anymore. I feel free writing

this letter. I'm sorry for the pain this may cause your mother, I liked her. It's a shame you are nothing like her.

Love Sasha xx

(I still love you Marcus)

I kept reading the last few lines of the letter, over and over again. I held the letter in my hands and stared at it. All I heard was Marcus' mum saying "You wanted the truth, baby girl, this is the truth. Like I said, I love my son but he is just like his father and I don't know if I can save him."

I felt like I was having an out-of-body experience. I looked up at his mum, the woman who had finally opened my eyes as to just how deep in I really was.

So, this was not the first time Marcus had done this? He ruined this girl, broke her.

Just like what he was doing to me. But I wasn't going to end up like her. I had to make a change. I didn't know what to do or how, but I knew I couldn't end up like her.

I had a son to raise. Such a shame she couldn't see her child as strength for her to stay in this life. But what I do know is, she was right. Marcus wouldn't have let her go, just like he wouldn't let me go.

Men like this never want you to be free.

I opened my mouth and said "So is this what you meant?"

Marcus' mum looked at me confused and said "What do you mean?"

"Is this what you meant the first time I came here, when you said "to know where a man is going you got to know where he comes from?"

She looked at me long and hard and said "Yes, that's exactly what I meant. He is just like his father and you needed to know that. Don't end up like me because I wasn't strong enough to leave because of my kids. And for my kids, I live in hell every day. And it's the biggest mistake I've made because now I have created a monster, all because I stayed. I'm too old to change my life but you can."

I just nodded and said "Can I keep this?"

"Yeah, but don't let Marcus know you have that. He doesn't even know I have it."

"What do you mean?" I asked. "How did you get this and when did this happen?"

She took a seat and breathed in and then out heavily. Years of stress had taken a toll on her. You wouldn't tell this from meeting her because she had aged beautifully but her spirit was tired and worn out. She opened a drawer next to her and pulled out a pack of cigarettes and a lighter. She pulled a cigarette out of the box and looked at me, saying "Want one?" I shook my head.

"I didn't know you smoked" I said.

"I don't" she replied back. Tea and cigarettes are a lot of people's solutions to numb the pain of what life brings to them. But does it really numb anything? Marcus' mum lit up her cigarette and began puffing, and puffing, and puffing. It seemed to calm her down or prepare her for what she was about to say. Either way, I was sitting, ready, for whatever road I was about to go down. Nothing could be worse than this letter. Nothing.

"Where should I begin" she said as she puffed away at the pain she was going to endure for me.

"Sasha was a sweet girl, just like you, but she was lost. She didn't have her dad in her life, just like you and her Mother was never around because she was off with her much younger boyfriend. The same boyfriend that tried to touch

Sasha. She tried to tell her mum many times but her Mother wouldn't listen. Her Mother chose the boyfriend over her daughter and as she was going through a hard time, dealing with that and that's when she met Marcus, in Tesco, I think. Marcus must have charmed her because she was so in love and dependent on him. She thought he could save her and he did, for a bit. But she was yet to find out that he was troubled himself. He needed saving himself. They were both deeply in love and always together but something went wrong.

Marcus was seeing a lot of the abuse that was happening here, where he would have to intervene and would get hurt a lot of the times by his Father. He pretended a lot and kept things in but I knew it affected him. I tried to talk to him about it a few times, but he always brushed it off. He wasn't good with expressing his feelings and that came from being around his Father. His Father would always tell him when he was little that only girls cry and always used to shout at him the few times when he did cry, saying 'Are you a girl? Are you a girl? So why you crying!?' So that stayed with him. He hasn't cried since he was 7 years old. Only girls felt hurt and pain. Men didn't. And so, he acted like he didn't."

Marcus' mum continued puffing away saying "Their relationship started to get physical. At first, I didn't notice, but after a while I started seeing bruises and hearing her say stuff I used to say and I sat her down, just like I did you. That's when she told me she was pregnant. I was so excited. I thought this would change everything but she didn't seem happy about it. She seemed lost, like a lost little girl. She was so beautiful but her soul was gone. There was nothing left. She told me she was leaving Marcus. I didn't know what to say. I knew it was the right thing to do but I just didn't understand how she could leave him when she was pregnant. This was when she would need him most, I thought. That was my mistake that I have to live with. I stayed for my kids and look at me? Sasha looked at me and smiled at me. She smiled at me as if she finally knew everything was going to be alright. That she had a plan. She told me she would be in contact with Marcus later and that she was going to her mum's house to tell her the news. That was the last time I saw her. Sasha's mum called Marcus around 2am the following morning saying she needed to speak to Marcus face-to-face urgently. When Marcus told me, I felt it, it was like I knew. I knew she was gone. I knew because I had the same idea once but I never actually went through with it. But I do know what a girl like that looks like. She was a dead girl walking. Marcus had taken everything out of her. Destroyed her.

Me and Marcus drove to Sasha's mum's house. Sasha's mum was crying and screaming at Marcus and tried to fight him. The boyfriend had to hold the mum back. I was so confused but at the same time, I wasn't. It was a weird feeling.

Sasha's mum started shouting 'You! You did this! You took my daughter and grandchild from me'. Marcus was like 'What? What you talking about? Lemme see her, where is she? What grandchild? Lemme see my girl?! Where is she?!'

Her mother threw a piece of paper at Marcus. I picked it up quickly and put it in my pocket. Sasha's mum screamed at Marcus 'SHE FUCKING DEAD!'

Marcus froze. I fell back and almost lost my balance. She was dead. My grandchild was dead. Marcus shook his head and said 'What? What the fuck you mean she dead?! Where is she?'

Sasha's mum got out of her boyfriend's grip and ran to Marcus and spat in his face. The boyfriend held her back again. The boyfriend then said to Marcus 'I think it's time for you to leave'. Sasha's mum shouted 'You fucking killed her, you piece of shit. My only daughter' as she broke down and fell to the floor.

'Just leave, before I call the police' she said, sitting down on the floor at the front of her house. I grabbed Marcus' arm and we walked back to the car. We drove back in silence. As we got nearer the house, he asked me what the piece of paper said. I pulled it out of my pocket and gave it to him when we parked outside my house. He got out the car and ran to his room with the piece of paper.

He stayed in his room for two days. Not once did he come out of that room. No-one could talk to him, no one could help him. I didn't bother going up there because he did this. He didn't wrap the rope around her neck physically, but he killed her. He was, and is, a murderer. He kept that letter and hid it under his bed ever since.

When he wasn't in the house, I would go under his bed and read it. I've read the letter a thousand times and cried a thousand times for that girl. I thought he would have learnt.

That girl was me and you, but please don't end up like her. Make it through this please. I don't want to lose another grandchild. Leave him! Leave him and never look back. Break the cycle."

NUMB

I was shocked. Was Marcus' mum really telling me to leave her own son? Did she really call her own son a murderer? I couldn't believe the person I had spent all this time with was a murderer, a guy who had put someone through this before. Yes, he had an awful upbringing, but why didn't he choose to break the cycle? He wanted to protect his mum from his dad, but he was just like his dad!

Doesn't he see that? My son isn't going to end up like him. No way, the cycle is going to stop here. I am not going to be like that girl and my son isn't going to be like Marcus.

As I said, my son looked like Marcus but he was nothing like him. I wasn't going to make the same mistake his mum did. She didn't have to worry about that.

I now had the truth I was looking for, that he had done this before and that he had issues that he couldn't shake, issues as a child that had affected his adult life and how he treated people. But I couldn't make excuses for him anymore. He was wrong.

He didn't kill the girl, but he might as well have. He broke her soul and once the soul is gone there is nothing left, nothing to keep you together as a human being, especially when you're not even being treated as a human being by your own boyfriend, who was meant to care for you and protect you.

Marcus has done bad things 'cause he had seen bad things. I wondered how many men walk around with this chip on their shoulder and affect every woman they meet because they don't know how to deal with their problems? We as women are always better at handling our emotions. It's like we are put on earth to carry our own struggles and our men's. But who is there to lift us up when we fall?

What Marcus had seen because of the choices his mother made was sad, but like I said, I wasn't going to make excuses for him. He was wrong and he knew he was wrong. His mother wasn't wrong, she just made a bad mistake which affected her son and others around him and she had to live with that.

I'm not judging her though. Most mothers do what's best for their child. I was a mother and knew I had to do what was best for mine too. Was I going to end up being like his mother? They always say a man ends up with his mother but I wasn't going to be his mother. I couldn't be. I had more hope for my future. I didn't want to walk around on this earth with a dead soul. So when people saw me, all they saw was emptiness and pain. No, that was not going to be my story.

I had the letter in my possession, but what was I actually going to do with it?

Tell him. Tell him you know everything.

But what would be the outcome of that? Honestly, what would be the outcome?

Maybe I knew the outcome wouldn't be good and I was a little afraid to bring it up, but on the other hand, the outcome was looking like it was going to end up bad either way. This wasn't just about me now; this was about my son. I asked for the truth and I got the truth. So the truth was, I would have to confront him. No, not confront him, but inform him I knew what and who he really was and what type of damage he caused people. He thought it was okay to take his pain and issues out on others who cared about him most.

Is that how he thinks life works? Not only that but because of him someone has committed suicide and he still keeps doing the same things.

Albert Einstein believed strongly that people who did the same thing but expected different results, were insane. It was a type of insanity and I agreed. It's like Marcus couldn't see all the destruction he was causing.

Marcus only cared about himself and felt like he was the victim. Can you believe that? Him, thinking he was the victim?

Until he found himself, he would ruin every woman he met. I had to, somehow, end this horrible cycle, but how? Where would I start? I was just Tanisha, from South London, not a super woman who could make the impossible possible. I wasn't Iyanla Vanzant. I was just me. Was I really enough to stop Marcus, when his own mother couldn't?

A LOSING BATTLE

My phone started to vibrated. It was Marcus. "Where r u?" he texted me. I didn't reply back. I was on my way back; I was 5 minutes away. I wondered if he was in the house waiting for me. He usually wouldn't be back home for another half an hour. As I started getting closer my house, I just had this tight feeling in my stomach. It usually meant it wasn't going to be a good day.

I walked up to the house with Joie in the pram. There was silence. My feet sounded so heavy and loud. It was as if my feet were fighting against me, dragging me backwards to escape whatever ordeal I was about to face. Why? That I didn't know, but I knew Marcus.

Well, I thought I did, but judging by this letter, I didn't. I didn't know he was capable of causing so much pain.

I stopped at the door with the pram and pulled out my keys from my bag and was about to open the door when the door swung open. It was Marcus. Clearly, he had been watching me from the window, probably from the beginning of the road.

He said “Had fun outside did you?"

I just stared at him.

Here we go again. It isn’t going to be the nice Marcus today, but I’m ready. I think I’m ready. I hope I’m ready.

I felt like I was about to go into a war zone and the only protection I had was this letter. I didn't want war with Marcus. I just wanted to understand him and tell him he didn't need to be like this but I knew that was all too simple for a guy like Marcus. He liked destruction. That's what he had seen and that's what he knew. It was a comfort zone for him but it wasn't going to be a life for me anymore.

“I went out to get a few things from the store, is that alright?" I replied as I pushed the pram into the house. Marcus’ eyes lit up "What did you say?"

I didn't answer, I just unzipped my coat and hung it on the staircase. Maybe I shouldn't have said that.

"Tanisha, I asked you a question. What did you just say to me?"

"I said I went out to the shop" I said quietly. It was almost like a whisper.

"Nah, nah, you said something after that" Marcus said, staring at me intensely.

"Did I?" I said, pretending to act confused. I wished he would drop this. He never liked to let anything go, yet I always seemed to let whatever he did to me go. "So what did you buy then?" he asked, as he tried to grab my bag.

I pulled my bag away from him. "Could you not grab my bag" I said firmly but calmly. He went to grab my bag again and pulled it from my grip. I didn't mind because the letter was safely tucked in my bra. I knew the man I was dealing with; I wasn't that stupid. He started rummaging through my bag and then emptied everything onto the floor. I just stared at him. As I said earlier, always looking to be destructive. He was like a child who was having a tantrum. A grown-ass man having a tantrum because I went to the shop. Can you believe it? This was the same guy who got my best friend pregnant but I couldn't go to the shop. He didn't see me asking when and where he was sleeping with my best friend. How people throw huge stones in their glass houses.

"So what the fuck did you buy? 'Cause, unless it's a pen, I don't see shit in this bag". He was talking and talking but I didn't hear anything else. I had blocked his words out of my head just like I blocked all the other things he did to me. I was numb to the things he said and had done to me at this point. I just kept thinking to myself *bring out the letter, bring it out!* But my hands wouldn't move. I didn't want to make sudden movements when he was acting like this. It would be just another excuse to inflict pain on me. His words I didn't mind, they didn't hurt me anymore, because he said hurtful things all the time. At times, I imagined the spiteful words he said to me were compliments, because I never got those anymore.

How I would love a man who just gave me that. He wouldn't have to buy me one gift ever. All I would want is compliments, compliments as gifts.

"Tanisha, did you hear what I said?" Marcus shouted. I had unblocked him and allowed him back in.

"Marcus, can you calm down please? Your son is sleeping" I said back to him in a calm tone.

"Don't tell me what to do! Take off all your clothes. I wanna check your knickers."

"What? Marcu—" I said in shock.

"Did I stutter? I said take off your clothes and let me see your knickers" he said through the grit of his teeth and began dragging my top. I started undressing myself and as

I did this, I treated every piece of clothing as a level of respect and how I was removing my respect from myself. Although, the respect I had for myself had been removed a long time ago.

Marcus didn't respect me, but most importantly, I didn't respect myself. Love was not enough and love certainty didn't do this. Actually, love does do this, because love is what you make of it. What others wouldn't tolerate or stay around for, someone else would. You would think by the way I talk that I was someone who had sense, who would know exactly what was acceptable and what wasn't. I knew now. I knew so much now. I could smell a 'Marcus' a mile away now and that person wouldn't stand a chance, wouldn't dare talk to me. 'Cause I wouldn't be their punching bag, now. But in that moment, I didn't know my worth. I had stripped all my self-worth, respect and self-love, along with my clothes.

When I looked at my top and jeans laying there on the floor, they were crumpled and worn out, just like me. My clothes looked hopeless, just like me. I could relate to them in that moment. I wanted to crumple up and hide too. Just like them, I had had enough. My life needed straighten out, just like my clothes.

THE LAST STRAW

"Why the fuck do you still have your bra and knickers on? I know you're used to taking them off left, right and centre, so don't stop now. Take them off! Take them off like how you took them off for whoever you met today. Go on! Before I get mad."

Marcus was shouting like it was making me scared. I was used to his shouting. Our son had now woken up. He was quiet, he didn't cry or move, but he was watching. I just kept thinking about the letter I had in my bra. Obviously he couldn't see it and I wasn't sure if I wanted him to. But by the looks of it, it was looking like I had no choice. In a way, I wanted to have no choice. This was maybe what I needed because maybe I wouldn't have been able to do this on my own.

Breathe Tanisha, just breathe.

"Fucking slag, all you do is open your legs. Why did my son have to have you as a mother? He's gonna grow up hating himself 'cause he has a slag as a mother."

That was it. I ripped the letter out of my bra.

"A slag of a mother and a murderer as a father too!" and I dashed the letter at him. Marcus' left eyebrow rose but he didn't move. It was like his legs were trying to, but his body wouldn't let him. I stood still too. I looked at the stairs and thought about running up them and hiding but I didn't. I had run enough. I was always running away from my problems. This time, it was his time to face the truth just like I had to face the lies and realise that this relationship was not okay. That, how he behaved was not okay and I wasn't going to enable it anymore. Besides, I wanted to hear what he had to say. How was he going to manipulate this situation? I already knew the truth.

It was time for him to face it, just like me.

Marcus finally looked up from the floor and stared at me.

Yeah, you stare at me Marcus. You stare.

I wasn't afraid of him. After a while you don't get afraid. You get accustomed to things. That's how I finally knew I was nearly at the end of this battle because when you're finally at a place of no fear, you have won the mind battle for sure.

My son started to get restless so I took him out the pram to go and play. I could see him climbing the stairs and wobbling to "our" bedroom.

"Where did you get this from Tanisha?" he asked me.

I laughed. "Where did I get this from? Shouldn't you be more worried about why a girl is dead? She dead 'cause of you!"

He nodded his head, picked up the letter and crunched it up in his right hand. He wiped the snot running down his nose and started walking upstairs. I started putting my clothes back on, but then I heard "come here son, daddy wants to talk to you"

My heart stopped. *Would he? Would he really bring our son into this?*

I ran to "our" bedroom. There Marcus was, holding our son with the window open.

He looked back and smiled at me. I said, with despair "Marcus, what are you doing? Let's talk about this."

Marcus smiled and looked at his son. "What's there to talk about? I'm just holding my handsome son. Even murderers can hold their sons, can't they?"

I tried to move closer every chance I got, while trying to distract Marcus with conversation. I honestly didn't think Marcus would hurt his own son, but I couldn't take that risk. In fact, I wasn't going to act like I knew Marcus. I didn't know Marcus.

Once upon a time, I would have sworn blind I knew this man. I would have said I knew him but he was different when he lost his temper. What I did know was, I was awake, I was wide awake. I could see Marcus for what he truly was. A monster. A monster that didn't even know he was one and would harm and destroy whatever and whoever and at this point, possibly his son. Marcus could throw me around and knock me out as much as he liked but he wasn't going to bring my son into this. He wasn't.

"Course you can hold your son Marcus and let him know you love him" I said, as I continued to edge forward slowly and quietly whilst Marcus looked at our son in his arms.

Marcus laughed. "You think my son don't know that I love him? He knows! I love him with all my heart but, like you said, to have a father as a murderer and a mother as a dirty little slag ain't no way to grow up. I wanna take him from the misery he's going to face. What I had to face."

What does that mean? Take him from the misery he would have to face?

"Marcus, I know you went through some things in your life. Put Joie down and let's talk about it, yeah? I wanna make this work. I'll even make you some dinner, yeah?"

I took another step closer.

Please Lord, help me save my son, Lord, please. I know I'm not perfect, but don't let Marcus hurt my son. I need you Lord and if not for myself, but for my son.

I needed God right now. I couldn't do this by myself. I had been doing this by myself for so long and now look at me.

I know, I shouldn't have thrown the letter at him but I was angry, I was hurt. I had had enough. *I'm sorry. I'm sorry son.*

I had put him in this position. I hoped he could forgive me. I hoped he wouldn't remember any of this. I realised that Marcus was holding a smaller version of himself. That was him once, seeing all the destruction around him. But it was too late for Marcus now. I couldn't help Marcus and he wasn't my concern anymore. It was sad but the truth was, my son was my concern in this moment. No bond is stronger than the one a mother has with her son. I loved him more than I loved myself and that was funny because before I used to love Marcus more than I loved myself. The dynamics had shifted. It was time for a change.

"Don't worry babe" Marcus said, with a smile on his face. "You really think I would throw my own son out the window? I don't know what type of evil person you think I am."

What? What is wrong with this guy? Well, a lot. I know this is all just fun and games to him.

Marcus slowly brought Joie away from the window and I could finally start to hear my breathing again. *Thank you! I knew God had heard my prayers.* I put my arms out to take Joie from Marcus but Marcus ignored my hand gesture and turned to face the window with his back to me, still holding Joie. He then said "You know how you said you know I've been through a lot?"

I replied "Yeah" and Marcus said "Is it 'cause it shows? Shows that I've been through a lot?"

I replied "Yeah, it shows."

He continued to rock Joie.

Then he said "Like a scar, right? You know when someone's been through war, you can always tell by their scars. Like the scars tell a story, right?"

What was Marcus going on about? Maybe he wanted to have a heart–to-heart with me. I just wanted my son but I was willing to listen because he had been through a lot and maybe he was starting to realise it. I wished I saw this side more often.

“Would you say our son’s been through a lot? Seen a lot?” he asked me. I replied saying “I guess so.”

What is going on here? Is Marcus okay?

“Well, maybe it’s like father, like son, right?” he said, as he turns round and stares at me.

I froze. I didn’t know what was happening but I got goose bumps on my shoulders and that was never a good thing. It’s like my body knew something bad was going to happen before I did. The sixth sense. Apparently, we all have it.

“Ermm, what do you mean?” I asked Marcus, keeping a close eye on Joie. Marcus stopped rocking Joie and looked at me and smiled.

“Don’t worry, I’ll show you exactly what I mean” He started heading downstairs towards the kitchen.

The kitchen? Why the kitchen?

My body froze. What was Marcus going to do to our son to represent scars? I ran downstairs after him and Marcus was already in the kitchen holding a knife in his hand. I stared at Marcus. I stared at the knife. I stared at Marcus again. My heart stopped beating, I'm sure of it.

"Marcus, give Joie to me please" I slowly edged forward.

"Nah, I need to show Joie how we are alike."

I paused. "What do you mean? My son ain't been through what you've have been through Marcus."

Marcus laughed and banged on the table. "Nah, but he has though. He's seen things and these things that he's seen is gonna affect him when he's older. Just like it affected me. It's called being a product of your environment. It will be a part of his subconscious."

I slowly edged forward again. "Marcus, we can make Joie's future different. We can help him because we know, we know how things in a child's childhood can affect them. We've seen it. Right? Let's break the cycle, babe. I'll help you."

Marcus looked up like he was having a think while the knife was still in his right hand and my son was in his left hand. I looked slightly over to my right and saw a knife neatly lying on the counter behind him. I could see the juices of the onions on the knife from when I had been cutting up onions earlier. I was prepping to make dinner for later but that was definitely out the window now. I just wanted my son and to go home but where was home? Home was here and but it definitely didn't feel like home. I just wanted this nightmare to be over. When was it going to be over?

"I don't think you can help me Tanisha." He says as he rubbed the knife on his right cheek.

"I can, I will, please" I said with a panicked voice.

"You ever watched Harry Potter?" Marcus asked me, still rubbing the knife on his right cheek.

"Huh?" I replied.

"Harry Potter, man! You must have seen Harry Potter!"

I swallowed hard. "Yeah, I've seen Harry Potter, but what's this got to do with our—"

Marcus cut me off and asked "Which one?"

I stared at Marcus in confusion.

"Which one have you seen? The first one, yeah?" I had to think hard. I knew Marcus. He liked to play games.

"Yeah, I've seen the first one."

Marcus smiled and stopped rubbing the knife on his right cheek.

"Good, so you know what happens, yeah?" I edged forward slowly again as I answered "Yeah, I know the story of Harry Potter."

He jumped with excitement, which made me freeze with fear. He still had the knife in his right hand.

"Good! So you know Harry Potter had a scar, right?"

It was happening again; I couldn't feel my heart beating. *Was it beating? Was I alive? What was happening here?*

"Yeah" I managed to just about say.

"Yeah, he had a scar 'cause when he was a little boy, he went through some things. Voldemort tried to kill him but it didn't work. But he had the scar to prove it. A bit like what you said about me. A bit like what my son's going through, Right?"

My legs were starting to shut down. My body was starting to shut down. You know when your body feels like it's weak but like I could fly at the same time? It felt like an out-of-body experience. I didn't want to be here. I didn't want to deal with this anymore. How much more could I take? How much more should I take? Our son shouldn't be used as an accessory to his sick twisted games. Play time was over Marcus, play time was over.

“So I think it’s time my son got really familiar with real life, just like Harry Potter had to. Just like his parents, I sacrificed a lot for him. Isn’t it, son? Mmm.” Marcus kissed Joie on the forehead and started to raise the knife to our son’s right cheek. I saw my son staring at the knife as if it was some kind of shiny object. I tried to say something.

“Marcus please!” but he told me to shut the fuck up. As I saw the knife begin to touch my son’s face, I leapt past Marcus and grabbed the knife and stabbed him in the back. As Marcus stumbled back and dropped the knife, i grabbed Joie from him, put him down and stabbed Marcus in the chest again. Marcus fell to the ground.

I stabbed him for the hard times.

I stabbed him again for the heartbreaks.

I stabbed him again for all the hurt.

I stabbed him again for all lies.

I stabbed him again for all the pain.

I stabbed him again for ruining my life.

I stabbed him again for making me believe in him, that he would change.

Most importantly, I stabbed him again for my son.

It was as if someone else was stabbing him.

Me? I wouldn't have done this. I wouldn't have had the courage to, not me. Someone else, but not me. Even though I stabbed him with all my strength I felt like I wasn't touching anything. It was therapeutic. Peaceful. He had finally stopped talking, shouting, telling me I was nothing. Now look at him, begging me to save him with his eyes. When did he ever save me?

As I was stabbing him, I could see beautiful colours of red covering his body, on my hands, everywhere. It was beautiful. The end of something tragic. They say red represents love, but this wasn't love. I wished it was. It probably wasn't love to Marcus ever. He didn't know what love was and neither did his father.

My son started to cry and I came back to my senses. I dropped the knife and ran over to my son and picked him up. I curled myself into a ball and held him tight.

Marcus laid on the ground, looking so peaceful. He looked handsome. He always did. The room was covered with blood. A beautiful nightmare.

I rocked my son back and forth in my arms as I heard the door being booted in. I guess a neighbour called the police after hearing the commotion. After years of abuse, someone had finally called them this time round. I didn't move, I just kept rocking my son. He was safe now. A tear dropped from my left eye. Just one tear. That was all I had left. It wasn't a tear of sadness though; it was a tear of happiness and joy. I had done my fair share of crying.

I was happy.

It was finally over.

The police ran into the kitchen and looked around the room. They saw me curled up into a ball with my son. They tried to grab my son from me but I wouldn't let them.

I just kept rocking him and rocking him. He was mine. I would never leave him. I loved him so much. I knew that there would be consequences, but I wasn't ready. They told me to put my hands up but I just kept rocking my son. I could hear them faintly, but I couldn't move, I just kept rocking.

If I kept rocking everything would be okay. I just wanted everything to be okay. I wanted someone to love me like this. I wanted someone to rock me and tell me everything was okay. That's all I ever needed. I heard them say "Put your hands on your head and place the baby on the floor!" I continued to rock, my son was happy with his mum, he was.

The police officers grabbed me, pinned me down and took my son from me. I started shouting and fighting the police officers. My son was crying, putting out his arms for me. I escaped and ran to my son and kissed him and then the police officers grabbed me, dragged me to the ground again and placed me in handcuffs.

I AM NOT A VICTIM

As the night gets quiet and the room fills with darkness, I laugh, I laugh because life was a funny thing, wasn't it? I mean, your whole life can change in a second, in an instant. A moment is all it takes, a moment or a split decision and your life has changed course. Whether it seems big or small to you, it doesn't matter, because what matters is how big it is in the eyes of fate.

I say fate because I used to believe in fate. I think I still do. Actually, I do. You know the whole "Everything is for a reason" saying? I wonder if it is a true saying or if someone made that up to look at the positive side of life. I don’t know, but that saying is all I have to hold on to. It was fate that led me to this place. It was fate that made me meet Marcus. It was fate that decided, with my help, that my son would be happier and safer without the dynamics of me and his father.

I know many women that have been in abusive relationships or are still in one, who always say the father would never hurt the child and how the father loves his child and how they usually are a good father. All these things could be true on the surface, but if you think about it, it's a bunch of lies.

How can a man love his child and be a good father when he harms the very woman who birthed his child? Who struggled with his child? Who carried his child? How? Like I said before, can you be good and evil at the same time? Is that a thing? Is it possible? I don't know the answer to that but what I do know is, my son ultimately gave me the strength I needed to put a stop to Marcus' abuse and hurt.

It's funny, because I didn't care what he did to me. I was used to it. He could use me, abuse me and I adjusted to it. Like a fish in water. But when his sick ways and sick games started to include my son, *his* son, that's when I found the strength I didn't know I had, that I thought I lost a long time ago. So, fate brought my son to me. Not Marcus. Fate and God. This was my way out.

Even though my freedom is gone, I am free. Mentally, I am free. This is the happiest my mind has been in a long time.

So, to some, this may look like a bad ending. A tragedy. But for me, I am happy. Content. My son is safe and I am free. I wish I could have been free with my son but sacrifices were made and I am content.

Marcus didn't defeat me. I am not a defeated woman. I am a soldier, who went to war and survived to tell the tale.

Yes, I have a few scars, but I made it.

My son will one day grow up and be made aware of why I am in this place. He could embrace me or hate me. Either way, I'd love him the same. He'll understand that I saved him but I also took away his father. All he'll ever know of his father is what I tell him. He wouldn't have the chance to experience his father for himself and that would be my fault. No matter how bad a father is, children always want a relationship with their fathers. No-one can ever make a child hate their father. A child will only hate their father for what they experience from them themselves and my son didn't have that choice, because of me. I understood that. I was ready for that day, if it ever came.

I closed my eyes. I could finally rest in peace. I think this was the first time in years I was going to go sleep and get rest, if you know what I mean?

Sometimes I think about how my life would be if I never met Marcus. I used to think about this all the time, for hours and hours just staring at a wall wondering about all the "what if's". Would I be happier? Of course. But I wouldn't have had a son and that bit I don't regret. But why me? Was I a lesson for him? Was this a lesson for myself? I never got it. I always believed that things that happened in your life were either a lesson or a blessing, but what the fuck was this shit? What did I learn?

The blessing was my son and that I survived to tell the tale but what was the lesson? Was I that bad of a person? I guess if it wasn't me, it would have been someone else. Sometimes, as bad as it sounds, I wish it had been someone else.

Maybe I should have gone out like his ex? But maybe she didn't have the strength I did. Although, I don't even feel that I was that strong.

I let this go on far longer than what others would have. Other people I knew would have left. Other people I knew would have told me I was crazy. Other people I knew would have called the police.

Sometimes I look up at the sky and ask you to speak to me God. I know you are there. I never doubted that, but I wish you would tell me what to do! You did though.

That night I know you did. You gave me the strength to finally leave him and let go.

I'm not saying God told me to kill Marcus but I'm saying I found strength I never knew I had and what I chose to do with it was my choice, no-one else's.

Marcus didn't love me anyway. He was a user. I was only important to him if I could give him something he needed. He was just like his father. Funny thing is, he tried protecting his mother from his father but he was the spitting image of him. He would argue so, but he was just like his father.

He used my body and mind and felt no remorse about it. It took me a long time to realise that someone you loved could do you worse than a stranger. Marcus not only used my body and mind but he physically used me, whenever it seemed fit for him.

You know, it took me a long time to really understand and believe that your "boyfriend" could rape you. That permission is always required. That's not what Marcus believed. He wanted what he wanted when he wanted it and if I loved him and I was his girl, then that was the least I could do, he informed me many times. It was my body, but it was his too. He said that if I didn't want him to leave, I'd better do what’s right. That's funny, because someone like Marcus, you wouldn’t think they knew the concept of right and wrong. Especially when he was the one that impregnated my best friend. What was right about that? But who am I to have an opinion? I was just a woman with a vagina and I guess that didn’t mean anything to him in his world. He always said that women were just something to look at. He said he loved me more when I didn’t talk. He could see my true beauty then. Even through all the black eyes and bruised faces, I guess.

So many times, I think, why didn’t I tell my mum? Why? All I had to do was tell my mum and this would have been over. It would have ended more peacefully than this. I couldn’t tell her. I couldn’t. She didn’t raise me to be treated this way and I felt too ashamed to tell her that her strong little girl was actually a weak fool who was in love with a man who cared less than nothing about me. I don’t get it. To this day, I ask myself, why did I stay? It was clear as day that he didn’t love me. I hate love and I hope love dies one day.

I’m sorry I never got to meet Sasha, save her, talk to her. I feel like we could have been really good friends, but, at the same time, that would probably only be because we would have shared the same pain and I guess that's not a great start to a friendship, is it? I didn't know her personally but I felt like I did. Sometimes I talk out loud to her, reflecting on my life, on Marcus, on everything.

And, oh, do you remember Marcus' quiet strange friend Chris? Well, I later found out that Chris knew Marcus' secret regarding Sasha and was finding a hard time dealing with that secret. Sasha knew Chris first and Chris introduced Marcus to her. I guess that's why he was asking me certain questions that day at football and acting strange. Apparently, he confronted Marcus about it a few days after meeting me that day, as it was eating away at him that Marcus had now moved on like nothing had happened. Apparently, I looked very similar to Sasha. Marcus had a type. Marcus and Chris ended up having a fight and they never spoke again. And I never saw Chris ever again. I remember seeing his name and picture pop up on my Facebook one time, as if he had requested to add me as a friend but because I thought he was strange, I ignored it. But maybe he was trying to reach out to me? To tell me? But anyway, this is just how life happened to play out.

People tend to underestimate that word, “Hello”. Imagine that a simple word like that brought me here. This is my journey; this is my story. But I don’t want sympathy because I take ownership for my actions, unlike some, unlike Marcus. I could have walked away if I really wanted to. I could have taken a different path but this is the path I was meant to go down. This is my fate. This is my reality now but I realise that this can be a lesson for someone else. My son is safe and that is my gift from this curse. The good that outweighed the evil.

It wasn’t all violence, you know. It wasn’t always a sad story. We had fun. We laughed together and enjoyed each other’s company, we did. We were in love. I know, it wasn’t love now, but what is the definition of love? To me it’s just being happy in your own reality with someone. That’s love. Loving someone more than yourself. It’s dangerous game but I guess life is about taking risks, right?

Marcus was a very handsome man. The amount of times I had situations with girls ‘cause they didn’t even care that he had a girlfriend. They all wanted Marcus.

Marcus always had that affect. Call me crazy, but we definitely had some good times. I used to laugh a lot. I love a man that could make me laugh. He was definitely my type. Marcus will always be my type, but he just wasn't my type of spirit. His soul wasn't right. It's like his soul didn't match his looks. It didn't match what he presented to the world. They always say be careful of wolves in sheep's clothing. I only truly understand what that means now but I didn't back then. I didn't know a lot back then but I thought I did.

But one thing I won't take away from Marcus is, Marcus wasn't your average Joe, he knew how to dress. He dressed sharp! Smelt good all the time. His trims were always on point and he always had on the baddest trainers.

Actually, I know just how "bad" all his trainers were. These were the same trainers that he used to kick me down the stairs with.

Actually, those trainers killed two of my unborn babies.

Actually, I should have told the police the first time, or eighth, or even the twentieth time they asked me if I was okay.

Actually, I should have left when he raped me the fourth time.

Actually, I should have told my mum the truth when she asked me the first time.

Actually, I should have known it wasn't going to get better.

Actually, I should have *known* better.

And, actually, most of all, I wish my son didn't have to grow up without a mum... and a dad.

Actually... Forget it, you wouldn't understand.

Printed in Great Britain
by Amazon

63825609R00132